GLI INSUPERABILI

37

Della stessa autrice:

Uomini: l'importante è farli soffrire
Sarà perché ti amo
Tutte pazze per Chanel

Titolo originale: *Rules for a Perfect Life*

Traduzione dall'inglese di Federica Ressi

Diciassettesima edizione: novembre 2015

Roma, Casella postale 6214

ISBN 978-88-541-6569-4

www.newtoncompton.com

Realizzazione a cura di Massimiliano D'Affronto
Stampato su carta prodotta con cellulose senza cloro gas provenienti da foreste controllate e certificate, nel rispetto delle normative ecologiche vigenti

Niamh Greene

Ti amo ti odio mi manchi

Newton Compton editori

Dicono che nessuno è perfetto. Poi dicono che con la pratica si può raggiungere la perfezione. Spero che si decidano, una buona volta.

Winston Churchill

PROLOGO

Alla fine fu quell'orsetto gommoso giallo a convincermi. Certo, le cose con Robert non andavano da parecchio ormai, da più tempo di quanto avessi osato ammettere con chiunque, ma alla fine fu un'innocua caramellina gommosa a rendere tutto più chiaro nella mia mente.

Per mesi avevo cercato di convincermi che tra noi fosse tutto a posto. Ogni coppia attraversa periodi bui, è perfettamente normale, specie quando si sta insieme da tanto. Persino mia sorella Theresa, che vive una vita da sogno in Inghilterra con il suo devoto maritino Malcolm e quegli angioletti dei gemelli, una volta mi ha confidato di aver attraversato una fase in cui anche solo la *vista* del marito scatenava in lei un odio viscerale. Successe per un breve periodo dopo l'arrivo dei gemelli: la povera Theresa aveva affrontato non uno, ma ben due parti strumentali, cui si era aggiunta anche l'umiliazione di un conseguente prolasso uterino, tutto per colpa di "quel pervertito", così cominciò a chiamare Malcolm dopo il parto.

Il guaio era che Malcolm le aveva promesso solennemente di insistere per un taglio cesareo d'emergenza quando fosse arrivato il momento, che l'emergenza fosse reale oppure no. Ma quando il momento era effettivamente arrivato, non aveva tenuto fede alla promessa. Era invece rimasto lì, a torcersi quelle mani da inetto fresche di manicure mentre il ginecologo – che (secondo Theresa) aveva un'innaturale predilezione per i parti naturali, quando possibili – la rovinava sul tavolo operatorio! E aveva avuto pure la sfacciataggine di svenire quando il primo gemello, con quello strano cranio alieno a forma di cono provocato dal forcipe, era stato estratto a forza dal corpo di mia sorella tra calci e strilli.

Riacquistata la lucidità, Theresa aveva riconosciuto che forse ciò che aveva subìto non era effettivamente colpa di Malcolm, ciononostante a volte la notte se ne stava sdraiata architettando modi per ucciderlo. Una volta aveva letto di un uomo che aveva strangolato la moglie mentre dormiva tranquilla e in seguito aveva dichiarato di averlo fatto nel sonno e di non ricordare nulla. Aveva sostenuto senza esitazione davanti al giudice e alla giuria di aver agito inconsapevolmente… e la cosa straordinaria è che era riuscito a farla franca! Gli avevano creduto quando aveva detto di non essersi reso conto che stava soffocando quella povera anima, che ora era tormentato dal senso di colpa e dal rimorso e che doveva prendere diciassette farmaci diversi per cercare di superare la disgrazia.

Theresa mi ha confessato che quel piano aveva cominciato a stuzzicarla… sembrava così semplice e addirittura plausibile. Non lo riteneva nemmeno così difficile da mettere in pratica – era un membro attivo nel gruppo teatrale della sua comunità e aveva vissuto un momento di gloria interpretando una vedova affranta ne *Il violinista sul tetto*. Aveva persino ricevuto recensioni favorevoli sul giornale locale. Ciliegina sulla torta, si era già creato un precedente in una corte di giustizia… poteva farlo, di questo era certa. E se fosse stata costretta a prendere diciassette pillole diverse dopo l'accaduto, pazienza. Evidentemente era il suo destino.

Theresa mi ha detto che soltanto quando il dottore le diagnosticò una grave forma di depressione post partum e le prescrisse delle pilloline blu capì di essere stata a un passo dal mandare a rotoli la sua vita perfetta. Era stata una follia – tutto quanto – e finché continuava a prendere le pillole riusciva a rendersene conto.

Tutto questo mi aveva dato un barlume di speranza, poi mi ero ricordata che io e Robert non avevamo figli, quindi non c'era alcuna depressione post partum da incolpare per come mi sentivo. Oltretutto, depressione o meno, Theresa aveva *davvero* delle ottime ragioni per odiare Malcolm perché *era* un pervertito: ci aveva provato con me due Natali prima. Lui naturalmente aveva detto che si era trattato di un incidente, ma io sapevo che aveva fatto cadere le patate arrosto sul pavimento con il solo scopo di guardarmi sotto la gonna.

E così avevo passato un'infinità di notti ad ascoltare il fastidioso inspirare ed espirare di Robert, e a interrogarmi sul da farsi. Innanzitutto avevo cercato con tutta me stessa di ignorare le mie emozioni e di tirare avanti, timbrando ogni giorno il cartellino all'agenzia immobiliare Hanly & Company, nella speranza che le cose cambiassero. Dopotutto, il mondo intero era in preda all'incertezza e all'instabilità per via della crisi economica globale. Non ero di certo l'unica con dei problemi. Anche Robert – è architetto – era nella stessa situazione, mi dicevo. Passava quasi ogni serata a leggere statistiche sulla disoccupazione e a borbottare fra sé che tutti avevano la testa sul ceppo e non era rimasta alcuna speranza.

Ne saremmo usciti, però, lo sapevo. Per forza: eravamo stati fidanzatini dai tempi dell'infanzia e si sa che chi sta insieme fin dall'infanzia non si lascerà mai, è una regola. Il solo pensiero mi faceva star male in modi che non avevo mai creduto possibili. Non potevo – non volevo – neanche pensare a una separazione. Questa stranezza doveva essere una fase, una cosa che avremmo superato. Si doveva resistere e discuterne dopo, molto tempo dopo, quando saremmo stati di nuovo follemente innamorati e in grado di ammettere l'uno con l'altra che avevamo attraversato un periodo di stanca. Probabilmente ne avremmo riso quando saremmo stati una vecchia coppia sposata. Perché a rigor di logica era quello il passo successivo: il matrimonio. Era ciò che tutti si aspettavano – un grandioso matrimonio in bianco. Era quello che facevano due persone innamorate. Non ci pensavano nemmeno, a lasciarsi, se erano perfette l'una per l'altra.

Ma la verità era che cominciavo a pensare di non amare più Robert. Come avrei potuto quando quasi tutto ciò che faceva mi irritava... dal modo in cui si svegliava (sganasciandosi di sbadigli finché le mascelle non scricchiolavano rumorosamente, per poi tirar su col naso, con quelle narici perfettamente depilate con le pinzette) al modo in cui si addormentava, con il respiro che si faceva via via più pesante a ogni piccolo sbuffo? Spesso sentivo il desiderio di afferrare il cuscino e premerlo con forza su quella bocca che continuava a sbavare, solo per ridurlo finalmente al silenzio. Avevo persino iniziato a compilare una lista dei motivi per cui avrei dovuto lasciarlo: non potevo sopportare di vedere in bagno ogni mattina il suo spazzolino accanto al mio; odiavo il modo in cui versava attentamente il latte sui cornflakes; pensavo di ficcargli in gola l'«Irish Times» se avesse borbottato ancora una volta le parole "crisi economica".

Avevo infilato la lista in fondo alla mia migliore borsa di Prada e avevo continuato ad aggiornarla, di tanto in tanto, per mesi. Ma non avevo mai fatto nulla basandomi su questo, perché dopotutto nemmeno io ero perfetta. E comunque si trattava di un terribile sbaglio. Non c'era più slancio nella nostra relazione, e allora? Robert era sempre stato prudente per natura, non era di certo una scoperta recente per me. La sua idea di una serata eccitante era guardare tre episodi di fila di *Grand Designs*. Non era il tipo da partire su due piedi per folli avventure... niente bungee jumping o safari in Africa per lui. No, era stabile, affidabile e tremendamente prevedibile, e la cosa mi era sempre andata bene. Finché non eravamo arrivati al punto in cui tutto ciò che faceva e diceva aveva cominciato a indispormi o irritarmi al di là di ogni immaginazione. Mi odiavo per questo. Robert era un brav'uomo, una brava persona. Non era colpa sua. Ma con il passare del tempo trovavo sempre più difficile continuare a fingere che tra noi andasse tutto bene.

Come spesso succede, la goccia fece traboccare il vaso un tranquillo giovedì sera. Eravamo seduti ciascuno a un'estremità del divano: io stavo facendo zapping e lui stava lavorando sul portatile a un qualche progetto complicato. In preda alla delusione più totale per il lavoro, per il clima economico sconfortante e per il fatto che i miei capelli non sarebbero mai stati lucenti come quelli di Cheryl Cole, sulla via di casa avevo comprato una confezione gigante di orsetti gommosi e stavo allegramente masticando, intenzionata a finire l'intero pacchetto. Non mi sentivo neanche particolarmente in colpa perché, come tutti sanno, gli orsetti gommosi sono privi di grassi e quindi praticamente salutari.

La prima volta che Robert si era allungato per prenderne uno senza chiedere il permesso, mi ero morsicata un labbro per non dire nulla. Dopotutto eravamo una coppia… una coppia che stava insieme da molti anni, non due partner occasionali; la condivisione era una cosa scontata tra noi. Anzi, sapevo che nel profondo del cuore avrei dovuto desiderare *intensamente* di dividerli con Robert. Avrei dovuto fare l'impossibile per imboccarlo con gli orsetti. Rimpinzarlo allegramente, ecco cosa avrei *dovuto* fare, invece me ne stavo lì a stringere il sacchetto, marcando il territorio con la ferocia di una bambina di due anni. Masticavo con cupa determinazione: non avrei ceduto nemmeno un orsetto senza una lunga ed estenuante battaglia, e se necessario sarei ricorsa anche ai capricci.

Robert, naturalmente, non sapeva quanto fossi seccata… il che, nella mia furia irrazionale, non mi sorprendeva neanche un po': perlopiù sembrava all'oscuro di tutti i suoi difetti. Per esempio, non riuscivo a capire come facesse a non rendersi conto che usare il filo interdentale diverse volte al giorno era un'abitudine bizzarra e sgradevole, ma a lui sembrava perfettamente ragionevole usare un filo aromatizzato alla menta sulla propria persona, persino in pubblico, e si dedicava a quest'attività incurante di chiunque gli passasse davanti. Non c'era da meravigliarsi che non vedesse nulla di male nel continuare a infilare liberamente la mano dentro al sacchetto che tenevo in grembo senza nemmeno un "posso?", proprio come aveva sempre fatto. La mia collera aveva raggiunto il punto di ebollizione quando lui era arrivato alla quarta pescata, e quando si infilò in bocca quell'orsetto giallo, qualcosa dentro di me scattò.

D'un tratto tutto fu chiaro. *Seppi* con estrema certezza che non avrei più potuto rimanere con lui. Perché, se non me ne fossi andata, avrei passato i vent'anni successivi a pentirmene. Avrei persino finito per pensare all'omicidio – come attrice non ero nemmeno lontanamente paragonabile a Theresa – e non sarei mai sopravvissuta in una di quelle prigioni femminili. Avevo visto *Bad Girls* in TV, sapevo cosa sarebbe successo: qualche maschiona, con i capelli ossigenati grazie al gel per il gabinetto, avrebbe insistito per farmi da protettrice e se non avessi accettato avrebbe finito per strapparmi le unghie una per una. In galera non sarei durata nemmeno cinque minuti.

In quel momento, mentre Robert masticava ignaro di tutto, con le labbra umidicce che schioccavano rumorosamente, presi la mia decisione una volta per tutte: lo avrei lasciato. Quell'orsetto gommoso giallo aveva messo fine alla nostra relazione e non c'era modo di tornare indietro.

REGOLA NUMERO 1
Mantieni un atteggiamento professionale

Sei mesi dopo

«Maggie, c'è qualcosa in te stamattina...», dice Dom, mentre lotto per sfilarmi il cappotto e affrontare un'altra triste giornata all'agenzia immobiliare Hanly & Company. «Sembri... diversa».

«Non c'è niente di diverso in me, Dom», replico io. Tranne forse il fatto che – non so come – dall'ultima volta che ho usato questo dannato cappotto ho messo su cinque chili di ciccia sulle braccia, con queste alucce flaccide che mi ritrovo. Altrimenti perché mi stringerebbe come una morsa sui bicipiti? È una lotta faticosa uscire da quest'affare, proprio come lo è stata incastrarmici dentro questa mattina.

«No no, c'è *qualcosa*», continua lui, imperterrito, mentre cerco disperatamente di liberarmi dal soprabito. «È solo che non riesco a capire cosa... Ecco, non dirmelo, lascia che ci arrivi da solo... sono gli stivali? Nuovi, vero?».

Faccio finta di non averlo sentito mentre con uno strattone riesco finalmente a sfilare le braccia dal cappotto, lo lancio a caso in direzione dell'appendiabiti e crollo, ansimante, alla mia scrivania. Far finta di non sentire è la tattica che usa sempre mia sorella Theresa quando i gemelli fanno i capricci. Quando si gettano a terra e urlano fino a diventare blu, cosa che fanno entrambi molto spesso per un'ampia varietà di ragioni – che vanno dai Cheerios che non sono abbastanza rotondi alla marmellata di fragole che non è abbastanza rossa – Theresa fa finta di diventare temporaneamente sorda, tutto qui. Certo, questo significa che spesso è costretta a fingere di essere sorda per la maggior parte della settimana.

Però è un fatto universalmente riconosciuto che ignorare un bambino pestifero e non considerarlo finché non cambia atteggiamento è un'ottima linea di condotta. E Dom è un bambino troppo cresciuto che non riesce a comportarsi come si deve nella maggior parte delle circostanze, quindi ritengo che questa regola si possa applicare anche a lui.

«No, forse non sono gli stivali», riflette lui, cambiando approccio. «Allora è la tua pelle... hai messo l'autoabbronzante? È per quello?».

Non vuole proprio mollare. Forse dovrei chiuderlo nello sgabuzzino per punizione. Quello potrebbe funzionare. Theresa mi garantisce che è un sistema infallibile, quando ignorano il fatto di essere ignorati, cioè. Badate bene, Theresa stessa spesso si chiude nello sgabuzzino da sola, per fumarsi una sigaretta in santa pace, in cerca di un po' di tranquillità... a volte dice che è l'unica cosa che l'aiuta a superare la giornata, quello e le sue pilloline blu.

«Ti sto ignorando», dico ad alta voce, accendendo il computer. Continuo a ignorarlo per un po': il segreto è la costanza.

«No... non è la pelle». Mette una mano sotto il mento e comincia a tamburellare con le dita sulla guancia, fingendo di essere assorto nei propri pensieri. «Cosa potrebbe essere? Fammi pensare, fammi pensare...».

Alzo gli occhi al cielo; so esattamente dove andrà a parare.

«Potrebbe essere... non è che per caso sono... i capelli?». Sorride scioccamente.

«Oh, vedi di crescere», borbotto io, e lui si lascia andare a una risata isterica per questa scemenza. Okay, forse stamattina ho esagerato con la lacca, ma solo perché mi sono svegliata tardi e non ho avuto tempo di fare una doccia. È tipico di lui notare certe cose, è un tale *metrosexual*. Tiene persino un vasetto di gel per capelli nel cassetto in alto, in caso di emergenze di styling.

Mi do una rapida occhiata nello specchio che tengo sulla scrivania per poter controllare di non avere la metà del pranzo incastrata tra i denti. La situazione è peggiore di quel che avevo pensato: ho cercato di cotonare il groviglio che avevo in testa per creare un'acconciatura decente, ma il risultato non è elegante come avevo sperato. Sembra che un animale molto peloso e decisamente stecchito si sia acquattato sulla mia testa e che sia già subentrato il rigor mortis. È un disastro. È tutta colpa di quella Cheryl Cole, che dà alla gente la falsa speranza di poterle assomigliare. Non succederà mai, non importa quanta lacca usi.

«Posso toccarli?», dice Dom con finta eccitazione, sghignazzando. «Sai com'è, per vedere se si muovono».

«Perlomeno io li ho, i capelli, *Dominic*», contrattacco io, «a differenza di te...», cerco la parola perfetta per ferirlo, «...Pelatone».

«Ehi!». Si mette una mano sul petto all'altezza del cuore, come se gli avessi provocato una ferita grave, e io cerco di non ridere. E ho fatto centro con due colpi ben assestati. Uno: Dom è suscettibile riguardo alla sua chioma – da quando ha cominciato a stempiarsi, passa un'eternità a esaminarsi la testa ogni giorno per controllare l'arretramento dell'attaccatura dei capelli. Due: il nome per esteso di Dom è Dominic, ma lui preferisce farsi chiamare Dom perché crede che suoni più sexy. Gli piace pensare di essere uno stallone: se ne va in giro con pantaloni troppo stretti, per mettere in evidenza il pacco con qualunque cosa respiri, e si considera un dio del sesso. Beve persino il caffè da una tazza speciale con su scritto "Strafigo" con gli stencil (o almeno lo faceva finché non ho giocherellato con la Dymo e non ho cambiato la scritta con "Ho un serpente nei pantaloni").

La considero una mia responsabilità ricordare a Dom quanto sia lontano dall'essere uno strafigo. Molto, molto lontano. Per essere uno stallone uno deve fare regolarmente sesso con molte donne e il suo record in quel campo è piuttosto desolante. Certo, a sentire *lui*, fa sesso in continuazione... almeno tre volte a settimana con donne disponibili che – dice – gli cascano ai piedi negli squallidi locali che frequenta, ma ci sono pochissime prove che sia davvero così. Sicuro, deve essere un bell'impegno ingegnarsi a cercare nomi fittizi per tutte le splendide ragazze che a quanto pare lo trovano irresistibile, ma io devo ancora vedere la prova schiacciante di questo leggendario magnetismo sessuale o del suo successo con le "gallinelle", come le chiama lui. Per esempio, nessuna di queste conquiste è mai venuta in ufficio a cercarlo e lui non riceve mai telefonate misteriose da donne con la voce sensuale. Anzi, non riceve mai nessuna telefonata, se si esclude sua madre che lo avvisa quando ha finito di stirargli la roba e vuole sapere quando andrà a cena da lei. Dom è il classico esempio del cocco di mamma fiero di esserlo, una cosa per cui mi piace tormentarlo di continuo… o perlomeno è stato così finché non ho conosciuto sua madre. È un po' inquietante.

«Mi hai ferito, Maggie». Fa una faccia triste, afflitta. «Mi hai ferito profondamente».

«Oh, sta' zitto, scemo». Rido, facendogli una boccaccia. «Hai cominciato tu».

So che la mia frecciatina non lo sfiora minimamente. Questo continuo battibeccare è una piccola tradizione tra noi. È cominciata il mio primo giorno alla Hanly, cinque anni fa, ed è continuata più o meno senza sosta fin da allora. Io arrivo, Dom commenta come sono vestita, il mio aspetto – e qualche volta persino il mio profumo –, io lo mando a quel paese e poi continuiamo la nostra giornata. Sebbene curioso, è un confortante rituale che apprezzo molto in questi tempi di desolazione e incertezza in cui nessuno sa cosa ci aspetta dietro l'angolo. A detta dei giornali, nel nostro futuro ci sono disoccupazione, strani virus e un possibile Armageddon, così insultarci a vicenda è una cosa su cui Dom e io possiamo fare affidamento, anche se a quanto pare il mondo intero sta precipitando da uno strapiombo cosmico. E poi nemmeno io prendo sul serio le sue battutine, perché so che, al di là delle prese in giro, Dom è proprio un bravo ragazzo e farebbe di tutto per aiutare chi è in difficoltà. Non che abbia intenzione di fargli sapere che lo penso, naturalmente… è già abbastanza pieno di sé.

Mi volto verso il computer e un'ondata di terrore mi travolge. Di sicuro sarà un'altra giornata orribile, in cui cercherò di riempire otto ore fingendo di essere occupata. Un tempo mi piaceva lavorare qui, ma da quando il mercato immobiliare è andato in malora questo ufficio non è più il posto allegro di una volta. Ai vecchi tempi, la gente gettava soldi in giro come se fossero passati di moda, e non dovevi neanche impegnarti per vendere una casa, perché si vendeva da sola. Qualche anno fa i clienti facevano la fila, supplicandoti di vendergli qualunque cosa, ma adesso che il boom ha ceduto il passo al fallimento, gli acquirenti sono più rari dei denti di una gallina e bisogna praticamente buttarsi sulle macchine sportive per suscitare un briciolo di interesse per qualcosa. Ed è proprio questo che stanno facendo alcuni venditori, tanto sono disperati. Macchine, barche, TV al plasma… nominate qualunque cosa e loro proveranno a venderla se ciò significa concludere l'accordo alla svelta. La scorsa settimana un venditore disperato si è persino offerto di cedere in comproprietà un attico a Marbella pur di liberarsi di un appartamento che aveva acquistato come investimento nel centro cittadino.

Ne ho viste di tutti i colori da quando il mercato è imploso e sfortunatamente, il più delle volte, persino queste tattiche non producono alcun risultato: la gente non sta comprando nulla e nemmeno la lusinga di roba gratis la persuaderà a separarsi dai suoi contanti. In compenso, chiunque voglia comprare non riesce a ottenere un finanziamento dalle banche. Dom e io abbiamo passato molte ore ad analizzare in modo inclemente questi banchieri e a fantasticare su quale sarebbe la giusta punizione per aver rifiutato ipoteche a potenziali compratori. È un gioco divertente, decidere quali mezzi di tortura potremmo usare (la ruota resta la mia preferita) e, cosa più importante, aiuta passare il tempo.

Negli ultimi mesi "passare il tempo" è diventato l'obiettivo principale delle mie giornate perché, invece di vendere davvero qualcosa, adesso mi dedico perlopiù ad archiviare immobili, in continuazione. Dom è determinato a guardare il lato positivo... ma del resto, come gli dico sempre, essere stupidamente ottimista è la sua occupazione principale. Ora, invece di godersi il brivido della vendita, si concentra per trarre piacere in altri modi... perlopiù molestando sessualmente chi osa venire in ufficio, incluso il postino. Per fortuna il postino – un simpatico ometto di mezza età di nome Nigel, che ha sette figli, una moglie e due amichette – la prende con una risata.

Intanto Dermot, il nostro capo, se ne sta quasi tutto il giorno con lo sguardo perso nel vuoto. È sprofondato in una brutta depressione da quando il mercato è collassato. Nemmeno Dom riesce a tirarlo su di morale mandandogli link di siti porno. Niente riesce a strappargli un sorriso; anche se Dom continua a fare del suo meglio. La sua teoria è che Dermot, ora più che mai, abbia bisogno di vedere tettone ossigenate che se la spassano tra loro. Continua a dire che sta solo cercando di rendersi utile, ma sappiamo entrambi che non funziona, perché Dermot ha ancora lo sguardo fisso nel vuoto per la preoccupazione e lo stress dovuti al lavoro. Non posso dire di biasimarlo: come molte altre società in giro, l'agenzia ha problemi seri. Abbiamo ottantanove case invendute sul mercato, e novantanove locali da affittare. Siamo in una fase di stallo e, grazie alla crisi economica, è poco probabile che ne usciremo a breve. Per usare un termine altamente tecnico del gergo immobiliare, siamo fottuti.

«Allora... come ti vanno *davvero* le cose?», chiede Dom in tono sdolcinato, scivolando verso di me a bordo della sua sedia con le ruote. «Hai conosciuto qualcuno di interessante durante il weekend, vero?».

È la stessa battuta che usa ogni lunedì mattina da quando ho rotto con Robert. È convinto che abbia bisogno di uscire e darmi da fare, prima di ritornare vergine e dimenticarmi come si fa. Non vuole sentire che sono rimasta a casa da sola, a guardare le repliche di *Friends* (di tanto in tanto immagino di essere Jennifer Aniston nella quarta serie, quando aveva quelle extension bionde e la pancia piatta come una tavola). Però mi piace stare a casa: l'appartamento che Dermot mi affitta come parte del mio stipendio è così comodo. È in un condominio in cui ha investito con un imprenditore locale ed è stato come la manna dal cielo quando ho lasciato Robert. Dermot mi chiede una bazzecola di differenza, cosa di cui gli sono davvero grata: cercare di pagare un affitto intero con uno stipendio non più rimpinguato dalle provvigioni sarebbe stato impossibile.

«Ho passato un bel weekend», rispondo.

«E dài, non lesinare sui dettagli. Hai conosciuto un tizio in città e lo hai esaurito a suon di sesso selvaggio, vero?», suggerisce Dom, facendomi l'occhiolino. «Hai bisogno di un caffè forte per stare sveglia?»

«No, grazie», replico impassibile. «Credo che me la caverò».

Il caffè è l'ultima cosa che voglio. Il mio stomaco è già abbastanza incline alla nausea per l'ansia di non sapere cosa ci riserverà il domani. Non sono certa di riuscire a sopportare un'altra ora in cui fingo di essere occupata, mentre archivio di nuovo ogni proprietà in vendita.

«Non mi chiedi com'è stato il *mio* weekend?», mi domanda imbronciato Dom. Non vede l'ora di raccontarmi la roba succosa: le sue gesta notturne.

«Com'è andato il tuo weekend, Dom?», chiedo obbediente.

A Dom piace raccontarmi delle sue conquiste fittizie ogni lunedì mattina, e di solito cerco di ignorarlo. Visto che non ho nulla di urgente di cui occuparmi al momento, però, sono disposta a dargli corda per un po'. Ho proprio bisogno che qualcuno mi tiri su di morale e una storiella su una delle sue altamente improbabili relazioni potrebbe andare.

«Be'», si avvicina, «non sei l'unica ad aver avuto un weekend sfrenato, non so se mi spiego». Gonfia il petto. «Anch'io sono piuttosto distrutto».

«Sul serio?», dico, cercando di sembrare completamente disinteressata.

«Già». Si sporge sulla scrivania per raccontarmi di più. «Ho conosciuto questa pollastra australiana sabato sera. Era una vera furia».

«Lasciami indovinare… era un'hostess, vero?»

«Sì, come fai a saperlo?». Dom non coglie il sarcasmo nella mia voce.

«Fammi pensare, Dom. Potrebbe essere perché quasi tutte le donne con cui presumibilmente finisci a letto sono delle hostess?».

Lui mi sorride, soddisfatto di sé. Crede fermamente di essere una leggenda e io do la colpa a sua madre per aver gonfiato il suo ego.

«Le bamboline con il trolley mi adorano, Maggie, che posso farci? Forse perché le porto ad altitudini straordinarie… l'hai capita?». Ruggisce per la battuta ormai ben collaudata.

Dio lo benedica: Dom crede di essere un grande comico. È convinto di poter dare del filo da torcere a Graham Norton, volendo.

«Continua», dico con un sospiro.

«Oh, okay». Dom sembra deluso dalla mia reazione incolore a quello che lui ritiene umorismo brillante. Ma si riprende piuttosto in fretta. «Allora, dunque, siamo a letto e non indovinerai mai cosa mi ha chiesto».

Mi sorride di nuovo a trentadue denti, e io cerco di non sorridere in risposta. Non voglio incoraggiarlo troppo, anche se sono solo un tantino interessata. I suoi racconti, anche se inventati di sana pianta, di solito sono esilaranti. Ma non lo informerei mai di questo, naturalmente.

«Fammi pensare… È voluta andare nei Paesi Bassi?»

«Eh?». Non ha afferrato la mia battuta e decido di non provare a spiegargliela.

«Non so cosa ti ha chiesto», mi arrendo. «Dimmelo tu».

«Okay. Be', mi ha chiesto di far finta di essere Crocodile Dundee!»

«Crocodile Dundee?»

«Sì. Come in quel film, hai presente quel tizio che viveva in Australia e combatteva a mani nude con coccodrilli feroci?»

«Sì, mi ricordo quel film». Dio, ma come fa a inventarsi certa roba?

«Allora, lei ha questo cappello, capito? Sai, come quello di Crocodile Dundee».

«Un *wallaby hat*?»

«Proprio quello!». Sorride raggiante. «Allora lo metto e comincio a entrare nella parte, capito?»

«Non proprio, ma vai avanti».

Il pensiero di Dom con in testa un *wallaby hat* e nient'altro addosso è piuttosto inquietante. Cerco di cancellare quell'immagine dalla mente.

«Comunque, sono lì che faccio la lotta con un cuscino, fingendo che sia un coccodrillo divora-cristiani».

«Facevi finta che il cuscino fosse un coccodrillo?»

«Sì, stavo improvvisando, sai, per dare un po' di pepe alla situazione».

«Giusto».

«Allora, me ne sto lì a dare una lezione al cuscino, gridandogli contro e dicendogli che ha i giorni contati, quando questa pollastra esce di testa».

«Esce di testa?»

«Sì, comincia a gemere e mugolare... è stata una cosa davvero animalesca».

«E poi cos'è successo?». Sto aspettando la battuta finale. Forse un branco di hostess è saltato fuori dall'armadio e ha illustrato le procedure di sicurezza completamente nudo?

«Be', lo abbiamo fatto, naturalmente». Dom sembra confuso.

«E allora, tutto qui? Questa è la tua grande storia? Tu che

hai fatto finta di essere Crocodile Dundee e hai fatto sesso con un'hostess?»

«Be', sì». Mi sorride. «Non è fantastico? Riesco a malapena a camminare stamattina... mi ha quasi disintegrato, cavolo!»

«Ed è tutto qui?».

Sembra deluso dal fatto che non sono più impressionata.

«Sì, tutto qui. Perché, *tu* cos'hai fatto?»

«Non so di che parli». Di certo non voglio toccare l'argomento.

«Be', ovviamente hai avuto un weekend più sfrenato del mio». Dom sembra devastato all'idea di non essere il maschio più sessualmente avventuroso del pianeta. Gli piace pensare di essere il Re delle Notti di Sesso Sfrenato; è per questo che si fa fare la ceretta alla schiena da Ultimate Wax Off ogni quattro settimane. Lui nega, naturalmente, ma io so che è vero. L'ho visto uscire da lì più di una volta.

«No, non direi», mormoro io, armeggiando nervosamente con la tastiera del computer.

«No, dài, raccontamelo. Fammi indovinare...». Comincia a rallegrarsi. «Forse hai giocato a Tarzan e Jane con qualche sconosciuto?».

Mi concentro sullo schermo.

«A-ha!». Dom trafigge l'aria tra noi con il dito indice. «Se mai c'è stato uno sguardo colpevole, eccolo qui! Ci ho preso in pieno, vero?»

«Non essere ridicolo». Nonostante i miei sforzi, sento il calore raggiungermi il viso. Ovviamente, questa è l'unica mattina in cui non ho avuto tempo di usare il correttore speciale verde, quello che nasconde i capillari rotti e il rossore alle guance.

«Oh, Maggie, stai arrossendo! Dio, cos'hai combinato? Doveva essere roba vietata ai minori! Non è che per caso l'hai filmata, vero?». Sembra decisamente eccitato.

Il telefono squilla e io sollevo con gratitudine la cornetta prima di essere costretta a rispondergli. «Hanly & Company, come posso esserle utile?», dico, mettendo più entusiasmo possibile nella voce. Potrebbe essere l'unica chiamata che ricevo in tutta la giornata, quindi è di vitale importanza apparire amichevole e disponibile. Non che faccia alcuna differenza, naturalmente: il mercato è defunto, quindi in un modo o nell'altro sembrare amichevole e disponibile con tutta probabilità non ha la minima importanza.

«Sono Rita Hyde-Smythe».

La voce in linea è secca e professionale e il cuore mi crolla a terra, facendo "ciao ciao" allo stomaco contratto durante il suo tragitto verso il basso. Rita Hyde-Smythe è la più grande stronza della città, forse dell'intera nazione. Da mesi ormai cerca di vendere quel suo orribile palazzo, senza successo, e dire che non è contenta della situazione è un eufemismo. È stato costruito all'apice del boom dei primi anni Novanta ed è la più orripilante ostentazione di ricchezza che abbia mai visto. Ed è tutto dire, perché ci sono un sacco di templi del cattivo gusto da queste parti.

I nove bagni di Rita sono decorati con rubinetti placcati in oro, nella cucina fatta su misura le superfici di lavoro sono di marmo tagliato a mano e, come le piace ricordarmi ogni volta che parliamo, ci sono pavimenti di solido mogano per tutta la casa. Dom adesso la chiama Solido Mogano Hyde-Smythe, tra le altre cose.

Rita ha pagato una somma di denaro scandalosa a un borioso designer di interni per raggiungere quella che lei ritiene l'apoteosi del lusso, ma il problema è che tutto questo "glamour" non è riuscito ad attrarre neanche una sola offerta da potenziali acquirenti. Ci sono state delle visite, ma l'opulenza degli interni – sommata all'allucinante prezzo richiesto – non ha suscitato il minimo interesse. Rita crede che sia tutta colpa mia, e non teme di farmelo sapere. Mi chiama spesso per rimproverarmi perché crede che non abbia portato abbastanza clienti. Non ho presentato in modo adeguato sul mercato quel suo orribile palazzo. Non ho incalzato con efficacia i potenziali acquirenti. L'unica ragione per cui la sua casa è ancora sul mercato, a quanto pare, è la mia incompetenza e non ha niente a che vedere con i suoi agghiaccianti gusti in materia di arredo e con i cinque milioni di euro da lei richiesti. Se fosse per Rita, io dovrei scarpinare su e giù per la strada con un cartello sandwich addosso, per pubblicizzare la sua casa ventiquattr'ore al giorno. Anche così probabilmente non sarebbe soddisfatta, perché Rita è una figlia del boom economico irlandese che non capisce perché non può ottenere quello che vuole – cosa che è sempre riuscita a fare in passato.

In silenzio mi maledico per essere stata così ansiosa di rispondere a questa chiamata. Perché non ho lasciato che la prendesse Dom? È molto più bravo di me a gestire Rita... soprattutto perché lei va in brodo di giuggiole per il suo fascino ogni singola volta. Quello che lei non sa è che ogni volta che lui la incanta a suon di parole e la rassicura che il suo raffinato palazzo verrà venduto molto presto, mima il gesto di infilarsi due dita in gola e vomitare.

«Buongiorno, Rita», dico cercando di sembrare professionale.

«Parlo con Mary?»

«Maggie», la correggo.

Rita non ricorda mai il mio nome. So che lo fa di proposito per partire con il piede sbagliato.

«Abbiamo ricevuto delle richieste per River House?», chiede freddamente, andando dritta al sodo. Rita non bada ai convenevoli. Le piace anche usare il "noi" regale... come in "non abbiamo provato con sufficiente impegno" o "dobbiamo fare meglio".

«Mi lasci controllare, Rita», rispondo, il più educatamente possibile. «Vado a prendere il fascicolo. Mi dia solo un minuto». La metto in attesa prima che possa controbattere e cerco di pensare.

Devo guadagnare tempo. So perfettamente che non c'è stata una singola richiesta dall'ultima volta che abbiamo parlato prima del weekend. Anche Rita lo sa, perché se ci fosse stato anche solo un briciolo di speranza l'avrei chiamata e glielo avrei detto subito. Mi chiedo se sia il momento di prendere il toro per le corna, insistere perché renda più sobri gli interni troppo sfarzosi e abbassi il prezzo di partenza. Allora sì che potremmo ricevere qualche proposta. E dobbiamo anche fare qualcosa per il nome, quella è una questione fondamentale: anche se si chiama River House, quell'ammasso imponente non è affatto vicino al fiume. L'acqua più vicina – un irrisorio fiumiciattolo che si prosciuga ogni estate – è almeno a una ventina di chilometri di distanza, una cosa per cui i pochi potenziali acquirenti che hanno visitato la casa nei mesi scorsi si sono enormemente risentiti. L'unica ragione per cui si chiama River House è che a Rita sembrava maestoso. Si è persino fatta fare una lastra di pietra calcarea con il nome inciso a mano e l'ha messa accanto al cancello elettrico personalizzato.

Vorrei avere il coraggio di dire tutto questo a Rita, ma so che se lo facessi lei andrebbe su tutte le furie – di nuovo – e non sono dell'umore giusto per ascoltare le sue scenate stamattina. E poi non è che abbia davvero bisogno di vendere la proprietà: ha ereditato milioni alla morte dello zio, quindi non ha nemmeno un mutuo da estinguere. È in una posizione di gran lunga migliore rispetto ad alcuni altri venditori che cercano disperatamente di sbarazzarsi di case che non possono più permettersi. Forse se cercassi di parlarle usando un po' di tatto – lanciandole giusto qualche suggerimento – reagirebbe meglio.

Apro la sua pratica e noto subito un post-it in cima alla pagina. Quasi non riesco a crederci: sembra che Dom abbia ricevuto una telefonata venerdì, mentre io ero fuori per un sopralluogo. Il suo scarabocchio è a malapena leggibile, così non riesco a capire cosa ci sia scritto, ma il mio cuore batte forte per la speranza. Forse le cose andranno per il meglio. Forse qualcuno vuole vederla. Dom sta parlando all'altra linea e non posso rischiare di tenere Rita in attesa molto a lungo, quindi non ho tempo di interrogarlo sulla richiesta. Dovrò bluffare, dire che c'è stata una richiesta e che riceverà i dettagli da Dom più tardi.

«Rita?». Premo il pulsante per prendere di nuovo la linea.

«Sì, sto aspettando. Devo dire che non mi stupisce essere lasciata in attesa. Se lei fosse una vera professionista avrebbe saputo l'esatta situazione di River House senza dover consultare alcuna pratica».

Resisto all'impulso di sbatterle il telefono in faccia. È davvero una megera.

«Pare che qualcuno sia interessato alla proprietà», continuo, imponendomi di non sembrare stizzita. «Secondo quanto riportato sulla pratica, abbiamo ricevuto una chiamata venerdì».

«Davvero?». Rita si rianima. «Perché non mi ha contattata immediatamente? Avrei dovuto essere informata!»

«Be', non ne sapevo nulla. Devo solo parlare con...».

Prima che possa finire, mi interrompe in malo modo: «Non voglio ascoltare nessuna delle sue scuse, Mary. La pago per occuparsi di River House, giusto? Questa interruzione nelle comunicazioni è di un'*estrema* incompetenza». Il suo tono è glaciale.

«Ero fuori sede per lavoro, Rita», ribatto, cercando di restare calma. «Dom ha risposto alla chiamata, quindi devo solo chiedere a lui i dettagli».

«Capisco». La sua voce è meno severa: ha un debole per Dom, questo è poco ma sicuro.

«Mi aggiorno e la richiamo non appena possibile».

«Si assicuri di farlo, Mary», dice, tirando altezzosamente su col naso. «Altrimenti sarò costretta a rivolgermi altrove per i miei affari. Sono molto insoddisfatta del livello del vostro servizio. Ci aspettiamo di meglio».

Riattacca e io scaravento il ricevitore al suo posto.

«Mi chiamo MAGGIE, stupida vacca!», urlo in direzione del telefono.

«Maggie, perché così eccitata?». Dom inarca un sopracciglio nella mia direzione. «Non che mi lamenti. Non c'è niente che adori di più del vederti accaldata e sudata».

«Chiudi il becco, Dom, o ti denuncio per molestie», sbotto in tono scontroso. Solido Mogano è riuscita a mettermi di un umore peggiore di prima.

«Non vedo l'ora, cara. O, se preferisci, possiamo giocare al tribunale. Io farò il giudice e tu puoi essere una ragazza molto cattiva… che ne pensi? Ecco, non dico che sarebbe eccitante come giocare a Tarzan e Jane, ma farò del mio meglio».

Si lecca le labbra in modo impudente e io non posso fare a meno di ridere, nonostante il cattivo umore.

«Maggie, Dom». Proprio in quel momento, Dermot appare davanti a noi, ha il viso pallido, quasi spettrale. Nelle ultime settimane il suo aspetto è diventato sempre più malaticcio… ma oggi sembra proprio uno straccio.

«Ti senti bene, Dermot?», gli chiede Dom.

«Non proprio», risponde Dermot, con voce roca. «In realtà devo parlare con entrambi. Potete venire nel mio ufficio, per favore?».

Scompare immediatamente, senza aggiungere una parola. Dom e io ci guardiamo in preda all'ansia prima di alzarci in silenzio dalle nostre sedie. Cerco di impedire al panico che sento nel petto di travolgermi, ma so che probabilmente ci siamo. Non è abitudine di Dermot chiamarci nel suo ufficio e, dalla sua espressione, non sembra sul punto di offrirci dei bonus di rendimento e macchine aziendali.

«Testa alta, Maggie», mi sussurra Dom, afferrandomi la mano. «Forse non è quello che pensi. E anche se fosse, non è la fine del mondo».

Gli rivolgo un sorriso e annuisco, ma mi sembra di fluttuare sopra il mio corpo, di osservare la scena dall'alto. Se Dermot ci ha chiamati per dirci che il nostro lavoro è andato, per come la vedo io *è* la fine del mondo.

Ho già lasciato l'uomo che tutti consideravano l'amore della mia vita. Mamma e papà erano così sconvolti quando alla fine gliel'ho detto che sono dovuti andare in vacanza a Marbella per riprendersi. Come accoglieranno questa notizia? E poi c'è Theresa. Ho passato mesi ad ascoltarla mentre insisteva sull'enorme sbaglio che avevo fatto lasciando Robert… Lei dice che è un "ottimo partito" e che è assolutamente insostituibile, specie alla mia veneranda età. Non ho mai pensato che avere trentadue anni fosse così male, ma del resto non mi ero resa conto che a quanto pare è l'esatta età in cui ogni uomo decente smette di guardarti. Theresa si è affrettata a informarmi della cosa, dice che è per questo che si tiene stretta Malcolm per la vita, anche se l'ha abbandonata nel momento di maggior difficoltà.

Adesso non solo sarò senza un uomo, ma pure senza lavoro. Una vera tragedia… il che tecnicamente significa che sono un'eroina tragica. Ironia della sorte, nemmeno questo pensiero è sufficiente a rallegrarmi mentre incespico alla cieca verso l'ufficio di Dermot per sentire quale sarà il mio destino.

REGOLA NUMERO 2
Prepara sempre un piano B

«Mi spiace davvero, ma sembra che dovrò lasciare a casa entrambi». Il viso di Dermot è cinereo. Ci spiega, come se non ne fossimo già dolorosamente consapevoli, che il crollo del mercato immobiliare ha creato alla Hanly & Company seri problemi finanziari e che non ha più senso continuare a tenerci qui quando può benissimo sbrigare da solo la patetica quantità di lavoro rimasto.

«È tutta colpa mia», continua, con voce rotta. «Se solo non avessi investito in quel dannato complesso di appartamenti, adesso sarei in grado di affrontare tutto questo. Ma sono fottuto – il mio socio parla di restituire le chiavi alla banca. Ho perso i miei soldi, riesco a malapena a mandare avanti l'agenzia e sto rovinando anche le vostre vite. Cristo, questa è la cosa peggiore».

Si prende la testa tra le mani, disperato, e mi si stringe il cuore. Come farà ad andare avanti senza di noi? Non sarà in grado di gestire i clienti che gli urleranno contro al telefono. Dovrò ritrovare la segreteria telefonica prima di andarmene, così potrà filtrare le chiamate peggiori. Dove sarà finito quell'aggeggio? Mi pare di averla infilata nel sottoscala l'ultima volta che Dom ha lasciato tutti quei messaggi sconci. Dovrò andarla a scovare.

D'un tratto mi colpisce il pensiero che forse sono in stato di choc... Non è forse questo che fanno le persone sotto choc? Concentrarsi su dettagli insignificanti, tipo dove hanno messo la segreteria telefonica?

«Ehi, frena, Dermot. Non stai rovinando le nostre vite».

Dom gli dà qualche colpetto sul braccio. So che questo gesto fisico di conforto va contro ogni suo principio; Dom non crede nell'essere eccessivamente espansivi con persone del proprio sesso: mi ha raccontato che una volta questo lo ha portato a un incontro davvero imbarazzante nella toilette di un locale che si chiama Sheeba con un uomo che indossava un paio di pantaloni di pelle attillati. «Non tutto il male viene per nuocere. Questa lieve battuta d'arresto potrebbe essere ciò di cui tutti abbiamo bisogno per riconsiderare la direzione che hanno preso le nostre vite».

Sorrido a Dom piena di gratitudine per il suo tentativo di far sentire meglio Dermot. Sta mentendo, ovvio. Questo male non sta solo nuocendo, è un totale disastro, ma non c'è ragione di dirlo a Dermot, ed è carino da parte di Dom cercare di non gettare sale sulle ferite altrui. Dermot non ha bisogno di sentirsi dire che è responsabile della rovina dei nostri progetti futuri: è già abbastanza sconvolto così.

Cerco di soppesare come mi sento adesso che il "e se?" è diventato un "per certo". È come se stessi fluttuando sopra il mio corpo, come se tutto questo non stesse affatto accadendo a me. Non è una sensazione spiacevole: in un certo senso mi ricorda quella volta in cui ho fumato l'erba con la banda dei fighetti dietro il cortile della scuola, quando avevo quindici anni. Alla fine è saltato fuori che in realtà era solo tabacco e mi sono resa ridicola dicendo a tutti che mi sentivo completamente fatta. È stato allora che Patty O'Houlihan è scoppiata a ridere e ha detto che mi stavano solo prendendo in giro. È stato davvero imbarazzante.

Non ho mai ammesso niente di tutto questo con mamma e papà. Cosa diranno quando gli racconterò del lavoro? Sono ancora distrutti perché ho rotto con Robert, questo li manderà fuori di testa di sicuro. Sono certa che quando ero bambina non pensavano che mi sarei rivelata un tale disastro.

«Davvero?». Dermot solleva la testa dalle mani e guarda Dom speranzoso.

È vulnerabile come un bambino. È proprio triste vederlo in questo stato. Ha sempre avuto il cuore tenero, il che probabilmente è un altro motivo per cui non ha tratto vantaggio dalla vendita di grandi proprietà quando altri non ci avrebbero pensato due volte. Ha investito in condomini quando tutti gli altri stavano uscendo dal mercato. Adesso sembra un uomo sconfitto. Oltre al pallore malaticcio, ha gli occhi iniettati di sangue e ha pure perduto peso: le sue guance paffute sono quasi scomparse. D'improvviso mi rendo conto di non ricordare l'ultima volta in cui l'ho visto mangiare uno di quei sandwich pancetta e lattuga che gli piacciono tanto, anzi, non ricordo nemmeno l'ultima volta in cui l'ho visto mordicchiare un biscotto. Chiaro, è troppo stressato per mangiare.

A differenza di me. Theresa dice che il fatto che mangi tanto quando sono sotto pressione è sintomo di qualche questione psicologica irrisolta: sostiene che inconsciamente sto cercando di cancellare il dolore con il cibo. Theresa adora leggere libri di self-help – dice spesso che potrebbe diventare una psicoterapeuta quando i gemelli saranno grandi e non dipenderanno più da lei per ogni cosa – dopotutto, se riesce ad assimilare così tanta conoscenza sul bagaglio emotivo delle persone quando non la lasciano nemmeno fare pipì in pace, chissà quali traguardi potrebbe raggiungere. So che è questo il pensiero che le permette di andare avanti quando uno dei gemelli fa la popò sul tappeto del soggiorno per l'ennesima volta in una settimana.

«Certo!», risponde allegramente Dom. «Questo inconveniente potrebbe essere la nostra occasione d'oro!».

È strano, ma sembra quasi... sinceramente allegro. Sono piuttosto impressionata. Se non sapessi come stanno le cose, potrei iniziare a credere anch'io al suo discorsetto d'incoraggiamento. È chiaro che mentire su tutte le donne della sua vita lo ha reso un esperto.

«Sì. Io, personalmente, mi rifiuto di farmi abbattere da tutto questo grigiore finanziario», continua Dom, con un ampio sorriso. «So già cosa farò dopo».

«Sul serio?».

Mi volto a guardarlo e mi rendo conto che *è* serio. Non sta scherzando. Crede *davvero* che questa potrebbe essere una specie di opportunità. È evidente che ha già pensato a un piano B.

«Sì», annuncia. «Me ne andrò in Australia!».

Sorride a entrambi, soddisfatto di sé.

«In Australia?», ripeto allibita. È la prima volta che lo sento parlare di una cosa del genere… Come mai non me l'ha detto? «Perché l'Australia?».

D'un tratto sono un po' seccata. Avrebbe dovuto confidarsi con me. È stato quasi… quasi subdolo da parte sua non farlo. Forse se l'avesse fatto avrei pensato a dei progetti concreti anch'io, invece di sperare distrattamente che tutto tornasse a posto.

«La domanda non è *perché*, mia splendida Maggie. È *perché no*? Ho sempre voluto andarci e questa è l'occasione perfetta. Mio cugino Pierce dice che laggiù c'è ancora lavoro e, cosa ben più importante, le pollastre australiane sono uno sballo. Pierce dice che le cose a tre sono all'ordine del giorno e lui non è James Bond, quindi riuscite a immaginare come me la caverò io?». Dom si frega le mani, sorridendo al solo pensiero.

«Non posso credere che tu stia pensando con *quello*», lancio un'occhiata sdegnosa all'inguine di Dom, «in un momento del genere».

Perché per lui tutto ruota intorno al sesso? È una cosa malsana. Forse ha un problema serio. Le sue storielle bizzarre sono divertenti, ma se fosse vera anche solo la metà di quel che racconta, potrebbe essere un vero e proprio sessodipendente.

«Maggie, Maggie, Maggie», Dom scuote la testa con finta serietà, «lo sai che sono *orgoglioso* di pensare con *questo*». Si guarda la zip dei pantaloni e spinge con i fianchi nella mia direzione, sorridendo, giusto in caso non abbia colto bene il punto. È il suo cavallo di battaglia, la mossa che prova all'infinito davanti allo specchio della camera da letto. Dice che è molto più efficace quando lo fa senza niente addosso. Fortunatamente non ho mai visto quella versione.

«Be', credo che tu sia matto», dico con tono inflessibile. «Matto da legare».

Sono davvero infastidita dal fatto che non mi abbia mai accennato al suo grande piano prima d'ora. In un certo senso avevo creduto che non avesse pensato a un'alternativa… che si sarebbe trovato in difficoltà, come me, in caso fosse accaduto il peggio. Sentire che le cose stanno diversamente mi ha proprio sconvolta.

«Anzi», continuo, incapace di fermarmi, «ho letto sui giornali la scorsa settimana che non ci sono lavori nel settore immobiliare in Australia, quindi ti stai illudendo se credi di andar lì a far fortuna. Non succederà mai».

Tecnicamente, tutto questo non è vero. Non ho mai letto niente del genere, ma Dom non può saperlo. Non legge mai i giornali, a meno che non ci siano foto di ragazze svestite, s'intende. Mi sento un tantino in colpa per aver mentito, ma per qualche motivo il pensiero che Dom abbia un piano alternativo ora che siamo stati colpiti dal disastro è proprio snervante. Lui è uno che vive alla giornata, uno incasinato. Non pianifica mai nulla. Vive giorno dopo giorno, minuto dopo minuto… quindi com'è possibile che abbia considerato questo possibile sviluppo? Non ha senso.

«Forse no», Dom mi sorride in modo enigmatico, «ma chi dice che resterò in questo settore? Chi dice che non farò qualcosa di completamente diverso?»

«Tipo cosa?», lo incalzo. «Non sei qualificato per fare

nient'altro. Non eri qualificato nemmeno per lavorare qui, tra l'altro». Faccio una smorfia.

«Maggie, perché sei così negativa?». Fa schioccare la lingua in segno di disapprovazione. «È un tratto davvero poco attraente in una ragazza tanto attraente».

«Credo tu faccia bene ad andare», dice Dermot d'un tratto.

La sua voce mi coglie di sorpresa: mi ero quasi dimenticata che fosse nella stanza, tanto ero occupata a indispettirmi con Dom per il suo stupido ottimismo.

«Visto?». Dom mi fa l'occhiolino. «Quest'uomo ha l'atteggiamento giusto. Dicci di più, Dermot!».

«Be'... ho sempre desiderato viaggiare», riflette Dermot con calma, «ma non ho mai avuto il tempo di farlo. Sono sempre stato troppo occupato con questo posto». Indica con aria smarrita il proprio ufficio. «Adesso è troppo tardi». Sembra disperato, lì seduto alla scrivania, dove pile di cartelle fanno a gara per trovare posto. Dermot ha un sistema di archiviazione tutto suo che nessun altro è mai riuscito a decifrare. Il suo ufficio è come una zona di guerra, ma se cerca un appunto riesce sempre a trovarlo in meno di trenta secondi. Il suo originale metodo di caos organizzato sembra semplicemente funzionare alla perfezione per lui.

«Dermot, amico mio», dice Dom in tono autorevole, spostandosi dietro di lui per dargli una pacca sulla spalla, da uomo a uomo, «non è mai troppo tardi».

«No, la mia occasione è andata», si rammarica Dermot. «Sono troppo vecchio per bighellonare in giro per il mondo. E ora non potrei nemmeno permettermelo, anche se volessi. Ho lavorato tutta la vita e il risultato è un grosso, grasso nulla. Non riesco a credere di essere un tale fallimento».

La sua voce si spezza e io sento gli occhi pieni di lacrime. È terribile vederlo in questo stato. «Non essere così duro con te stesso, Dermot», dico con voce strozzata.

Ha un'aria così abbattuta... so che gli si spezza il cuore perché le cose sono andate in questo modo.

«Immagino di aver fatto del mio meglio», scuote di nuovo la testa, «ma devo essere l'unico agente immobiliare d'Irlanda a non aver fatto un mucchio di soldi durante gli anni del boom. Questo non fa di me una colossale testa di cazzo?».

Mi irrigidisco. Dermot non usa mai parolacce, mai.

«Adesso non avrò nemmeno soldi sufficienti a garantirmi la pensione», dice. «Di sicuro potremmo concederci meno lussi di quanto aveva sperato Yvonne. Dio solo sa quale sarà la sua reazione quando scoprirà la verità».

«Vuoi dire che non sa ancora niente?», chiede Dom, guardandomi per valutare la mia reazione.

Cerco di mantenere un'espressione neutra per nascondere ogni segno di eventuale sorpresa, ma la verità è un'altra: il fatto che non le abbia detto nulla non mi sconvolge più di tanto. Yvonne è la seconda moglie di Dermot. Si sono sposati esattamente tre anni dopo che la sua prima moglie, Marie, è morta di cancro al seno, e Dermot l'ha sempre trattata come una specie di principessa. L'ha coperta di regali e di denaro sin dal giorno in cui si sono conosciuti. La mia personale teoria è che stesse cercando di rimediare per l'esistenza frugale che lui e Marie avevano condotto: hanno cresciuto tre figli e li hanno mandati al college, ma non si sono mai concessi vizi. Marie è morta senza aver mai goduto di nessuno dei privilegi della ricchezza, e sono convinta che Dermot sia tormentato da un'irrazionale senso di colpa per tutto ciò che si è persa, al punto da voler cercare di rimediare. Ancora oggi non spende nulla per sé, ma Yvonne ha condotto un'esistenza agiata da quando lo ha incontrato. Dirle che l'agenzia è fallita e che la sua vita dorata sta per subire una brusca battuta d'arresto sarà molto difficile.

«Non esattamente», ammette imbarazzato Dermot. «Si è accorta che le cose sono diventate... un po' più difficili del solito. Ma non sono riuscito a dirle tutto. Non sapevo come l'avrebbe presa».

«Devi avere più fiducia in Yvonne», gli dico. «Non ti ha sposato per i tuoi soldi».

Dom solleva lo sguardo su di me alle spalle di Dermot, ma cerco di non reagire. Siamo sempre stati d'accordo fin dall'inizio sul fatto che Yvonne sia una vera e propria arrivista. Ogni volta che fa la sua comparsa in ufficio indossa le più recenti creazioni d'alta moda e ha una borsa all'ultimo grido, il tutto perfettamente corredato da un ghigno di superiorità. Questo cambiamento della loro situazione economica la distruggerà e Dermot ha ragione a preoccuparsi: se i fondi si prosciugano, lei potrebbe decidere di andarsene e portare con sé la sua collezione di borse firmate. Il povero Dermot uscirebbe annichilito da una cosa del genere: sembra che la ami davvero, anche se non ne capisco il motivo. È superficiale, manipolatrice e priva di fascino. E poi non è nemmeno così bella... se togliamo le extension, l'abbronzatura artificiale e le tette finte, è piuttosto insignificante. La teoria di Dom è che Dermot sia disposto a sopportare tutto per il sesso perverso che lei è in grado di offrirgli... ma del resto Dom ha una teoria di origine sessuale quasi per ogni cosa.

«Voleva assolutamente una piscina coperta», dichiara Dermot in tono funereo. «Ormai non potrà più averla».

«Vi ho detto che avrò una piscina in Australia?», lo interrompe Dom. «È una Jacuzzi. Pierce dice che è lì che di solito si fanno le cose a tre».

«Dom!» Gli lancio un'occhiataccia per farlo stare zitto. «Le piscine sono enormemente sopravvalutate, Dermot», continuo. E creano dipendenza da autoabbronzante... Vorrei dirlo, ma mi fermo appena in tempo. Non c'è ragione di peggiorare le cose: Dermot scoprirà fin troppo presto che Yvonne è devota solo alla sua carta Visa Platinum.

«Proverò a dirlo a Yvonne», replica Dermot, disperato.

«Ha gusti costosi. Se non riesco a mantenere il tenore di vita che si aspetta, non so cosa succederà. Potrebbe anche lasciarmi».

«Oh, smetti di essere così melodrammatico», dico in tono vivace. Devo mantenere la sua mente occupata in qualche modo o finirà per piangere sulla scrivania. «Non ti lascerà mai, è pazza di te».

Questa è un'altra spudorata menzogna. Non credo che Yvonne ami Dermot, credo che ami quello che pensava lui avesse. Ora che è sparito tutto, probabilmente non sarà più in grado di fingere.

Dom mi rivolge un'altra smorfia, ma io continuo imperterrita. Sarebbe inutile dire a Dermot che sua moglie è una stronza a ventiquattro carati che lo scaricherà in un baleno per un altro tizio una volta scoperto come stanno davvero le cose.

«Lo credi davvero?». Dermot tira su col naso, e so che sta cercando di riprendersi.

«Ma certo», confermo, «perché non dovrebbe? Non sei niente male».

Dermot mi rivolge un sorriso tremolante, il primo da quando siamo entrati nel suo ufficio. So che non c'è pericolo a flirtare con lui in questo modo: è abbastanza vecchio da poter essere mio padre, dopotutto.

«Ho del denaro per entrambi». Si ricompone e ci porge due buste al di sopra della scrivania. «Non è quanto avevo sperato di darvi, ma può sempre tornare utile».

«Grazie, capo», gli dice Dom, e io mi mordo un labbro per non piangere.

So che Dermot avrà fatto l'impossibile per mettere insieme questi soldi per noi. La cosa spaventosa è che mi dovranno bastare finché non riuscirò a trovare un nuovo lavoro. E non c'è molta speranza che questo accada presto, perché non ci sono posti di lavoro. I giornali sono pieni di articoli sulla situazione disperata nella quale si trovano migliaia di persone. Cinquecento candidati speranzosi si sono presentati per un posto da cassiere in un supermercato del centro l'altro giorno. La cosa triste è che non so nemmeno come funziona una cassa digitale: non avrei avuto alcuna possibilità.

Prendo l'assegno da Dermot e mi chino per abbracciarlo.

«Tu starai bene, Maggie? Che farai?».

Mi sembra di nuovo troppo angosciato per dirgli la verità, e cioè che non ho la minima idea di cosa farò dopo. Non ho più Robert su cui fare affidamento. Sono tutta sola in ogni senso. Forse Theresa aveva ragione. Forse avrei dovuto tenermelo stretto.

Cerco di scacciare questo pensiero dalla mente. Non eravamo fatti per stare insieme, no davvero, e non ha alcun senso adesso fingere che non sia così solo perché ben presto potrei diventare povera. Anche se la cosa mi tenta, solo per un secondo.

«Non lo so ancora di preciso», rispondo tenendomi sul vago.

«Magari verrà in Australia con me», scherza Dom, e lo colpisco con la busta della mia liquidazione.

«Non ci sperare, Pelatone», dico. «Che cosa farai *tu* adesso, Dermot?»

«Non ne sono sicuro». Si passa una mano tra i capelli con un'espressione addolorata. «Chiuderò i boccaporti, suppongo. Resterò qui, presidierò l'ufficio nella speranza che le cose migliorino. Vorrei solo che ci fosse abbastanza lavoro per tenervi entrambi. Voi due siete stati i migliori impiegati che abbia mai avuto, altroché». La sua voce si spezza.

«Dài, Dermot, risparmia tutte queste smancerie per la lettera di referenze!». Dom cerca di sollevargli il morale. «Comunque, sappiamo tutti che il lavoro da fare era ben poco, i compratori venivano a bussare alla porta. Tutto quello che dovevamo fare era porger loro una penna per firmare sulla linea tratteggiata!».

Dermot ride cupamente. «Hai ragione... quelli sì che

erano bei tempi. Credete che andrà mai meglio di così?». D'un tratto sembra disperato. «Credete che le cose miglioreranno?».

Non ho mai visto Dermot in questo stato. Di solito è estremamente lucido. Mai arrogante, non lo è mai stato – non come alcuni degli agenti immobiliari che affollavano il mercato quando le cose andavano bene – ma è sempre stato pacatamente sicuro di sé. Ora, di fronte alla rovina finanziaria, è un rottame troppo sensibile.

«Ma certo, Dermot». Faccio del mio meglio per rassicurarlo. «Le cose andranno di nuovo alla grande, e molto presto, lo sanno tutti. Ci riassumerai in un baleno».

«Sì, forse hai ragione», mormora lui, sorridendo debolmente a entrambi, e io mi rendo conto di colpo che Dermot è invecchiato di almeno dieci anni negli ultimi sei mesi. Dai suoi occhi traspare un'evidente preoccupazione e i capelli gli sono diventati più grigi intorno alle tempie. Lo stress ha proprio preso il sopravvento su di lui.

Infilo in tasca l'assegno. «Adesso datti una sistemata», gli dico. «È ora del piano B».

«Il piano B?». Il viso di Dom si illumina.

«Esatto», affermo con una certa sicurezza. «Piano B. Andiamo a farci un drink per tirarci su di morale».

«È questo lo spirito giusto, Maggie!». Dom sorride allegramente e Dermot riesce a fare una risatina.

Siamo sempre riusciti a trovare un piano B ogni volta che le cose si mettevano male, tipo quando Solido Mogano Hyde-Smythe cominciava a rompere. Abbiamo affogato tutte quelle rotture di palle in un sacco di pinte.

«Ah, non lo so», mormora Dermot. «Ho un sacco da fare qui». Fa un cenno impercettibile ai documenti. «Voi andate... bevetene uno anche per me».

«Dermot», dice Dom, «non penso ci sia nulla di troppo urgente che non possa aspettare un po' – non credi?»

«Be', ho delle cose da fare...», ribatte Dermot, ma so che è tentato, glielo leggo negli occhi.

«E dài, un bicchierino non farà male a nessuno. Solo uno». Dom è molto bravo a blandire la gente con le moine, a quanto pare è in questo modo che riesce a portarsi a letto così tante donne: le sfinisce finché non accettano.

«Oh, d'accordo allora». Dermot fa un sorriso forzato, poi si alza dalla scrivania. «Sei terribile».

«Così si fa!», esclama Dom ad alta voce. «Vado a prendere la giacca».

Corre fuori dall'ufficio, ed è allora che Dermot mi prende la mano. «Maggie, mi dispiace davvero tanto», dice con gli occhi lucidi.

«Ah, Dermot, andrà tutto bene».

«No, non sono certo che tu capisca...».

Che c'è da capire? Non ho più un lavoro, questo è chiaro come il sole.

«È per l'appartamento».

«L'appartamento?»

«Sì... se il mio socio è deciso a consegnare le chiavi alla banca, sarò costretto a chiederti di andartene». Deglutisce, cercando di controllare l'emozione.

«Oh». La mia voce è uno squittio. A questo non avevo pensato.

«Puoi venire a stare da me e Yvonne per un po', lo sai, finché non ti rimetti in sesto. A Yvonne probabilmente piacerebbe un po' di compagnia femminile: voi due potreste parlare di roba come... scarpe, magari». La sua voce si affievolisce incerta.

Mi gira la testa mentre la gravità della situazione mi colpisce in tutta la sua forza: non ho un lavoro. Lavorare qui è tutto ciò che so fare, non è che abbia una moltitudine di altri talenti su cui fare affidamento per guadagnarmi da vivere. Non ho nemmeno mai fatto la cameriera. Non che ci sia richiesta di cameriere ora che anche il settore della ristorazione è ridotto in ginocchio.

E adesso non ho nemmeno più un posto dove vivere.

Andrò a vivere sul divano del mio ex capo. Finirò a

parlare di scarpe con quella sanguisuga di sua moglie. Oddio.

Un'ondata di puro terrore mi travolge e mi sento male. E se non riuscissi a trovare un lavoro? E se dovessi passare il resto della mia vita con il sussidio? Devo affrontare i fatti: nessuno assume agenti immobiliari. Nessuno assume nessuno, da nessuna parte.

«Maggie?». L'espressione di Dermot è piena di angoscia.

«Non preoccuparti per me, Dermot», gli dico, prendendo un bel respiro ed esibendo un finto sorriso. «Mi inventerò qualcosa. Adesso andiamo a farci un paio di drink».

Il suo viso si rilassa per il sollievo. È un peso in meno sulle sue spalle non doversi preoccupare troppo per me. È grato per il fatto che io abbia una specie di piano per sopravvivere.

Mi getto la borsa in spalla e lo prendo a braccetto, cercando di reprimere la paura che mi si gonfia nel petto. Dermot può anche pensare che me la caverò, ma la realtà è che non ho affatto un piano. Anzi, non ho assolutamente idea di cosa farò.

REGOLA NUMERO 3
Nutri la tua anima

«Questa potrebbe essere la grande svolta della tua vita», afferma Claire.

«E tu sei convinta di questo perché...?». Bevo un sorso di vino e cerco di immaginare in che modo perdere il lavoro e la casa potrebbe essere una cosa positiva. Non sembra proprio.

«Perché questo ti dà la libertà di inseguire i tuoi sogni, sai, rigenerare il tuo io interiore», replica lei con sicurezza.

«Giusto». Stringo il bicchiere, travolta da un'ondata di irritazione. Se continua a blaterare di questa roba dell'io interiore potrei anche perdere il controllo. Voglio molto bene a Claire – è la mia migliore amica – ma ha perso il lavoro (un posto di prestigio nella gestione di un fondo speculativo) qualche settimana fa e da allora ha intrapreso un viaggio spirituale di scoperta per "trovare il suo nucleo essenziale". All'inizio è stato divertente, ma adesso sta diventando una vera palla.

Mi chiedo – e non per la prima volta – che succederebbe se mettessi insieme lei e mia sorella Theresa: potrebbero farsi una scorpacciata di self-help. Forse con loro due fuori dalle scatole potrei crogiolarmi nell'ansia in santa pace, come è nelle mie intenzioni.

«Comunque non sono convinta che tu fossi felice alla Hanly», dice Claire con fare eloquente. «Credo che soffocasse il tuo lato creativo».

«Ero felice», sospiro, «perfettamente felice».

«No, eri perfettamente *sistemata*. C'è una certa differenza. Un'enorme differenza».

«Di che stai parlando?». In questi giorni, cercare di decifrare ciò che dice Claire è diventato un'occupazione a tempo pieno.

«Voglio dire che ti presentavi ogni giorno in ufficio, timbravi il cartellino in entrata, lo timbravi in uscita, ma che cosa hai davvero ricavato da tutto questo?»

«Ehm, le più alte vendite di abitazioni private in ufficio?».

Dom ha cercato – fallendo miseramente – di battere il mio record di vendite un milione di volte, e Claire lo sa bene: perché si comporta come se in qualche modo l'avesse dimenticato? Sa quanto ero brava nel mio lavoro. Ho superato degli obiettivi, ho stabilito dei record. Certo, prima che il mercato crollasse. Dopo non ha avuto più alcuna importanza quanto fossi brava: tutte le mie capacità di vendita sono diventate irrilevanti una volta conclusosi il boom del mercato immobiliare.

«Ma a parte quello? A parte tutte quelle vendite, cos'hai *ottenuto* in realtà?»

«Quello era ciò che contava veramente, Claire. Le provvigioni si sono sempre basate sulle vendite, lo sai».

«Okay». Si interrompe. «Guardiamo questo problema da un'angolazione diversa. Ho letto un libro fantastico di recente, e c'era un capitolo dedicato a questo fenomeno specifico, quindi so esattamente di cosa sto parlando».

«Come no», dico sospirando.

In questi giorni Claire è in grado di citare capitoli e passaggi tratti da una decina di libri di self-help, sembra che non faccia altro. La sarcastica rompipalle di una volta è storia antica. Ora dispensa atti di gentilezza a destra e a manca al grido di "ama il prossimo tuo".

«Allora… prendevi delle provvigioni», dice con tono grave, come se stesse cercando di risolvere un qualche enigma e non avesse mai fregato la metà del suo staff per raggiungere i propri obiettivi professionali senza pensarci due volte.

«Sì».

Una montagna di provvigioni, ai bei vecchi tempi… che, a essere onesti, adesso sembrano molto, molto lontani.

«E…», continua lentamente, «che cosa ti hanno *dato* queste provvigioni?»

«Claire, secondo te? La possibilità di comprare cose, naturalmente!». Cos'è che non le è chiaro? Sa bene che ho sempre speso tutte le mie entrate disponibili… e forse anche un tantino… okay, molto di più ogni mese. Il consumismo è il fondamento della mia esistenza, per l'amor di Dio. È sempre stato così fin da quando, da ragazzina, lavoravo nel negozio all'angolo ogni sabato.

Quel miserabile di Stinky O'Connor mi pagava solo cinquanta centesimi l'ora per stare dietro al bancone a sorbirmi tutti quei luridi bambocci che ogni settimana si accalcavano in negozio per spendere la loro paghetta in dolci. Le angherie che ho dovuto sopportare da quei bambini erano sorprendenti: mi chiamavano con ogni nome possibile se non davo loro le barrette Wham abbastanza in fretta o se le loro gelatine alla Coca-Cola erano troppo aspre. Lavorare da Stinky era un inferno e l'unica cosa che mi permetteva di resistere tutto il giorno era la prospettiva di comprarmi qualcosa con il mio stipendio, di solito calze fosforescenti o la rivista «Jackie». Finché non ho scoperto le borse, ovvio.

Penso alla mia collezione di borse in questo momento. Non è assolutamente paragonabile a quella mastodontica di Yvonne – la moglie di Dermot deve avere un dottorato in shopping – ma si difende abbastanza bene. Ho una Mulberry piuttosto grande e una pochette di Lanvin. Ho persino una Paddington piccolina con il tanto agognato lucchetto voluminoso. Il santo Graal – Chanel – fino a ora è stato fuori dalla mia portata, ma ciò non mi ha impedito di fantasticare di possedere un'iconica 2.55. Mi viene in mente che questo sogno non si realizzerà mai ora che sarò costretta a smettere di comprare inutili oggetti di lusso. Probabilmente non potrò nemmeno comprarmi un'imitazione di Chanel. Dopotutto, sono disoccupata. Per non dire senzatetto. Il pensiero mi affossa a tal punto il cuore nel petto che mi sento frastornata.

«Allora», Claire sta ancora parlando, «ti piaceva comprare montagne di oggetti?»

«Certo, a quale donna sana di mente non piacerebbe? È una cosa insita nei nostri geni».

Prendo un altro sorso di vino e mentalmente cerco di chiudere il capitolo "Chanel", cosa molto difficile visto che ho ancora una visione di me stessa mentre faccio il mio ingresso in un hotel a cinque stelle con un oggetto di perfezione imbottita sottobraccio.

«A-ha!». Claire beve un lungo sorso della sua acqua minerale e annuisce vigorosamente, come se avesse fatto una scoperta psicologica sensazionale. Ho cercato di convincerla a prendere del vino, ma non ne ha voluto sapere: è molto attenta all'assunzione di alcol adesso. Continua a insistere sul fatto che il suo corpo è un tempio e tutte quelle stronzate lì.

«Dove vuoi arrivare, Claire?»

«Quel che intendo dire è che gli oggetti non possono renderti felice».

È fuori di testa? Certo che possono. Le mie borse mi rendono molto felice, e su base quotidiana. «Mi permetto di dissentire», dichiaro.

So che dicendo "mi permetto di dissentire" sembro una uscita dal diciottesimo secolo, ma Claire riesce a tirar fuori questa parte di me. Ed è una parte che non mi piace.

«Okay. Hai un sacco di borse», continua, quasi come se mi leggesse nel pensiero. «Ma in che modo questo ti soddisfa?»

«Mi fanno sentire bene. Si abbinano ai miei vestiti». Ha completamente dimenticato che un oggetto firmato può risollevarti l'umore? La *sua* Chanel è il bene più prezioso che ha. O almeno lo era, prima che cominciasse con tutte le sue fesserie spirituali. In questo momento la osservo e mi chiedo dove sia la sua borsa. Non ce l'ha: oggi si è portata dietro una cosa che sembra sospettosamente uscita da un negozio che fa opere di beneficenza. E non un negozio trendy in cui puoi vedere Kate Moss che fruga qui e là. Un posto in cui tutto è ammuffito e roso dalle tarme.

La sua borsa è un miscuglio patchwork, con perline e – orrore – minuscoli specchietti attaccati alle estremità. È assolutamente orrenda, e se Claire fosse nel pieno possesso delle sue facoltà mentali la getterebbe nel caminetto del pub che scoppietta allegramente dietro la grata accanto a noi. La vecchia Claire non avrebbe usato quella borsa nemmeno per portare la roba sporca in lavanderia. Del resto, la vecchia Claire non sarebbe mai apparsa in pubblico senza almeno tre dita di cerone sulla faccia… e da quel che vedo il suo viso sembra completamente privo di trucco. Credo che non abbia nemmeno l'autoabbronzante, che di solito mette anche per andare a dormire.

«Okay, valorizzano il tuo aspetto. Ma tutti questi beni materiali fanno qualcosa per la tua anima?»

«La mia anima?». Mi domando se abbia considerato l'eventualità di regalarmi la sua Chanel. Dopotutto, pare che abbia preso una direzione di stile completamente diversa. Probabilmente le farei un enorme favore se mi offrissi di prenderla.

«Sì, la tua anima», dice, e io di colpo ritorno alla realtà. «Quelle borse e tutti gli altri oggetti nutrono il tuo io interiore?».

Ci penso su per un minuto. Okay, forse non bilanciano esattamente il mio *io* o qualunque cosa di cui Claire stia parlando, ma mi fanno sentire alla grande con me stessa e questo deve pur contare qualcosa. Non c'è niente che sia paragonabile al fatto di tenere in mano una borsa perfetta… è come andarsene in giro con un'opera d'arte addosso. O almeno questa è la scusa che ho sempre usato per convincermi che valevano ogni centesimo del loro prezzo spropositato. E poi le borse costose sono cimeli di famiglia: non le compro tanto per me quanto per tramandarle alla prossima generazione. La figlia che non ho ancora avuto un giorno mi ringrazierà per la mia lungimiranza, lo so.

«Be', *qualcosa* nutrono», dico sprezzante. «Mi sento splendidamente quando le porto».

Non menziono il fatto che però, di recente, mi sono sentita sempre più a disagio a sfoggiarle, per via della recessione. Poiché il mondo intero è avviato sulla china economica discendente, mi sembra una cosa di cattivo gusto andare in giro con borse firmate. Tanto sembra che dovrò venderle tutte comunque, per pagare le bollette. Perché non ho mai risparmiato per i giorni di pioggia? Perché?

Claire mi guarda con un sopracciglio alzato, a sottolineare che ciò che ho appena detto è superficiale e completamente inappropriato, vista la crisi economica che il mondo sta attraversando. È diventata così *politically correct* da quando ha perso il lavoro e ha cominciato a credere nel potere curativo dei cristalli. E nel preciso istante in cui sto pensando questo, ne tira fuori uno dalla borsa e me lo mette in mano.

«Ecco, prendi, tienilo vicino, ti aiuterà», dice, con una strana espressione di presunta saggezza stampata in faccia. Negli ultimi tempi Claire è presa dalla smania di dimostrarsi una persona saggia; è una cosa snervante: quando lavorava la sua principale specializzazione era aggredire verbalmente chiunque. Aggredire e stendere le persone. Una volta ha scoperto che un collega era penetrato nella sua casella e-mail e lo ha picchiato… lo ha lasciato svenuto proprio nel bel mezzo del terzo piano. Adesso è diventata tutta altruismo. E che cos'è questa strana cantilena quando parla? Sembra quasi uno di quei nastri di auto-ipnosi che aiutano a smettere di fumare.

Comincio a chiedermi se Claire e io abbiamo ancora qualcosa in comune. Forse avrei dovuto chiamare Lisa. Lei adora ancora fare shopping. E sarebbe felice di dirmi che la mia vita era una schifezza senza insistere perché rinunci alla mia preziosa borsa di Prada.

«Parliamo di Robert per un minuto», propone adesso

Claire, biascicando una prugna che ha preso dal pacchetto infilato in tasca. Mi ha già detto in modo piuttosto particolareggiato che le prugne, combinate con una massiccia assunzione di fibre, hanno significativamente migliorato le sue abitudini intestinali e che se seguissi il suo esempio avrei tonnellate di energia in più e la mia pelle perderebbe il suo colorito grigiastro. L'ho vista persino fare una smorfia quando ho divorato il mio sacchetto di patatine al formaggio e cipolla, sono quasi certa che abbia borbottato sottovoce qualcosa di sprezzante sui grassi insaturi.

Le prugne sono già sgradevoli di per sé. Se il barista sapesse cosa sta facendo, le confischerebbe? Si sa che solo il cibo acquistato al bar può essere consumato qui. Forse dovrei fargli l'occhiolino, un cenno. Ne varrebbe la pena anche solo per sbarazzarsi di loro... persino la vista di lei che le mastica mi fa venire il voltastomaco.

«Che c'entra Robert con tutto il resto?». Non voglio proprio parlare di lui.

«Be', hai rotto con lui perché non era la tua anima gemella, giusto?».

Claire una volta prendeva in giro il concetto di anime gemelle. Al solo *sentir pronunciare* l'espressione si stizziva dicendo che quella teoria era spazzatura bell'e buona, e che chiunque credesse che là fuori c'era unicamente una persona per ognuno di noi erano uno svitato. Adesso sembra prendere il concetto seriamente; è cambiata così tanto che è difficile starle dietro.

«Sì», ammetto. Almeno non ha tirato fuori la storia dell'orsetto gommoso. Non come Theresa. Mi ha allegramente tartassato per alcuni mesi con quella storia. Theresa non riesce a comprendere come una persona possa decidere di lasciare un esemplare maschile perfettamente sano per un orsetto gommoso. Pensa che ciò che ho fatto sia ridicolo, specie dopo tutto quello che lei ha passato con Malcolm. È convinta che finché non avrò un paio di parti strumentali alle spalle e un marito che non riuscirebbe a cambiare un pannolino neanche se da questo dipendesse la sua stessa vita, non saprò cosa significa la parola "sacrificio".

«Sì, e quella è stata la decisione giusta», continua Claire. «Hai bisogno di semplificare la tua vita per migliorarla... guarda me, non sono mai stata più felice!».

Sta trovando la sua dimensione: i suoi occhi sono diventati un tantino vitrei. Spero solo che non si azzardi a dirmi di essere posseduta da un qualche essere celeste come ha fatto qualche settimana fa. Ecco, *quello* sì che è stato imbarazzante.

Do una lunga, implacabile occhiata a Claire, dato che lo ha chiesto lei. La massa di capelli, una volta sempre lucente e in piega, ora è raccolta in una coda che non le dona affatto, il tipo di coda che le riviste di gossip sarcastiche definirebbero un lifting facciale fai-da-te. Posso dire, dai capelli grigi che le spuntano qua e là sulle tempie, che non entra da un parrucchiere da un bel po' di tempo. Porta una trasandata maglia con cappuccio che quando era una top manager non avrebbe mai indossato nemmeno per andare a letto. Meno di tre mesi fa avrebbe riso vedendo in un pub qualcuno vestito come lei. Nel complesso, è ridotta proprio male, niente a che vedere con la solita Claire, ambiziosa e inappuntabile. La cosa buffa è che pare non rendersi nemmeno conto di quanto sembra strana... o forse non gliene importa nulla.

Si infila in bocca un'altra prugna, proprio mentre sto cercando di capire dove ho già visto la sua maglia prima d'ora. La usava per andare in palestra, forse? Sembra così familiare...

«Perdere il lavoro è stata la cosa migliore che mi sia mai capitata», continua Claire. «È straordinario come funziona il potere superiore. Cioè, non ho nemmeno mai creduto in un potere superiore finché non mi hanno licenziata e ho cominciato a trovare me stessa. Vivevo una vita a metà. Finalmente riesco a vedere ciò che conta veramente... mi capisci?»

«Non ne sono sicura, no». Non voglio essere scortese, ma

non ho la minima idea di ciò di cui sta parlando. Come si può pensare che essere licenziati per esubero di personale sia una cosa positiva? C'è qualcosa che mi sfugge? Qualche effetto positivo che non ho ancora scoperto? Perché non riesco a visualizzare altro che me stessa seduta tristemente, all'infinita ricerca di un lavoro di qualsiasi genere sui giornali. Sempre che riesca a trovare un posto dove vivere.

Claire sta ancora parlando. «Cioè, se non avessi perso il lavoro, non avrei mai scoperto le mie vere passioni. Devi rivedere le tue priorità, Maggie, ora o mai più. Diciamoci la verità, non stai ringiovanendo, no?».

Questo è un tantino esagerato. Io non le dico che ha bisogno di farsi aggiustare i capelli, giusto? E di certo non ho bisogno che qualcuno mi ricordi che non sono più una ragazzina, riesco a capirlo anche solo guardandomi allo specchio ogni mattina. «Non sono ancora decrepita», ribatto sulla difensiva.

«Sì, lo so, scusami... non volevo dire questo. Ma le lancette corrono. Se vuoi cambiare la tua vita, devi farlo adesso. Cioè, quando eravamo più giovani pensavi mai che saresti diventata un'agente immobiliare?». Si infila un'altra prugna in bocca e la fa rotolare con la lingua.

«Probabilmente no», le rispondo. Chi mai sognerebbe di diventare agente immobiliare? Non è esattamente ai primi posti nella classifica delle carriere più popolari... non è come la pop star o l'attrice.

«Che ne è stato delle tue aspirazioni artistiche?», mi chiede. «Quando andavamo a scuola volevi diventare una pittrice. Eri davvero brava, Maggie. Forse adesso è il momento perfetto per riprovarci».

Faccio girare il vino nel bicchiere e ci penso su. È vero che adoravo dipingere, ma non è una cosa che avrei potuto fare per vivere. Era solo un sogno irrealizzabile, a cui ho rinunciato tanto tempo fa, insieme all'ardente ambizione di sposare Jon Bon Jovi. Nemmeno quel piano ha funzionato.

All'improvviso mi viene in mente. So dove ho visto quella

maglia sciatta che ha addosso. Assomiglia in modo impressionante a quella che usava come coperta per il suo barboncino. Come si chiamava quel cane? Charlie, sì. Claire ha mandato il povero Charlie al canile perché si rifiutava di imparare le buone maniere. Per quanto abbia cercato di insegnargli ad andare fuori, continuava a fare pipì su tutti i suoi tappetini lavorati a mano. L'ultima goccia è stata quando ha fatto l'altro bisognino nella preziosa borsa di Balenciaga di Claire. È possibile che adesso abbia addosso la *cuccia* del suo cane? Scuoto la testa per liberarmi dell'immagine del barboncino Charlie che mastica come un matto quella maglia. Sono segni di denti quelli che vedo lungo la scollatura?

«Maggie?», mi chiama Claire. «Hai sentito che ho detto? Forse è arrivato il momento di andare in cerca di ciò che vuoi davvero dalla vita. Non è troppo tardi».

«Eh?». Distolgo lo sguardo dal suo collo e cerco di concentrarmi su ciò che sta dicendo.

«Credo che dovresti perseguire le tue ambizioni artistiche. Eri così brava... perché non fare un altro tentativo?»

«Gli artisti non guadagnano molti soldi, Claire», le faccio notare. «E sfortunatamente ho bisogno di guadagnare per vivere. L'affitto non è cosa da poco, lo sai».

«Ma non ti piacerebbe dipingere?»

«Sì, forse in un mondo ideale. Se vincessi alla lotteria, passerei ogni giorno a dipingere. Ma questo non succederà mai».

«Ma tu *desideri* farlo?»

«Claire», sospiro, ormai insofferente, «ho appena perso il lavoro. Ho circa cinque euro sul conto in banca e non ho un posto dove vivere. Dipingere è l'ultima cosa che mi passa per la mente».

«Ma se trovassi un posto a un prezzo vantaggioso, e prendessi un periodo sabbatico per qualche mese, potresti provare a sondare di nuovo il terreno...». Claire sembra decisamente entusiasta al pensiero, ha letto un libro di self-help di troppo.

«Anche se volessi, non è che in giro ci siano vagonate di posti con un affitto basso, giusto?», replico. «Soprattutto non ora che sono disoccupata. E, prima che tu lo suggerisca, non ho intenzione di ritornare da mamma e papà».

La parola mi ronza ancora in testa, rimbalzando fuori dal mio cranio. Sono disoccupata. *Disoccupata.* Dio, non avrei mai creduto che potesse succedermi una cosa del genere. E se non riuscissi a trovare un altro lavoro? Di che vivrò?

«Forse non c'è nulla a buon mercato in città, no», Claire mi guarda con un'espressione circospetta, «ma hai mai pensato di trasferirti in campagna? Tutto è molto più conveniente lì».

«In *campagna*? Sei impazzita?». Il vino mi va di traverso.

Ho passato qualche weekend di relax in lussuosi alberghi di campagna. I trattamenti alla Spa sono sempre abbastanza piacevoli, ma riesco a resistere al massimo quarantott'ore prima di cominciare a scalpitare perché mi manca il trambusto della città. Vivere permanentemente nel bel mezzo del nulla è impensabile.

«Sarebbe la soluzione perfetta per il tuo problema», continua Claire. «La liquidazione che ti ha dato Dermot durerebbe molto più a lungo laggiù. Potresti prenderti una pausa per riflettere, decidere cosa vuoi fare dopo, magari persino dipingere. Chissà cosa potrebbe accadere? Viviamo solo una volta, Maggie… la vita non è una prova generale, lo sai».

Ha *decisamente* letto troppi libri motivazionali. La scaricherò a Theresa, senz'altro… potranno crogiolarsi nel loro paradiso motivazionale insieme e lasciarmi in pace. «Senza offesa, Claire, ma questo è un discorso senza senso».

«Perché? È quello che sto per fare io».

«Eh? Di che stai parlando?».

Mi guarda serena, poi prende un respiro profondo. «Ho deciso di riqualificarmi come terapista olistica e di trasferirmi in campagna».

Sputo il vino bianco sul tavolo, evitando per un pelo di

farglielo finire in un occhio. Una goccia di Chardonnay le scorre sulla guancia. «Tu hai deciso *cosa*?». Claire diventerà una terapista olistica e andrà a vivere in campagna? È una follia! Ha una seria dipendenza da caffeina. Fuma. Crede che l'acqua sia per le femminucce. O perlomeno era così finché non ha cominciato con questa storia della disintossicazione. Pensavo fosse soltanto una fase. Mi aspettavo che ne uscisse molto presto.

«Sì», dice lei, asciugandosi il vino che le gocciola dal viso con la manica di quella maglia trasandata. «Mi sento talmente appagata da quando ho cominciato questo viaggio che voglio passare al livello successivo».

Oddio. Sta parlando proprio come una pazza. È questo che succede quando si perde il lavoro? Potrebbe essere anche il mio destino. Ben presto indosserò vestiti masticati dai cani e mi porterò dietro pure dei cristalli... non ho scampo.

«Non voglio farmi risucchiare di nuovo dalla frenesia. Adesso capisco quali sono le cose importanti... e non sono i soldi o gli oggetti. Ed è per questo che prima di iniziare il corso di formazione passerò un po' di tempo in un ashram».

«Un *ashram*?». Butto giù il vino tutto d'un fiato e faccio segno al barista che ne voglio un altro. Avrò bisogno di qualcosa di corroborante dopo queste notizie. Prima Dom annuncia di voler partire per l'Australia. Ora Claire dice che andrà in un ashram e poi si trasferirà in campagna. E dopo, che altro? Dermot si darà alla falegnameria e mi dirà che Yvonne in realtà è un uomo? Badate bene, questo non mi sorprenderebbe più di tanto, ha le braccia troppo muscolose.

«È un luogo di ritiro spirituale dove puoi praticare yoga e meditazione».

«So cos'è un ashram. È solo che non ho mai pensato...». Non riesco a trovare le parole.

«Cosa? Che avrei voluto andarci?»

«Be', sì», ammetto.

«Ma è così, Maggie. Non vedo l'ora! Questa sarà una svolta vera e propria nella mia vita».

«Bene». Non riesco a mostrarmi entusiasta, non ci riesco proprio.

«Non sei eccitata per me?». Una nube di preoccupazione attraversa il volto di Claire.

«Ehm, immagino di sì. Se è questo che vuoi. Solo che non ho mai pensato che un ashram fosse il tuo genere». Evito di dirle che questo è il genere di piano strampalato di cui Claire avrebbe riso solo qualche mese fa: non diceva che lo yoga era un'inutile perdita di tempo?

«Be', nemmeno io, ma questo era prima di...».

La voce di Claire si affievolisce mentre cerca di ricomporsi. Mi sembra di vedere una lacrima scintillarle in un occhio e lei non piange *mai*. È risaputo che picchia la gente che piange in pubblico. Una volta, mentre stavamo guardando un film strappalacrime, sono scoppiata a piangere quando la protagonista è morta in un tragico incidente e lei mi ha dato uno sganassone. Il livido mi è rimasto per più di una settimana. Guardo nel bicchiere e in silenzio desidero che il pavimento si apra sotto i miei piedi e mi risucchi. Sarebbe molto meglio che vedere Claire piagnucolare.

«Scusa», tira su col naso, «il viaggio verso il tuo io interiore può essere così logorante a livello emotivo. Comunque», dice poi con voce più ferma, «una volta tornata dall'India, mi abituerò alla vita di campagna, ricomincerò tutto da capo».

Magari è drogata... forse è per questo che si comporta in modo così strano. Forse ha una qualche dipendenza da antidolorifico. Aveva un'enorme quantità di paracetamolo in giro per l'appartamento l'ultima volta che sono andata a trovarla. La dipendenza può essere cominciata dopo che si è lasciata andare. Dovrò convincerla a lasciar perdere questa sciocchezza, è l'unica cosa da fare.

«Un ashram è una cosa, Claire», le dico con calma. «È un trasferimento a breve termine. Ma andare a vivere in campagna ti sembra una buona idea? È un grosso passo. Non puoi sistemarti come terapista olistica da qualche parte in città?». O ritornare al fondo speculativo, urla la mia voce interiore.

«Ho sempre desiderato vivere in campagna, Maggie. Ora o mai più. La vita è troppo breve per non cercare di ottenere ciò che desideri. È questo che voglio, lo so. In rete ho persino trovato il posto perfetto in cui abitare. Si chiama Rose Cottage». Tira fuori dalla sua borsa patchwork un foglio e me lo porge al di sopra del tavolo. «So che sembra banale, ma ho sempre sognato di vivere in un piccolo cottage, con le rose che crescevano intorno alla porta. Questo posto è perfetto. Ho davvero un buon presentimento a riguardo… riesco a immaginarmi laggiù… sai cosa voglio dire?»

«Più o meno». Tracanno il bicchiere di vino. Ho sentito questo genere di cose dai clienti: vedono delle foto della casa dei loro sogni su un opuscolo e prima che tu riesca ad aprir bocca hanno immaginato tutta la loro vita in quella casa. Raramente la cosa funziona, però. Un attimo dopo aver varcato la soglia si rendono conto che l'odore di curry non se ne andrà mai dai tappeti o che l'ingresso sarà sempre freddo e buio, indipendentemente da quante lampade decideranno di metterci. Le prime impressioni possono essere molto fuorvianti.

Poso lo sguardo sulle foto. Devo ammetterlo, sembra fantastico. È un piccolo cottage di pietra, con calce bianca sui muri esterni e una porta azzurrina con due mezze ante battenti. Ci sono persino le rose che crescono attorno all'intelaiatura. Le finestre a ghigliottina sembrano originali e il giardino è davvero grazioso, con ortensie rosa e quello che sembra un albero di mele accanto al cancelletto. Il posto non potrebbe essere più carino, ma probabilmente non tutto è come sembra. Dal modo in cui è stata scattata, la foto sembra esattamente quella che si potrebbe trovare sul coperchio di una leziosa scatola di cioccolatini, ma conosco tutti i vecchi trucchi e quindi non mi sbilancio.

«Potrebbe anche affacciarsi su una strada principale», le dico. «Di solito se una casa viene fotografata da vicino, come questa, stanno cercando di nascondere il fatto che il cancello principale si apre su una via trafficata».

«Non è così». Claire sorride. «È nel bel mezzo del nulla, vicino a un villaggio che si chiama Glacken».

«Potrebbe essere vicino a una discarica».

«No», fa un risolino frivolo, «è circondata da acri di campi».

«Vicini da incubo?»

«Il vicino più prossimo abita nell'edificio principale della fattoria. È là che vive il padrone di casa».

Mi sforzo di trovare dei difetti in questa fotografia idilliaca. Dev'esserci qualcosa che non va. Forse hanno usato Photoshop per cancellare tutte le imperfezioni.

«Puoi smettere di cercare i lati negativi. È perfetta, Maggie».

«Non può essere». Ancora non le credo. Niente è mai perfetto come appare. «Le tegole del tetto potrebbero essere di amianto».

«Sembra che siano state sostituite da poco, in realtà».

«Allora ovviamente non c'è il riscaldamento».

«Guarda quei meravigliosi radiatori vecchio stile alle pareti».

«Deve esserci *qualcosa*». Non mi arrendo.

«Non c'è. È tutto davvero in ottimo stato e l'affitto è trattabile se l'inquilino dà una mano alla fattoria per qualche ora alla settimana».

«A-ha!», grido io. «Lo sapevo! E cosa dovresti fare?». Dare una mano alla fattoria? Sembra a dir poco ambiguo; che razza di attività equivoca sta mandando avanti questo padrone di casa? Ho sentito parlare di quei festini selvaggi tanto alla moda nelle magioni di campagna.

«Non lo so esattamente», risponde Claire. «Strigliare i cavalli, portare a spasso i cani, pascolare le pecore, qualunque cosa facciano ogni giorno in campagna, suppongo. A me sembra il paradiso».

«Bene». Il padrone di casa vuole una mano con gli animali della fattoria in cambio di una riduzione dell'affitto. Modifico la mia espressione per non far capire a Claire cosa sto pensando; ovviamente ho passato troppo tempo in compagnia di Dom: la sua mente depravata ha fatto presa su di me.

«Sì, ho sprecato troppo tempo con quel dannato fondo speculativo, era penoso andare in giro con quegli scomodissimi tacchi a spillo e le gonne a matita. Ora sarò libera di esprimere me stessa in un modo che non ho mai creduto possibile».

Prende quell'orribile borsa patchwork in grembo e la stringe allegra. Se questa è Claire che esprime se stessa, siamo in guai seri. Ma se bisogna credere alle foto, allora lei ha ragione su una cosa: questo posto sembra *davvero* il paradiso, la fuga perfetta dalle seccature cittadine. Se siete persone a cui piace quel genere di cose. Io non lo sono. Sono una ragazza di città fino al midollo e lo sarò sempre.

«Allora, riesci a immaginare di vivere lì per un po'?». A Claire brillano gli occhi.

«*Io*? Che c'entro io in tutto questo?»

«Pensaci, Maggie. Starò all'ashram per tre mesi, ma firmerei il contratto a partire da adesso e tu potresti vivere nel cottage mentre io sono in India. È l'ideale per entrambe: tu potresti controllare il posto per me mentre sono via e allo stesso tempo prendere una boccata di ossigeno dalla città. Sarebbe l'opportunità perfetta per rilassarti un po' e decidere quale sarà il tuo prossimo passo. Che cos'hai da perdere?».

Guardo le fotografie. Il posto è carino, ha ragione su questo. Forse un po' di tempo lontano da qui mi farebbe bene. Dopotutto, non faccio una vera e propria vacanza da quando io e Robert abbiamo rotto. Potrei rilassarmi per un po' prima di mettermi a cercare un altro lavoro… qualche mese probabilmente non farebbe alcuna differenza. Forse potrei persino pensare di cambiare direzione alla mia carriera… provare a fare qualche corso di riqualificazione anch'io.

«Non devi restarci per sempre, puoi tornare dritta in città quando ho finito all'ashram, se vuoi. Non c'è alcun impegno, Maggie. E, naturalmente, penserei io all'affitto. Mi faresti un enorme favore».

Devo lasciare l'appartamento di Dermot non appena possibile e per ora non ho un altro posto dove andare. E poi, se l'affitto lo paga Claire, i soldi della liquidazione potrebbero durarmi molto più a lungo, ci sarebbe molta meno pressione per trasferirmi e trovare un lavoro – qualsiasi lavoro – e per pagare le bollette.

«Tutto ciò che ti chiedo è di venire con me a vederla e poi di pensarci su», cinguetta Claire.

«Okay», mormoro. «Se è questo che vuoi da me».

Potrei anche andare con lei a dare un'occhiata… non è che abbia molto altro da fare. E andare a vedere il cottage male non farà, anche se la cosa non porterà a nulla. La verità è che, una volta visto il posto, probabilmente Claire tornerà di corsa in città con la coda tra le gambe. Cambierà idea sulla campagna non appena si renderà conto che questo pittoresco cottage non ha la doccia o l'aria condizionata. Ci scommetto il mio ultimo stipendio.

REGOLA NUMERO 4
Se non puoi essere il sole, cerca almeno di non essere una nuvola

«Superate il terzo incrocio», urla la voce profonda all'altro capo della linea, «e poi tenete d'occhio la strada per trovare la calchera».

Sono al telefono con Edward Kirwan, il proprietario di Rose Cottage, che mi sta dando indicazioni per raggiungere la casa. Ci siamo perse e siamo finite in mezzo al nulla, tutto perché Claire ha insistito per disabilitare il GPS della sua BMW. Una volta non riusciva a vivere senza quell'aggeggio, ma ora sostiene che è una distrazione superflua e che siamo perfettamente in grado di trovare la strada da sole. È chiaro che ha decisamente sopravvalutato la nostra capacità di leggere una cartina.

«Il terzo incrocio, ha detto?», ripeto, per essere sicura di non aver capito male. C'è un sacco di rumore in sottofondo ed è difficile capire bene quel che dice.

«Esatto», grida lui, per sovrastare tutto quel chiasso. «Poi prendete la seconda stradina sulla destra dopo la calchera».

Faccio fatica a sentirlo, il baccano sta aumentando. Sento una specie di strano guaito. Che sia una bestia selvaggia? Qualunque cosa sia, è incredibilmente forte.

«Tu sai cos'è una calchera?», chiedo a Claire, nella speranza che di colpo cambi idea e decida che vivere in un cottage di campagna sarebbe un inferno. Dal rumore all'altro capo del telefono di sicuro *sembra* che sia così. Dovrei mettere il vivavoce, così lo sentirebbe anche lei. Mi chiedo se riuscirei a farlo senza interrompere la comunicazione.

«Sì!». Claire annuisce, raggiante. È di un umore fantastico da quando abbiamo lasciato la città. Desidera così tanto questo cottage... per l'intero tragitto non ha fatto che ripetermi che ha tutto ciò che ha sempre sognato in una casa: fascino, carattere e un caminetto in cui bruciare torba odorosa e davanti a cui "meditare sulla sua vita". Se si considera che aveva fatto installare nel suo appartamento un caminetto a gas perché pensava che un camino aperto creasse solo disordine e fastidi, questo suo ripensamento ha dell'incredibile. Claire adorava gli apparecchi costosi, ha preso una macchina Nespresso un anno prima rispetto a chiunque altro. Il suo appartamento è un santuario dedicato a raffinate superfici di granito. Ma ora dice di preferire uno stile sciatto-chic. Dice che adora l'intonaco a base di calce aerea (qualunque cosa sia) e il basolato, e non le importa che nel cottage non ci sia una lavastoviglie Miele. Anzi, dice che non vede l'ora di prendere i guanti di gomma di Cath Kidston. Sostiene addirittura che lavare piatti sia un esercizio molto rilassante... Stento a crederci, soprattutto perché so che non lava i piatti da almeno vent'anni, da quando lo faceva per sua madre per arrotondare la paghetta. E anche allora, per quel che ricordo, si lamentava tutto il tempo.

«Aspettate, vedo se June può venirvi incontro», dice il proprietario, che ora sembra ancor più seccato. «Ho un piccolo... problema domestico, qui».

Il rumore si è attutito: forse era una specie di interferenza nella linea.

«Va a vedere se sua moglie può venirci incontro», sussurro rivolta a Claire, che ancora sorride placida mentre percorre con attenzione gli stretti sentieri di campagna. Non si è lamentata neanche una volta, nemmeno quando la sua preziosa BMW ha preso una decina di buche. So che sta cercando di essere tutt'uno con la natura e di fingere che questo non le importi.

D'un tratto sento un fruscio in sottofondo. E altre urla.

Qualcuno grida: «Levati quell'affare dalla testa, Polly», poi c'è uno schianto e l'inconfondibile pianto di una bambina che ha appena fatto un capitombolo. Quello di sicuro non era un'interferenza sulla linea. C'è una gran confusione laggiù.

«Gesù onnipotente!», tuona una voce. «Polly, per l'amor del cielo, togliti quel secchio dalla testa!».

Mi irrigidisco. Sembra che sia scoppiata la Terza Guerra Mondiale. «Ehm, se preferisce posso richiamare più tardi», propongo in tono esitante. Non sono sicura che sia ancora lì, sembra che laggiù regni il caos… cosa che non depone in favore del cottage. In generale, i proprietari con vite caotiche hanno case disorganizzate e mal tenute. Lo stesso vale per i proprietari che hanno un aspetto trasandato: più sono trascurati, più trascurata è la loro casa. Ci sono delle eccezioni alla regola, è ovvio. Una volta avevo una padrona di casa che aveva sempre addosso una tuta puzzolente e sembrava non si lavasse mai, ma la sua casa era immacolata. Aveva persino installato un sistema aspirapolvere interno. Non posso fare a meno di chiedermi come se la stia cavando in questo periodo, ora che gli affitti sono crollati e ci sono così tanti appartamenti sfitti. Ora che gli aspiranti inquilini possono scegliere tra centinaia di case, la situazione si è capovolta.

«No no, mi dia solo un minuto», dice con voce ansimante. Evidentemente è tornato di corsa al telefono. «Non riesco a trovare June, dev'essere in giardino».

«Richiamo dopo», insisto io, alzando gli occhi al cielo. «È un perfetto idiota», dico a Claire muovendo solo le labbra.

«Resisti», mima con le labbra a sua volta, facendomi allegramente l'occhiolino.

«Senta, qualcuno vi verrà incontro, okay? Solo che non so chi».

Poi il ricevitore sbatacchia contro il supporto prima che io riesca a dire altro.

«Quando si dice la disorganizzazione!», sbotto infastidita, chiudendo il cellulare con uno scatto secco.

«Andrà tutto bene, Maggie, rilassati». Negli ultimi tempi Claire ha continuato a dirmi di rilassarmi: sembra che questa sia la sua nuova filosofia. Continua anche a dirmi di smetterla di preoccuparmi per delle sciocchezze, cosa addirittura più sconcertante visto che è esattamente quello che ha fatto lei per anni.

«Ascolta, Claire, non voglio smontare il tuo entusiasmo», le dico, «ma questo Edward è una persona completamente inaffidabile. Non so cosa stesse succedendo lì da loro, ma sembrava il caos più totale. E ha combinato un vero casino nel darci indicazioni. Cioè, dice di seguire degli incroci a caso e poi di cercare una calchera, qualunque diamine di cosa sia. È una follia! Non va affatto bene».

«Credo che qui le cose vadano in questo modo». Claire ha di nuovo quel tono cantilenante. «Non ci sono nomi di strade che possiamo seguire. Comunque, adesso sappiamo dov'è, quindi tutto è bene quel che finisce bene».

«Sì, be', un bravo padrone di casa dovrebbe essere di gran lunga più organizzato», borbotto. «Che succede se c'è una perdita nel bel mezzo della notte? Se lui non è sul posto potrebbe essere un disastro. Il suo atteggiamento non promette niente di buono».

«Non dovresti saltare subito alle conclusioni, Maggie», dice Claire. «Vivi e lascia vivere, questo è il mio nuovo motto. È straordinario il potere calmante di questo approccio alla vita».

«Questa è bella», ribatto. «Il tuo vecchio motto era "Fino a prova contraria, tutti sono delle teste di cazzo"».

«Comunque mi piace lo stile che hanno qui in campagna», continua Claire, decisa a ignorarmi. «Ha un che di eccentrico».

«A te non piace l'eccentricità», le ricordo.

Claire pensa che chiunque abbia più di un piercing sul corpo sia intollerabile a livello sociale. Una volta mi sono fatta una ciocca bionda sulla frangia ed è inorridita. Lei non si lascia andare all'eccentricità. È una puritana. O perlomeno una volta lo era. Adesso prende borse imbottite fatte a mano e non si aggiusta più le sopracciglia.

«Sto imparando ad *amare* le eccentricità», protesta lei. «E poi mi piace seguire la strada panoramica, è divertente! Proprio come il nostro viaggio a Las Vegas».

Abbiamo fatto quel viaggio leggendario attraverso la California nel 1999, quando eravamo giovani, libere e single. Siamo andate a San Francisco, nella Napa Valley e al Parco nazionale di Yosemite, ma Las Vegas è stata la ciliegina sulla torta. Non dimenticherò mai il viaggio in macchina attraverso il deserto, quando abbiamo visto le luci scintillanti in lontananza e abbiamo gridato a squarciagola per la contentezza. Avevamo deciso di restare all'Hotel Luxor per due notti, ma siamo rimaste per quattro. Anche solo gironzolare per il foyer è stato fantastico: ci siamo sentite come trasportate indietro ai tempi dell'antico Egitto.

E l'euforia in quel posto era straordinaria. In un'ora abbiamo sviluppato una dipendenza da slot machines e cocktail gratis. Non abbiamo imparato nessuno dei giochi più sofisticati – come il black jack o il poker – e non volevamo nemmeno: le slot erano abbastanza eccitanti per noi, e quando ci stancavamo di infilarci dentro secchiate di soldi, andavamo in giro a osservare i giocatori incalliti e li guardavamo gettare con disinvoltura migliaia di dollari sul tavolo, come se non significassero nulla. Poi c'era lo shopping. Dio, adoravo quel posto… il solo pensarci mi fa sentire nostalgica e stucchevole.

«Come puoi paragonare la ricerca di una bicocca nel bel mezzo del nulla al nostro viaggio a Las Vegas?», butto lì sogghignando.

«Maggie», usa di nuovo quel tono da maestrina, «Rose Cottage non è una bicocca, è *pittoresco*. E questo viaggio non ti ricorda quello a Las Vegas, neanche un pochino?»

«Non abbiamo una decappottabile», sottolineo ridendo.

Avevamo noleggiato una splendida cabriolet rossa in California: tenevamo il tettuccio costantemente abbassato, così potevamo rimanere sempre esposte a quel sole meraviglioso. Abbiamo passato la maggior parte del viaggio fingendo di essere Thelma e Louise. È stato davvero uno spasso.

«È vero», ammette lei. «Ma ho il CD della colonna sonora di *Thelma & Louise*!». E in un attimo la musica rimbomba nella macchina.

«Ti ricordi quei buffet giganteschi?», le chiedo, pensando ai pranzi spettacolari che facevamo. E quando dico "giganteschi", dico sul serio. Non ho mai visto quantità così mostruose di cibo in vita mia. Era il paradiso.

«Oh, sì, erano meravigliosi, vero?». Gli occhi di Claire si velano di lacrime al ricordo. Prima di quella vacanza si vantava di mangiare solo una piccola porzione di toast senza burro per colazione, ma persino lei non è riuscita a resistere al cibo di Las Vegas... si è lasciata davvero andare. Ha messo su tre chili grazie a quei buffet.

«Sì, proprio così», confermo. «Ti ricordi i muffin?»

«Diciassette tipi diversi. Oh. Mio. Dio. *Fantastici*».

«Che mi dici... dei pancake?».

Sa esattamente di cosa sto parlando ed entrambe scoppiamo a ridere.

Una mattina, Claire si è avvicinata barcollando al nostro tavolo con una pila di pancake così alta che a malapena si riusciva a vederle il viso. Era il suo secondo viaggio al tavolo dei pancake, ne aveva già mangiata una pila enorme, ma non riusciva a smettere ed era tornata a prenderne altri. Stava sistemando il piatto sul tavolo quando il cameriere è apparso dal nulla e ha chiesto se volevamo altro caffè. Vedendo la quantità impressionante di pancake nel piatto di Claire è rimasto esterrefatto, poi le ha chiesto: «Vuole dell'altro sciroppo?».

Per qualche motivo, quella domanda ci ha fatte scoppiare a ridere. Abbiamo riso così tanto che dei pancake ai mirtilli mi sono usciti fuori dal naso, il che ha solo peggiorato le cose.

«Ho scoperto perché facevo così». Claire sta ridacchiando adesso.

«Cosa? Abbuffarti di cibo sufficiente a sfamare un piccolo esercito?»

«Sì». Ride. «Ha a che vedere con la carestia».

«La carestia?».

Claire se n'è uscita fuori con diverse teorie strampalate negli ultimi tempi, ma sono proprio curiosa di sapere come può collegare i suoi raid ingordi a Las Vegas con la carestia irlandese dell'Ottocento, quando migliaia di persone morirono di fame e altrettante emigrarono per evitare di soccombere all'inedia.

«Credo che noi irlandesi usciamo di testa di fronte a simili quantità di cibo perché in qualche modo sentiamo, profondamente nel nostro subconscio, che un giorno potremmo soffrire di nuovo la fame... come è successo durante la carestia delle patate. È una questione di coscienza collettiva».

«Giusto... Quindi all'Hotel Luxor ti imbottivi di cibo perché i nostri antenati sono morti di fame?»

«Sì». Risponde con una risatina sommessa, sapendo quanto assurda possa suonare questa affermazione.

«Oppure... potrebbe essere per il semplice fatto che sei un maiale».

Ci sbellichiamo di nuovo dalle risate. Dio, che bello ridere. Mi sembra di non farmi una bella risata da un milione di anni.

«A proposito di maiali, sto pensando di prenderne uno vero quando mi trasferirò qui», dice lei.

Sghignazzo di nuovo, questa è davvero buona.

«No, davvero. Dico sul serio. Potrei persino prendere delle capre».

«Delle capre?»

«Sì. Per il latte. E anche galline. Probabilmente diventerò autosufficiente».

«Claire, hai mai assaggiato il latte di capra?», le chiedo. «È pessimo».

«Mi abituerò», risponde lei vivace.

«E come sopravviverai senza il tuo caffè espresso... sarai troppo occupata a raccogliere le uova per sentirne la mancanza?». Rido in modo malizioso.

«Me la caverò», dice lei. «E comunque ho smesso di bere caffè, ricordi?»

«Ma hai vissuto in città tutta la vita. Come farai a cavartela a chilometri di distanza dal negozio più vicino?».

Abbiamo già superato il villaggio di Glacken e, da ciò che ho visto, non c'è nemmeno un supermercato vero e proprio, figurarsi una caffetteria o un'enoteca. Chissà dov'è il locale decente più vicino?

«Maggie... guarda che panorama!», dice poi raggiante. «Questo è il paradiso in terra! Non mi importa niente dei negozi!».

«Lo credi davvero?», le domando.

«Sì, cioè, guarda questo posto». Claire indica i campi che circondano la strada che stiamo percorrendo. «Non si vede mai niente del genere in città».

«Su questo hai ragione», concordo, guardando la mandria di mucche che si muove lentamente davanti a noi. Un vecchio contadino le segue lemme lemme, come se ci fosse tutto il tempo del mondo per arrivare dove dobbiamo andare. Si porta una mano al cappello per salutarci quando superiamo la curva e arriviamo a un passo da decine di posteriori bianchi e neri, ma nonostante questo lui continua semplicemente a procedere a passo di lumaca lungo la strada. La BMW sportiva di Claire adesso va a meno di dieci chilometri l'ora.

«Credi che dovremmo dargli un colpo di clacson?», le domando, in preda a un'ondata di impazienza. Di questo passo ci vorrà tutto il giorno per raggiungere il cottage.

«Maggie, non puoi suonare a un contadino perché le sue mucche per te non vanno abbastanza in fretta. Siamo in campagna: ha il diritto di passare se deve muovere la mandria da un pascolo all'altro». D'un tratto sembra che Claire conosca tutte le regole e le norme della vita di campagna… o, perlomeno, finge che sia così.

«Be', ci deve essere un modo per velocizzare la cosa. Cioè, non può farle andare più in fretta?».

Muoio dalla voglia di allungare una mano e suonare il clacson. È snervante il modo in cui il contadino prosegue come se niente fosse. Sembra quasi che vada il più lentamente possibile di *proposito*, e che stia incoraggiando le sue mucche a fare altrettanto. Ora siamo quasi ferme.

«Che fretta hai? Hai bisogno di rallentare e sentire il profumo delle rose, Mags». Claire appoggia la testa al sedile e tira giù il finestrino. «Fa' un bel respiro profondo… non ha un odore meraviglioso quest'aria fresca di campagna?».

Inspiro e poi mi metto a tossicchiare per lo choc del terribile fetore che aggredisce le mie narici. «Odora di merda di vacca, Claire, se è questo che intendi», boccheggio, coprendomi il naso con la manica. «Chiudi quel finestrino, svelta».

«E dài, Maggie», ride Claire, «fa parte della vita in campagna!».

«Be', buona fortuna a te. Io preferisco dei bei fumi di scarico cittadino».

«Anche se contaminano i tuoi polmoni?»

«Preferirei i polmoni contaminati piuttosto che annusare questa roba tutti i giorni», ribatto, mentre una mucca si ferma proprio davanti alla macchina. Solleva la coda e con un sibilo una massa viscosa verde le cola lungo le zampe e si spiaccica al suolo. «Oddio, sto per vomitare», borbotto, mentre Claire sghignazza al mio fianco. Mi si rivolta lo stomaco… potrei anche non bere mai più latte. Viste da vicino e in momenti di tale intimità, le mucche non sono neanche lontanamente carine come sembrano in quegli spot pubblicitari del formaggio. Non l'avevo mai notato prima, ma non sono affatto coccolose: hanno le zampe ossute e il corpo sproporzionato rispetto alla testa. Guardandole adesso, mi rendo conto che sono decisamente orrende e il modo in cui continuano a farsi la cacca addosso è davvero disgustoso. E se parte di quella cacca finisce nel latte? So che i produttori di latte pastorizzano e tutto il resto... ma sarà davvero sicuro? Mi riprometto in silenzio di rinunciare a tutti i prodotti caseari per il prossimo futuro, non si sa mai. Ovviamente questo potrebbe rendere problematico mangiare i miei adorati toast al formaggio, ma è meglio non rischiare.

Non riesco a distogliere lo sguardo da quella poltiglia verde che ora sembra scivolare giù lungo le zampe di quasi ogni mucca della mandria. Non potrebbero far loro indossare qualcosa per evitare che quella roba gli sgoccioli ovunque? Una specie di pannolino per mucche, magari? Di sicuro tutta quella porcheria non può giovare all'ambiente. Non avevo letto da qualche parte che il gas intestinale delle mucche è una delle cause principali dell'allargarsi del buco nell'ozono? Questi orribili animali sono il motivo per cui stiamo tutti friggendo vivi. Avrei una gran voglia di dirgliene quattro, a quel lumacone di contadino.

«Come fai a non amare tutto questo... verde?». Claire sospira accanto a me. «Cioè, non lo trovi riposante?».

C'è un'espressione d'estasi sul suo viso struccato. Sto quasi cominciando ad abituarmi al fatto che adesso non si trucca più... e in qualche modo sembra meno nuda senza il solito strato di cerone. La sua pelle è favolosa... davvero luminosa e idratata, quasi come se indossasse un fondotinta illuminante, ma so che non è così perché mi ha già detto che ha deciso di andare in giro completamente struccata per permettere alla sua pelle di disintossicarsi. Devo ammetterlo, forse sta funzionando: il suo viso è splendido. Claire è lo spot vivente di un look *au naturel*.

«Riposante? Mi prendi in giro?». Faccio schioccare le dita. «Se quel contadino non si leva subito dai piedi mi verrà un attacco cardiaco proprio qui. Oppure massacrerò tutte le sue mucche».

Immagino di saltare al posto di guida, accelerare e travolgere l'intera mandria… per un secondo la cosa mi fa sentire meglio.

«È un sicomoro quello, che ne pensi?», chiede Claire in tono indolente, indicando i rami di un albero che strisciano sulla fiancata dell'auto mentre lo superiamo lentamente.

«Non lo so, ma ti sta rigando tutta la fiancata», rispondo. «Insomma, chi è incaricato di sfoltire le siepi da queste parti? È veramente cresciuto troppo… come pensano che la gente possa passare senza distruggere la propria macchina?».

Sussulto mentre altri rami graffiano la portiera dal lato del passeggero: la strada è talmente stretta che è impossibile evitarli.

«È la campagna, Maggie». Claire ride. «Credo che le siepi abbiano tutto il diritto di crescere. Non è come un giardino di città in cui praticamente devi misurare l'erba per assicurarti che non diventi troppo alta!».

«Ci sono molti motivi per cui varrebbe la pena fare un po' di ordine, lo sai», ribatto io, resistendo all'impulso di spingere via Claire e premere sull'acceleratore. «Quelle siepi sono così… disordinate. E devono essere anche pericolose».

«Per chi?». Claire se la ride. «Per le mucche?».

Le mucche hanno rallentato ancora. Alcune adesso si sono fermate del tutto per ruminare l'erba sul ciglio della strada. Ho perso di vista il contadino, di sicuro dovrebbe stare dietro alla mandria per assicurarsi che si muova. O dovrebbe avere un cane da pastore almeno per mantenerle al passo. Oppure i cani da pastore lavorano solo con le pecore? Non ne sono sicura, ma in questi tempi di recessione dovrebbero imparare a diversificare. Dovrebbero stare qui, e costringere le mucche a muoversi. Perché queste sono in assoluto le mucche più stupide d'Irlanda. Forse del mondo intero.

«Bene, comprerò un libro sugli alberi così potrò riconoscere tutte le varie specie», dichiara Claire. «La natura è proprio affascinante! Voglio imparare tutto sulle conifere, i caducifogli, i sempreverdi. Voglio essere in grado di distinguerli».

«Non ti è mai importato nulla degli alberi prima d'ora», dico in tono brusco. Forse un po' troppo brusco. Non è un crimine voler imparare tutto sugli alberi, suppongo, ma comincio ad averne fin sopra i capelli di Claire che riscrive tutta la sua storia personale per trasformarsi in una persona dolce e tenera quando in realtà non è niente di tutto questo.

«Sì, invece», replica lei.

«No, Claire, non è vero», sbotto. «Anzi, se ben ricordo, l'anno scorso hai persino rifiutato di prendere un albero di Natale vero per il tuo salotto, hai detto che non riuscivi a sopportarne l'odore. E odiavi il fatto di dover passare l'aspirapolvere per eliminare tutti quegli aghi dal tappeto, ricordi?».

C'è silenzio nell'auto. Forse mi sono spinta troppo oltre, ma francamente Claire ha perso il lume della ragione. A che serve imparare tutto sugli alberi? Quale uso potrà mai farne nella vita di tutti i giorni?

«Hai ragione», ammette in tono sommesso, e anche se mi sento un po' in colpa, sospiro di sollievo. Finalmente è tornata in sé. Si rende conto che questa farsa è una totale perdita di tempo. Ho dovuto essere brutalmente onesta con lei, ma se questo le farà aprire gli occhi ne sarà valsa la pena. E non deve essere troppo arrabbiata con me, perché sta ancora sorridendo.

«Riesci a credere che fossi così egocentrica?»

«Come dici?». Adesso sono confusa.

«Pensa, ero talmente ossessionata da me stessa che non riuscivo ad apprezzare la meraviglia della natura! Mio

Dio, ero un mostro». Scuote la testa, come se non riuscisse a credere di aver avuto un albero di Natale di plastica comprato da Homebase nel suo salotto immacolato.

«Non eri egocentrica, Claire, eri normale».

«No, stavo sprecando la mia vita. E adesso la dedicherò alle cose davvero importanti».

«Tipo imparare a conoscere le diverse specie degli alberi?». Tutto ha preso una piega terribilmente sbagliata. Pensavo avesse capito quanto è stupida questa idea sulla campagna, ma per qualche strano e contorto motivo sono riuscita a consolidare le sue nuove scelte di vita. La mia solita fortuna.

«Tu credi che sia una perdita di tempo», dice in tono tranquillo.

Sollevo le sopracciglia in risposta.

«Be', se mi trasferirò qui definitivamente, dovrò imparare il gergo. Non posso andare in giro credendo che le querce siano sicomori, no? Mi prenderebbero in giro».

«Ma ti importa davvero di quello che penserà di te la gente di qui? Non li definirei particolarmente... sofisticati».

Mentre attraversavamo Glacken ho visto una o due persone. Difficile entrare nello specifico, ma dal loro abbigliamento alla buona deduco che nessuno di loro sappia quali sono le grandi tendenze della stagione in fatto di moda.

«Be', dovrò inserirmi», continua Claire. «Dopotutto, quando aprirò il mio studio entrerò a far parte della comunità».

«Pensi davvero che troverai delle affinità con gli abitanti del villaggio?»

«Che vuoi dire?», mi chiede.

«Be', hai mai sentito parlare di matrimoni tra cugini?», le chiedo.

«Sì, perché?»

«Be', questo posto è così isolato, direi che sono tutti imparentati. Imparentati in maniera molto stretta, se capisci cosa intendo».

«Maggie, stai cercando di dirmi che sarò circondata da mentecatti?». Claire getta la testa indietro e ride a crepapelle.

«Lo hai detto tu, non io». Faccio spallucce. «Quello che intendo è che non siamo abituate alla gente di campagna. Non aspettarti troppo da loro».

«Perché sono degli zotici arretrati, vuoi dire? Sei incredibile, Maggie!».

«Be', ammettiamolo, non è esattamente un posto esclusivo, giusto?»

«È proprio dai posti esclusivi che sto cercando di fuggire». Claire sospira. Poi mi afferra un braccio. «Oh. Mio. Dio!», sussurra. «Non posso crederci!».

«Cosa? Che c'è?».

Sposto lo sguardo dal sedere di una mucca che ondeggia davanti al parabrezza e guardo il punto che mi sta indicando. Non vedo un accidente, tranne altri alberi e arbusti incolti.

«È un coniglietto!».

Vedo una piccola palla di pelo che si muove tra gli arbusti. «Non è un coniglio», dico, sforzandomi per vedere meglio. «Sembra un ratto».

«Non è un ratto… i ratti non hanno codine da coniglietto. Voglio fare una foto».

Ha fermato la macchina e sta armeggiando con la sua orrenda borsa patchwork in cerca della modernissima fotocamera digitale che le ho regalato l'anno scorso per il suo compleanno. Suppongo che dovrei essere grata del fatto che non l'ha data via con il resto della roba che ha scaricato al negozio di beneficenza. Roba che una volta custodiva come un tesoro, ma che ora crede le ottunda la mente. Sono grata che non abbia buttato via anche la sua Chanel, quella è rimasta in magazzino. Spero ancora che alla fine decida di darla a me.

«Sei impazzita?», le strillo. «Non arriveremo mai di questo passo!».

«Ma ho sempre voluto vedere un coniglietto vero!».

«E allora vai al negozio di animali di Earl Street», ribatto. «Ho sentito che là ce ne sono un sacco… puoi pure comprarne uno da mettere in casseruola, se vuoi».

«Suvvia, Maggie». Tira fuori la macchina fotografica e si sporge verso il parabrezza per scattare la sua foto.

«Non vuoi almeno scendere dalla macchina?», le chiedo.

«Non voglio spaventarlo». Scatta. «Ah, guarda che meraviglia, Mags».

«Se lo dici tu», dico. Il coniglietto *è* piuttosto carino, il modo in cui mordicchia l'erba, i suoi piccoli baffi che vibrano nell'aria. Non fa nemmeno caso a noi, proprio come le mucche. Che gli prende agli animali, da queste parti, che sono così tranquilli e sicuri di sé?

«Come minimo avrà la mixomatosi», aggiungo, in caso Claire si faccia strane idee, tipo farlo salire in macchina con noi. Dio solo sa cosa le verrà in mente la prossima volta… ultimamente è un po' troppo interessata alla natura selvaggia. Tempo fa si sarebbe spazzolata un coniglio *au vin* per cena in un ristorante di lusso… ora non mi sorprenderebbe se volesse adottarne uno selvatico.

«Okay, credo che abbiamo abbastanza foto. Tengo la macchina fotografica a portata di mano, però, in caso veda qualcos'altro. Probabilmente ci sono un sacco di esemplari allo stato naturale qui».

«Ha parlato il dottor Dolittle», mi lagno, mentre lei infila la chiave nel quadro e accende di nuovo il motore.

Se non altro la strada è quasi sgombra dalle mucche. Finalmente superiamo l'ultima curva ed eccolo lì: proprio davanti a noi, perfetto come in fotografia, appare Rose Cottage.

REGOLA NUMERO 5
Mantieni una certa apertura mentale

«Oh. Mio. Dio. Questo posto è fantastico!». Claire saltella verso la porta del cottage, ansimando come un cucciolo di sei settimane. «Hai mai visto niente di più *adorabile*?». Indietreggia per ammirare il graticcio che circonda la porta d'ingresso e indica il segnavento sul tetto.

Cerco di assumere un'espressione cinica prima di rispondere. È essenziale che Claire non si faccia troppe speranze. Per quel che ne sappiamo, il posto potrebbe essere infestato da topi grandi quanto castori. «È carino, direi», concludo, comportandomi come se non fossi minimamente colpita da ciò che vedo. In cuor mio, però, devo ammettere che il cottage è molto meglio di quanto avessi immaginato. Invece della catapecchia diroccata che mi ero aspettata, il posto sembra piuttosto in ordine. C'è un giardino assai curato davanti alla casa e il tetto sembra sia stato sostituito di recente. Le foto che Claire mi aveva mostrato non erano state ritoccate. Tuttavia, non mi lascio incantare. Dio solo sa cosa troveremo all'interno… probabilmente là dentro ci sarà uno spettacolo orripilante. Alla meno peggio, troveremo uno chic anni Settanta da incubo. Alla disperata, il posto sarà invaso da muffa e umidità gocciolante. Potrebbero esserci dei roditori stanziali. Ho visto centinaia di case negli anni in cui ho lavorato alla Hanly e mi sono rassegnata ad aspettarmi davvero il peggio, indipendentemente da quanto possano apparire promettenti dall'esterno.

«Ooooh, guarda l'arredamento! È *meraviglioso*!».

Claire adesso ha il naso schiacciato contro il vetro delle tradizionali finestre a ghigliottina e sta sbirciando dentro. «Adoro la scelta del colore, tu no? Tutte quelle pareti chiare invitano ad azzardare con stoffe colorate. Non è divina quella cassettiera blu? Magari è un pezzo originale del cottage, non credi? Forse è stato usato dalla famiglia per centinaia di anni… non è un pensiero meraviglioso? Potrei far parte della sua storia!».

Sta praticamente sbavando su una cassettiera di pino verniciata del blu uovo di pettirosso tipico di Tiffany. Difficile sia un pezzo originale, il padrone di casa probabilmente l'ha comprata per meno di niente a un'asta, poi ci ha sbattuto sopra un po' di vernice per renderla presentabile… di sicuro sarà infestata dai tarli. Claire ha un sacco di cose da imparare su come opera questa gente. Se si basa solo sulle apparenze, si farà raggirare alla grande.

«Non farti illusioni», la avverto. «L'arredamento può nascondere una moltitudine di cose».

«Tipo?». Si volta a guardarmi, con gli occhi che le brillano di entusiasmo. So che si sta già immaginando a sistemare vasellame antico sulla cassettiera che lei crede sia stata usata da generazioni prima di lei.

«Tipo marciume. O parassiti del legno. O peggio». Faccio del mio meglio per sembrare sconfortante, anche se inspiegabilmente il cottage mi piace parecchio. Questo posto ha un certo non so che. Tuttavia, non riuscirà ad abbindolarmi. Devo mantenermi distaccata per le trattative. Cercare possibili aspetti negativi ovunque mi conferma che posso farcela. È un trucco che ho imparato quando lavoravo alla Hanly.

«Be', non è che devo comprare questo posto… sono sicura che riuscirò a cavarmela anche con qualche tarlo!».

Claire scaccia le mie preoccupazioni con un gesto della mano. Niente sgonfierà il suo entusiasmo, nemmeno il cinismo e il pessimismo che sto dimostrando. È veramente eccitata al pensiero di trasferirsi qui.

«Però non c'è traccia del padrone di casa». Controllo l'orologio. «È in ritardo». La guardo in modo significativo.

«E allora?», chiede lei.

«Be'. Non importa, immagino». Faccio una pausa per essere sicura che capisca che voglio dire il contrario. «È solo che i bravi padroni di casa in genere sono puntuali. Se è in ritardo, significa che non è affidabile. Che potrebbe non arrivare per tempo in caso di emergenza».

«Che tipo di emergenza?».

Ha la fronte corrugata. Ed è un bene. L'ho fatta preoccupare: posso dire dal suo cipiglio che sta pensando alle implicazioni di tutto questo.

«Be', non si sa mai cosa può capitare», dico, nel tono più vago e sinistro possibile. Fortunatamente, sono molto brava in questo gioco: da bambina, immaginare i disastri che potevano capitarmi tra capo e collo era uno dei miei passatempi preferiti. Badate bene, Theresa di solito mi batteva: la sua versione di catastrofe era sempre ineguagliabile.

«Fammi un esempio». La sua voce sembra quasi allarmata. Come se stesse cominciando a spaventarsi… solo un po'.

Ed è un bene, non voglio terrorizzarla, certo che no. Voglio solo che sappia in cosa potrebbe cacciarsi. Non sarei una buona amica se non lo facessi.

«Be'…». Mi scervello per trovare disastri di prim'ordine, qualcosa che la costringa a farsela addosso dalla paura, ma senza segnarla a vita. «Un tubo potrebbe rompersi e allagare la casa. Oppure potrebbe esplodere il forno a gas. Quel genere di cose».

«Il forno a gas potrebbe esplodere?». Non sembra troppo spaventata da questa eventualità.

«Sì». Resto ferma nelle mie convinzioni. «Succede più spesso di quanto si pensi. Certi proprietari non si prendono la dovuta cura della casa, capisci, è questo il problema.

La affollano con più gente possibile e racimolano soldi all'inizio del mese. È questo che conta per loro, i soldi. Molti di loro sono ossessionati dai soldi».

«Ma lui non sta cercando di riempire la casa di gente, Maggie». Claire è palesemente divertita.

«Sì... è quello che dice *adesso*», ribatto cupamente. «Le cose potrebbero cambiare».

«E *questo* che significa?». Inclina leggermente il capo.

«Be', non puoi mai sapere cos'abbia architettato questa gente. Una volta che ti ha convinto potrebbe cercare di spremere altri inquilini. Chissà quanti».

«Come un affittacamere?»

«Esatto!», dico. Sono contenta che finalmente stia afferrando il nocciolo del mio pensiero. Cominciavo a credere che non sarei mai riuscita a farglielo capire.

«Ti preoccupi per un nonnulla», mi liquida lei. «Questo è il ventunesimo secolo, Maggie. Firmerò un contratto... quello mi proteggerà sicuramente».

«Può darsi», contrattacco in tono vago, «ma può anche darsi di no. A volte un contratto non vale nemmeno quanto la carta su cui è scritto. Non si è mai troppo prudenti».

«Be', credo tu stia esagerando». Claire sorride. «Andrà tutto bene. E poi, Edward già sa che siamo solo tu e io. Gli ho detto del nostro piano. Cioè, se tu sei d'accordo, naturalmente...».

«Be'... è in *ritardo*, volevo dire solo questo».

Non voglio cedere su questo punto, in un certo senso mi sembra importante. Claire è piuttosto sicura che accetterò di vivere qui mentre lei è in India. Glielo leggo negli occhi. Devo frenare il suo entusiasmo... non siamo ancora entrate. È questo il problema con il suo viaggio di autoscoperta: è entusiasta di ogni cosa invece di disprezzare tutto quello che vede come faceva una volta. Sorprendentemente, si sta trasformando in un tratto molto fastidioso.

«Non di molto. E sono sicura che avrà una spiegazione ragionevole. Comunque, che cos'è il tempo se ci rifletti per davvero? Solo un'altra costrizione inflitta dalla società. È molto più semplice e meno stressante evitare di dar peso a questo genere di sciocchezze».

La mia mascella collassa. Il tempo è sempre stato un'ossessione per Claire. Una sera che dovevamo andare a mangiare una pizza sono arrivata in ritardo di quindici minuti e non mi ha parlato per una settimana. E poi ho dovuto pure sorbirmi *due volte* una sua lezioncina sul fatto di aver "sprecato il suo tempo prezioso"!

«Forse avrà una qualche spiegazione», dico in tono inquietante, «ma avrebbe potuto richiamare per avvertirci. Questo è ciò che avrebbe fatto un padrone di casa responsabile e ligio al dovere».

Mi volto e decido di esaminare i pannelli esterni delle finestre in cerca di vernice scrostata o di qualcosa di altrettanto rivelatorio. Sfortunatamente la superficie è liscia e lucente: sono stati ritoccati di recente, ovviamente nel tentativo di far apparire il posto al meglio. Dio solo sa cosa si annida lì sotto. Questo cowboy potrebbe aver dato una rapida riverniciata per mascherare quanto sia marcio questo posto... l'ho già visto fare. Dietro la perfetta apparenza esteriore potrebbero nascondersi muri sgretolati e un'infestazione di termiti.

«Guarda, eccolo che arriva!», dice Claire, con un inconfondibile entusiasmo nella voce. «Visto? Non era poi *così* in ritardo!».

Una Land Rover verde tutta scassata si ferma stridendo davanti al cancelletto. Questa è una sorpresa... forse dopotutto questo tizio è davvero al verde. O forse è tutto un raggiro: è venuto qui di proposito con la macchina più vecchia che ha per far vedere che è senza un soldo... ottima mossa. Probabilmente ha una schiera di lussuosissime Bentley nel garage costruito su misura. Bene, se crede che questo vecchio trucco funzionerà con me, si sbaglia di grosso. Mi preparo psicologicamente ad affrontarlo: quest'uomo potrebbe essere uno che sa il fatto suo. Solo perché ci troviamo in mezzo al nulla, non significa che il posto non pulluli di imbroglioni.

Mentre osservo la scena, un uomo molto alto con un maglione cencioso e dei sudici jeans salta giù e io capisco che dopotutto questo non può essere il padrone di casa... è davvero troppo trasandato. Deve aver mandato un dipendente a parlare con noi al posto suo. Probabilmente è il guardiano che lui paga meno del salario minimo per gestire il posto. «Non è il proprietario, Claire», le dico. «Sua moglie – com'è che si chiama? June – evidentemente non è riuscita a venire, così ha mandato il suo guardiano con le chiavi. Pensaci! Non si è nemmeno degnato di venire a conoscerci... piuttosto irrispettoso da parte sua».

«Wow... è uno *schianto*». Claire fa un fischio d'ammirazione. «Se questo è il sorvegliante può sorvegliarmi ogni volta che vuole».

Gli do una lunga occhiata mentre si avvicina. È piuttosto attraente... se vi piace il tipo di campagna che sembra appena uscito da un covone di fieno. È alto almeno un metro e novanta, e anche se il viso è segnato dalla vita all'aria aperta, c'è qualcosa di innegabilmente attraente nei suoi lineamenti grinzosi e negli arti asciutti e slanciati. Non saprei dire di che colore sono i suoi capelli, perché ha un cappello cerato ficcato in testa, ma anche da qui riesco a vedere che i suoi occhi sono di un azzurro insolitamente acceso.

«Ehilà!», grida l'uomo, percorrendo il vialetto verso di noi. «Scusate tanto per il ritardo. Polly è caduta dal suo pony e ho dovuto fasciarle il polso. E poi c'è stato un incidente con un secchio...».

Una bimbetta trotterella dietro di lui, con le trecce svolazzanti e l'aria ribelle, il polso fasciato perfettamente da una benda bianca.

«Non si preoccupi». Claire sorride come una cretina, rivolgendosi a lui con dolcezza. «Non c'è problema».

«Io sono Edward», si presenta lui, porgendole la mano.

«Oh, così lei *non* è il guardiano, dunque?». Claire mi lancia un sorriso subdolo e stringe la sua mano con soddisfazione.

Se non la conoscessi bene, giurerei che gli sta facendo gli occhi dolci.

«Guardiano? No, non c'è nessun guardiano». Sorride. «Ci sono solo io».

Ridono entrambi allegramente per questa piccola facezia.

«Ottimo, lei andrà benissimo!». Claire sta ridacchiando come una ragazzina… sta *flirtando* con lui. «Io sono Claire e questa è la mia amica Maggie Baxter. Le ho parlato di lei per telefono… occuperà lei la casa mentre sarò via».

«Naturalmente. Piacere, Maggie».

Mi fa un cenno cortese che io contraccambio freddamente. Se crede di incantarmi con questa manfrina, si sbaglia di grosso. Ho capito il suo gioco.

«E questa signorina è Polly». Edward tira delicatamente verso di sé la bambina, che è ancora nascosta dietro di lui. «Non vuoi venire a dire ciao?», le chiede.

«No». Polly mette il broncio e io non riesco a trattenere un sorriso. Questa bambina non ha intenzione di fingere davanti a nessuno, è evidente dallo sguardo sedizioso sul suo faccino paffuto. È furiosa per qualche ragione, e niente la convincerà a esibire un po' di buone maniere.

«Ciao, Polly!», esclama Claire con voce acuta, incurante del cattivo umore della bambina. «Ma come sei carina!».

«Mica tanto». Polly ha uno sguardo letale e io devo mascherare una risata fingendo di tossire. Sarà dura conquistare la bambina.

«Oh». Claire è colta di sorpresa e un tantino confusa dall'ostinata scortesia di Polly.

«Scusate», dice Edward, tergiversando imbarazzato. «È proprio di cattivo umore. Di solito è molto più gentile».

«No, non è vero», sbotta Polly.

«Polly, per favore, comportati bene», le dice Edward, con voce tesa.

«No! Non voglio». Polly batte un piede a terra. «Sei cattivo, cattivo, cattivo! Se il cattivone più cattivo di *tutto* il *mondo*».

Ogni minuto che passa la cosa si fa sempre più interessante e ora che ci penso non potrebbe andare meglio. Claire non ha mai fatto follie per i bambini… soprattutto per quelli disobbedienti come Polly. Ha sempre condiviso la scuola di pensiero secondo la quale i bambini dovrebbero essere guardati e non ascoltati, quindi – si spera – questa scena pianterà un altro seme di dubbio nella sua mente sull'idea di trasferirsi. Dopotutto, Edward e la sua famiglia vivono vicino… se lei abitasse qui dovrebbe incontrarli, magari tutti i giorni. Avere a che fare con Polly ogni giorno farebbe uscire di testa chiunque. Edward ha l'aria esausta, questo è poco ma sicuro.

Mi auguro che Polly faccia qualcosa di veramente disgustoso per far rinsavire Claire. Se vomitasse proprio qui sulla soglia o – anche meglio – quando saremo entrati in cucina, sarebbe fantastico. Claire non è mai riuscita a tollerare la gente che vomita: vedere una bambina che rimette la colazione la farebbe di certo fuggire urlando per le colline. Così potremmo tornare in città alle nostre vite. Claire la smetterebbe con quest'idea dell'ashram e troverebbe un altro lavoro in un fondo speculativo. Potrei diventare la sua assistente… sarebbe proprio come nel film *Una donna in carriera*. Io sarei l'adorabile Melanie Griffith e Claire la perfida Sigourney Weaver. Sarebbe grandioso… molto più che vivere qui.

«Sono sicura che è una bambina adorabile», dice Claire in tono conciliante, apparentemente ansiosa di piacere a Polly.

«No, *non* lo sono». Polly batte di nuovo il piede a terra, con il faccino sempre più rosso.

«*Polly*». Nella voce di Edward c'è una chiara sfumatura di avvertimento.

«Una piccola caduta e mi fai scendere… è una cosa così *stupida*. Non sono una bambina, ho sei anni».

«Tesoro, ti sei slogata il polso, non puoi cavalcare con un braccio ferito». Lo dice con il tono esausto di chi ha già affrontato questa discussione un milione di volte.

«Sì che *posso*». La bambina fissa il padre. «Sei tu che non mi dai il permesso. La *mamma* me lo avrebbe dato».

«Polly. Ne riparleremo più tardi».

«Non voglio parlare con te». La bambina mette di nuovo il broncio. «*Mai più*».

«Okay, questo si può fare di sicuro». Sorride alla figlia, così che lei capisca che non sta dicendo sul serio. «Ora, perché non facciamo entrare queste signore per dare un'occhiata al cottage?».

Ci sorride mesto e Claire contraccambia per solidarietà, ovviamente desiderosa di comunicare che sa quanto possa essere difficile e faticoso avere a che fare con un bambino. Io invece mi assicuro di mostrare un'espressione indifferente. Se crede di affascinarmi con questa farsa del papà premuroso, ha fatto male i suoi conti. Sono qui per fargli sapere che il cliente ha sempre ragione... e se a Claire piace questo posto e decide di venire a stare qui, invece di fare *Una donna in carriera* insieme a me, allora comincerò una trattativa molto serrata per lei. La recessione significa che adesso sono gli inquilini a farla da padrone, così abbiamo ogni fattore dalla nostra parte. La palla spetta a noi e io farò in modo che questo Edward lo sappia, non mi importa che abbia una graziosa bimbetta ostinata.

«D'accordo, allora entriamo». Prende un mazzo di chiavi dalla tasca dei jeans e ne infila una nella serratura con una certa difficoltà. «La porta è un po' dura, scusate», dice lui, mentre lotta per aprirla.

«Perché? C'è un problema di umidità?», chiedo. Guardo Claire. Non vorrà trasferirsi in un posto con l'acqua che gocciola lungo le pareti. Non potrebbe sopportare tutte le possibili infezioni: ho letto sul giornale la scorsa settimana che sta tornando la tubercolosi e di sicuro vivere in un ambiente umido può aumentare le possibilità di contrarla. Prendo mentalmente nota della cosa per riferirglielo più tardi. Claire è sempre stata molto attenta alla propria salute: prende un cocktail di vitamine e minerali da far invidia a un atleta olimpico.

«Umidità?». La confusione è evidente sul viso di Edward. Devo dargliene atto: ha un'espressione totalmente innocente che sembra voler dire "non riesco a capire cosa intendi".

«Sì, umidità», ripeto, con gli occhi fissi nei suoi. «Sa che cos'è l'umidità, vero?»

«Sì, naturalmente».

Guarda Claire, che guarda me. Forse dovrei abbassare i toni, solo un pochino. Non intendo essere completamente disfattista: è solo che non voglio perderla per questo posto. Se si trasferisce qui quando tornerà dall'India, riuscirò a malapena a vederla e sentirò moltissimo la sua mancanza. D'un tratto comprendo il motivo per cui non voglio che Claire venga a vivere qui. Ho già perso Dermot e Dom, non voglio perdere anche lei. Tutto sta cambiando troppo in fretta, così in fretta che quasi non riesco a tenere il passo. Voglio che le cose ritornino come erano prima che la maledetta economia globale andasse in malora.

«So che non le dispiacerà se glielo chiedo», dico, cambiando espressione per sembrare meno aggressiva, «ma come amica di Claire credo sia fondamentale essere a conoscenza di ogni... pericolo inerente la proprietà. Sono sicura che sarà d'accordo con me».

Scelgo molto attentamente le parole. Non deve per forza capire che sono un'ex agente immobiliare, questi non sono affari suoi, e poi Claire mi ha fatto giurare di non esagerare, ma voglio che lui sappia che non ha a che fare con qualche ottusa *ingénue*. Sono preparata e decisa a metterlo al tappeto se cerca di fare qualcosa di spregevole.

«Naturalmente», dice lui, guardandomi in modo strano,

come se si stesse chiedendo cosa può aver fatto per offendermi. «Bene, la porta è un po' dura ma questo perché è stata usata raramente, ecco tutto. Dovrebbe allentarsi una volta che qualcuno si sarà trasferito».

«Non c'è umidità, allora?». Sollevo un sopracciglio per dimostrargli che sono preparata a ogni mossa sleale che potrebbe cercare di rifilarci.

«No, assolutamente, niente umidità». Mi sorride, ma io non contraccambio. Voglio che sappia che non tollererò alcuna battutina divertente.

«E che mi dice del legno marcio?». Lo guardo con sufficienza.

«Niente legno marcio». Sorride di nuovo, nervosamente questa volta.

Bene, l'ho messo alle strette. Proprio quel che volevo.

«Oh, ma è *favoloso*!», sospira Claire, mentre Edward dà una spallata alla porta per aprirla e lei varca la soglia. «È semplicemente *perfetto*!».

«Sì, a noi piace», dice Edward, sorridendole con calore. «È stata dipinta da poco e tutti gli elettrodomestici sono stati sostituiti: il frigo, la lavastoviglie e la lavatrice sono tutti nuovi. Ho le istruzioni pinzate alla bacheca in dispensa, in caso ne aveste bisogno».

«Non ha ancora detto che lo prende», faccio presente, mantenendo un tono neutro. «Non lasciamoci trascinare!». Non riesco a fare a meno di pensare che *c'è* qualcosa di adorabile in questo cottage, però. C'è davvero un senso di pace qui... scaccio questi pensieri dalla mente: è fondamentale che non mostri i miei sentimenti.

«Avete una *dispensa*?», chiede Claire senza fiato. «Oh, wow! Ho sempre desiderato una dispensa!».

«Sì, sono grandiose», conferma Edward. «Si può tenere il cibo tutto insieme, e visto che i muri sono spessi questa è sempre piacevole e fresca. In tutta sincerità, si potrebbe anche fare a meno del frigo, ma ovviamente ne ho messo uno a disposizione».

«Be', era suo dovere farlo!». Rido sarcastica. «Altrimenti Claire potrebbe prendersi l'Escherichia coli, no?»

«Escherichia coli?», domanda Edward.

«Sì, se il cibo non è refrigerato come si deve... non dovrebbe fare affidamento su una vecchia dispensa, le pare? Non viviamo mica nel Medioevo».

«Ha ragione». Edward sorride. «Anche se di solito l'Escherichia coli viene trasmessa agli esseri umani attraverso le feci animali o la carne mal cotta, non con il cibo mal conservato».

«La salmonella, allora», controbatto io. Sono furiosa con me stessa per aver fatto questo stupido errore. Avrei dovuto sapere che sarebbe stato a conoscenza di tutti i particolari sull'Escherichia coli. Non avrei dovuto azzardare questo bluff.

«Vabbe', non ha importanza, giusto? Perché c'è un fantastico frigorifero proprio qui!», ci interrompe Claire, sorridendo a Edward. Sento che sta per sfoderare il libretto degli assegni da quella maledetta borsa patchwork per firmargli un deposito per i primi tre mesi.

«E guarda un po' queste assi», sospira lei, facendo ancora una volta gli occhi dolci a Edward, «sono originali?».

Sta decisamente esagerando con questo suo falso entusiasmo; se gli dà a vedere che il posto le piace così tanto, lui cercherà di alzare ulteriormente l'affitto.

«Sì, esatto, le abbiamo fatte carteggiare e ingrassare. È stato un lavoro lungo, ma alla fine sono venute piuttosto bene».

«Sono *favolose*!». Claire batte le mani per la contentezza. «Sono di quercia? La quercia ha un'energia stupefacente, non crede?»

«Sì, è vero», concorda. «Devo dirglielo, lei ha un gran colpo d'occhio».

Si scambiano un allegro sorriso, come una coppia di *Extreme Makeover Home Edition* che non crede alla propria fortuna quando le mostrano la sorpresa finale.

«Non sono proprio regolari, però, vero?», li interrompo, sondando il pavimento con lo stivale, determinata a smontare il loro entusiasmo. «Cioè, ci sono così tanti nodi e imperfezioni. Potrebbe essere rischioso. E se qualcuno inciampasse e si facesse male?»

«Non essere sciocca, Maggie», dice Claire con leggerezza. «Fa parte del loro fascino. Non voglio vivere in un posto in cui i pavimenti sono perfettamente laminati. Questo aggiunge carattere al cottage. C'è un tale senso della storia qui». Gira su se stessa per sorridere di nuovo a Edward.

«Non ti mancheranno le tue piastrelle di marmo lucido, Claire?», le chiedo. «Le ha fatte importare appositamente dall'Italia», dico a Polly in un sussurro.

Polly mi guarda con un'espressione vacua. Non potrebbe importarle di meno di tutto questo. Non la biasimo. Guardare tre adulti che battibeccano sull'arredo deve essere una noia mortale.

«Davvero?». Edward sembra molto sorpreso. Ho l'impressione che l'idea di importare il marmo più costoso che esista non sarebbe tollerabile per lui. Probabilmente è una specie di ecologista schizzato. Si acciglia e io cerco di nascondere un sorriso. Questo è un bene… lui e Claire stanno familiarizzando troppo per i miei gusti: è fondamentale seminare zizzania tra loro prima che inizino a scambiarsi pareri sulla ristrutturazione.

«No, non mi mancheranno affatto». Claire mi guarda in cagnesco, il suo viso si è accaldato per l'imbarazzo adesso che ho rivelato quanto può essere snob. Che le prende, comunque? È impossibile che le piaccia la quercia, ha blaterato eccitata per mesi dopo la posa di quei pavimenti.

«Ma ti eri così abituata, Claire!», le dico. «Adora il lusso», aggiungo, rivolta a Edward, mentre sorrido con superiorità per fargli sapere che questo posto fatiscente non fa assolutamente per Claire… Lei ha gusti molto più sofisticati.

«In realtà odio quel marmo», dice Claire frettolosamente. «È così freddo. Il legno sostenibile è di qualità superiore. E questo posto è assolutamente incantevole... mi piace tutto! Anche il colore dell'intonaco è semplicemente perfetto... questa tonalità color crema è divina. E adoro il modo in cui ha introdotto un accenno di colore con quella cassettiera blu».

Edward si toglie il cappello e noto che i suoi capelli sono un groviglio corvino. Il contrasto con la sua pelle abbronzata è sorprendente.

«In tutta sincerità, è stato un incubo decidere quali colori usare... è per questo che abbiamo mantenuto tutto abbastanza neutro alle pareti. Abbiamo usato vernici ecologiche, però... sono costate parecchio, ma ho pensato che fosse una cosa importante».

«Wow, è impressionante!», sospira Claire, facendo un passo avanti per studiare il muro più da vicino, come se le importasse davvero di questa roba! Poi si china in avanti e inspira a fondo. Si sta davvero rendendo ridicola. «Hanno un odore meraviglioso!». Annusa di nuovo il muro.

«Vero?», concorda Edward, sorridendo, come se fosse la cosa più naturale del mondo andare in giro ad annusare muri. Non ha battuto ciglio per le pagliacciate da ricovero di Claire... anzi, si sta comportando come se lei fosse assolutamente *normale*.

«Non ci sono esalazioni orrende... è questo che mi piace. A volte», abbassa la voce, «a volte sono quasi tentato di dar loro una leccata!».

Claire scoppia a ridere ed Edward si unisce a lei. Anche quella musona di Polly ride per questa sciocchezza, anche se si copre la bocca con una mano per nasconderlo. Chiaramente non vuole farci sapere che le è passato il broncio.

Va bene, devo mettere fine a tutto questo. È tutto orrendamente sbagliato. Stanno correndo troppo. Se non interrompo questa sagra delle risatine, Claire comincerà a pensare che questo posto sia perfetto per lei. È talmente presa dal destino e dall'energia karmica in questo momento... posso affermare che si è già innamorata del posto. Probabilmente pensa che sia scritto nel destino, o qualche altra stronzata del genere.

«È stato saggio, però?», chiedo ad alta voce, per farli smettere di ridere. «Usare rifiniture talmente costose su una proprietà che vuole affittare?»

«Che intende dire?», chiede Edward, calmandosi. Noto che Polly mi sta guardando con attenzione mentre spunta di nuovo da dietro suo padre.

«Intendo dire che se ha speso tutti questi soldi per ristrutturare, poi avrà intenzione di rifarsi delle spese in qualche modo, dico bene?».

Mi guarda in modo piatto, ma so che ha capito il punto. Che non provi a spennare Claire con l'affitto perché ha fatto l'errore di usare vernici ecologiche estremamente costose: non pagheremo per tutto questo sperpero insensato, anche se si possono leccare quei dannati muri.

«Volevo mantenere il carattere di questo posto», replica lui. «Non c'era ragione di spendere una miseria per ottenere un lavoro schifoso. Il cottage ha quattrocento anni... voglio preservarlo per i prossimi quattrocento».

«Quattrocento anni?», squittisce Claire, come se fosse la prima volta che lo sente. «Ma è *straordinario*».

La fisso. Sapeva perfettamente quanto era vecchio il cottage: lo ha guardato su Google un'infinità di volte. «È un po' piccolo, però, no?», dico. «Quanti metri quadrati sono?», chiedo a Edward, che si appoggia contro la parete color crema guardandomi attentamente. Polly è attaccata alla sua gamba, immobile, e mi fissa. Colgo il suo sguardo e lei mi fa una linguaccia. Mi ci vuole tutto il mio autocontrollo per non ridere. Quella bimba ha un bel caratterino e io non posso fare a meno di provare simpatia per lei, anche se è pestifera.

«Un po' meno di sessanta», risponde lui.

«Bello e raccolto». Claire sorride.

«Un po' angusto, direi», ribatto. «Chi paga le bollette?». Sparo un'altra domanda per lui. È importante mantenere la pressione incalzante durante una negoziazione come questa, fargli capire chi è che comanda.

«Maggie». Claire mi lancia un'occhiata di avvertimento.

«Le bollette sono incluse nell'affitto mensile», dice Edward, guardandomi senza battere ciglio.

«Sì, a questo proposito», comincio, «Claire non ha la minima intenzione di pagare l'affitto da lei suggerito. È oltraggioso, il mercato si è spostato significativamente in favore dell'affittuario, lei lo sa».

«Sì, lo so». Sospira, sembra completamente scoraggiato. Probabilmente sta fingendo per spingere Claire a sentirsi dispiaciuta per lui.

«Noi saremmo propense a una significativa riduzione», dichiaro. È il momento di colpirlo forte, mentre sta per cedere.

«Be', come ho detto nella mia e-mail, se avete voglia di dare una mano alla fattoria di tanto in tanto, potremmo raggiungere un accordo. Non sono sicuro che voi due abbiate esperienza...». La voce gli si affievolisce e d'un tratto sembra molto incerto sull'intera faccenda, come se non riuscisse a credere di aver pensato che avrebbe funzionato.

«Vorrei *tanto* darle una mano!», strilla Claire. «Voglio davvero entrare in contatto con la natura, ritornare alle mie radici».

«D'accordo». Edward sembra dubbioso. «Bene, si tratterebbe solo di lavorare con i pony, cose del genere. Offriamo un servizio di stallaggio completo».

«Nessun problema», dice Claire con sicurezza, e io mi volto a guardarla. Claire non sopporta i cavalli: il posto più vicino a dei cavalli in cui è stata è la zona vip alle corse di Capodanno, dove si è limitata a sorseggiare champagne. Ora si comporta come se fosse una donna che sussurra ai cavalli. Scommetto che non sa nemmeno cosa sia un servizio di stallaggio. Io di sicuro non lo so.

«Non voglio che si avvicini al mio pony!». Polly batte di nuovo i piedi e incrocia le braccia, e vedo Claire perdere un po' di sicurezza. Sembra preoccuparla parecchio il fatto che Polly dimostri una profonda antipatia nei suoi confronti. Che strano: di solito non le importa di quello che la gente pensa di lei.

«È assicurato?», mi intrometto io.

«Maggie, di che stai parlando?», dice Claire seccata.

«L'assicurazione è fondamentale, Claire. Per sfortuna gli incidenti nelle fattorie sono molto frequenti. E se, per dire, un pony ti dà un calcio in testa?»

«Un calcio in testa?». Claire sta cercando di fingere di non essere nervosa all'idea, ma un guizzo di terrore le attraversa il viso. Non è una a cui piacciono gli animali... non è mai stata capace di controllare il suo barboncino Charlie e lui era solo un esserino in miniatura. Come se la caverà con animali di stazza superiore?

«Sì, i pony possono essere aggressivi... non è vero, Edward? Cioè, pensa a Polly: il suo stesso pony l'ha disarcionata questa mattina. Sembra pericoloso».

«Saffy *non* è cattiva!», urla Polly, battendo i piedi e guardandomi in cagnesco. «Diglielo, papà!».

«Non è cattiva», dice Edward, in tono circospetto, «solo un po' esuberante».

«Ah, sì, ma essere esuberante può provocare degli incidenti, dico bene?»

«Immagino di sì...». Edward guarda Claire, che ora è decisamente nervosa. Perfetto.

«Già, la gente può rimanere paralizzata e persino uccisa nelle fattorie. È così?», domando. «Se lui non avesse l'assicurazione saresti in guai seri. Bada, anche se avesse un'assicurazione, non servirebbe a niente se dovessi passare il resto dei tuoi giorni su una sedia a rotelle, giusto? Non c'è somma di denaro che possa compensare una cosa del genere».

Il viso di Edward è sbiancato. Bene. Voglio dissuadere

Claire dal trasferirsi in campagna, non incoraggiarla a diventare una bracciante. «*Abbiamo* l'assicurazione», dice freddo lui.

«Dovremmo crederle sulla parola, immagino», lo schernisco.

«No. Potete vedere il certificato, se volete», replica lui. «È in ufficio. Ma ha ragione. Se succede qualcosa di terribile, so per certo che nessuna somma di denaro potrebbe riparare a un tale danno».

«Non sarà necessario», lo irrompe Claire. «Adoro questo cottage e vorrei prenderlo. Maggie, ci stai o no?».

Mi guarda sfrontata e io resto a bocca aperta, inorridita. Il padrone di casa non dovrebbe essere al corrente delle nostre conversazioni private sulla casa. Dovremmo fare questo genere di discussione una volta che lui è uscito o almeno quando non siamo a portata d'orecchio. Lei lo sa... a che gioco sta giocando? Le lancio un'occhiata per farla smettere di parlare, ma lei mi ignora. Forse è la mia immaginazione, ma ha un'espressione piuttosto capricciosa. Come se avesse deciso di sfidarmi apertamente.

«Pensaci su, Maggie», dice lei, ora in tono conciliante. «A meno che, naturalmente, tu non voglia chiamare i tuoi genitori. O Theresa, magari».

C'è un'innegabile scheggia di determinazione nei suoi occhi. Sa bene che non voglio entrare nei dettagli sulle difficoltà che ho con la mia famiglia. Mi sta sfidando, non c'è dubbio. Nemmeno un briciolo della sua personalità da squalo della finanza è scomparso sotto i vestiti masticati dal cane e la borsa da quattro soldi. Le possibili alternative mi attraversano la mente: posso rimanere in città senza un lavoro né un posto dove vivere, o posso trasferirmi qui per un po' a spese di Claire. Non ho scelta, in realtà.

«Okay, allora», sospiro, dicendo mentalmente addio alla mia fantasia su *Una donna in carriera*. Non sarò mai l'astuta Melanie Griffith, con un completo dirigenziale dalle spalle imbottite, grazie alla testaccia dura di Claire. È un tale peccato... quel look è talmente di moda in questo momento e ammetto che potrei portarlo di nuovo, senza problemi. Non come i jeans attillati, quelli sono un totale incubo.

«Grandioso!». Claire batte allegramente le mani. «Che ne dice se vengo con lei all'edificio principale, Edward, per firmare il contratto?».

Edward sembra dubbioso. Mi guarda, come se stesse cercando di decidere se sta facendo o meno un terribile sbaglio e se sono un problema più grosso di quanto valga la pena affrontare.

«Sì, okay, allora...», risponde alla fine. Ma non è sicuro: riesco a capirlo dall'espressione combattuta sul suo viso.

«Sarebbe meglio se portassi con te una copia del contratto e la mostrassi prima al tuo avvocato, Claire», dico astiosa. È il mio ultimo tentativo disperato per ricondurla alla ragione, per impedirle di prendere una decisione avventata.

«Non essere sciocca!», dice Claire divertita, guidando Edward attraverso la porta d'ingresso, con Polly alle calcagna. «Ci vorrà solo minuto».

Ed escono tutti, con Claire che parlotta eccitata mentre si allontanano, e io rimango da sola accanto alla cassettiera blu, a chiedermi come abbia potuto andare tutto così storto, perché a quanto pare sto per trasferirmi in campagna... che mi piaccia o no.

REGOLA NUMERO 6
Aspettati l'inaspettato

«Non riesco a credere che ti trasferisci in campagna!». La voce di Dom da Melbourne sembra molto lontana.

Sono in viaggio verso Rose Cottage, gli parlo con l'auricolare mentre guido, e la ricezione continua ad andare e venire per via di queste maledette strade di campagna. Non mi piacciono per niente: ho preso tante di quelle buche che sarà un miracolo se arriverò tutta intera.

«Solo temporaneamente, Dom», lo correggo. «Finché Claire non torna dall'India».

«Non riesco a crederci comunque! Da cosa cavolo sei posseduta per fare una cosa del genere? Tu *odi* la campagna!».

«Be', non *odio* la campagna in sé».

Comincio a pentirmi di aver chiamato Dom, solo un po'. Crede che tutta questa idea della campagna sia esilarante e questo mi rende ancora più nervosa e insicura… cosa che avevo ritenuto impossibile.

«Maggie, una volta mi hai detto che se avessi dovuto vivere oltre l'autostrada saresti uscita di testa».

«Stavo *esagerando*, Dom», replico.

Che memoria di ferro. Mi ricordo vagamente di aver detto qualcosa del genere a seguito di qualche drink dopo il lavoro e lui non se n'è mai dimenticato. Non mi sorprende: ha la memoria di un elefante africano. Riesce a ricordarsi le conversazioni più banali, una cosa che quella maniaca di sua madre crede lo qualifichi per essere ammesso al Mensa. Una volta gli ha persino spedito il modulo di partecipazione: crede davvero che lui abbia un dono.

«E allora? Tu ti sei trasferito in Australia», dico io per cambiare argomento. «Che differenza c'è?»

«La differenza, cara Maggie, è la gran quantità di ragazze in micro bikini. Tu vivrai in mezzo agli alberi! Non riesco proprio a immaginarti mentre ti occupi dei pony o raccogli le patate. Saresti un completo disastro per quel genere di cose».

Ride a crepapelle dall'altro capo della linea e io non posso fare a meno di sentirmi un po' offesa. Non andrà *così* male. E poi non ho la minima intenzione di avvicinarmi a un qualunque animale… quello fa parte dell'accordo di Claire con il padrone di casa, io non c'entro.

«Non sono poi *così* incapace», sottolineo. «Riuscirei benissimo a raccogliere patate se volessi».

«Sì, come no». Dom ride sguaiatamente. «Non conosco nessuno meno adatto di te alla vita in campagna!».

«Me la caverò benissimo», protesto. «Posso zappare vegetali proprio come chiunque altro».

«E quand'è stata l'ultima volta che hai *zappato* un vegetale, Maggie?». Dom se la ride.

La verità è, naturalmente, che non ho mai zappato un vegetale in vita mia. Non sono nemmeno sicura che "zappare" sia il termine corretto per esprimere quello che si fa con i vegetali. Zappare ha qualcosa a che fare con l'estirpare? Credo di sì. Ma non ne sono sicura, e non ho la minima intenzione di ammetterlo con Dom.

«In realtà mio padre aveva uno splendido orticello quand'ero bambina», dichiaro. «Ho passato un sacco di tempo ad aiutarlo. Se c'è bisogno di qualcuno che zappi, sono la persona che fa per te».

Questa parte è vera. Papà *aveva* un orto quand'ero ragazzina. Adorava lavoricchiare nel nostro minuscolo giardino, gingillandosi con le piante da invasare e parlando all'erba. Ma io non l'ho mai aiutato. Neanche una volta. Di solito ero in casa a guardare MTV o a parlare con le mie amiche al telefono. Provo una sincera fitta di rimpianto per non aver passato più tempo con lui allora… sarebbe stato un modo carino di cementare il nostro legame. Perché non l'ho capito quand'era il momento?

Tra l'altro, ho mentito a lui e alla mamma sul motivo per cui lascio la città per un po': ho detto loro che stavo lavorando a una nuova espansione edilizia in campagna e loro hanno accettato la spiegazione senza fare domande. Il senso di colpa mi sta uccidendo, ma so che è stata la decisione migliore. Non voglio più che si preoccupino per me come hanno fatto da quando ho rotto con Robert. Sembra abbiano superato lo choc, ma la mamma fa ancora tristi riferimenti al fatto di aver "perduto un figlio", e papà ha dimostrato ben poco tatto con le sue battutine sullo zitellaggio. Per questo ho detto a Theresa la stessa bugia: se devo ascoltarla ancora una volta mentre mi fa una paternale sul fatto che ormai sto sfiorendo, tanto vale che mi isoli e appassisca una volta per tutte.

«E cosa coltivavate?». La voce di Dom interrompe questi pensieri sconfortanti.

«Come dici?»

«In questo vostro meraviglioso orto, cosa coltivavate?».

Cerco di ricordare ciò che piantava papà. C'era un sacco di lattuga. Non che ne abbia mai mangiata molta, comunque. A meno che il cibo non venisse da una latta per poi essere affogato nella salsa di pomodoro, non ne volevo sapere. Dio, devo essere stata una gran rottura di scatole... come hanno fatto mamma e papà a sopportarmi con tutte le mie pretese?

«Lattuga. Coltivavo la lattuga», dico con una certa sicurezza. Non riuscirà a cogliermi in fallo.

«Che altro?»

«Piselli», improvviso. «E... cipollotti».

Sono quasi certa di ricordare che papà coltivava i cipollotti in fila vicino alla lattuga... riesco ancora a ricordare il loro odore acre.

«D'accordo...». Non sembra troppo convinto. «Be', se cambi idea e vuoi venire quaggiù, Maggie, sappi che ti accoglierò a braccia aperte. Potresti spalmarmi la lozione solare sulla schiena… o in qualunque altra zona del mio corpo stuzzichi la tua fantasia. Ho una pelle molto sensibile, sai…».

«Ti rovinerei la piazza, stallone», scherzo io. «E poi non mi piace il caldo. Il sole australiano mi ucciderebbe».

«Dici sul serio?». Dom è sconvolto. «Dio, ma qui è il paradiso!», dice. «Conto di passare i prossimi mesi a prendere il sole, fare surf e bere birra».

«E il lavoro? È nei tuoi progetti anche quello?»

«Lavoro? Ma lavorano davvero da queste parti?». Ride. «Penso che per un po' cercherò di trovare me stesso. E lascerò che mi trovino anche le bambolone!».

Ovviamente Dom casca sempre in piedi, e la cosa non mi sorprende affatto. È uno stronzo fortunato. È sempre riuscito a trarsi d'impiccio in ufficio. Ho perso il conto delle volte in cui Dermot l'ha beccato su Internet quando invece doveva lavorare, ed è sempre riuscito a farla franca.

«Allora, becchi parecchio?». Dom non è ancora entrato nei dettagli, cosa inusuale per lui. «Ti sono capitate parecchie cose a tre, poi?», gli chiedo.

C'è una lunga pausa all'altro capo della linea.

«Non esattamente», ammette Dom.

«Cosa? Ma mi sembrava che tuo cugino Pierce avesse detto che le cose a tre sono all'ordine del giorno laggiù».

«Sì, be'…», la voce di Dom è tesa, «io e Pierce abbiamo preso strade diverse».

«Sul serio? Perché?»

«Ha mentito sulle cose a tre, il bastardo. Non gli sono mai capitate in vita sua».

«Nemmeno nella Jacuzzi?», dico per scherzo. Non è quello che gli aveva detto Pierce?

«Non ce l'aveva, la Jacuzzi».

«Niente Jacuzzi?».

Questa è bella… dopotutto, forse Dom non se la sta passando tanto bene.

«No». Sospira. «Nemmeno una piscinetta gonfiabile».

«Mi spiace, Dom».

«È tutto a posto». Si rallegra. «Le cose mi vanno ancora alla grande: mi sono scottato di brutto l'altro giorno e l'infermiera del pronto soccorso era una piccola furia... abbiamo un appuntamento la prossima settimana».

«Sei dovuto andare al pronto soccorso per una scottatura?».

Sembra una cosa seria. Dom ha la pelle molto chiara... per questo ha sviluppato una dipendenza dagli autoabbronzanti. Una volta l'ho persino beccato a spalmarsi la crema sul petto.

«Già. Quel bastardo di Pierce mi ha dato l'olio Johnson... ha detto che mi avrebbe dato un bel colorito. Per farla breve, mi sono abbrustolito. Però ne è valsa la pena: l'infermiera che mi ha spalmato addosso la lozione alla camomilla adorava il mio accento irlandese. Becco alla grande qui!».

«Dom, sei senza vergogna», gli dico. «Non riesco a credere che hai rimorchiato un'infermiera in servizio!».

«Le pollastre australiane adorano il mio fascino irlandese, Maggie, che posso farci?»

«E scommetto che ci dai dentro alla grande, ho ragione?»

«Alla grandissima, puoi starne certa!», ribatte lui, nel suo miglior accento irlandese. «Non ne hanno mai abbastanza».

«Immagino userai anche il tuo trucco del gaelico».

«Maggie, non posso farci niente se a loro piace che sussurri dolci sciocchezze nella mia lingua natia».

«Dom, recitare il Padre Nostro in irlandese e far finta che stai dicendo qualcosa di profondo e significativo è davvero scorretto».

A Dom piace rifilare questa trovata alle ragazze straniere. Dice che parla fluentemente irlandese e poi cerca di incantarle recitando un paio di preghiere che ha imparato a scuola da bambino. Quando loro gli chiedono cosa ha detto, dice: "sei la più bella ragazza che abbia mai visto sulla faccia della Terra".

«Maggie, Maggie... a queste donne non importa cosa sto

dicendo, ma adorano il modo in cui lo dico. Per l'infermiera di sicuro è stato così».

«Sei un puttaniere», gli dico. «Ora devo andare. Sono appena arrivata davanti al cottage».

«Okay, mia piccola zotica campagnola. Non dimenticare di mandarmi qualche bustina di tè e le patatine, quando ne hai l'occasione, ti spiace? Quel bastardo di Pierce mi ha fregato l'ultimo vaglia che mi ha spedito la mamma».

«Okay, lo farò». Dom adora le sue tazze di tè e i sandwich di patatine.

«Perfetto, grazie. Abbi cura di te e fatti sentire».

Chiudiamo la comunicazione e, con una certa pena, mi rendo conto di quanto mi mancherà. Anche quando – o se – trovassi un altro lavoro, non sarà mai tanto divertente come quando lavoravo con Dom. Era un lurido pervertito, seccante e sessista, ma era proprio uno spasso.

D'un tratto mi sento davvero sola. Dom se n'è andato, e anche Claire. Ha preso un volo per l'India giorni fa e adesso sta meditando da qualche parte dall'altro capo del mondo, circondata da tizi con la sua stessa mentalità spirituale. Le ho parlato solo una volta da quando è arrivata là, perché l'uso dei cellulari è sconsigliato all'interno dell'ashram. A quanto pare avere gente che chiacchiera con gli amici rimasti nel mondo civilizzato può distogliere i pellegrini dalle loro meditazioni quotidiane… o almeno questo è ciò che hanno detto a Claire.

Per come la vedo io, la cosa è sospetta. Non posso fare a meno di pensare che i leader o guru o come cavolo si chiamano i tizi dell'ashram stiano cercando di impedirle di parlare con i suoi amici nel mondo esterno per una ragione ben più inquietante. E se quel posto fosse una specie di setta? E se le stessero facendo il lavaggio del cervello proprio adesso? Persuadendola a "donare" tutti i suoi beni terreni a loro? Si legge sempre di cose del genere sui giornali: gente innocente infinocchiata da sette ben organizzate. Claire potrebbe anche chiamare per dire che è diventata la quarta moglie di qualche fricchettone barbuto e che non tornerà più. La mia sola consolazione è che ho già cercato su Google il suo ashram e da ciò che ho potuto capire sembra a posto. Ci sono raccomandazioni entusiastiche di pellegrini che hanno attraversato tutto il mondo per incontrare quel guru: sembra che abbiano tratto giovamento dall'esperienza e che dopo siano ritornati alla loro vite. Nessuno sembra stordito o costretto a parlare sotto minaccia.

Però anche il sito internet potrebbe essere un imbroglio. La setta potrebbe avere un web designer a cui ha fatto il lavaggio del cervello perché mettesse in scena l'intera faccenda da qualche caverna del sottosuolo. Tutte le testimonianze potrebbero essere false. Tutte le foto felici dei pellegrini che sorridono beatamente con i pantaloni da yoga potrebbero essere state contraffatte con Photoshop… non si sa mai.

Claire ha promesso di chiamarmi il più spesso possibile, giusto per assicurarmi che sta bene, ma io non posso fare a meno di preoccuparmi. Il pensiero di rimanere tutta sola in un posto strano, senza nessuno con cui parlare, ora mi affligge. È un aspetto della situazione a cui non avevo pensato a fondo quando ho deciso di accettare questa proposta. In ufficio ero abituata a Dermot e Dom che mi punzecchiavano di continuo, a parlare con i clienti, anche se il numero delle telefonate si era notevolmente ridotto negli ultimi mesi. Mi piace stare con la gente. Mi piace chiacchierare. Con chi parlerò adesso che sono in campagna? Con le mucche?

Dopo aver fatto scivolare le gambe fuori dalla macchina, osservo il cottage davanti a me. Devo ammettere che sembra anche meglio di come lo ricordavo, grazioso e invitante e accogliente, e mentre percorro l'angusto vialetto che conduce alla porta d'ingresso, comincio a credere che potrebbe essere stata una buona idea. Ho bisogno di un po' di riposo prima di gettarmi di nuovo nella ricerca di un lavoro. Di un po' di tempo per pensare. E, come dice Claire, le sto facendo un favore. Ora che è in India, tengo d'occhio questo posto per lei. Ed è *lei* a pagare l'affitto… questo è un altro gigantesco fattore positivo, perché i soldi che ho sono pochi e diventeranno sempre meno.

Frugo sotto lo zerbino per cercare la chiave. È lì, proprio come aveva detto Edward.

È difficile credere che da queste parti pensano ancora che sia abbastanza sicuro lasciare le chiavi di casa sotto lo zerbino in pieno giorno, ma in fondo che ne so io della vita in campagna? Forse qui di notte tutti chiudono la porta senza dare mandate. Per me è una cosa impensabile... devo dare almeno tre giri di chiave e inserire la catenella per sentirmi al sicuro. Per prima cosa dovrò chiedere a Edward di installare qualche extra, anche se – a ben guardare – questa porta è talmente dura da aprire che nessun ladro sarebbe in grado di entrare facilmente.

Tiro su la chiave, ma prima di potermi preparare a dar battaglia alla serratura, la porta si spalanca dolcemente davanti a me, scricchiolando lievemente.

«Ehilà?», dico.

Forse c'è Edward in casa. Sa che mi trasferisco oggi, forse è venuto ad arieggiare il posto prima del mio arrivo. Difficile, visto che probabilmente è il tipico padrone di casa egoista che vuole solo fare soldi facili con la minima responsabilità, ma è possibile.

Non arriva alcuna risposta così provo di nuovo. «Ehilà?»

«E *tu* chi sei?».

Un'adolescente entra di soppiatto nella stanza, tirandosi giù la maglietta per coprirsi l'ombelico. Ha il viso arrossato e i capelli in disordine, come se avesse fatto la lotta con qualcuno.

«Potrei farti la stessa domanda». La squadro dalla testa ai piedi.

Non ha l'aspetto della tipica ladruncola ma, del resto, non ho la minima idea di che aspetto abbia una tipica ladruncola. Indossano il passamontagna al giorno d'oggi? Probabilmente no. Però sembra troppo giovane e troppo scomposta per aver fatto irruzione qui dentro. Avrà al massimo quindici anni.

«Mi chiamo Matilda Kirwan e questo cottage è mio», dice lei, con la sicurezza di una persona con il doppio dei suoi anni. Si sistema i capelli dietro le orecchie e liscia la maglietta con l'altra mano. «Stai violando una proprietà privata. Faresti meglio ad andartene subito, o chiamerò la polizia».

«Questo cottage è *tuo*?». Cerco di non ridere, ma l'espressione arrogante che ha sul viso è così buffa che è difficile non farlo. Sta mentendo spudoratamente, anche se, devo dargliene atto, le è uscita piuttosto bene. Se non sapessi per certo che è suo padre il proprietario di questo cottage, potrei quasi crederle. È abbastanza ovvio che si tratta della figlia maggiore di Edward: è la copia esatta, ma più grande, di quell'ostinata di Polly.

«Sì», bofonchia lei, guardandomi con astio, «e tu stai violando una proprietà privata. Vattene immediatamente prima di costringermi a... passare ai fatti».

Tira fuori il cellulare dalla tasca dei jeans e lo apre, fissandomi con uno sguardo di sfida.

«Sei un po' troppo giovane per possedere un cottage, no?». Le sorrido.

«Tecnicamente, è mio padre il proprietario», tira rumorosamente su col naso, guardandomi con gli occhi ridotti a due fessure, «ma molto presto sarà mio. Quindi faresti meglio a uscire o ti farò... arrestare».

«Capisco. Bene, Matilda», mantengo la voce più neutra possibile, «credo ci sia stato un malinteso. Sono la nuova inquilina. Mi chiamo Maggie... tuo padre mi stava aspettando».

«Inquilina?». Il viso della ragazza cede e all'improvviso sembra molto più giovane. «Che vuoi dire?».

Questa notizia evidentemente la coglie di sorpresa. Mi chiedo perché il padre non le abbia detto nulla. «Vivrò qui per un po', almeno finché la mia amica Claire non ritorna dall'ashram, e poi si trasferirà qui...». Sembra un tantino ridicolo e contorto quando lo dico ad alta voce in questo modo.

«Ci deve essere un errore», sbotta la ragazza, ma un guizzo di confusione nei suoi occhi mi dice che all'improvviso sta dubitando di se stessa. «Questo cottage non è in affitto».

Mi passo una mano sul sopracciglio: la testa comincia a pulsarmi e un'ondata di stanchezza mi pervade. Il viaggio in auto inizia a farsi sentire, tutte quelle buche sono state un inferno. «Ascolta, Matilda, mi dispiace se questo è uno... choc per te, ma mi sto trasferendo qui. Tuo padre ha affittato questa casa. Non te ne ha parlato?»

«Dev'esserci stato un malinteso». Gli occhi di Matilda ora sono glaciali. «Come ho detto, il cottage non è in affitto. Né ora né mai. Mio padre non prenderebbe una decisione simile senza prima discuterne con me».

Sento un tonfo provenire dalla camera da letto. C'è *qualcuno* lì dentro – Matilda non è sola – il che potrebbe spiegare i capelli scompigliati e il rossore sul viso. Sentendo il rumore sbatte rapidamente le palpebre, ma non dice nulla.

«Okay. Se non mi credi», le dico, «ho il contratto proprio qui».

Frugo nella borsa e tiro fuori il contratto firmato da Claire. Lo apro e lo porgo alla ragazza.

Matilda scorre il documento e, vedendo in calce la firma del padre, resta senza fiato.

A disagio, sposto il peso da un piede all'altro. Non è esattamente il modo in cui avevo immaginato di sistemarmi qui. Ovviamente la cara Matilda e suo padre hanno delle questioni in sospeso. A quanto pare la ragazza non aveva la minima idea che Rose Cottage sarebbe stato affittato e di sicuro la cosa non la riempie di gioia.

«Va bene». Mi passa il contratto. «Daniel!», urla poi voltandosi verso la camera da letto. «Vieni fuori, ce ne andiamo».

Un ragazzo compare da dietro la porta, il viso brufoloso è rosso per l'imbarazzo. Proprio come avevo sospettato, Matilda non era sola. A quanto pare lei e questo ragazzo usavano il cottage come nido d'amore. È una cosa tenera, in realtà… gli amori adolescenziali possono essere molto seri. Non ero molto più grande di lei quando ho conosciuto Robert e allora ero sicura che fosse quello giusto per me. Non lo era, naturalmente, ma mi ci sono voluti anni per scoprirlo. Mi prende una fitta di rimorso mentre penso al povero Robert. Mi chiedo come se la stia passando… se mi ha perdonato per averlo lasciato e per avergli rovinato la vita – almeno, così mi ha detto.

«Andiamo», dice seccata Matilda rivolgendosi al ragazzo. «Sono stufa di stare in questo posto… puzza».

Mi lancia di nuovo un'occhiataccia, poi prende la porta a passo di carica; il ragazzo la segue con andatura strascicata, e io rimango da sola nella stanza, in piedi, incerta sul da farsi. A quanto pare ho interrotto la pomiciata di Matilda con il suo ragazzo. Mi chiedo se sua madre e suo padre sappiano di questo tizio segaligno. Probabilmente no. Gli adolescenti sono molto bravi a nascondere le cose… Edward e sua moglie probabilmente non hanno idea di cosa stia combinando la loro figlia maggiore, né sanno con chi stia. Ora tutto ciò che posso fare è tenermi alla larga da lei e sperare che lei faccia lo stesso. Non è il modo migliore per cominciare la mia permanenza qui, ma altri problemi sono l'ultima cosa di cui ho bisogno.

Sospirando, torno fuori per prendere i bagagli. Sono così pesanti che probabilmente dovrò trascinarli lungo il vialetto. Mentre cerco di decidere come gestire il primo borsone, noto i graffi sulla fiancata della macchina. Non sono stati causati dai rami degli alberi lungo la strada, però… sono lunghi e uniformi e molto, molto profondi.

Piuttosto scioccata, d'un tratto mi rendo conto che non si tratta di un incidente: lo hanno fatto apposta. Qualcuno ha passato una chiave lungo la portiera del passeggero, e credo di poter dire con precisione di chi si tratta. Sembra che mi sia fatta la mia prima nemica da queste parti, e sono appena arrivata… potrebbe trattarsi di un record mondiale.

REGOLA NUMERO 7
L'onestà è la miglior politica

Mi sveglio in un bagno di sudore, cercando di liberarmi dalle lenzuola che mi si sono aggrovigliate attorno alle gambe. Mi sembra di essere una mummia, tanto mi si sono avvolte intorno... devo essermi agitata parecchio nel sonno.

So che cosa mi ha svegliato. Stavo facendo di nuovo quel sogno, quello in cui sto cadendo, e per quanto cerchi disperatamente di aggrapparmi a qualcosa per evitare una morte certa e sanguinolenta, non ci riesco. È da un po' che ho quest'incubo ormai, ma riesce a spaventarmi da morire ogni volta. So cosa significa, naturalmente, perché in virtù della mia lunga e consolidata storia d'amore con Google l'ho cercato su internet. Sognare di cadere senza mai toccare terra significa che credo di aver perso il controllo della mia vita: non è una grande sorpresa, in realtà, considerando quanto meravigliosamente mi stanno andando le cose in questo momento.

Di solito anche Robert fa la sua comparsa da qualche parte nel sogno: resta sullo sfondo, mi guarda cadere, poi si volta tristemente dall'altra parte. Anche il mio subconscio si sente in colpa per averlo lasciato. Theresa andrebbe a nozze con una cosa del genere. La psicologia basata sul significato dei sogni è un'altra delle sue passioni: analizza ogni singolo sogno che riesce a ricordare. Certo, le sue pilloline blu a volte ne provocano di molto strani, ma lei prende nota anche di questi, perché tenersi in contatto con la tua psiche è di vitale importanza – dice lei – anche se stai sviluppando una dipendenza dai farmaci che ti prescrivono e i tuoi sogni sono più che altro allucinazioni.

Mi massaggio il viso e resto sdraiata trattenendo il respiro, dicendomi che è stato solo un incubo, che sto bene, davvero. Ci vuole un minuto perché i miei occhi si abituino all'ambiente sconosciuto. Mi aspettavo di vedere le tonalità blu ghiaccio della mia camera da letto e invece un caldo scintillio giallo pervade la stanza. A meno che qualcuno non si sia dato da fare per dipingerla nel mezzo della notte mentre ero fuori combattimento, non sono nel mio appartamento in città… quello che Dermot mi affitta per due spiccioli. Sono da tutt'altra parte.

È c'è anche qualcos'altro, un *rumore*. Cos'è? Sembra quasi… quasi come se un centinaio di uccelli si fossero seduti sulla mia testa e stessero cantando a pieni polmoni. Nel dormiveglia non riesco a capire di cosa si tratti. È la TV? La suoneria di un cellulare? Che diavolo è tutto questo baccano?

E poi ci arrivo. Ma *certo*. Non sono a casa. Sono a Rose Cottage e quel rumore non è la TV o qualche strana suoneria: sono uccelli che cinguettano per davvero. Con la fortuna che ho, la voce che una persona di città è venuta a stare qui dev'essere arrivata a ogni maledetto uccello dei dintorni, e ora sono tutti alla mia finestra con la ferma intenzione di esasperarmi. Il chiasso è *allucinante*. Come fa la gente a sopportarlo? È inquinamento acustico, ecco cos'è. È snervante, peggio del rumore del traffico che si sente in città. Preferirei di gran lunga delle sirene ululanti piuttosto che questo… questo *cinguettio* ogni giorno.

Rotolando sul letto, allungo una mano per prendere l'orologio e vedere che ore sono: le 8:40 del mattino. Ho dormito quasi dodici ore di fila. Non riesco a crederci. Evidentemente il viaggio mi ha proprio stesa. Riesco a malapena a ricordare quello che ho fatto dopo aver trascinato le valigie in casa. Dalla sensazione che provo al viso, di sicuro non mi sono struccata, cosa di cui adesso mi pento, perché riesco quasi a sentire i pori che si occludono allegramente mentre me ne sto qui sdraiata. Forse

Claire ha avuto l'idea giusta: se smettessi completamente di usare il trucco, non sarei costretta a perdere così tanto tempo la sera per toglierlo. La cosa mi stuzzica. Nessuno mi conosce da queste parti... potrei anche farcela. Ma poi il pensiero di uscire di casa senza qualche strato di fondotinta mi terrorizza. È una cosa su cui rifletto da anni... da sbronza ho persino preso in considerazione l'eventualità di farmi tatuare un trucco permanente. L'unica cosa che mi frena è la paura degli aghi: a meno che non sia priva di conoscenza, non c'è alcuna possibilità che qualcuno mi tocchi con un ago. Mi costringo a uscire dal letto e mi dirigo in cucina in cerca di caffè. Ho bisogno di una tazza di caffè molto forte per cominciare la giornata... altrimenti mi ci vuole un'eternità per carburare. Non che ci sia alcuna fretta, immagino, non ho un lavoro a cui tornare. Questo pensiero mi deprime ancora di più. Quante mattine mi sono svegliata, desiderosa di una giornata fuori a far niente? Ora quel giorno è arrivato ed è la sensazione più brutta del mondo. Farei qualunque cosa per essere ancora a casa, a prepararmi per andare alla Hanly e passare la giornata ad archiviare pratiche. Ascolterei volentieri le battute sessiste di Dom per tutto il giorno, se questo volesse dire avere indietro il mio lavoro. Non mi lamenterei neanche una volta... nemmeno se Solido Mogano telefonasse un milione di volte. Il povero vecchio Dermot sarà lì a lottare con lei al telefono... non l'ha mai digerita, con quei suoi modi da snob esigente.

Frugo nel cucinino per un po', in cerca di un filtro per il caffè. I pavimenti di quercia originale che Claire ha ammirato tanto sono deliziosamente riscaldati dalla luce del sole che filtra dalle finestre a ghigliottina. Anche se ho deriso queste assi quando abbiamo visitato la casa, devo ammettere che è un piacevole cambiamento... di solito tremavo sulle mattonelle di porcellana del mio appartamento. Però, restano probabilmente un terribile ricettacolo di sporcizia. Mi metto a curiosare in ogni credenza, ma ancora non riesco a trovare un filtro, così metto su il bollitore; per ora dovrò accontentarmi del caffè solubile. Non mi dà mai la stessa sferzata rigenerante… magari ne prenderò due tazze.

Mi appoggio al bancone, in attesa che l'acqua bolla, quando sento un colpo alla porta che mi fa sobbalzare. Chi può essere? Non aspetto nessuno, non conosco un'anima qui. A meno che… a meno che non sia quella scontrosa di Matilda. Forse ha pensato a qualcosa da dirmi per spingermi a tornare in città. Era decisamente furiosa quando se n'è andata. Forse è tornata per sfidarmi di nuovo, sfida che accetto volentieri. Non gliela farò passare liscia… è una ragazzina arrogante, questo è poco ma sicuro.

Bussano di nuovo, questa volta con più insistenza. Se è *davvero* Matilda, non se ne andrà via, e d'un tratto sono molto seccata. Quella ragazza non ha alcun diritto di venire a bussare alla mia porta, praticamente all'alba. Le darò una bella lezione… rigarmi la macchina in quel modo è stato oltraggioso, un atto criminale. Anzi, sarebbe un mio sacrosanto diritto denunciare il fatto alla polizia. Chissà quali potrebbero essere le conseguenze? Libertà condizionata, forse, un po' di lavoro socialmente utile, magari.

Spalanco la porta, pronta allo scontro, ma in piedi davanti a me trovo Edward e la piccola Polly, più ombrosa che mai nell'uniforme blu navy della scuola. Non c'è traccia di Matilda.

«Ciao!». Edward mi sorride.

«Ehm, ciao», dico io. Che cosa imbarazzante. L'ultima volta che ho visto questo tizio ho disprezzato il suo cottage, e adesso ci abito. Mi sento un po' stupida, ma cerco di non darlo a vedere.

«Volevamo solo accertarci che ti fossi sistemata come si deve», continua Edward. «Spero tu abbia tutto ciò che ti occorre… ho lasciato un po' di provviste di prima necessità per te in dispensa».

È lievemente nervoso? Sembra di sì. Sembra che non

sappia come reagirò alla sua comparsa sulla soglia. Come se potessi aggredirlo. Cosa che, a essere onesti, suppongo di aver fatto l'ultima volta che ci siamo incontrati. «Sì, è tutto a posto, grazie», gli dico. Mi tiro giù la maglietta per coprirmi. Forse avrei dovuto infilarmi i jeans prima di aprire la porta. Ho dormito con la maglia che avevo addosso durante il viaggio perché ero troppo stanca per cercare il pigiama. D'un tratto mi sento un po' a disagio visto che non sono vestita… questa maglietta mi copre a malapena il sedere. Però non è colpa mia… non mi aspettavo che qualcuno facesse un salto qui, a quest'ora assurda, specie il mio temporaneo padrone di casa e la sua bambina.

«Bene, molto bene. Ehm, scusa se sono passato così presto», aggiunge poi, come se mi stesse leggendo nel pensiero. «È che stavamo per andare a scuola, così ho pensato di controllare che tutto fosse a posto. Avrei dovuto capire che ti saresti rilassata la tua prima mattinata qui… è stato stupido da parte mia».

«No, è tutto a posto». Mi sforzo di sorridere. Non c'è ragione di inimicarsi il padrone di casa, lo dicevo sempre ai miei clienti. Mantenere una relazione civile è la cosa migliore ed Edward sembra piuttosto amichevole; è chiaro che ha deciso di non rinfacciarmi le critiche che ho espresso nei confronti suoi e del suo prezioso Rose Cottage.

«Che cos'è quella roba che hai sulla faccia?», mi chiede Polly con la sua vocetta acuta. «È proprio strana!». Mi guardo nello specchio accanto alla porta. Ho macchie nere di mascara intorno agli occhi. Sono un orrore. «È il trucco che ho dimenticato di togliere ieri sera», le rispondo. Non c'è ragione di cercare di nascondere la cosa… è furba come una volpe.

Lei annuisce, con il faccino corrugato per la concentrazione, nell'evidente tentativo di decidere cosa le ricordo. «Sembri un… panda», sentenzia alla fine.

«Polly!», la ammonisce il padre.

«Non fa niente». Sospiro. «Probabilmente ha ragione. È che ieri sera ero così stanca per il viaggio che immagino di essermi addormentata prima di riuscire a lavarmi bene il viso. In più, questo è un mascara a lunga durata».

«Che vuol dire?», chiede Polly.

«Significa che, se ne metti abbastanza, dura tutto il giorno», le rispondo.

«Ma non significa che è difficile da togliere?», mi incalza la bambina.

«Be', sì, è così», ammetto.

«E allora perché lo usi?»

«Non lo so proprio», rispondo. Ha centrato il punto. Questa roba è un incubo da togliere. «Suppongo di essere una vittima della pubblicità».

«Hai dormito con *quella*?», continua lei, indicando il mio torace.

«Sì».

Con la coda dell'occhio, vedo Edward trasalire.

«Non ce l'hai un pigiama?», mi chiede la piccola con una certa curiosità.

«Sì, ce l'ho. È che ancora non ho disfatto le valigie».

Questa bambina fa una domanda al secondo. Riesco a malapena a starle dietro.

«Quelli con Winnie the Pooh sono i miei preferiti», annuncia. «Posso prestarteli, se vuoi. Matilda dice che sono solo per bambini, ma lei non sa mica tutto».

«No?», dico io, cercando di non ridere a crepapelle. È piuttosto carina, anche se non ha peli sulla lingua.

«No, è grossolana».

«Grossolana?»

«Sì, grossolana. "Grossolano" è la mia parola preferita».

«Sul serio?».

Com'è che sto conversando con una bambina di sei anni sulle sue parole preferite? Ho bisogno di un caffè, alla svelta.

«Sì, cerco di usarla dieci volte ogni giorno. È quello che la signora Ryan ci ha detto di fare con le nostre parole preferite».

«La signora Ryan?»

«La signora Ryan è la maestra di Polly», mi spiega Edward. «La stoica maestra di Polly». Le sue guance sono scarlatte. È mortificato per le farneticazioni della figlia.

«Che significa "stoica"?», domanda Polly.

«Significa che sopporta un sacco di cose», le risponde Edward.

«Tipo quello che ho detto sul suo mento?».

«Che ha detto sul suo mento?», chiedo. La cosa si fa interessante.

«Le ho detto che ha il mento peloso».

Edward è visibilmente imbarazzato.

«Sul serio?», dico ridacchiando. Riesco a immaginare Polly che dice senza problemi quello che pensa, proprio come sta facendo adesso.

«Sì, sul serio». Gonfia il petto. «Ha il mento proprio come le caprette».

«E questo è niente». Edward alza gli occhi al cielo.

«Perché? Poi che è successo?», chiedo a Polly.

«L'altro giorno è arrivata e i peli non c'erano più, ma il suo mento era tutto rosso. Così le ho detto che sembrava un troll. Sai, quello che vive sotto il ponte».

«Si era fatta la ceretta al mento?». Guardo Edward.

«C'è voluto molto tempo per farsi perdonare», conclude lui.

«Le ho già parlato di *te*», mi dice Polly.

«Di me?». Dio, che avrà detto?

«Sì, le ho detto che pensavo che eri grossolana quando ti ho conosciuto, ma papà ha detto che devo darti una seconda occasione perché abbiamo bisogno di soldi».

«Polly!». Edward sussulta. «Mi dispiace», dice. «Probabilmente avrei dovuto portare Polly a scuola prima di venire qui…».

«Ti vedo le mutande, sai?», lo interrompe Polly. «Anche quelle sono grossolane».

Indosso le più vecchie che ho, per forza sono grossolana. Si vedono davvero? Non oso guardare. Edward è di nuovo in imbarazzo. È per via della figlia e delle sue interminabili domande o per lo stato delle mie mutande? Non saprei dirlo con sicurezza.

«Dormi sempre fino a quest'ora?», continua Polly.

È una mitragliatrice e direi che sta cogliendo l'occasione per estorcermi più informazioni possibili. Anche i gemelli di Theresa diventeranno così? E lei come se la caverà? Ancora non sanno parlare e l'hanno già ridotta uno straccio. Posso solo immaginare come sarà quando riusciranno a fare conversazione. Mi gira la testa solo a pensarci.

«Polly!», le dice Edward. «Adesso basta con le domande. Scusami», conclude rivolto a me.

«È tutto a posto. Ha ragione, è tardi».

Evidentemente pensano che sia imperdonabilmente pigra. Certo, di solito a quest'ora sarei alla mia scrivania. Non so perché, ma decido di mentire, per salvare la faccia. Una cosa è ammettere che non mi sono tolta il trucco, ma non voglio che pensino che non ho niente di meglio da fare che poltrire a letto tutta la mattina quando il prossimo è in piedi a salvare il mondo. È chiaro che Edward mi ritiene una scansafatiche. Mentre Polly ha continuato a parlare a vanvera, lui ha detto appena due parole in croce.

«Be', faremmo meglio ad andare», dice brusco. «Credo che Polly mi abbia messo sufficientemente in imbarazzo per oggi... e devo ancora superare il cancello della scuola».

Rido per la sua uscita, persino io so che i cancelli della scuola possono essere posti pericolosi.

«In realtà,» bofonchio, mentre si voltano per andar via, «di solito non dormo sino a quest'ora. Normalmente mi alzo alle prime luci dell'alba, sapete... per fare ginnastica...».

Questa è una panzana da dieci e lode. Non faccio mai ginnastica. La verità è che non rotolo giù dal letto finché non è strettamente necessario. Ma Edward non saprà mai che non sono una fanatica del fitness. Be', finché non vedrà le cosce flaccide che cerco di nascondere con questa maledetta maglietta. Perché non mi sono infilata addosso qualcos'altro prima di aprire la porta? Indietreggio leggermente così non mi può vedere.

«Davvero?». Edward sembra interessato. «Che cosa fai?»

«Come dici?», faccio io, desiderando di non aver aperto bocca. Cosa cavolo mi ha fatto decidere di mentire così? Non devo impressionare questa persona. Che gli importa se me ne resto a letto fino alle quattro del pomeriggio?

«Per mantenerti in forma», continua lui. «Che genere di esercizi fai?»

«Ehm, corro», dico in tono leggero. «Corro un sacco... è grandioso, sai, per la mente. E per il corpo, ovvio. È molto... terapeutico».

Dio, questa era proprio fiacca. Non se la berrà mai; persino Polly è scettica. Da come mi sta guardando, ha capito perfettamente che non riuscirei a correre nemmeno per prendere l'autobus. Chiunque abbia avuto un incontro ravvicinato con il mio didietro potrebbe confermarlo. Però questo è il genere di cose che dice la gente che fa esercizio, no? Che ne vale la pena e che fa bene a mente, corpo e spirito?

«Papà corre tutte le mattine!», se ne esce di nuovo Polly. «E poi torni a casa e mi prepari la colazione, vero, papi?»

«Esatto, Polly. Uova in camicia su un toast, le tue preferite».

Edward accarezza i capelli di Polly. C'è una ciocca aggrovigliata dietro che la sua mamma non deve aver visto mentre glieli spazzolava.

«A *te* piacciono le uova?». Polly mi rivolge un'altra domanda.

«Certo che sì».

«Fatte come?»
«Fatte come?», ripeto.
«Sì, in che modo… in camicia, fritte o strapazzate?»
«O fertilizzate?», dico per scherzo.
Poi vedo la faccia di Polly. Merda. Quella è una battuta da grandi. Non avrei dovuto dire niente. «Ehm, strapazzate, direi», borbotto alla fine. Non posso dirle che non tocco un uovo da quando sono finita in quella battaglia al college per la fine del trimestre: dopo mi sono lavata via uova strapazzate dai capelli per giorni.
«Bleah. Io le odio strapazzate». Polly fa una smorfia. «Mi attorcigliano tutto lo stomaco».
«Davvero? Oh, no». Faccio per tornare in casa. È ora di terminare questa chiacchierata. Ho bisogno del mio caffè e ho bisogno di mettere fine a questa conversazione imbarazzante.
«Allora, quanti ne fai?».
Edward ancora non mi lascia andare.
«Quanti ne faccio?». Lo fisso con uno sguardo vuoto. Cosa intende?
«Quanti chilometri fai? Quando corri».
Ha un'espressione ansiosa, come in attesa di una risposta.
«Chilometri?»
«Sì, chilometri», dice Polly. «Non lo sai cosa sono?».
Vuol sapere quanti chilometri faccio ogni mattina durante le mie corse fasulle? La sua faccia dice di sì… sembra decisamente curioso. Cerco di pensare. Cosa potrei rispondere? Venti? Sembrano tanti, ma forse in realtà non lo sono. Decido di provarci. «Venti?», butto lì.
«Fai venti chilometri di corsa tutti giorni?». Edward è incredulo. Persino Polly sembra sbalordita, come se sapesse qualcosa che io non so. Sono decisamente uscita dal seminato.
«Be', non tutti i giorni», mi contraddico subito dopo. «Solo qualche volta. Una volta la settimana, forse due».

«Wow, è impressionante». Fischia d'ammirazione. «Devi essere davvero in forma».

Indietreggio e mi sistemo dietro la porta, così non mi può guardare da vicino... altrimenti scoprirebbe che non sarei assolutamente in grado di correre da nessuna parte senza collassare priva di fiato dopo due minuti. Ma come diavolo ho fatto infilarmi in questo pasticcio? «Non proprio. Per la verità, ho rallentato un po' il ritmo di recente». Tiro la porta verso di me in modo che capisca l'antifona e sparisca, portando con sé la sua graziosa figlia senza peli sulla lingua. Questa farsa è durata abbastanza.

«Dovresti andare a correre con papà!», propone Polly. «Non è vero, papi?»

«Ehm, sì, certo...». Edward non sembra molto sicuro. «Se ti va. Ci sono delle eccellenti alzaie per il villaggio... potrei mostrartele».

Oh, no. Non posso fare jogging con lui... mi smascherebbe in cinque minuti esatti. «Ehm, non sono sicura», borbotto. Questo è un incubo.

«Certo che no. Scusami», dice lui rapidamente, la sua espressione cambia quando vede la riluttanza sul mio viso.

«No, non è che...», comincio a dire. Adesso mi sento in colpa. Non volevo insultarlo... ho solo bisogno di uscire da questa situazione mortificante.

Polly sposta lo sguardo da lui a me, confusa. Che sta succedendo qui?, dice la sua faccia. Ma gli adulti sono tutti matti come questi due?

«Sul serio, lascia perdere». È brusco adesso, mentre prende Polly per mano e si volta verso il cancello. «Ci vediamo dopo pranzo... così potrai cominciare con i pony».

Eh? Cominciare con i pony? Me l'ero quasi dimenticato. Claire ha ottenuto una riduzione dell'affitto perché ha accettato di lavorare gratis. Non voglio sottostare a quella parte dell'accordo. Non sono un'amante dei cavalli. Non sono un'amante degli animali, punto. Per come la vedo io, sono tutti seccature puzzolenti e bavose. Non sarei per niente brava a strigliarli o qualunque altra cosa Claire abbia accettato di fare. Il suo barboncino Charlie mi ha quasi staccato le dita una volta quando ho cercato di coccolarlo... è successo un attimo prima che facesse i suoi bisogni nella borsa di Balenciaga di Claire. Potrei anche essere stata io a spaventare la povera bestiola spingendola a farlo. Sembrava terrorizzato da me. Comunque doveva avere dei problemi seri: si inseguiva la coda molto più spesso di quanto fosse considerato normale.

«A proposito di questo...», dico ad alta voce per fermarlo.

«Ci vediamo alle due davanti alle stalle», urla Edward dal cancelletto. D'un tratto quest'uomo ha una fretta disperata di andarsene. Sta trascinando Polly per il sentiero a tutta velocità e le sue gambette faticano a stargli dietro.

«Le stalle?», gli faccio eco io.

«Sì, sono dietro l'edificio principale... segui il tuo naso».

Cosa vuol dire, seguire il mio naso? Non vorrà mica dire che quell'odore repellente di cavalli è così pungente che basterà annusare l'aria per trovarlo? Ha detto che fornisce un servizio di stallaggio... ho scoperto che significa che tiene cavalli per altre persone, ma questo cosa implica esattamente? Non ne ho idea.

Ma non posso chiedergli altro: Edward ha già assicurato Polly al sedile posteriore ed è saltato sulla Land Rover scassata. Lo osservo percorrere il sentiero con un ruggito del motore e la manina paffuta di Polly si agita dal finestrino aperto mentre si allontanano.

REGOLA NUMERO 8
Mai lavorare con bambini o animali

«Quindi, capisci, probabilmente non sono la persona più adatta per lavorare con i pony», gli spiego, «ma potrà aiutarti Claire al suo ritorno».

Ho appena detto a Edward perché non posso aiutarlo alle stalle e sono molto contenta di come sia andato il mio discorsetto: mi ha lasciato parlare senza interrompermi, quindi ovviamente conviene anche lui che farmi fare qualunque cosa alla fattoria di remotamente legato agli animali è fuori questione. Provo un enorme sollievo.

«Capisco». Edward sorride mentre io mi fermo per prendere fiato.

Si sta dimostrando molto comprensivo, cosa piuttosto ragionevole da parte sua. Forse non è cattivo come pensavo.

«Mi dispiace», aggiungo, cercando di sembrare più dispiaciuta di quanto non sia in realtà. «Spero che questo non crei troppi disguidi».

«Non preoccuparti», continua lui. «So qual è il problema».

«Problema? Quale problema?». Lo guardo accigliata.

«Gli animali ti mettono a disagio. Alcune persone ci vanno caute con i pony… non c'è niente di cui vergognarsi, sul serio».

«Non si tratta di disagio», dico risentita. «È solo che a loro non piaccio. Non reagiscono bene con me. Come ti ho detto…».

«Riescono a percepire la tua ansia, ecco tutto», dice Edward sorridendo, mentre alle estremità dei suoi occhi azzurri si formano delle piccole rughe. «*Capiscono* che hai paura… si comportano di conseguenza».

«Non è che abbia proprio *paura*». Be', forse sì, solo un pochino, ma questo non glielo dico.

«Gli animali sono molto intelligenti... molto più intelligenti di quanto pensiamo. Quando ti occupi di loro devi dimostrare che sei tu che comandi. Puoi fingere per un po', finché non acquisirai più sicurezza. Non c'è niente di cui preoccuparsi. Ti faccio vedere cosa devi fare».

Ho già sentito questa teoria, da mio padre, ma non ne sono convinta. Dopotutto, ho cercato di mostrare sicurezza con il barboncino fuori di testa di Claire e questo atteggiamento non mi ha portato molto lontano, sono stata fortunata a non aver perso un dito. «Come fanno a capire se sono... lo sai... nervosa?», gli domando. Non c'è nulla di male a chiedere. In fondo non sto ammettendo nulla.

«È la fisiologia del regno animale», dice Edward. «Le pupille si dilatano quando hai paura, il battito cardiaco accelera... gli animali riescono a percepire queste cose».

«È come quando si è attratti da qualcuno, vero?», dico senza riflettere, ricordando qualcosa che ho letto una volta. «Sai, le pupille si dilatano quando ti piace qualcuno».

«Esatto», replica lui, sorridendo di nuovo. «I nostri corpi non mentono mai... bisogna solo cercare i segnali».

«Giusto». Riesco a sentire il rossore che si fa strada lungo il collo. Non posso credere di aver detto una cosa così stupida sull'attrazione tra le persone a un perfetto estraneo. Probabilmente penserà che sono una perfetta idiota. «Quindi, tutto ciò che devo fare è mostrare ai pony chi è che comanda?», gli chiedo, schiarendomi la gola e cercando di riguadagnare la calma.

«Be', sì, puoi essere gentile ed energica allo stesso tempo», risponde. «Sai che ti dico? Inizieremo con uno dei pony più tranquilli, ok? Prendiamo la nostra Saffy, qui... è di Polly». Indica una stalla in cui un pony grigio se ne sta lì a guardarci da sopra la mezza porta, con un'espressione annoiata sul muso.

«Probabilmente dovresti metterti gli stivali prima di cominciare», mi dice.

«Che stivali?», chiedo io. Ho addosso le scarpe da ginnastica... ho dovuto scegliere tra queste e i miei stivali Ugg color cammello. Sono contenta di aver scelto le scarpe, però: si abbinano perfettamente con la tuta di velluto blu di Juicy Couture che indosso. Ho azzeccato in pieno il look di campagna, questo è certo.

«Gli stivali di gomma», dice lui.

«Quali stivali di gomma?»

«Non ne hai portato un paio?».

Guarda le mie scarpe, come se non fosse sicuro che vadano bene.

«No». Scuoto la testa. «Perché?»

«Be', le scarpe da ginnastica firmate che hai addosso si rovineranno», dice. «Forse potrei tornare a casa, a vedere se riesco a trovare qualcos'altro per te...».

Accidenti! Perché non ho portato i miei favolosi stivali di gomma di Avoca? Quelli con gli strass sui lati. Sarebbe stata l'occasione perfetta per indossarli. Li ho messi solo una volta – durante un weekend, per andare a un festival di musica – e un sacco di gente mi ha fatto i complimenti. Sarebbero stati perfetti qui... sarei stata proprio carina, a gironzolare per la fattoria con quelli addosso, come un'immagine tratta da un catalogo country. Badate bene, il cortile davanti alla stalla non è poi così sudicio: il terreno è polveroso, ma per il resto va bene. Le mie scarpe da ginnastica difficilmente si rovineranno se sto qui. Non è come al festival, là c'era un lago di fango. Comunque, quegli stivali non si sarebbero abbinati alla tuta come queste scarpe.

«Non mi sembra rischioso», dico, cercando di mostrare sicurezza. «Starò bene».

Per qualche ragione, d'un tratto voglio provare a Edward che non sono la ragazza di città con i nervi a fior di pelle che lui mi ritiene. *Ho* paura, ma non è necessario che lui lo sappia. E poi non ho altra scelta se non provare. Se mi rifiuto apertamente di aiutarlo, potrei mettere a rischio il contratto di Claire. Lui potrebbe chiedermi di andarmene per trovare manodopera a basso costo da qualche altra parte. Non voglio che Claire torni dall'India e scopra che non ha un posto dove vivere… ho la responsabilità almeno di *provare* a rispettare i termini dell'accordo. Se lo faccio, allora lui non potrà sfrattarmi, giusto? Forse quando vedrà che ai cavalli non piaccio mi lascerà in pace. Dopotutto, i pony sono merce di valore e molti non appartengono nemmeno a lui, si prende cura di loro per altre persone. Sono parte dei suoi mezzi di sussistenza. Non vorrà che faccia dei casini con loro… magari spaventarli o far loro del male.

«Okay, se lo dici tu». Edward sembra dubbioso. «Porterò Saffy fuori, così potrai iniziare». Entra nella stalla, fa scivolare quella che mi dice essere una cavezza intorno al collo del pony e poi la porta fuori in cortile. Per ora è facilissimo. Forse dopotutto si rivelerà una cosa semplice.

«Ciao, Saffy», dice lui allegramente, legandola al muro e strofinandole il naso, «sei splendida oggi».

Mi fa ridere… le sta parlando proprio come se lo capisse davvero.

«A Saffy piacciono i complimenti», mi spiega. «È una bella ragazza, non è vero, Saffy?».

Il pony tira indietro la testa e sbatte le ciglia, come se stesse flirtando con Edward. «Cos'ha che non va alla zampa?», gli chiedo.

«Ah, quello. Già, Drya le ha dato un calcio al pascolo e la povera Saffy si è fatta un brutto taglio… ha appena finito di prendere gli antibiotici».

Perché un pony dovrebbe prenderne a calci un altro con tanta violenza da rendere necessario un bendaggio per tutta la zampa? Non sembra molto sicuro. Sono tutti così cattivi? E se uno di loro dà un calcio a me, proprio come avevo detto a Claire? Stavo esagerando con la storia degli incidenti in fattoria perché Claire ci pensasse due volte prima di trasferirsi qui, e ora salta fuori che è vero. Forse dovrei dare una scorsa alla polizza assicurativa di Edward, dopotutto... potrei mandarla via fax a un avvocato in città, così potrebbe darle un'occhiata. Anche se non si rivelerebbe di alcuna utilità se dovessi restare uccisa, ovvio.

«Non preoccuparti, non ti lasceremo avvicinare a Drya», dice Edward in tono grave, vedendo la mia espressione. «È un cavallo difficile... a nessuno è permesso toccarla a parte me».

Deglutisco rumorosamente. Da quel che sento, non mi piace questa Drya... deve essere un mostro.

«Allora, Saffy», si volta di nuovo verso il pony grigio, «questa è Maggie. Maggie è una novellina, quindi voglio che tu sia gentile».

Il pony scuote la testa e muove gli occhi. Non sembra troppo impressionata da me. È la mia immaginazione o sta ridendo delle mie scarpe?

«Su su, non è così male, Saffy». Edward ride come se il pony gli avesse appena detto che le sembro un caso senza speranza. «Quindi comportati bene».

Rido nervosamente. Questo pony mi sta decisamente facendo le boccacce. Dirà agli altri animali che sono un disastro? Cristo, ma come ho fatto a finire in questo guaio?

«Allora, Maggie», Edward si volta verso di me, «eccoti il forcone... e dopo puoi gettare tutto qui dentro». Indica una carriola arrugginita appoggiata contro il muro di pietra.

«A cosa serve? Le tagliamo la criniera o qualcosa del genere?»

«Tagliarle la criniera?», ripete Edward, visibilmente confuso.

«Sì, mentre la strigliamo. Mettiamo tutto il pelo che tagliamo nella carriola? Probabilmente lo usi per fare altre cose, giusto?». Sono certa di aver sentito da qualche parte che i peli di cavallo vengono usati per fare imbottiture... per i cuscini, forse? Loro ovviamente li raccolgono nella carriola e poi li portano da qualche parte per riutilizzarli. Davvero encomiabile, sul serio. Ecologico e via dicendo.

Però i cuscini di pelo di cavallo devono essere piuttosto scomodi… per non parlare dell'odore.

Edward soffoca una risata. «Credi che spazzoleremo Saffy?»

«Be', sì». Che diavolo c'è di tanto divertente?

Saffy nitrisce, come se anche lei stesse ridendo di me.

«Maggie, mi dispiace se hai frainteso». Sta ancora sorridendo. «Ma non spazzolerai la criniera di Saffy… pulirai la sua stalla».

«Pulirò la sua stalla?», gli faccio eco io.

«Sì». Seguo lo sguardo di Edward all'interno della stalla. Vedo degli enormi pezzi di cacca di cavallo su tutta la paglia. E chiazze umide. Ci sono delle evidenti chiazze umide.

Mi si rivolta lo stomaco. Vuole che io tolga quell'impiastro puzzolente. Vuole che usi il forcone per tirarlo su e poi gettarlo nella carriola. Oddio.

Riesco a sentire il suo sguardo su di me e cerco di non sbiancare al pensiero. Non posso occuparmi di questo casino puzzolente… non può aspettarsi che io lo faccia.

«Temo che gli antibiotici le abbiano scombussolato un po' lo stomaco…».

Questa è la notizia del millennio… c'è cacca ovunque e la puzza è insostenibile. Chiudo gli occhi un istante e mi impongo di non avventarmi su di lui. «Lo vedo», dico infine.

«Credi di farcela?».

Devo provarci. Per il bene di Claire. Che sarà mai una piccola stalla? Se riesco a superare anche questa, andrà tutto bene. «Sì», dico con un filo di voce.

«Grandioso». Edward sembra soddisfatto. «Il cumulo del letame è fuori, subito dietro l'edificio».

«Sarebbe a dire…?»

«Dove getti tutto quanto».

«Certo, naturalmente». Come se fossi tenuta a sapere una cosa del genere.

«Allora, credo sia tutto. Li porto tutti fuori mentre tu cominci. Una volta finito con Saffy, puoi fare Pedlar alla porta accanto e via di seguito per tutto l'edificio. Fermati quando arrivi a Drya. Come ho detto, lei è un po' troppo... aggressiva. Mi occuperò io di lei. Ed è così che andrà ogni giorno».

«Ogni giorno?». Lo guardo con espressione vuota.

«Sì».

«V-vuoi dire», balbetto, mentre la verità si fa strada dentro di me, «vuoi dire che dovete fare tutto questo *ogni* giorno?»

«Ma certo! Puliamo ogni mattina».

«Ma non è una cosa un tantino superflua?», chiedo io. «Di sicuro una bella pulita ogni due giorni andrebbe bene, no?»

«Maggie, un cavallo – per essere felice e in salute – deve essere mantenuto pulito e asciutto. Questo significa pulire le stalle ogni giorno. Senza eccezioni».

«Senza eccezioni?»

«No. Una stalla sporca può causare infezioni. E non vogliamo questo, vero?»

«Certo che no».

«Ecco perché una pulizia quotidiana è fondamentale. E poi, una volta alla settimana, svuotiamo completamente la stalla».

«E questo che significa?». Mi sento frastornata. Non promette nulla di buono.

«Significa che riempiamo la carriola finché il pavimento della stalla è completamente libero. Poi usiamo una pala per raschiare via eventuali rimasugli di strame e la ramazza per spazzarlo finché non è pulito. Dopodiché, cospargiamo la stalla di disinfettante e lasciamo che il pavimento asciughi prima di ricoprirlo di nuovo di paglia».

E con questo, Edward mi sorride e si allontana.

«Giusto», dico io, al vento. Sono sbigottita. Si aspetta che pulisca *tutte* queste stalle ogni giorno? E che poi le svuoti completamente ogni settimana? Percorro con lo sguardo l'edificio e conto sei stalle diverse, esclusa quella della temutissima Drya. Dovrò pulirle tutte? L'idea è sconfortante. Afferro il forcone solo per riuscire a stare dritta in piedi. Come è potuto accadere tutto questo? Come sono finita quaggiù, a fare qualcosa che non avrei mai chiesto di fare nemmeno al mio peggior nemico? È impossibile.

Ma non sembra abbia molta scelta. Se rifiuto, cosa accadrebbe? Claire potrebbe perdere il cottage. E sarebbe tutta colpa mia.

«Non crederà di pulire le stalle con quelle, vero?». Una voce brusca interrompe i miei pensieri e, quando mi volto, vedo una donna alta con i capelli grigi che mi fissa le scarpe, il suo disprezzo è evidente sui lineamenti affilati.

Perché qui sono tutti fissati con le calzature? Cos'è, un affare di stato? «Oh, salve», dico, decidendo di ignorare il commento sulle mie scarpe da ginnastica. «Non credo ci abbiano presentate. Io sono Maggie».

È bello vedere un altro viso femminile, anche se questa donna non emana esattamente un calore amichevole. Non sembra entusiasta di conoscermi, questo è certo. «Sono June», replica seccamente.

June? Questa è la moglie di Edward? Wow… ma è così *raggrinzita*. Sembra abbastanza vecchia da essere sua madre. Deve essere una "coguara"… non è così che le chiamano? Le donne più vecchie che sposano uomini più giovani? Sono un tantino scioccata da questi sviluppi. Non riesco a immaginare Edward e questa donna insieme… sembrano così diversi. Tuttavia, sui gusti – o sull'attrazione – non si discute, suppongo.

«Lei è la moglie di Edward, naturalmente!». Sorrido per nascondere la mia sorpresa per il fatto che Edward a quanto pare ha sposato una nonna. «Bene, sono molto felice di conoscerla».

L'espressione di June si fa ancora più acida. «Cos'ha detto?», abbaia.

Sbatto le palpebre. L'ho offesa in qualche modo? Forse in realtà non sono davvero sposati e lei odia essere considerata sua moglie. Perché mi sta guardando come se volesse uccidermi? Alla faccia delle reazioni eccessive. «Mi scusi, preferisce essere chiamata "la sua compagna"?», balbetto.

«La sua *compagna*?», sibila June. «Difficile che sia la sua compagna. Ma è cieca? Sono troppo vecchia per essere sposata con qualcuno dell'età di Edward. Sono sua suocera».

Oh. Merda. Sono mortificata.

«Mi scusi», dico. «Così ha lo stesso nome di sua figlia?»

«Lo *avevo*». June mi guarda freddamente.

«Aveva?».

Adesso sono davvero confusa... di che sta parlando? Questo posto è una gabbia di matti. Si sono *tutti* sposati tra cugini, lo sapevo.

«Sì. Lo *avevo*. È quello che ho detto. È pure sorda oltre che cieca, dico bene? Mia figlia June, la moglie di Edward, è rimasta uccisa tre anni fa in un incidente a cavallo, a Glacken Woods».

Vedo che le lacrime le riempiono gli occhi mentre lo dice, anche se capisco che sta disperatamente cercando di ricacciarle indietro. Non vuole che io la veda in questo stato, è piuttosto evidente. «Oh, mi scusi... non lo sapevo», riesco a dire. «È una cosa davvero terribile». È chiaro che ho riportato in superficie tutto il dolore di questa donna: la tragicità della situazione la colpisce di nuovo, e tutto a causa della mia stupidità. Come ha potuto fare un errore così ridicolo? Ho immaginato che Edward parlasse di sua moglie quando continuava a riferirsi a June. Nessuno ha mai detto niente sulla tragica morte di qualcuno. Ora che ho sconvolto per bene questa June, il dolore è impresso sul suo viso.

«Sì. Infatti». June gira i tacchi ed esce bruscamente di scena, asciugandosi una lacrima con un gesto rabbioso.

Mi sento uno schifo totale. Non mi meraviglia che Edward fosse così suscettibile per la questione dell'assicurazione, quando gli fatto delle domande a riguardo. Dicendo che nessuna somma di denaro potrebbe portare indietro una persona cara, era questo che intendeva dire. Stava parlando della moglie defunta. Non riesco a credere di aver iniziato così male… ora, oltre a Matilda, mi sono fatta una seconda nemica, June. Finirò nel Guinness dei Primati.

Entrando nella stalla di Saffy, decido di fare del mio meglio per Edward: è il minimo per rimediare a quel che ho detto. Il mio piede sinistro spiaccica qualcosa e guardo giù per scoprire le mie migliori scarpe da ginnastica avvolte in una gran quantità di letame. Ci sono schizzi di poltiglia puzzolente che gocciolano dall'orlo della mia preziosa tuta Juicy. Forse, dopotutto, non era la tenuta più adatta… Come diavolo farò a togliere questo casino dal velluto?

«Grazie tante», sospiro, e fuori Saffy scoreggia forte in risposta. Il significato è chiaro: di sicuro non crede che durerò a lungo da queste parti, e ho la triste sensazione che probabilmente abbia ragione.

REGOLA NUMERO 9
Ricorda che l'ira è irragionevole nelle sue cause e dannosa nei suoi effetti

«Sono tutte perfette, grazie, Maggie», dice Edward. «Stai diventando davvero brava... credo tu abbia un dono naturale». Chiude la porta dell'ultima stalla e mi sorride, ma non penso che riuscirei a contraccambiare il sorriso neanche se volessi.

È la seconda settimana della mia permanenza qui e sono così esausta che non mi sento più le braccia. Non credo sia un buon segno. O mi è venuto una specie di mini-infarto, o passare ore a pulire tutti quei pony ogni giorno mi ha danneggiato le terminazioni nervose della parte alta del corpo. Ho passato quasi tre ore oggi a rivoltare paglia intrisa di letame, anche se non sono sicura che i miei calcoli siano esatti: è come se il tempo si fosse fermato mentre cercavo disperatamente di respirare senza avere conati. È così ogni giorno: cerco di lavorare mentre trattengo il respiro per non vomitare. Non mi abituerò mai a questa puzza tremenda. Neanche se dovessi farlo un milione di volte, cosa possibilissima prima del ritorno di Claire.

«Sembra che Saffy stia un po' meglio, non credi?». Edward si protende verso la stalla del pony e le accarezza dolcemente il naso. Lei glielo strofina allegramente contro la mano.

«Penso di sì», dico io, appoggiandomi al forcone in cerca di sostegno. Ho la sensazione che potrei crollare da un momento all'altro. Non avevo idea quando ho cominciato qui che, oltre a essere un lavoro disgustosamente puzzolente, richiedesse tante energie da farmi star male. Ho sudato in zone dove non sapevo di poter sudare... è una cosa assolutamente disgustosa. La mia adorata tuta Juicy ormai è un'ombra di se stessa e ho rinunciato a cercare di proteggerla. Ho messo via i miei migliori vestiti di città e adesso alterno ogni giorno i jeans più vecchi ai pantaloni ormai distrutti della tuta... tutto il mio senso dello stile e della moda ormai è stato gettato al vento.

«Però potrei chiamare di nuovo la veterinaria per farla controllare». Edward accarezza le orecchie di Saffy. «Non vogliamo che peggiori. Gli altri stavano bene oggi?»

«Sì, benissimo», rispondo ansimando. Non pensavo che sarebbe successo, ma anche se trovo il lavoro estenuante, dopo solo pochi giorni qui mi sono sentita meno nervosa. Edward aveva ragione: il trucco con i pony è mostrare sicurezza. Se mi concentro su questo, le cose sembrano andare abbastanza lisce. Non mi hanno ancora preso a calci né morso: sono tutti beneducati e si lasciano condurre fuori e legare al muro senza calpestarmi a morte, se non do a vedere che in cuor mio tremo dalla paura. Per fortuna non mi sono ancora dovuta avvicinare a Drya... La sento scalpitare e nitrire nella sua stalla ogni mattina, e basta questo per terrorizzarmi.

«Grandioso. Allora, che farai per il resto della giornata?».

Stramazzerò al suolo e mi lascerò morire? Le parole sono sulla punta della mia lingua, ma non le pronuncio. Sembrerebbero davvero patetiche. «Non lo so ancora», rispondo poi, scostandomi i capelli dagli occhi.

Mi sembra di avere sporco incrostato in ogni poro. Ci vorranno secoli per toglierlo tutto, e ogni giorno la cosa si ripete: ho già finito due costosissimi bagnodoccia Jo Malone cercando di tirar via la puzza dalla pelle. Una volta fatto questo, non ho idea di come trascorrerò il mio tempo libero. Nel cottage non ci sono la TV e la connessione a Internet... è come essere bloccati in una specie di curvatura spazio-temporale. Passo la maggior parte dei giorni sfogliando la collezione di numeri di «Vogue» che mi sono portata dalla città. È quasi doloroso farlo, naturalmente... non tanto perché vedere tutte quelle foto di alta moda mi ricorda quanto sia lontana dal mondo reale, quanto perché le mie mani adesso sono un intrico di calli, unghie rotte e tagli. Non importa quanta crema idratante intensiva mi metta, non c'è la minima possibilità di miglioramento... nemmeno con i guanti speciali di cotone che indosso la notte per favorire l'assorbimento del balsamo. Le mie dita cominciano ad assomigliare a quelle di un bracciante, è una cosa davvero deprimente.

«Non è meravigliosa questa luce, oggi?», dice Edward pacatamente, guardando il cielo.

Guardo il punto che sta indicando e vedo le sfumature rosa e arancio che indugiano tra le nuvole. Ha ragione... la luce *è* meravigliosa oggi. Non lo avevo notato.

Un'immagine di me seduta davanti al cavalletto con il pennello in mano all'improvviso fa capolino nella mia mente. Questo cielo sarebbe una tale gioia da catturare sulla tela... al solo pensiero sento un piacevole brivido lungo la spina dorsale. Da quando Claire mi ha ricordato quanto amassi dipingere, l'idea di riprovarci ha cominciato a solleticarmi.

«Allora, come se la sta cavando Claire in India?», chiede Edward, e io torno alla realtà del cortile davanti alle stalle.

«Bene, credo», rispondo. Mi sono chiesta la stessa cosa. Se solo potessi chiamarla... È così strano non poterle parlare anche se lo vorrei tanto. Claire si è sempre vantata di essere reperibile ventiquattr'ore al giorno, sette giorni su sette, quando lavorava in quel fondo speculativo... aveva il BlackBerry saldato alla mano. Come se la starà passando senza un accesso costante al resto del mondo? Sarà in preda a una brutta crisi di astinenza, anche se si era disabituata a mandare messaggini prima di partire, così come aveva smesso di fumare e bere caffè. Deve essere strano trovarsi così lontana dalla civiltà. Del resto, nemmeno io mi sono tenuta in contatto costante per aggiornarla sugli eventi attuali... mi sembra quasi di vivere in un universo parallelo. Non ho idea di cosa sia accaduto nel mondo da quando sono arrivata qui.

«Mi ha detto che spera di aprire un ambulatorio di terapia olistica quando tornerà a casa», continua Edward.

«Sì, è vero», confermo. «Credi che alla gente del villaggio

piacerà questo genere di cose?». Non mi sembra molto probabile. Dopotutto, è difficile che questi bifolchi credano a tali scemenze... scapperanno a gambe levate. Forse dovrei dirlo a Claire. Buttar lì un garbato accenno al fatto che il suo grande piano potrebbe essere una perdita di tempo e che gli abitanti del villaggio non si abitueranno mai. Forse allora tornerà in città e potremo fare quella cosa di *Una donna in carriera*. Più ci penso, più quest'idea mi sembra attraente.

«A dire il vero, credo di sì», dice Edward inaspettatamente. «C'è un guaritore *reiki* nel villaggio vicino... è molto popolare. C'è una lista d'attesa di tre settimane per avere un appuntamento».

«Un guaritore *reiki*?». Sono esterrefatta. «In mezzo alla campagna?»

«Sì». Edward ride. «Sei sorpresa, Maggie?»

«Be', un pochino», confesso.

«Perché? Pensi che siamo un branco di bifolchi ignoranti?».

Il suo tono è canzonatorio ma ha colpito nel segno, e credo che lui lo sappia. «Certo che no», dico io, abbassando il mento perché non veda l'espressione colpevole sul mio viso.

«Allora, che fai *tu* per vivere? Claire mi ha detto dei suoi piani, ma non mi ha mai detto perché sei qui».

Sembra curioso... dannazione. Mi aspettavo questa domanda, anzi, al posto suo avrei insistito per scoprire la mia occupazione molto prima. Per quello che ne sa, potrei essere una specie di spacciatrice... potrei avere in programma di trasformare Rose Cottage in un covo di smistamento del crack. Non ha nemmeno chiesto di vedere delle referenze... niente. Mi ha accettato sulla parola. È stato incredibilmente fiducioso. E incredibilmente ingenuo.

«Ehm», cerco qualcosa da dire. Non voglio dirgli che sono un'agente immobiliare disoccupata... non è un gran biglietto da visita. Non che senta il bisogno di impressionarlo, ovvio.

«Papà!».

Edward si volta al suono di quello strillo acuto e io tiro un sospiro di sollievo. Salvata in corner.

Matilda, quella teppista di sua figlia, procede baldanzosa per il cortile, seguita a ruota da una ragazzetta che sembra un topolino. È la prima volta che la vedo dal nostro incontro al cottage.

«Matilda, vieni a salutare», grida Edward. «Questa è Maggie... voi due non vi siete ancora conosciute, vero? Maggie ha preso in affitto Rose Cottage e dà una mano alla fattoria mentre si trova qui... te l'ho detto, ricordi?».

Non c'è nervosismo nella voce di Edward, e questa è una grossa sorpresa. Ero sicura che avessero avuto una grossa discussione riguardo a me. Dopotutto, Matilda era così arrabbiata quand'è andata via... ero certa che sarebbe andata dritta dal padre a chiedergli una spiegazione. Non ho accennato alla cosa con lui – le questioni di famiglia non sono affar mio – ma dal tono pacato della sua presentazione sembra che Matilda non lo abbia affrontato per niente.

La ragazza mi fissa, con uno sguardo implacabile. Ora mi è tutto chiaro. Non ha detto nulla a suo padre della nostra discussione perché avrebbe significato confessare che era da sola nel cottage con il suo ragazzo. Chiaramente, non vuole che il padre lo sappia e ci penserebbe due volte prima di aprir bocca.

Dall'espressione che ha sul viso in questo momento, sta di nuovo valutando le sue possibilità. Dovrebbe ammettere che mi ha già incontrato? O dovrebbe far finta che questa è la prima volta che mi vede? "Dillo a mio padre", le leggo negli occhi per un istante, "digli che mi hai trovata nel cottage con un ragazzo... vediamo che cosa dirà".

Mi ha lanciato una sfida, ne sono sicura. Posso informare Edward che ho già conosciuto la sua incantevole figlia, dopo averla sorpresa nel cottage con il suo fidanzatino foruncoloso... oppure posso fingere di non averla mai vista prima. Non mi ci vuole molto per decidere: non sono affari miei. Matilda non è mia figlia e non mi importa nulla di come si comporta. «Ciao, Matilda». Sorrido dolcemente. «Piacere di conoscerti».

Matilda serra le labbra e non dice niente. Sembra quasi delusa. Come se avesse avuto la certezza che l'avrei smascherata.

«*Matilda!*», le dice Edward, la sua voce è un tantino tesa ora. «Ti prego, saluta».

«Ciao», borbotta lei, poi mi volta le spalle. Il messaggio è forte e chiaro: solo perché non ho fatto la spia non significa che sarà gentile con me.

«Papà, Chloë e io vogliamo andare a cavalcare. Prendo Drya».

«Matilda», il tono di Edward adesso è inflessibile, «te l'ho già detto. Nessuno cavalca Drya».

«Non c'è niente che non vada in lei... non puoi tenerla rinchiusa per tutto il tempo, non è giusto», borbotta Matilda, il suo viso d'un tratto è molto simile a quello della sorellina. «Non sono una bambina».

«Drya è un animale molto disturbato. Non è sicuro cavalcarla... lo sai questo».

«Posso farcela».

«No. Non puoi».

«Questo lo credi tu. Solo perché...».

«*Matilda*», la voce di Edward trema per la rabbia, «ho detto di no, e questa è la mia ultima parola».

La situazione è imbarazzante e tutt'a un tratto vorrei che la terra si aprisse e mi risucchiasse... a differenza di quel topolino di Chloë, che pare si stia godendo ogni secondo della discussione: assorbe ogni dettaglio con entusiasmo.

L'aria tra Edward e la figlia sfrigola di elettricità per un istante che sembra infinito, poi Matilda si volta. «Buffo, no?», dice sarcastica. «Non lasci che tua figlia cavalchi il suo cavallo preferito, ma permetti a una perfetta estranea di lavorare nelle stalle. Un'*incompetente*». Mi guarda.

«Ora basta, Matilda!». Edward è furioso. «Perché ti comporti in questo modo?».

Abbasso lo sguardo. Matilda non mi ritiene abbastanza brava nemmeno per pulire le stalle. Probabilmente ha ragione… che ne so io di cavalli? Niente.

«Sellate Pedlar e Romeo», dice Edward, «e assicuratevi di asciugarli quando tornate a casa… non voglio che nessuno dei due prenda freddo».

«Come vuoi», ringhia Matilda, e la sua amica ridacchia nervosamente mentre spariscono nella stanza dei finimenti.

«È stata una *figata*!», sento Chloë sussurrare eccitata a Matilda mentre si allontanano. «La tua famiglia è così drammatica… è anche meglio che guardare *EastEnders*!».

«Mi spiace per tutto questo». Edward si sfrega un sopracciglio per l'agitazione. «Drya era il cavallo di sua madre. Matilda è stata… lasciamo stare, probabilmente non ti interessa conoscere la storia della nostra famiglia». Fa un sorriso triste. «Va' a goderti il resto del pomeriggio».

Stava per parlare della morte di sua moglie, ne sono certa. Dovrei dirgli che so già tutto? Che ho già conosciuto sua suocera? Che l'ho offesa a morte? Forse no. Questo probabilmente non è il momento giusto e non voglio che la giornata si trasformi davvero nell'episodio di una soap opera… ci sono già stati abbastanza drammi per oggi.

«Okay,» dico invece. «Sono un po' stanca».

«Sì, pulire le stalle è un lavoro duro. Però tu sei così in forma… per te dev'essere una passeggiata».

«In forma?». Rido in modo cinico. «Sarà difficile! Come ti è venuta quest'idea?».

Per un istante Edward mi sembra confuso. «Ma… e tutta quella corsa?».

Cacchio. Ma certo, gli ho detto che corro uno stupido numero di chilometri ogni settimana. Ma che cavolo mi è preso per fare una cosa del genere? «Ah, sì», dico, scervellandomi in cerca di una qualche teoria plausibile. «Ma si usano gruppi muscolari diversi per pulire le stalle, naturalmente. Ci vuole un po' per abituarsi».

«Giusto». Non sembra troppo convinto, probabilmente

perché lui è un vero corridore. Sa che sto dicendo delle cavolate.

«Ma *sono* aerobicamente in forma», bluffo, «quindi questo aiuta». Spero che non veda il sudore che mi gocciola lungo il collo... sarebbe la prova decisiva che in realtà sono stanca morta.

«Scusami», dice lui, guardando il telefono che squilla nella sua mano e allontanandosi. «È la veterinaria e le devo parlare di Saffy».

Non appena si allontana, collasso sugli scalini di pietra, esausta. È buffo, ma anche se sono totalmente distrutta, c'è un piacere perverso nel sapere che tutti i pony sono felici e contenti. Il lavoro manuale può essere piuttosto soddisfacente, è curioso.

«Stanca, eh?». Matilda trotterella in groppa a Pedlar, un grosso pony dal manto dorato, mentre la sua amica Chloë la segue su Romeo.

«Direi di sì», le rispondo, sollevando lo sguardo su di lei. Il sole è alto nel cielo, mi acceca.

«Ben ti sta», ridacchia lei, aggiustandosi il caschetto. «Non c'entri niente qui. È evidente che non hai la minima idea di quello che stai facendo».

«Tuo padre pensa che non me la sono cavata troppo male», le dico. Dio, che tipo che è Matilda.

«Sta mentendo», dice per ferirmi. «Anche lui pensa che sei senza speranza».

«A dir la verità, mi ha detto che ho fatto davvero un buon lavoro». La guardo negli occhi. Non ho intenzione di permetterle di parlarmi così.

«Non gli avrai davvero...», getta la testa indietro e si lascia andare a una risata. «Non gli avrai davvero *creduto*, eh? Chloë, senti questa! Maggie qui crede di fare un buon lavoro! Non è esilarante?».

Chloë ride, nascondendo il viso lentigginoso dietro una mano.

«La verità è», continua Matilda, «che papà non pensa niente del genere. Mi ha detto che sei senza speranza, ma che deve tenerti perché non ha altra scelta. Ha bisogno di manodopera a basso costo per il lavoro alle stalle e tu sei la sua unica possibilità. Ha detto che anche una scimmia potrebbe farlo, se venisse addestrata come si deve».

Sento le mie guance avvampare. Edward ha detto che è davvero contento del mio lavoro. Che ho un dono naturale.

«Non è vero», ribatto.

«Dici di no?», mi sbeffeggia Matilda. «Credi davvero che tollererebbe di averti qui se non pagassi l'affitto e lavorassi per niente? Andiamo, Pedlar», ordina al cavallo, e lui ubbidiente esce ancheggiando dal cortile, un attimo prima che Edward ricompaia.

«Vado al villaggio più tardi», mi dice, chiudendo di scatto il telefono. «Vuoi che ti prenda delle provviste?»

«No, grazie», rispondo in tono gelido. Se ha detto certe cose alle mie spalle, non mi sforzerò più di essere amichevole con lui in futuro. Farò la mia parte di lavoro nelle stalle per assicurare il cottage a Claire, ma questo è quanto. Niente più chiacchierate amichevoli.

«Sei sicura?». Mi sorride, un accenno di confusione sul suo viso. Non ha idea del perché d'un tratto sono diventata così fredda nei suoi confronti e di sicuro non ho intenzione di spiegarglielo. Se è abbastanza subdolo da fare il carino con me per poi ridere alle mie spalle, non merita di saperlo. Lascio che ci arrivi da solo. O che glielo dica la sua incantevole figlia.

«Mi servono delle provviste», gli dico stizzita, «ma andrò al villaggio a prendermele io stessa».

Mi alzo di scatto dal gradino e cerco di allontanarmi con dignità. È difficile perché ogni muscolo del mio corpo sta urlando in terribile agonia, ma ce la faccio. Così impara... questo è un accordo professionale, niente di più. Non ci saranno più conversazioni amichevoli. Neanche una parola.

REGOLA NUMERO 10
Paese che vai, usanza che trovi

«Un quarto di latte, per favore».

«Ti servo subito». Il negoziante si china sotto il bancone e mi porge il latte che ha tirato fuori da un frigo invisibile, sorridendo per tutto il tempo.

Dall'aspetto di questo negozietto, non sono convinta che sia del tutto sicuro comprare qualcosa qui: c'è un'accozzaglia di biscotti, mischiati a barattoli polverosi di piselli e scatole di patatine sugli scaffali, vicino a quelle che sembrano scatole di chiodi. E spago. E quello che dovrebbe essere un martello. Anche se potrebbe trattarsi di una specie di soprammobile.

Ma non ho molta scelta: ho già percorso la strada su e giù un paio di volte, solo per assicurarmi di non essermi persa qualcosa, ma a parte un macellaio, un pub e un benzinaio con sacchi di carbone accatastati fuori, sembra non esserci molto altro nel villaggio.

Di sicuro non c'è un supermercato, quindi dovrò accontentarmi di questo piccolo negozio con l'insegna antidiluviana che dice "Il Negozio del Villaggio".

«Grazie». Contraccambio il sorriso.

Con il grembiule a righe e i folti baffi a manubrio, il negoziante sembra sia stato direttamente prelevato dagli anni Cinquanta e sbattuto nel ventunesimo secolo.

«Ti piace il Rose Cottage, vero?»

«Come dice?», chiedo, mentre smetto di contare i soldi nel mio borsellino e li poso sul bancone. Non voglio controllare se il latte è scaduto prima di aver lasciato il negozio. Persino io so che sarebbe una cosa scortese.

«Il cottage. Ti piace, vero?».

Deve sapere chi sono... le chiacchiere ovviamente viaggiano alla svelta in questa parte del paese.

«Sì, è bello, grazie», rispondo educatamente.

Non c'è ragione di dire che pulire le stalle dei pony non è il mio ideale di divertimento. O che sembra che mi stia facendo dei nemici ovunque vada. La vita di campagna di sicuro non è tutta rose e fiori come credeva Claire.

«Edward è un buon diavolo», continua l'uomo. «Ovviamente è stato difficile per lui, sai... da quando la moglie è mancata». Scuote la testa addolorato. «Una cosa terribile».

«Sì, immagino di sì». Vorrei solo pagare il latte e andarmene. Non voglio parlare di Edward o della sua vita. Non ha proprio niente a che fare con me. Sono qui per fare un lavoro, ecco tutto. E poi non ho bisogno che qualcuno mi ricordi che ho iniziato con il piede sbagliato con June.

«Sono sicuro che avrai già incontrato le ragazze... quella Polly è proprio un bel tipino, eh?»

«Sì...».

Perché tutte queste chiacchiere? Non ti capitano cose del genere in città. Là puoi tranquillamente pagare, prendere la tua roba e andartene. Non devi neanche guardare negli occhi la persona che ti serve, se non ti va, e nessuno ci fa caso. È un sistema molto più semplice... tutti questi convenevoli sono estenuanti.

«Mi ricordo», si appoggia allo scaffale dietro di sé e incrocia le braccia, come se stesse per raccontare una lunga storia, «mi ricordo che un giorno è venuta qui per prendere il gelato. Ma non ne voleva solo uno... oh, no, ne voleva due».

«Davvero?».

Faccio scorrere lo sguardo lungo gli scaffali per vedere se qui dentro c'è del vino... comincio a sentire il bisogno di bere qualcosa di forte. Non ne vedo. Forse lo tengono sul retro. C'è una tenda rossa piuttosto logora alla parete... potrebbe essere lì dietro.

«È stata una cosa da morir dal ridere… indovina per chi voleva prendere l'altro!»

«Non ne ho idea».

O forse lo tiene sotto il bancone… nel frigo invisibile insieme al latte? Dubito che abbia qualcosa di decente, ma non importa… in questo momento berrei qualunque vinaccio scadente. Magari ha del *poitín* da qualche parte. Ho sentito che questi villaggi di campagna sono pieni di quella roba… forse c'è una specie di codice che devo sapere per farmelo vendere. Mi chiedo quale possa essere.

«Ah, coraggio. Prova a indovinare. Indovina per chi lo voleva!».

Ma questo tizio dice sul serio? Non ho tempo per fare questa specie di giochetto con lui… voglio solo pagare il mio latte e andar via. E magari trovare del vino. O del *poitín*. O qualunque cosa di vagamente alcolico. Del colluttorio?

«Avanti, indovina!», insiste lui.

Se non faccio almeno un tentativo non riuscirò mai a tagliare la corda. «Sua sorella?», azzardo. Polly comprerebbe un gelato per Matilda? Ne dubito… ma del resto chissà come vanno le cose in quella famiglia fuori di testa.

«Matilda? Povera creatura… è stato un grosso colpo per lei, senza dubbio. Ma non è lei, no. Prova di nuovo».

Pare che a quest'uomo piaccia Matilda… forse c'è dell'altro in Sua Musonità al di là delle apparenze. Suppongo sia piuttosto difficile essere un'adolescente e deve essere anche più difficile essere un'adolescente senza una madre che si occupi di te. Detto questo, la ragazza ha bisogno che qualcuno la raddrizzi per bene. Magari un bel periodo in un campo di addestramento per adolescenti… quello potrebbe fare al caso suo. Cerco di immaginare Matilda mentre qualcuno le ordina di abbassarsi e fare cinquanta flessioni… probabilmente direbbe al sergente istruttore dove può andarsene.

«Suo padre?», provo io.

«No». Mi sorride, divertito da questo giochetto.

«Sua nonna?»

«*Lei*? No, a quella non serve un gelato... è già la Regina di Ghiaccio del Villaggio!».

Si mette a starnazzare come un disperato per la sua stessa battuta e d'un tratto provo simpatia per lui: ovviamente la suocera di Edward non è Mrs Popolarità. Questo è un sollievo, quindi non è solo un mio problema.

«Coraggio, fa' un altro tentativo».

«Non saprei proprio», rispondo, sentendomi sconfitta. «Non conosco nessun altro qui».

«Okay, te lo dirò io allora. Il secondo gelato era per... il suo pony! Non è da morir dal ridere? La bambina stava prendendo un gelato per il suo pony!».

Ricomincia a sghignazzare come un matto, e non posso fare a meno di rispondergli con un sorriso. «Va matta per i pony», gli dico. «Adora Saffy».

«Già», si asciuga le lacrime di ilarità con l'orlo del grembiule, «è proprio come sua madre, Dio l'abbia in gloria. Appassionata e testarda, proprio uguale. Tutti sapevano che Drya era un pericolo, ma June non voleva sentire ragioni. Era una tragedia annunciata...». Scuote la testa.

Drya? La moglie di Edward è rimasta uccisa perché Drya l'ha disarcionata? Ora capisco tutto. Non mi meraviglia che Edward impedisca a chiunque di toccare quel cavallo.

«Sì, bene». All'improvviso mi sento a disagio. «Meglio che vada, grazie». Spingo i soldi verso di lui e prendo il mio cartone di latte.

Ma prima che possa andar via, il negoziante torna alla carica. «Quindi, che cosa fai di bello?», mi chiede, piantando i gomiti sul bancone e sporgendosi verso di me.

«In che senso?». Vedo una latta di manzo sotto sale dietro la sua testa... non sapevo che quella roba fosse ancora in circolazione. Non la vedo da quando ero bambina. Badate bene, sembra che sia rimasta lì da allora.

«Per vivere... che cosa fai per vivere? Nessuno al villaggio è riuscito a scoprirlo, sei proprio un piccolo mistero!».

«Oh». Mi interrompo. Non è che abbia proprio voglia di

dirgli che sono un'agente immobiliare. So per esperienza che questo non mette mai le persone a proprio agio. Soprattutto adesso che i tempi sono cambiati… tutti sembrano pensare che gli agenti immobiliari abbiano fatto così tanti soldi ai bei tempi che ora meritano di morire lentamente, di morti dolorosissime. Comunque, definirmi un'agente immobiliare non è più la verità… non ora che sono disoccupata. Sento ancora una fitta allo stomaco quando ci penso. Sono riuscita ad allontanare dalla mente lo spettro della disoccupazione con un discreto successo finora, ma la verità è che vivo in uno strano villaggio, dove quasi tutte le persone che incontro mi disprezzano, e spalo merda di cavallo ogni giorno. È decisamente deprimente.

«Sono… sono una pittrice», dico in fretta, tirando fuori quell'occupazione dal nulla. Ma come mi è venuto in mente? Vero, ho pensato parecchio alla pittura negli ultimi tempi, ma non posso definirmi una pittrice. È davvero spaventoso quante bugie ho raccontato di recente… ho mentito a Edward sul fatto che vado a correre e ora sto mentendo a quest'uomo così gentile sulla mia professione. Ovviamente, anche Edward mi ha mentito: ha detto che ero brava con i cavalli e poi mi ha fatto a polpette con Matilda. Ma, tuttavia, questa non è una scusa. Che mi sta succedendo? È l'aria di campagna che mi frigge il cervello? Forse sto avendo una specie di esaurimento nervoso. Dovrò chiamare Theresa più tardi e fare un elenco dei sintomi. Ascoltare la sua diagnosi. Non c'è niente che Theresa ami di più che una minaccia di esaurimento. Riesce a riconoscerne uno a chilometri di distanza. Uno dei suoi passatempi preferiti è star seduta da Starbucks, etichettando quella tra le madri esauste che crollerà per prima. Ci azzecca quasi sempre.

«Una *pittrice*?». Il proprietario del negozio è impressionato. «Hai sentito, Peg?».

Una donnina asciutta con folti capelli ricci d'un tratto tira fuori la testa da sotto il bancone e io faccio un salto per lo spavento. Da dove salta fuori? Dal frigo invisibile dove tengono il latte?

«Che c'è, Ted?».

Ted e Peg? Mi stanno prendendo in giro? Sembra quasi una pessima sit-com televisiva.

«Questa è la ragazza che è in affitto a Rose Cottage da Edward, Maggie Baxter. È una *pittrice*!».

Wow, sa persino il mio nome per intero. Piuttosto impressionante.

«Maggie!», urla Peg, come se fossi una specie di lontana parente che non vede da anni. «Fatti guardare». Mi squadra dalla testa ai piedi, facendomi girare. «Be', avevano ragione, Ted... è uno splendore!»

«Puoi dirlo forte!». Ted ora sta masticando allegramente un Mars.

«Ted», lo rimprovera Peg, «dove sono finite le tue buone maniere?»

«Scusa, Maggie», dice lui, con il cioccolato che gli cola dagli angoli della bocca. «Vuoi un Mars?»

«No, sono a posto così, grazie», rispondo.

«Non tutti muoiono dalla voglia di mangiare Mars, Ted», lo rimprovera Peg. «Non dovrebbe mangiarli, Maggie. Ma è dipendente, ecco cos'è. Ne mangia mezza dozzina al giorno, una mazzata per il suo colesterolo».

«Il mio colesterolo va benissimo!», protesta Ted.

«Il dottor Martin non la pensa così!», controbatte Peg accalorata.

«Ah, che vuoi che ne sappia quello? Un innocuo piccolo Mars non mi ucciderà».

«Uno magari no, Ted. Ma mezza dozzina! Non mi ascolta, Maggie». Peg Sospira. «Ha sempre una scusa pronta ed è lì a masticare... c'è da meravigliarsi se il suo colesterolo è alle stelle? Il dottor Martin dice che è un mistero della medicina che sia sopravvissuto tanto a lungo».

«Dai, Peg», dice Ted, «Maggie qui non vuol sentir parlare delle mie budella».

«Hai ragione». Peg si interrompe a metà del suo rimbrotto. «Scusa, Maggie. Siamo proprio scortesi. Allora, una pittrice, eh? Che cosa esotica! Nessuno ci ha pensato, vero, Ted?»

«No, nessuno», conviene Ted. «Betty della macelleria era sicura che stessi scappando».

«Scappando?». Deglutisco rumorosamente.

«Sì... sai, da qualche specie di tragedia. Magari una relazione finita male». Gli occhi di Peg si illuminano al pensiero e allora si ricompone. «Ma non badare a Betty, è un'intrigante... sa sempre i fatti tuoi prima che li sappia tu. Sente persino l'erba crescere, ecco!».

«Non sarà affatto contenta che lo abbiamo scoperto prima di lei... vero, Peg?», le dice Ted.

«No, per niente!». Peg si strofina le mani per la contentezza.

«Sarà verde di invidia, e le starà proprio bene. Ci ha trattato con superiorità perché è stata la prima scoprire del supermercato». Il suo viso improvvisamente si incupisce e sul negozio scende un silenzio di tomba. Non ho idea del perché.

«Allora, Maggie», dice Ted per allentare la tensione, «cosa usi?»

«In che senso?». Mi avvicino furtivamente alla porta, ansiosa di darmi alla fuga. Non voglio essere scortese... sembrano persone gentili, ma non ho più voglia di chiacchierare. Mettersi a chiacchierare è pericoloso: spinge a raccontare bugie, bugie e ancora bugie. Sto diventando una bugiarda compulsiva, forse? Non è una cosa così impossibile.

«Per dipingere... che cosa usi, colori a olio o acquerelli, o che altro?». Ted non vuole lasciarmi andare.

Cerco di pensare a qualcosa che risulti credibile. «Ehm, entrambi», rispondo.

«Entrambi!». Peg è deliziata da questa notizia. «È fantastico. È ne hai fatte molte?»

«Molte che?». Mi sforzo di immaginare cosa significhi.

Perché tutto quello che dice sembra una specie di indovinello? Funziona così da queste parti?

«Molte esposizioni. Del tuo lavoro».

«Oh, giusto. Sì, qualcuna», dico io, comprendendo finalmente a cosa si riferisce. «Sapete com'è». Dio, mi sto comportando in modo così disonesto… che mi sta succedendo?

«Ma è fantastico!», esclama Ted, sorridendo, e io arrossisco. È terribile mentire in questo modo, ma non voglio ferire i loro sentimenti adesso… sono così entusiasti.

«Credi che farai un'esposizione qui? Oh mio Dio, Ted! Cosa mi metterò?». Il viso di Peg cede allo sconforto. «Non entrerò mai in quel vestito che avevo preso per il matrimonio di Billy Nolan. E *tu*! Ma piantala!». Gli strappa di mano il Mars. «Devi finirla con questi affari. Non puoi far fare una brutta figura alla povera Maggie, qui… si aspetterà che ci mettiamo in tiro quando tutti i suoi amici verranno dalla città per vedere la mostra. Non è vero, Maggie?»

«Veramente, io…». Non so proprio cosa dire.

«Saranno tutti estasiati quando glielo racconteremo», dice Ted, occhieggiando il Mars in mano a Peg. Sta decisamente studiando un modo per riaverlo.

«Puoi giurarci. Saranno estasiati!», gli fa eco Peg.

«Tutti?»

«Gli abitanti del villaggio, naturalmente! Ci stavamo tutti chiedendo di te… è un vero privilegio avere un'artista qui da noi».

«Edward non ci ha detto una parola su di te», continua Ted dispiaciuto. «È un buon diavolo, ma è inutile per avere delle notizie».

«Non una parola!», conferma Peg. «Né sulla tua età, né su quello che fai… niente! Aspetta che lo racconti a tutti!». Sta quasi ballando per l'eccitazione.

«Ah, non andate a dirlo a tutti», li interrompo. Sarebbe davvero orribile se la gente pensasse che sono una vera artista. Perché non ho trovato qualcos'altro da dire, qualcosa di un po' meno interessante?

Il viso di Peg si intristisce. «Non dire niente? Ma non ci sarebbe nulla di divertente in questo, proprio niente. Qual è lo scopo di sapere che sei una pittrice se non possiamo dirlo a nessuno?»

«Non dirlo a nessuno? Perché mai?», domanda ora Ted. Questi due hanno proprio un tempismo perfetto... come si ferma uno, attacca l'altro. «Be', sapete...», cerco di eludere la domanda. Questa storia è andata troppo oltre... non posso far credere a tutto il villaggio di essere qualcosa che non sono.

«Ho *capito* perché non vuole che si sappia!». Ted all'improvviso colpisce con un pugno il bancone e io sussulto, il cartone del latte mi sguscia di mano.

«Davvero?». Peg sembra confusa.

«Ma è ovvio!», ruggisce Ted, le guance carnose traballano di ilarità e i baffi a manubrio vibrano per l'eccitazione sfrenata.

«Ah, Ted, smettila di tenermi sulle spine!», lo implora Peg. «Dimmi perché».

«Di sicuro sta lavorando a qualcosa di top secret!». Sussurra le ultime parole... come se fosse una specie di agente della CIA. Ho la sensazione che a Ted piaccia guardare *CSI*.

«Sul serio?», mormora Peg, la sua espressione è cambiata visibilmente e mi osserva. Sembra quasi... quasi in soggezione.

Sbatto rapidamente le palpebre, cercando di decidere cosa fare. Se confesso che non sono un'artista al lavoro per una commissione segreta, sembrerò molto stupida e loro resteranno delusi. Vogliono un po' di dramma per illuminare le loro vite. E poi non voglio che pensino che sono una bugiarda patentata... anche se sono dei perfetti estranei. Forse continuerò con questa storia, e lascerò che credano alla mia bugia. Che male può fare, in realtà? Non sono mica un'artista della truffa o qualcosa del genere.

«Mi avete scoperto!». Sorrido a entrambi. «Sto lavorando a una commissione top secret e mi sto nascondendo al cottage per avere un po' di pace e tranquillità».

«Lo *sapevo*!». Ted batte di nuovo il pugno sul bancone e questa volta tengo stretto il mio cartone del latte. «Lo *sapevo*!».

«Hai una vena sensitiva, Ted». Peg gli dà una pacca sulla spalla, elettrizzata. «È proprio così. L'ho sempre detto, non è vero?»

«È vero, ragazza mia». Ted le sorride.

Ho la netta sensazione che vogliano abbracciarsi... sembra che stiano per lanciarsi l'uno addosso all'altra eccitati dall'intera faccenda.

«Ha previsto la morte del povero Blackie Dempsey», mi informa Peg, il viso deliziato d'un tratto si fa serio. «Dico bene, Ted?»

«Già. Purtroppo», dice Ted, anche lui serissimo. «Povero vecchio Blackie».

«Ha sognato che Blackie stava per morire, vero?». Peg dà un buffetto sulla mano di Ted e Ted annuisce. «Ha fatto una brutta fine», mi dice Peg. «Proprio raccapricciante».

«Che gli è successo?». Ho quasi il terrore di chiederlo.

«Mary Dolan ha fatto marcia indietro e gli è passata sopra. Lo ha decapitato, che il Signore abbia pietà della sua anima».

Peg e Ted abbassano il capo in segno di rispetto verso il povero Blackie.

«Decapitato?». Sono disgustata. «Ma è terribile!».

«Proprio così, Maggie, proprio così», continua Peg. «La sua testolina è rotolata giù da Pender's Hill e Johnny Ryan l'ha trovata nel canale di scolo, vero, Ted? All'epoca aveva solo otto anni, povera creatura».

«Proprio così», conferma Ted. «Quel povero bambino dopo non si è più ripreso».

Mi afferro al bancone, sul punto di svenire. Un bambino di otto anni ha trovato la testa di un uomo che rotolava lungo la strada? È una cosa orribile... com'è che non ho mai sentito niente di tutto questo al telegiornale? «La testa di un uomo?», balbetto. «La testa di un uomo è rotolata giù da Pender's Hill?».

Peg e Ted si guardano, poi scoppiano in una fragorosa risata. «Ma come ti è venuta un'idea così stramba?», dice Ted sghignazzando.

«Be', avete detto...», guardo dall'una all'altro in confusione. Sono completamente matti? «Avete appena detto che Mary Dolan ha investito a marcia indietro Blackie Dempsey e lo ha decapitato e poi la sua testa è rotolata giù da Pender's Hill».

«Oh, oh...». Peg e Ted hanno quasi le convulsioni a forza di ridere. Si aggrappano l'una all'altro e dondolano avanti e indietro per l'ilarità.

«Blackie non era un uomo, Maggie», mi informa Ted con voce strozzata. «Era un gatto!».

Si aggrappano di nuovo l'uno all'altra, ridendo a crepapelle.

«Eh, un vecchio gatto assatanato, se è per questo... ogni gatta della parrocchia ha festeggiato quando se n'è andato al Creatore!», aggiunge Peg sbellicandosi dalle risate. «Sei impagabile, Maggie... sei proprio uno spasso continuo!».

Un gatto. Come no. E io come diavolo facevo a saperlo? L'hanno chiamato per nome e cognome. Chi è che dà un cognome a un gatto? È ridicolo!

«Non posso crederci...», ansima Peg, «non posso credere che tu abbia pensato che Blackie fosse un... un uomo!».

Crollano di nuovo sotto altri attacchi di risatine. «Questa è la migliore che abbia mai sentito!».

«Be', allora arrivederci», borbotto io, sentendomi un'idiota per la milionesima volta in pochi giorni. Come posso essere stata così stupida? Devo venir fuori da questa gabbia di matti, alla svelta. Con uno strattone alla porta, esco di corsa dal negozio stringendo il mio latte, il suono delle risate di Peg e Ted mi echeggia nelle orecchie mentre la porta si chiude alle mie spalle.

REGOLA NUMERO 11
L'apparenza inganna

«Be', ma *dico*!».

Sussulto quando il tanto sospirato cartone del latte rimbalza contro un paio di tette appuntite racchiuse in un twin-set di cachemire rosa pallido e cade a terra. «Sono davvero spiacente». Mi chino per raccoglierlo. «Non l'avevo vista». Fortunatamente, il cartone è ancora tutto intero perché non mi va proprio di tornare indietro e ricominciare tutto da capo con Peg e Ted. Il solo pensiero mi terrorizza. Chissà quale altra storia malata mi racconterebbero...

Miss Twin-set si ricompone e sistema il filo di perle che porta al collo. Posso dire che sono vere... sono esattamente come quelle che ho visto una volta in una costosa gioielleria in città: favolose. Anzi, da una rapida occhiata noto che questa donna ha colto in pieno l'intero look castigato e impeccabile alla *Mad Men*... molto azzeccato in questo momento, ma non posso credere che la comunità di Glacken abbia abbracciato una tale nozione di alta moda. Forse dovrei tirar fuori alcuni dei miei migliori completi e smetterla di bighellonare con addosso robaccia puzzolente macchiata di sterco di cavallo. Dopotutto, in città non mi farei mai vedere in questo stato, preferirei morire piuttosto. Avrei dovuto fare una doccia e cambiarmi prima di venire al villaggio... perché ho pensato che tutti sarebbero stati sporchi e fuori moda e che nessuno mi avrebbe notato? Come ho potuto far scivolare i miei standard così in basso? La verità è che non mi aspettavo di incontrare qualcuno così, neanche in un milione di anni. È quello che mi merito per la mia presunzione, immagino.

«Non importa», dice Miss Twin-set. «Non c'è stato alcun danno vistoso».

Mi sorride in modo freddo, il suo sguardo è penetrante. Capisco all'istante che non è convinta che non le abbia provocato alcun danno, anzi sembra che voglia scuoiarmi viva per aver anche solo osato toccarla. Di sicuro non è dolce e innocente come suggerisce il suo aspetto esteriore.

Faccio per oltrepassarla e andare per la mia strada, non ho proprio voglia di intavolare altre conversazioni, ma lei mi si para davanti in modo quasi impercettibile. «Lei deve essere la nuova inquilina del cottage di Edward. Maggie, giusto?»

«Esatto», borbotto. Wow! Le chiacchiere viaggiano davvero alla velocità della luce in questo posto dimenticato da Dio. Sembra che tutti sappiano chi sono.

«Lo immaginavo. Mi chiamo Odette Ffrench. Con due *f*. Sono la veterinaria di Glacken». Lo annuncia con un'aria di suprema autorità… come se pretendesse di essere venerata come una specie di altezza reale solo perché è una veterinaria di campagna.

Prendo la mano che mi porge: ha una stretta spacca-ossa e faccio una smorfia mentre mi stritola le dita nel palmo della mano per un breve ma atroce momento. Come può sembrare così femminile ed essere così straordinariamente forte? Cosa fa, si esercita con qualche specie di attrezzo per aumentare la forza dei muscoli delle mani?

«Allora, come le sembra Glacken per il momento?».

I suoi occhi mi squadrano, dai capelli raccolti in una coda ai vestiti sudici. Senza dubbio pensa che sono una specie di sciattona visto il mio abbigliamento indecente, e mi sento in imbarazzo sotto il suo sguardo, devo sembrare un vero disastro e probabilmente il mio odore è anche peggio. Sono quasi certa di vedere il suo naso che si arriccia per il disgusto. «È molto carina», rispondo con cautela.

«Ed Edward? Sono certa che la sta aiutando ad ambientarsi».

«Sì», aggiungo. Se dire alle mie spalle che sono un'incapace conta come un aiuto... ma tengo questo pensiero per me.

«Sono un'ottima amica di Edward... questo deve averlo saputo».

C'è qualcosa nella sua voce... non mi sta propriamente minacciando, ma di certo sta cercando di trasmettere un particolare messaggio. È solo che non ho ancora capito quale potrebbe essere. «Ehm, no, non credo».

Nessuno ha parlato di una certa Odette, giusto? Forse qualcuno lo ha fatto e io l'ho dimenticato... sono così stanca per l'attività fisica alle stalle che tutto mi sembra un'enorme macchia indistinta.

Guardo alla mia sinistra e vedo le inconfondibili teste di Peg e Ted che spuntano dalla finestra nel negozio. Stanno osservando il nostro breve incontro.

«Be', lo sono». Abbassa la voce, come se avesse paura di farsi sentire. «Se posso essere franca, in realtà siamo molto più che amici».

«In che senso?». La osservo mentre comincia a giochecellare con la collana di perle che ha attorno al collo. Comincio a pensare che dopotutto non si tratti di alta moda. Forse il suo aspetto non è un accenno ironico agli anni Cinquanta. Forse è semplicemente vestita come una donna di ottant'anni.

«Abbiamo una relazione ma stiamo cercando di essere discreti, se capisce cosa intendo», continua lei.

«E perché mai?». Odette mi sta mettendo davvero a disagio, c'è qualcosa di inquietante nel suo sguardo. Sembra quasi lupesco. Come se volesse mangiarmi in un boccone.

«Be', per rispetto alla sua defunta moglie, naturalmente. Edward non vuole che tutti qui al villaggio...», si guarda attorno per assicurarsi che nessuno stia guardando e io noto che Ted e Peg sono scomparsi dalla vista, «...sappiano di noi. Per il momento. Non sarebbe... decoroso».

«Capisco». Perché me lo sta dicendo? Che cosa c'entro io con tutto questo?

«Sì. Così adesso lo sa».

«Prego?». Mi sono completamente persa. Sono anche tutta sudata ed esausta, e muoio dalla voglia di bere una tazza di tè.

«Credo sia importante dirle di Edward e me», aggiunge, «in caso si crei della... confusione». Mi guarda dritto negli occhi.

«Non la seguo». Non so di cosa Odette stia parlando. Perché dovrebbe importarmi se Edward ha una relazione con qualcuno? Devo dire, però, che sono proprio sorpresa che esca con questa donna... mi dà l'impressione di essere una persona spregevole e mi sta già profondamente antipatica, dal caschetto di capelli super lisci alla punta delle scarpe con il tacco a spillo. Non riesco proprio a immaginarlo insieme a lei, è troppo glaciale, poco ma sicuro. Del resto, anche se Edward sembra piuttosto gentile, potrebbe anche non esserlo. Dopotutto, sua figlia dichiara che è stato tutt'altro che tenero con me. Devo ricordarmelo.

Odette si acciglia, come se non riuscisse a capire come faccio a essere così stupida. Poi d'un tratto ci arrivo. Mi rendo conto che sta marcando il territorio. Crede che io sia interessata a Edward!

«Be', Edward è piuttosto vulnerabile da quando la moglie è morta», continua. «Certe persone potrebbero cercare di... approfittarne». Prende un minuscolo pallino di lana sul braccio e lo tira via con le unghie affilate.

«Cosa sta cercando di dirmi esattamente?». La fisso. Sento un'ondata di rabbia montarmi dentro... come osa insinuare che sono una specie di predatrice, che cerco di abbindolare Edward?

«Non sto cercando di dire proprio niente», dice fredda, riaggiustando il twin-set perché arrivi proprio alla vita sulla sua gonna di tweed. «Sto solo divulgando l'informazione, in modo che sia tutto chiaro».

Poi mi guarda di nuovo dritto negli occhi. Sicuramente usa il Botox: la fronte non si è mossa una volta durante questa conversazione. Anzi, tutto il suo viso è quasi immobile. Da chiunque sia andata, non ha fatto un gran lavoro… il Botox applicato correttamente deve farti sembrare più giovane e più fresca. Claire ci credeva ciecamente prima di trasformarsi in un'allegra hippie, ma la sua faccia non è mai sembrata così, come quella di una spaventosa bambola di plastica ad altezza naturale. Del resto, Claire andava dal più costoso dermatologo della città per interventi regolari. Miss Twin-set qui potrebbe iniettarselo da sola con qualche strumento veterinario per far prima.

Che ci troverà Edward? E le ragazze… cosa penseranno di lei? Sempre che lo sappiano. Forse Edward non ha comunicato alle figlie che esce con Odette, lo ha detto lei che stanno cercando di mantenere la relazione discreta. Mi chiedo cosa farà Matilda quando lo scoprirà, non riesco a immaginarla mentre getta le braccia al collo di Odette e la accoglie in famiglia. E Polly di sicuro avrà qualcosa da dire: è una senza peli sulla lingua, anche se ha solo sei anni.

«Senta, Odette, a casa ho un fidanzato che mi aspetta, okay?», dico freddamente. «Sono impegnata, quindi non deve preoccuparsi». La bugia stavolta mi scivola dalla lingua e non provo un briciolo di senso di colpa per questo.

«Davvero?». Lo sguardo di Odette si illumina.

«Sì». Un'altra bugia, ma tanto non lo scoprirà mai, giusto?

L'immagine di Robert che piange senza vergogna mentre lo lascio fa capolino nella mia mente e prego Dio in silenzio che ora se la stia passando meglio. Non ha preso molto bene la nostra rottura, vederlo scoppiare in lacrime in quel modo ha reso più difficile la mia decisione. Se non avessi saputo nel profondo che stavo facendo la scelta giusta per entrambi, avrei esitato.

«Bene, questo cambia tutto». Odette si liscia di nuovo il twin-set e poi raddrizza ancora la collana di perle in modo che si sistemi perfettamente sul suo décolleté. «Sono lieta

che abbiamo chiarito le cose. Verrà a trovarla, questo suo fidanzato?»
«Non lo so», replico in tono glaciale. «Ora, se non le spiace, devo proprio andare».
Faccio per oltrepassarla… se non prendo subito quel tè, la mia gola si chiuderà completamente.
«Ma certo. La lascio ai suoi impegni».
Mi sorride cortesemente mentre si allontana e io in risposta digrigno i denti. Questo posto è pieno di svitati. O sono tutti imparentati o magari è colpa dell'acqua che bevono. Dovrò farla bollire più di una volta prima di preparare il tè.
La osservo cauta mentre attraversa la strada, poi si infila in una piccola e costosa macchina sportiva rossa e parte a tutta velocità, lasciando una scia di polvere dietro di sé. Di sicuro non è un mezzo di trasporto convenzionale per un veterinario di campagna. Ma del resto Odette non è il classico veterinario di campagna che avevo immaginato. Scommetto che cerca di essere sempre elegante, probabilmente è altrettanto in tiro anche quando aiuta una vacca a partorire. Non riesco a immaginarla mentre suda in modo sconveniente o permette a un misero animale di intaccare la sua perfezione.
Di sicuro mi ha chiarito bene come funziona la gerarchia nel villaggio: il veterinario è ovviamente un membro potente della comunità e lei si è assicurata che lo comprendessi. È stata altrettanto chiara nel comunicarmi che Edward è off limits… non avrebbe potuto essere più incisiva nemmeno se avesse tirato fuori dalla borsa dei progetti per rimodernare la fattoria. È determinata a diventare la moglie di Edward Kirwan, la signora della magione, e niente la fermerà. Né gli abitanti del villaggio, né le figlie di Edward, né sua suocera. Se li mangerebbe tutti a colazione senza pensarci due volte.
Salita in macchina, metto istintivamente la freccia per uscire dal parcheggio, anche se non vedo alcun veicolo in

strada a parte un trattore Massey Ferguson posteggiato e senza una ruota, quando Peg e Ted escono dal negozio e vengono di corsa verso di me.

«Maggie! Maggie!», urlano all'unisono saltellando per il viottolo.

Penso di andarmene facendo finta di non sentirli, ma è troppo tardi.

«Scusa se disturbiamo», dice Peg ansimando accanto al finestrino.

«Ma volevamo chiederti scusa», continua Ted.

«Chiedermi scusa?»

«Sì», dice Peg. Sembra che si vergogni. «Non avremmo dovuto ridere di te in negozio».

«No, non avremmo dovuto, è stato scortese», conviene Ted, annuendo umilmente. «È stato davvero fuori luogo. Molto divertente, eh, però fuori luogo».

«Non potevi sapere che Blackie era un gatto», continua Peg.

«No, non potevi». La bocca di Ted si contrae. «Anche se è stato esilarante». Scoppia in una lieve risatina.

«Smettila, Ted, sennò ricomincio», lo ammonisce Peg, sforzandosi di rimanere seria. «Lo sai che hai una risata molto contagiosa... mi farai cominciare da capo e Maggie qui penserà che siamo terribili».

«Hai ragione». Ted si ricompone. «Comunque, Maggie, volevamo dirti che ci dispiace».

«Sì, ci dispiace», aggiunge Peg, come se avessero provato quel discorsetto in anticipo.

«È tutto okay», li tranquillizzo. Non posso rinfacciarglielo... ripensandoci, è stato piuttosto divertente, anche se questi due sono da rinchiudere. «Mettiamoci una pietra sopra, d'accordo?».

Ora che ho accettato le loro scuse possono tornarsene al negozio soddisfatti e io posso andare a farmi quella tazza di tè.

«Be', c'è un'altra cosa», dice Ted.

«Ma davvero?». Perché questo non mi sorprende?
«Sì. Vedi, abbiamo avuto una trovata geniale», continua Peg. «Riguardo al supermercato».
«Il supermercato?». Guardo il volantino che Peg mi ha messo in mano. Dice "salviamo il villaggio di Glacken!", in enormi caratteri rossi.
«Xanta sta cercando di costruire uno dei suoi mega discount proprio fuori dal villaggio», aggiunge lei, con voce tremante.
«E questa sarebbe una brutta cosa?». Di sicuro un supermercato Xanta farebbe ottimi affari da queste parti... i discount sono sbucati come funghi in tutto il Paese dall'inizio della recessione. I giornali dicono che sono gli unici esercizi commerciali a beneficiare della fase discendente del mercato: la gente vuole un buon rapporto qualità-prezzo quando va a fare la spesa, ora più che mai.
«Certo che sarebbe una brutta cosa, Maggie». Peg mi guarda come se fossi io la pazza. «Non vogliamo uno di quei posti orrendi da queste parti... cambierebbe il villaggio per sempre».
Non posso fare a meno di pensare che a Glacken un bel cambiamento farebbe un gran bene. Forse questo supermercato costringerebbe il villaggio a uscire da un passato ormai stantio per entrare nel presente. Ma questo non lo dico perché Peg e Ted sembrano decisamente sconvolti all'idea.
«Così abbiamo cominciato una campagna», continua Peg.
«Una campagna per impedire che il supermercato distrugga il villaggio», aggiunge Ted. «Perché se viene costruito, a nessuno importerà più di venire al villaggio... nessuno dovrà più passare per Glacken».
«È se non c'è movimento nel villaggio, allora...». Le lacrime le scivolano sul viso e Peg non è più in grado di continuare.
Ted allunga una mano per stringere quella della moglie. «Andrà tutto bene, ragazza mia», le dice in tono deciso.

«Se dovrò sdraiarmi davanti a un bulldozer per fermare questa faccenda, lo farò!».

«Oh, Ted, sei un vecchio bacucco». Peg gli sorride debolmente. «Pensavamo che potresti darci una mano, Maggie. Abbiamo bisogno di qualcuno come te». I suoi occhi sono supplichevoli. «C'è una riunione stasera in cui entrambe le parti esporranno le loro ragioni. Ci verrai?»

«Entrambe le parti?»

«Sì, *certa* gente, senza far nomi, crede che questo supermercato sia un'ottima idea». Il viso di Peg si incupisce.

«Si riferisce a quella Odette», spiega Ted.

«*Lei* crede che sia un'idea grandiosa!», grida Peg con amarezza. «Ma che può saperne lei?»

«Su, da brava, Peg, calmati», le consiglia Ted. «Allora, Maggie, verrai?». Si volta di nuovo verso di me.

«Ehm, non sono sicura di poter essere d'aiuto», dico a disagio. «Non so niente sui supermercati». E non voglio essere trascinata nelle faccende politiche del villaggio... tutto questo non ha nulla a che vedere con me.

«Ma tu hai una mente artistica... ci farebbe comodo, ecco», azzarda Ted.

«Gli artisti guardano il mondo in modo diverso», aggiunge Peg con sicurezza. «Magari tu saresti in grado di uscirtene fuori con qualche idea geniale».

«E potresti dipingere dei poster», suggerisce Ted. «Sai... per la campagna, ecco».

«Ted! È un'idea fantastica!», dice Peg, sorridendogli. «Sei un genio, ecco cosa sei!».

«Oh, no, non è vero», afferma Ted timidamente.

«Lo sei eccome. Sei troppo modesto... non è vero, Maggie?». Lo guarda adorante. «Siamo sposati da ventidue anni, lo sapevi questo?»

«No», rispondo. Come avrei potuto saperlo? Li ho conosciuti soltanto oggi. Questi due sono proprio squinternati.

«Sì, ventidue anni di felicità coniugale e ancora riesce a sorprendermi ogni giorno», dice Peg meravigliata.

Ted le prende la mano e si guardano amorevolmente.

Non so cosa dire. E comunque non è necessario che dica molto perché sono troppo occupati ad amoreggiare per far caso a me.

«Comunque, grazie per il volantino». Faccio per allontanarmi, sperando che siano talmente presi l'uno dall'altra da dimenticarsi di me, così posso scappare.

«Aspetta!». Peg si allontana da Ted con un balzo e mi afferra il braccio. «Ti prego, Maggie, vieni stasera... abbiamo bisogno di te».

«Sì», dice Ted. «Per favore, vieni».

«Ci sarà la torta», aggiunge Peg, come se questo fosse sufficiente a persuadermi.

«E così potrai conoscere tutti», continua Ted. «Ti adoreranno. E hai già conosciuto Odette».

Il viso di Peg si contrae di nuovo solo a sentire quel nome. «Non lasciarti ingannare», si avvicina per poter sussurrare. «Il resto di noi non è come lei».

«Non è *assolutamente* come lei», conferma Ted accalorandosi.

«Ma non c'è ragione di dilungarci su questo adesso». Peg dà una gomitata a Ted. «Maggie lo scoprirà presto».

«Hai ragione!», conviene Ted allegramente. «Allora ci vediamo stasera, nella sala della parrocchia alle sette in punto. Ci saranno tè e sandwich, e anche la torta, quindi non fare tardi».

«Oh, adesso che mi viene in mente, Ted, ho dimenticato di bollire le uova». Peg entra subito in agitazione al pensiero dei sandwich.

«Presto allora, faremmo meglio ad andare... ci sarà un omicidio se non porti i tuoi sandwich alle uova». Ted le dà una pacca sul sedere e Peg ride come una ragazzina.

«Smettila, brutto sfacciato! Ma hai ragione, è meglio che mi muova... quella Betty della macelleria sarebbe contenta se non ne facessi neanche uno. Da anni cerca di spodestarmi con i suoi involtini di salsiccia, non è vero, Ted?»

«Lei sa fare solo quelli, amor mio, ma chi vuole un insignificante involtino di salsiccia?»

«Ah, Ted, non sono così male». Peg sembra elettrizzata da questo verdetto.

«Lo sono… tutti li evitano come la peste. Non come i tuoi sandwich, Peg… nessuno riesce a resistere. Hanno un ingrediente speciale», dice rivolto a me.

«Davvero?». Tutto questo è surreale.

«Oh sì, certo che ce l'hanno. Ma non posso dirti cos'è… se lo facessi, dovrei ucciderti! Ora, la sala è proprio dall'altro lato della strada… ci vediamo là».

Giro la testa e scorgo un edificio tozzo e grigio, ma prima di riuscire a trovare una scusa per non andare alla riunione, Peg e Ted sono già corsi via. Rimango seduta senza parole nella mia auto, con il cartone del latte, in cui ha deciso di aprirsi in una falla dopo l'alterco con le tette a punta di Odette, che adesso mi gocciola lentamente in grembo.

REGOLA NUMERO 12
Procedi con la dovuta cautela

«Ordine!», ruggisce Peg, con le guance arrossate.

Sono colpita dal fatto che riesca a far giungere la sua voce fino in fondo alla sala affollata: per una donnina così piccola, fa un certo effetto.

«Ordine!», grida di nuovo, e tutti smettono di chiacchierare.

«Adesso mettetevi a sedere, gente», dice in tono deciso. «Non spaventiamo la nuova arrivata!».

Un moto di imbarazzo mi fa sussultare sulla sedia. Quando sono arrivata qui, è stato proprio Ted a condurmi in un posto in prima fila, poi mi ha portato una tazza di tè e uno dei famosi sandwich alle uova di Peg. Devo ammetterlo, sono deliziosi... ho una mezza idea di chiederle la ricetta segreta. Mi sono seduta qui, cercando di non dare nell'occhio, ma sono consapevole del fatto che la gente mi sta fissando per curiosità, e questo mi mette incredibilmente a disagio.

«Ora», continua Peg, «questa è Maggie. Maggie è un'artista di fama internazionale, quindi siamo molto fortunati ad averla qui al villaggio. La grande notizia è che ha accettato di darci qualche input sulla possibile edificazione del supermercato. Non è meraviglioso?».

Artista di fama internazionale? Io questo non l'ho mai detto! Non l'ho nemmeno accennato. Ho detto solo che sono una pittrice... come ha potuto saltare a questa conclusione?

Guardo l'espressione felice di Peg e capisco che sta gonfiando la mia importanza per impressionare i presenti, la metà dei quali sta allungando il collo per osservarmi.

«Ora, Maggie, se tu volessi dire qualche parola...».

Dire qualche parola? Guardo stravolta Ted, che mi rivolge un ampio sorriso e gesticola per sottolineare che si aspettano che mi alzi e dica qualcosa. C'è un cortese, anche se debole, applauso quando mi alzo dalla sedia.

Cosa cavolo si aspettano che dica? Come sono stata convinta a venire? Non sarei qui se Peg e Ted non fossero arrivati alla mia porta alle 6:45, avessero dichiarato che erano lì per darmi un passaggio sino alla riunione e non mi avessero infilato frettolosamente nel loro furgoncino bianco. D'un tratto desidero ardentemente essere rannicchiata davanti a una TV a schermo piatto, in città, dove mi sento al sicuro e non vengo trascinata in posti folli in cui non voglio andare.

«Salve a tutti». Mi guardo intorno per la stanza e noto circa trenta paia d'occhi puntati come spilli su di me. Non tutti sembrano amichevoli. Alcuni sono decisamente arcigni.

«Ehm, mi chiamo Maggie e sarò felice di aiutarvi, se posso», balbetto io.

Vedo un uomo sovrappeso con un maglione blu incrociare le braccia e alzare gli occhi al cielo, come se non credesse a una parola di quello che sto dicendo. Ha ragione a non farlo, naturalmente: non voglio proprio aiutarli e non ho intenzione di restare nei paraggi abbastanza a lungo da scoprire cosa succederà con il supermercato. Per allora me ne sarò andata. Da un bel pezzo.

«Maggie ha detto che farà dei poster per noi!». Ted sorride pieno d'orgoglio. «Non è grandioso?».

La folla non sembra tutta così entusiasta. Sento distintamente qualcuno borbottare: «Che progressi». Potrebbe essere l'uomo con il maglione blu, ma non posso dirlo con certezza.

«Che approccio credi che dovremmo avere, Maggie?», mi chiede timidamente Peg, solo un attimo prima che mi metta a sedere. I miei muscoli gridano in agonia per il lavoro alle stalle... sono stanca e completamente irrigidita.

«Approccio?»

«Al progetto di edificazione del supermercato. Dovrebbe

essere pacifico oppure un po' più "attivo", se capisci cosa intendo?».

C'è un mormorio eccitato quando dice questo... chiaramente alcuni degli abitanti sono favorevoli a un qualche atto di disobbedienza civile per movimentare le cose.

«Potremmo formare una catena umana intorno al sito di costruzione!», grida una donna di mezza età con un abito floreale.

«Che idea stupida», sbotta l'uomo sovrappeso con il maglione blu. «Ed è illegale». Sembra sicuro di questo.

«Non è stupida», lo interrompe un'altra donna, con una giacca scura.

«Sì che lo è. E comunque, anche se non è illegale, non siamo abbastanza numerosi per formare una catena umana intorno al cantiere», ribatte Maglione blu.

«Potremmo fare un calendario nudi per sensibilizzare le coscienze!», urla qualcuno dalle ultime file.

«Seee, io poserò nudo dietro al mio forcone... che ne dite?», sbraita qualcun altro.

C'è un'ondata di risate per questo suggerimento.

«Ordine!», urla Peg. «Andiamo, ragazzi, basta perdere tempo!».

«Il supermercato è una grande idea. Dovremo accoglierlo a braccia aperte, non cercare di fermarlo». Un uomo con un cappello di tweed si è alzato in piedi per rivolgersi alla sala.

«Sono d'accordo!», dice una voce. «Abbiamo bisogno di posti di lavoro! Non tutti vogliamo morire contadini, sapete!».

La sala esplode. Sembra che la gente sia divisa sulla costruzione del supermercato: alcuni si oppongono strenuamente e altri la vedono con favore. Come potranno mai arrivare a un accordo? È il caos più totale.

«Buonasera a tutti», irrompe una voce acuta che sovrasta facilmente il chiasso.

Mi volto e vedo Odette Ffrench, "con due *f*", che cammina decisa verso il palco.

«Che ci fa lei qui?», sussurra Ted a Peg. «Pensavo che stasera non venisse».

«Infatti non doveva venire», risponde Peg, a mezza bocca. «Furbastra di una cagna… non può perdersi proprio nulla».

«Sentite scuse per il mio ritardo», dice Odette in tono secco. «Sono stata trattenuta a un'importante riunione da un'altra parte. Lasciate che mi sistemi velocemente e poi potremo continuare».

Non spiega dove sia stata, è come se volesse incuriosire la gente su questa importante riunione.

Mi muovo incerta sulla mia sedia, indecisa sul da farsi. Dovrei sedermi? È sceso il silenzio più totale ora che Odette ha fatto la sua comparsa… ovviamente è lei che organizza l'intera faccenda, perché sembrano tutti in attesa della sua guida. Tutti tranne Peg e Ted, che guardano in cagnesco nella sua direzione.

«Maggie qui stava giusto dandoci alcuni nuovi suggerimenti», le spiega Ted. «Credo che dovrebbe continuare».

«Io approvo!», dice rapidamente Peg, dandogli man forte.

«Maggie, che piacere». Odette mi sorride sfoderando i suoi denti da lupo. «Che sorpresa». È più che dispiaciuta, è livida di rabbia per la mia presenza.

«L'abbiamo invitata noi», dice Peg in tono deciso.

«Su questo non avevo dubbi. Bene, è davvero la benvenuta, anche se in un certo senso è una… estranea». Odette indugia con attenzione su quella parola, così che tutti sappiano cosa intende: non ci si può fidare degli estranei.

«Perché non continui, Maggie?», dice Peg. «Stavi giusto per dire qualcosa».

Indugio sulla sedia, indecisa se restare in piedi o lasciarmi cadere sulla sedia. Dovrei dire un'altra parola o scivolare semplicemente al mio posto in silenzio? Il modo in cui mi sta fissando Odette mi fa paura.

«Avete inserito il suo intervento nell'ordine del giorno, vero?», interrompe lei, prima che io possa rispondere.

Ted e Peg si guardano incerti.

«Pensavamo di lasciarla parlare e basta», dice Peg, con tono circospetto.

«Parlare a braccio, vuoi dire?», la incalza Odette, le labbra si arricciano in un lieve sorriso. «Giusto. E questo sarebbe delizioso. Ma, come sapete, se non ci atteniamo all'ordine del giorno, le cose tendono ad andare fuori controllo. Se il discorsetto di Maggie non è nell'ordine del giorno, allora dovrebbe parlare alla fine… quando affronteremo la voce "varie ed eventuali"».

«Credo che potremmo anche fare un'eccezione, solo per questa volta», la contesta Ted imbronciato.

«Sì, certo che potremmo, Ted», ammette Odette in tono leggero, «e *possiamo*, se volete. Ma se facciamo così, allora tutti si aspetteranno che vi siano delle eccezioni ogni volta che ci riuniamo. A meno che a voi non vada bene un'eventualità del genere».

La sua voce è stucchevolmente dolce, ma non c'è via di scampo. Comincio a sudare. Sono diventata in qualche modo una pedina in questo gioco del gatto con il topo? Parrebbe proprio di sì.

«No». Un'espressione di sconfitta rassegnazione attraversa il viso di Ted che si lascia cadere sulla sedia.

«Perfetto, allora». Odette è tronfia della sua vittoria. «Bene, perché non diamo inizio alla seduta? Potete distribuire l'ordine del giorno che mi sono presa la libertà di stampare e cominceremo con il primo punto».

Tre ore dopo, sono incastrata tra Peg e Ted nell'accogliente pub locale, chiedendomi come ho fatto a finire lì.

Adesso sono completamente aggiornata sulle proposte per il nuovo supermercato. Ci sono due partiti distinti: Odette guida il contingente a favore, Ted e Peg guidano i dissidenti e tutti coloro che sembrano indecisi. Non c'è ancora stato un vero e proprio accordo sul da farsi, nonostante gli strenui sforzi di Odette per convincere tutti che il supermercato condurrà a una nuova alba per il villaggio e i tentativi di

Peg e Ted di spiegare che suonerà la campana a morto per la vita in campagna.

«Sarà meglio che mi avvii verso casa», dico sottovoce, ansiosa di andarmene prima che qualcuno mi pianti davanti un bicchiere impedendomi la via di fuga. «Sono davvero molto stanca... forse ho solo bisogno di riposo».

Questa non è una bugia: sono esausta dopo l'ennesima, lunghissima giornata e tutto quello che voglio è infilarmi a letto.

«Riposo?», dice allegro Ted. «Riposerai quando sarai morta! La notte è ancora giovane!».

«Sì, e di sicuro non vorrai tornare al cottage tutta sola», dice chioccia Peg, prendendomi a braccetto.

«Prendi qualcosa da bere!», insiste Ted.

«Sì. Potresti prendere un Cosmopolitan», suggerisce Peg. «Matty fa un ottimo Cosmo, non è vero, Ted? Mai troppo amaro, non come certi che puoi trovare in giro».

«Chi è Matty?», chiedo, colta alla sprovvista. Cosmopolitan? Nel bel mezzo del nulla? Di sicuro tutti questi spandiletame bevono pinte di birra scura... magari si fanno un whisky se si sentono audaci.

«Matty è il proprietario del pub, naturalmente», risponde Ted. «I suoi Cosmo sono leggendari da queste parti. Ma io preferisco i White Russian: danno una bella botta».

«O uno Slippery Nipple». Peg si lecca le labbra. «Adoro uno Slippery Nipple fatto come si deve».

«Ehm, non sono sicura di poter reggere un cocktail, in realtà», mormoro io. «Magari un bicchiere di vino...».

È inutile resistere. Se bevo solo un drink, dopo potrò andarmene sulle mie gambe e nessuno si offenderà.

«Bene, Matty ha una fantastica lista dei vini», si entusiasma Peg. «È davvero notevole, non è vero, Ted?»

«Sicuro». Ted sorride. «Quello Château de la Guiche è qualcosa di speciale».

«Oh, sì, quello è delizioso! Potresti prenderne un bicchiere, Maggie».

«Okay», concordo, leggermente sbalordita. Château de la

Guiche? Non è quel rosso rarissimo di cui ho letto solo sulle pagine dei vini dell'«Irish Times»? Quello che ha vinto dei premi? Come fa ad averlo un piccolo pub di campagna?

Nel giro di pochi minuti, sorseggio il più delizioso bicchiere di vino che abbia bevuto da molto tempo.

Devo ammetterlo, questa è una piacevole sorpresa. Non mi sarei mai immaginata che nel villaggio ci fosse un posto del genere. È un pub vecchio stile, questo è vero, ma il locale è accogliente, non lezioso, e la lista dei vini è la migliore che vedo da secoli. È possibile che abbia giudicato male questo posto?

«Allora, Maggie. Che cosa ti ha spinto a trasferirti a Rose Cottage?». Una donna dal viso lucido si china sul tavolo tra i bicchieri vuoti che sono già stati impilati. Questa gente sa come si beve… e alla grande.

«Ehm, volevo soltanto allontanarmi dalla città, direi», mormoro. Non voglio proprio parlare della vera ragione per cui sono qui. È troppo complicato.

«Giusto. Allora, nessun'altra ragione?», indaga la donna.

Vedo che Peg la sta fissando, come se volesse protendersi e schiaffeggiarla forte. Perché sembra così furiosa?

«Sta lavorando per un committente speciale, Betty», annuncia di colpo, come se fosse incapace di trattenersi.

Betty? Betty della macelleria? Non c'è da meravigliarsi che Peg sia così furente… non è la donna degli involtini di salsiccia? C'è ovviamente un'aspra rivalità tra le due: le ho viste entrambe gironzolare attorno al buffet prima, per verificare quale cibo fosse il più popolare tra i presenti in sala, tramezzini o involtini di salsiccia. Avrei dovuto immaginarlo, ma sono quasi certa che Peg si sia scritta il conteggio sul dorso della mano.

Ora il viso di Peg è pericolosamente arrossato. Ha due bicchieri di Cosmopolitan vuoti davanti a sé e i drink devono averle dato subito alla testa.

«Ma davvero?», dice Betty con voce stizzita. «Non è una cosa straordinaria?»

«Sì, proprio così». Peg sorride compiaciuta, come se fosse elettrizzata dal fatto di avermi conosciuta e di aver fatto amicizia con me prima che Betty ne avesse l'occasione.

«E chi sarebbe questo committente?», le interrompe Odette, scuotendo i capelli impeccabilmente curati e guardandomi dritto negli occhi. È rimasta zitta sinora, ma non crede a una parola della mia storia, potrei giurarci.

Bevo un sorso di vino e cerco di decidere come rispondere. Odette non vede l'ora di cogliermi in castagna, lo so. Fortunatamente Peg corre in mio soccorso. «È top secret!», dice in tono sprezzante. «Non può dire una parola a riguardo. Non è così, Maggie?».

«Non sapevo che il lavoro degli artisti fosse così pieno di intrighi». Odette gira il suo gin tonic con il bastoncino e sorride dolcemente.

«Be', il mio cliente è una persona molto riservata», dico, istigata dalla sua espressione tronfia. «Devo rispettare le sue richieste». Non mi sento in colpa a mentirle, non ricordo che una persona mi sia mai stata così antipatica.

«Capisco». Odette non sembra convinta. «Dove hai detto che hai esposto le tue opere?»

«Oh, in un sacco di posti», rispondo vivace, prendendo un altro sorso di vino per farmi coraggio. «Dappertutto, in realtà». Dire bugie è piuttosto semplice. E diventa più facile dopo ogni sorso di questo delizioso vino.

«È davvero molto quotata», confida in tono altezzoso Peg a Betty della macelleria. «Siamo fortunati ad averla qui... molto fortunati».

«Capisco». Odette mi osserva con attenzione. «Cercherò su Google il tuo nome, darò un'occhiata al tuo lavoro».

Merda. Se lo fa, scoprirà che tutta questa storia è una menzogna.

«Be', non dipingo sotto il mio vero nome, naturalmente», dico allora.

«Ah no?». Odette solleva un sopracciglio accuratamente disegnato. «E perché mai?».

Pare che l'intero tavolo si sia voltato verso di me in attesa della mia risposta.

Mi schiarisco la gola e cerco di pensare a una scusa ragionevole per rendere plausibile questa storia.

«Edward!». Odette guarda alle mie spalle verso la porta del pub, improvvisamente accesa in viso. «Vieni a sederti!».

Tiro un sospiro di sollievo e rilasso le spalle. Ora che il suo ragazzo è qui, spero che perderà interesse in questo interrogatorio.

«Ehilà!», dice Edward, mentre tutti lo salutano. Sembrano contenti di vederlo... è decisamente popolare. «Mi spiace di aver perso la riunione».

Per un decimo di secondo l'espressione di Odette rivela la sua delusione; probabilmente pensava che fosse là, testimone della sua piccola vittoria nella sala. Muore dalla voglia di impressionarlo: questo è evidente.

Percepisco la presenza di Edward in piedi proprio dietro di me, ma non mi volto a salutarlo. Sono ancora molto seccata dal fatto che mi abbia definita alle spalle un'incapace, quando ho cercato di fare del mio meglio per pulire le sue stalle come si deve.

«Edward, siediti qui». Odette dà qualche pacca accanto a sé sulla panca. «C'è un sacco di spazio».

Una cosa è certa: tutti hanno evitato di sedersi vicino a lei quando siamo entrati, anche la parte della comunità che è a favore del supermercato.

«Grazie, Odette», dice Edward in tono disinvolto. «Permettimi solo di offrire da bere a tutti prima».

La gente dice quello che vuole e poi sento la sua voce nell'orecchio. «E tu, Maggie, cosa vorresti?»

«Sono a posto così, grazie», rispondo io, concentrandomi per continuare a guardare dritto davanti a me. «Devo ancora finire questo». Indico il mio bicchiere di vino, dove è rimasto un goccetto di liquido rosso sul fondo. È stato assolutamente divino e ne vorrei davvero un altro, ma non intendo farmelo offrire da Edward. Neanche per sogno. Non dopo quello che ha detto su di me a Matilda.

«Ma sembra che te ne servirà un altro tra qualche minuto». Dal tono della sua voce capisco che sta sorridendo. «Perché non mi dici che cos'è?»

«È Château de la Guiche», risponde allegramente Peg al posto mio. «E dovresti proprio offrirgliene un altro, dobbiamo festeggiare: Maggie qui è la nostra nuova responsabile artistica!»

«Sul serio?». Edward fa un fischio di ammirazione. «È davvero una notizia grandiosa! Ho sentito dire che sei una famosa pittrice».

«Davvero?». Giro la testa di scatto per guardarlo. Chi glielo ha detto? Peg, probabilmente.

«Sì. Me lo ha detto un uccellino». Sorride di nuovo. «Sei davvero un mistero, Maggie. Vorrei proprio vedere qualcuno dei tuoi lavori».

«Un giorno, forse», borbotto prima di bere un altro sorso di vino. Dio, quant'è mortificante... questa farsa è durata anche troppo. Ora tutti pensano che sia qualcosa che non sono. E se scoprissero la verità? Sarebbe davvero imbarazzante.

«Allora, cosa credi che dovremmo fare riguardo al supermercato? Sono curioso». Edward ora mi sta fissando e io mi sposto nervosamente sulla sedia sotto il suo sguardo indagatore. Vorrei davvero che la smettesse di parlarmi... mi fa sentire molto a disagio. Perché fa finta di essere interessato alla mia opinione? Crede che io sia una stupida ragazza di città; me lo ha detto Matilda e io le credo. Tanto per cominciare, ogni volta che parla con me ha questo strano ghigno che gli arriccia le labbra, come se mi stesse prendendo in giro.

«Non lo so», rispondo brusca. Va a giocare con quella perfettina della tua fidanzata, aggiungo in silenzio dentro la mia testa.

«Oh, andiamo», insiste lui. «Una ragazza di città in gamba come te... devi avere una prospettiva molto interessante sulla questione».

Ecco che ci risiamo… si sta prendendo gioco di me! «Be', è complicato». Lo fisso, ricordando il fioretto di cercare di mantenere un rapporto civile e professionale, per il bene di Claire. «Non ci sono risposte giuste o sbagliate, direi».

«Hai ragione». Mi sorride. «È quello che credo anch'io. Adesso permettimi di offrirti un altro bicchiere di questo vino». Si allontana per comunicare le ordinazioni prima che io riesca a protestare.

È appena tornato indietro e si sta sedendo al tavolo, quando Peg d'un tratto dice: «Facciamo un brindisi!».

È la mia immaginazione, o sta vagamente farfugliando?

«Sì, zitti tutti!». Ted Batte il suo bicchiere sul tavolo per acquietare la folla. «Buoni, adesso!».

Peg si schiarisce la voce e tutti si protendono per ascoltare quello che ha da dire. Ovviamente parlerà del supermercato, forse dirà che spera che alla fine tutto si risolva per il meglio. Sarebbe un piccolo miracolo se accadesse. «Vorremmo dare ufficialmente a Maggie il benvenuto a Glacken», dice invece, dondolando dolcemente sulla sua sedia.

Eh? Perché sta parlando di me? Sollevo di scatto la testa e scopro che mi sta fissando, con un ampio sorriso sul volto.

«Siamo onorati di averla qui con noi», continua, «e anche se non la conosciamo ancora, le vogliamo già bene. A Maggie!». Peg solleva il bicchiere, il liquido schizza leggermente dal bordo mentre lei ondeggia, e tutti gli altri seguono il suo esempio.

«A Maggie!», urlano tutti. «Le vogliamo già bene!».

Oddio. Afferro il bicchiere che Edward mi ha porto e cerco di non morire all'istante. Non riesco a credere che l'abbia fatto.

«Discorso, discorso!», grida Ted. «Coraggio, Maggie!», mi incalza, quando vede la mia espressione stupita. «È una tradizione».

«Non sono molto brava con i discorsi», obietto. E decisamente non voglio attirare più attenzione su di me di quanto non abbia già fatto finora.

«Coraggio, Maggie», dice Edward. «Stiamo aspettando!».

Perché mi sorride a quel modo? Come se fosse una persona gentile? So che non lo è... non dopo ciò che ha detto su di me. Però ha davvero degli occhi meravigliosi, brillanti. Forse non è così cattivo. Forse Matilda ha fatto un errore.

«Okay», balbetto. «Be'... è un piacere conoscervi tutti», comincio. «Non ho mai visto un posto come Glacken prima d'ora...».

«E non ne vedrai mai uno uguale!», grida qualcuno.

«...ma è bello essere qui. Quindi... sia la strada al vostro fianco e il vento sempre alle vostre spalle!».

Tutti sembrano un tantino confusi dalle mie parole... forse era la cosa sbagliata da dire, ma era l'unico augurio irlandese che riuscivo a ricordare.

«E allora salute!», dice Edward, e io gli sorrido per il sollievo.

«Salute!», urlano tutti gli altri. Mi lascio cadere sulla sedia e butto giù il vino quasi in un colpo solo.

Ed è una botta pazzesca quando lo mandi giù così alla svelta. Mentre mi riscalda e mi dà subito alla testa, mi guardo intorno e sorrido felice. Gli abitanti del villaggio sono davvero molto gentili... mi sto divertendo tanto qui a bere insieme a loro, nonostante le mie riserve sul loro provincialismo e l'occasionale follia. Forse sono stata troppo precipitosa, saltando a conclusioni ingiuste sulla vita di campagna. Questa potrebbe essere la serata più bella che passo da secoli... tutti sono così rilassati e tranquilli, non come in un bar di città, dove la gente è troppo occupata a darsi un tono per divertirsi.

Mi sto crogiolando in questo allegro calore cameratesco quando colgo lo sguardo di Odette. Non sembra amichevole come tutti gli altri: anzi, mi sta fissando con malcelata avversione, evidentemente furiosa perché Edward stava parlando con me, mi stava includendo nella vita del villaggio. Vuole saltarmi addosso al di sopra del tavolo e trafiggermi con il bastoncino per girare i cocktail... glielo leggo in faccia. Anzi, dalla sua espressione comprendo che mi sono appena fatta la nemica numero tre.

REGOLA NUMERO 13
Prova ogni giorno qualcosa di nuovo

«Sei in ritardo».

Matilda, l'impetuosa figlia adolescente di Edward, è in piedi sulla soglia del cottage, in tenuta da cavallerizza: calzoni color crema, giacca con gli spacchi laterali e stivali. Il suo viso arcigno è impastato con un fondotinta troppo scuro, gli occhi sono sottolineati da una spessa riga di matita nera e i capelli sono brutalmente in piega. Ovviamente si tratta di un'occasione speciale.

«In ritardo? Di che stai parlando?», chiedo, strofinandomi via il sonno dagli occhi e socchiudendoli per la luce abbagliante del sole che entra attraverso la porta. Dio, che mal di testa.

«La *gimkana*», dice Matilda. La sua voce gronda disprezzo. «Dovevi essere alle stalle un'ora fa per aiutare a preparare tutto».

Mi squadra dalla testa ai piedi, soffermandosi sulla maglietta sgualcita e gli occhi assonnati. Un ghigno altezzoso si dipinge sulle sue labbra. Crede che sia molto vecchia, *troppo* vecchia, direi. Forse ha ragione.

«Non so davvero di cosa tu stia parlando», le dico. «E poi questo è il mio giorno libero».

D'un tratto mi rendo conto che la mia testa sta pulsando un pochino. Quanti bicchieri di quel raro vino rosso ho bevuto ieri sera? Ho perso il conto dopo i primi tre. E poi ci sono stati gli Slippery Nipple che Peg ha insistito perché provassi. Oddio.

«Hai anche un giorno libero, allora, eh?», dice con malignità. «Non sapevo che fosse previsto dal contratto dei dipendenti».

Non devo rispondere a questa screanzata e non devo nemmeno tollerare il suo comportamento scortese, che abbia avuto un passato difficile o meno. Non è colpa mia se è così arrabbiata con il mondo. Faccio per chiudere la porta, ma in un lampo infila il piede dentro per impedirmelo.

«Papà ha detto che ti sei offerta di dare una mano. Credimi, non sarei qui altrimenti». Si scosta una ciocca di capelli dagli occhi. Non è una semplice piega a phon… deve essersi alzata all'alba per passarsi la piastra più e più volte. Riconosco una dipendenza da piastra in ceramica quando ne vedo una.

«Be', tuo padre si è sbagliato». Spingo la porta con decisione contro il suo piede. «Non ho mai sentito parlare di questa gimkana. E di sicuro non mi sono offerta volontaria per dare una mano. Ora, se vuoi scusarmi, me ne torno a letto».

Matilda fa spallucce, poi tira via il piede. «Per me va bene», dice. «L'ho detto che comunque saresti stata un peso».

«E con questo cosa vorresti dire?». Apro uno spiraglio di porta. Come osa definirmi un peso?

«Non sai un accidente sui cavalli, ricordi?», dice dandomi le spalle, mentre ripercorre il vialetto del giardino. «Probabilmente porteresti iella all'intero evento. Papà mi ha già detto che affittare Rose Cottage a una senza speranza come te è stata una pessima idea; sapeva che oggi gli avresti dato buca».

Furiosa, sbatto la porta. Come osa quella piccola strafottente parlarmi così? Ha bisogno di una bella lezione e la prossima volta che vedrò il suo caro paparino glielo dirò. E già che ci sono, gli dirò anche cosa penso esattamente di lui… che coraggio a dire che sono "senza speranza"!

Mi sono appena rincantucciata sotto le coperte, affondando nel piumino per stare più comoda, quando sento bussare di nuovo. Più forte che mai. Matilda è tornata.

Vedo rosso e salto giù dal letto per correre ad aprire. Tutto questo è ridicolo. È già abbastanza brutto che debba aiutare nelle stalle durante la settimana, ma di sicuro non intendo farlo anche nei weekend. Darò alla prepotente di Matilda una bella lezione. Se crede di riuscire a intimidirmi, si sbaglia di grosso.

«Maggie, che stai facendo? Ti stiamo aspettando tutti».

Edward è in piedi sulla soglia, il suo fisico slanciato riempie la cornice della porta.

«Come dici?», dico sbattendo le palpebre.

Chi si crede di essere? Intrufolarsi qui non annunciato alle prime luci dell'alba di sabato mattina... è oltraggioso! È il mio giorno libero, il che significa che posso starmene a letto tutto il giorno senza fare assolutamente niente. Nessuno qui riesce a capire questo semplice concetto?

«Dovevi essere alle stalle più di un'ora fa. Che è successo?»

«Non lavoro oggi!», sbotto, la mia pazienza si sta sgretolando. «Ma sono stata disturbata così tante volte questa mattina che il mio giorno libero è già rovinato».

«Ma non ricordi?». La voce di Edward d'un tratto è diventata più dolce.

«Ricordare cosa?»

«Ieri sera. Al pub. Hai detto che volevi aiutare alla gimkana di oggi».

«Non è vero». Sono sicura al cento percento di questo. Non mi sono offerta volontaria per fare niente del genere. Ho bevuto un paio di drink e ho chiacchierato con gli abitanti del villaggio, ecco tutto. Nessuno ha parlato di una qualche gimkana.

«Ti ho detto che Polly e Matilda avrebbero fatto una gimkana e tu ti sei offerta di dare una mano», spiega Edward paziente.

«No, non è vero». Ma che sta dicendo?

«Sì. Lo hai detto. Hai detto che ti sei affezionata molto a Saffy e che oggi volevi venire anche tu. Eri davvero entusiasta al pensiero».

Brividi gelidi di terrore mi percorrono la spina dorsale. Questa storia mi suona leggermente familiare.

«È stato dopo che hai cantato», suggerisce lui.

«Ho cantato?», chiedo con voce strozzata.

«Sì», i suoi occhi danzano, «hai una gran voce, devo dire. Tutti gli abitanti del villaggio lo pensano... hai davvero trascinato tutti».

Oh, mio Dio. Dovevo essere proprio sbronza. Non mi metto a cantare a meno che non sia ubriaca fradicia e da quello che sta dicendo mi sa che mi sono lanciata in una specie di esibizione. Ma l'ho fatto davvero? Perché non riesco a ricordarlo? In fondo ci sono un sacco di cose di ieri sera che sono piuttosto confuse. Come sono arrivata a casa, per esempio.

«Non eri... non eri *ubriaca*, vero?», mi chiede Edward adesso, esibendo un ampio sorriso. «*Ricordi* la nostra conversazione?».

Decido in fretta che non posso ammettere di non ricordare nulla della conversazione. Sarebbe troppo umiliante. Dovrò mentire. Fortunatamente, sto diventando brava a raccontare frottole... ormai è quasi una seconda natura per me.

«Certo che mi ricordo», rispondo decisa. «Ho solo dormito troppo, ecco tutto. Mi dispiace».

«Capisco. Be', vuoi ancora venire?»

«Ehm...», mi interrompo. La testa mi pulsa a tutta forza adesso. Vorrei solo tornare a letto.

«Naturalmente, se hai i postumi di una sbronza da smaltire, capisco benissimo». Edward sogghigna.

«Non ho i postumi di una sbronza da smaltire! Devo solo prepararmi».

Non posso lasciargli credere che sono una stupida nullità; a quanto pare già lo pensa, e che io sia dannata se confermerò la sua ipotesi.

«Quando ti ci vorrà?». Osserva con attenzione la mia maglietta spiegazzata.

Ricordo che questa non è la prima volta che mi vede con ben poco addosso, e arrossisco. «Prendo un paio di cose e arrivo subito», dico chiudendo la porta. Non gli permetterò di sogghignare in quel modo condiscendente insinuando che sono un'ubriacona quando non lo sono. Gli ubriaconi non bevono vini rari che vengono recensiti dall'«Irish Times». Non hanno conversazioni brillanti in cui raccontano cosa vuol dire essere un'artista. Merda. Ho un orribile flashback: ho parlato davvero alla gente della mia falsa carriera artistica? Ho detto loro che dipingo sotto pseudonimo? Ricordo vagamente di essermi lasciata trasportare e di aver descritto da dove traggo ispirazione e quanto mi ci vuole in genere per completare un dipinto dall'inizio alla fine. Buon Dio. Ho detto all'uomo grasso con il maglione blu che ho fatto qualche nudo? Un'ondata di nausea mi travolge... ovviamente ho bevuto veramente troppo. Non riesco a ricordare di essere arrivata a casa o di essere andata a letto. Dovevo essere stordita. Non mi resta che sperare che tutti gli altri lo fossero altrettanto e non ci abbiano fatto molto caso.

Di sicuro a un certo punto tutti si sono messi a cantare canzoni ribelli irlandesi... e lo si fa solo quando si è ubriachi, giusto? Mi sento un pochino meglio quando mi rendo conto che, se tutti erano ubriachi quanto lo ero io, non si ricorderanno le cose stupide che ho detto, le bugie che ho raccontato. Cosa si è impossessato di me per farmi continuare a dire che sono una vera artista? Da ciò che riesco a ricordare, Peg e Ted mi hanno incoraggiata, e una volta iniziato non sono più riuscita a fermarmi. Ricordo distintamente il modo in cui Odette mi osservava mentre blateravo... il suo viso mi ha detto che non credeva a una sola parola di quello che stavo dicendo.

Il modo in cui mi ha guardato quando Edward si è offerto di accompagnarmi a casa... Oddio. Adesso mi ricordo. Edward mi ha accompagnata qui in macchina, mi ha persino aiutata ad aprire la porta quando ho avuto un accesso di risatine.

Ho davvero insistito sulla fissazione che avevo per i pony quando avevo nove anni? Quella che mi è passata non appena ho scoperto i ragazzi? Gli ho detto che leggevo libri sui cavalli e che sognavo persino di avere un pony tutto mio?

L'ho fatto. L'ho fatto sul serio. È tutto vero. MERDA.

Non solo l'ho fatto, ma l'ho persino supplicato – sì, supplicato – di portarmi alla gimkana di oggi. Mi sono resa completamente ridicola. Di nuovo.

Qualche ora dopo, sono appoggiata contro una staccionata, a osservare un sauro che trotta lentamente in giro per l'arena, con il fantino seduto rigido e immobile sul dorso. Il dressage è così incredibilmente noioso. Finora tutti i concorrenti hanno fatto più o meno la stessa cosa, che si è limitata a poco più che camminare lentamente in cerchio con un'aria maledettamente seria.

«È tutto qui?», dico a Edward, cercando di reprimere l'ennesimo sbadiglio. Ha uno sguardo d'intensa concentrazione sul viso: è affascinato da questa roba.

«Questo tizio è un campione», sussurra. «La sua padronanza del cavallo è sbalorditiva».

Allungo il collo per vedere di cosa sta parlando Edward. Mi sto perdendo qualcosa? No, il sauro sta ancora trottando per l'arena, proprio come prima. Che *barba*. «Non fanno delle acrobazie?», sussurro. So che parlare con un tono di voce normale è impensabile, sono già stata zittita due volte da gente seduta più in basso.

«Acrobazie?». Edward scuote la testa, con lo sguardo sempre fisso sul sauro. «No, è tutto incentrato sul controllo. Controllo e rispetto reciproco».

«Potrei farlo anch'io, per amor del cielo». Sospiro mentre il cavallo comincia di zigzagare lentamente attraverso l'arena, facendo piccoli passi precisi. Non sarebbe più eccitante se movimentassero un po' le cose? Magari facendo qualche mossa da circo? Se qualcuno si mettesse in equilibrio sul dorso del cavallo e lanciasse piatti per aria forse sarei interessata e starei attenta… invece sto lottando per rimanere sveglia.

«Senza offesa, Maggie, ma ci vogliono anni di allenamento per raggiungere quell'andatura impeccabile. Quel tipo cavalca da quando è nata Polly. Molto probabilmente si è allenato ogni singolo giorno della sua vita». Edward sorride. «Il dressage è una disciplina molto complicata. L'abilità sta nel farlo sembrare semplice».

«Be', è una completa perdita di tempo», borbotto. «Perché cavolo qualcuno dovrebbe voler fare una cosa del genere?». Chi vorrebbe perdere metà della propria vita ad allenarsi per uno sport che riesce a far addormentare gli spettatori? È ridicolo. So che sembro incredibilmente scontrosa, ma non posso farne a meno. Ho un doposbronza da paura. Ho passato l'intero viaggio fino all'arena cercando di tenerlo sotto controllo… ma non è stato facile, specie perché un'agitatissima Polly ha chiacchierato senza sosta per tutto il tragitto. Avrebbe fatto venire mal di testa a chiunque. Matilda, d'altro canto, ha pronunciato a malapena una parola ed è fuggita via non appena Edward ha fermato la Land Rover e il van per i cavalli nel parcheggio. Non l'abbiamo più vista da allora e ho l'impressione che Edward sia preoccupato da morire per lei e per ciò che potrebbe combinare.

«Fra poco tocca a me!». Polly saltella senza sosta, con le trecce svolazzanti. Oggi è la prima, vera gara di Polly ed è a dir poco eccitata: non vede l'ora di mostrare ai giudici quello che lei e Saffy sono in grado di fare.

«Shh… devi parlare un po' più piano, Polly». Edward le arruffa i capelli. «Non possiamo distrarre il fantino».

«Credi che vincerò, Maggie?». Polly si sforza di sussurrare. Non le riesce molto bene… sembra che pensi che gridare sia molto più divertente.

«Sono sicura che hai ottime possibilità, Polly», le dico sorridendo. Non che sappia qualcosa di questo genere di roba, ovvio, ma se l'entusiasmo conta qualcosa, allora Polly vincerà di sicuro. È così carina... ma, Dio, quanto chiasso fa! Ha continuato a farneticare ad alto volume per ore sulle sue possibilità di vincere una coccarda e questo ha reso il viaggio un inferno. Ho dovuto concentrarmi a fondo per non vomitare: sapevo che quella spocchiosa di Matilda, sul sedile posteriore, desiderava che mi sentissi male, ed ero determinata a non darle questa soddisfazione. E poi vomitare addosso al mio padrone di casa non sarebbe stato un gesto molto elegante. Edward mi ha già visto così ubriaca da dovermi portare a casa di peso, e questa è una disgrazia sufficiente per una sola settimana. Una visione di me che ondeggio ubriaca contro la sua spalla è solo uno degli atroci flashback che ho sperimentato questa mattina. Ora sospetto che sia stato costretto a sorreggermi, perché non mi reggevo in piedi, mentre cercava di aprire la porta di Rose Cottage. Il pensiero mi fa avvampare per la vergogna. Lui non ne ha fatto menzione, ma io so, *so*, dal ghigno che ha sulle labbra da stamattina, che trova l'intera situazione assai divertente.

«Papi, vincerò? Credi che vincerò?». Polly saltella tra i piedi di Edward. Desidera tanto, tanto vincere... ha tenuto le dita incrociate per tutto il tragitto sulla jeep – per ogni evenienza – e la cosa ha causato una lite furibonda quando Matilda le ha detto che quella era solo una sciocca superstizione e che non voleva dire niente. Polly ha reagito dicendo alla sorella maggiore che sembrava davvero grossolana, con la faccia tutta strana e i capelli così stupidi. Abbiamo sfiorato l'omicidio.

«L'importante non è vincere, Polly, ma partecipare», dice Edward. «L'importante è partecipare».

Polly alza gli occhi al cielo scocciata. «Papà, sei così grossolano!», dice. «Non m'importa di partecipare... io voglio *vincere*».

«Adesso diamoci tutti una calmata, okay?». Edward le stampa un bacio sulla testa. «Non dobbiamo agitarci troppo».

«Okay, papà, cercherò di stare calma», dice solennemente la bambina, prima di schizzare di nuovo via dalle braccia del padre.

«Sono felice di sentirlo, Polly. Una mente calma fa molta strada», dice una voce femminile che arriva direttamente dalle nostre spalle, e tutti ci voltiamo.

È June. La Regina di Ghiaccio di Glacken. Ci mancava solo lei. Che cosa ci fa qui?

«Nonna!». Polly si lancia verso la nonna e la stringe forte all'altezza delle gambe. «Hai detto che non potevi venire!».

«Non potevo perdere la prima gara di dressage di mia nipote, no? Assolutamente no. Ciao, Edward». June fa un cenno al genero, ma ignora completamente la sottoscritta, come se fossi un semplice bracciante a pagamento e lei potesse permettersi di ignorare la mia esistenza. Non bisogna perdere tempo con la servitù e, dall'espressione del viso di June, questo è esattamente quello che pensa di me.

Rabbrividisco mentre lei si volta dall'altra parte. Il suo viso è una maschera di ghiaccio. È ovvio che non sono stata perdonata per lo stupido errore che ho commesso. June persevera nel suo rancore.

«Presto sarà il mio turno, nonna», continua Polly. «Credi che vincerò?»

«Hai incrociato le dita?», le chiede June.

Pare che prenda molto sul serio le superstizioni di Polly, anche quando gli altri non lo fanno.

«Sì», risponde Polly in tono solenne.

«Bene, anch'io». June si inginocchia per sussurrare qualcosa all'orecchio della nipote. «Credo che le tue possibilità siano davvero molto alte».

«Lo *sapevo*!», cinguetta Polly, incapace di trattenersi per l'eccitazione. «Vincerò! Vincerò!».

«Andiamo, Polly», le dice Edward, prendendo la bambina per mano. «Non voglio perderti tra la folla. Dobbiamo andare a prendere il tuo numero».

Ho un tuffo al cuore. Rimarrò da sola con l'incantevole June. Cosa le dirò? Forse dovrei far finta di avere la narcolessia e cadere addormentata, così non dovremo fare conversazione...

«Dimmi buona fortuna! Dimmi buona fortuna!», urla Polly mentre si allontana in fretta.

«Terrò tutto incrociato», replica June, facendo l'occhiolino alla piccola.

Polly contraccambia e le mostra i pollici sollevati.

«Sua madre a quell'età era proprio come lei», dice June, sottovoce, come se per un istante avesse dimenticato dove si trova.

È tutto così imbarazzante. Se solo riuscissi a rompere il ghiaccio, forse potremmo di ricominciare da capo. Non volevo ferire questa donna... è stato solo un errore pensare che fosse la moglie di Edward. Di sicuro si renderà conto di questo.

«Le piace il dressage?», le domando, quando Edward e Polly scompaiano dalla vista.

June sussulta e solleva il mento di un centimetro, come se non avesse intenzione di degnarmi di una risposta.

«Edward mi ha spiegato che si basa tutto sul controllo», continuo. Forse, se mi impegno un po' di più, funzionerà. June non può starsene qui nel silenzio più totale... dovrà pur rispondere, prima o poi.

«Ha ragione, il controllo è tutto», dice lei glaciale.

Sono stupidamente compiaciuta: ha funzionato! Abbiamo iniziato con il piede sbagliato, sì, ma la speranza è l'ultima a morire... forse possiamo diventare amiche. Un senso di solitudine mi travolge all'improvviso. Se solo avessi Claire con cui chiacchierare. Ma Claire è troppo occupata a cercare se stessa in India: non le parlo da secoli. Non voglio chiamare mamma e papà o Theresa, voglio mantenere il segreto sulla mia situazione. Mi sono mantenuta in contatto con loro attraverso allegri e vaghi messaggini.

«E se lei riuscisse a tenere sotto controllo la sua *bocca* e la smettesse di blaterare», continua June, «vorrei tanto seguire la gara. In silenzio». Mi fissa freddamente.

«Come ha detto?». Non credo di aver capito bene.

«Le ho detto di stare zitta. Chi si crede di essere? Aver preso in affitto Rose Cottage non le dà il diritto di unirsi alle uscite di famiglia. Questo non è il suo posto, tutta questa intimità con Edward e Polly è fuori luogo. La *madre* di Polly si perderà la prima gara di equitazione della bambina. Se lei non è qui per vederla, di sicuro non dovrebbe esserci lei. Non ho intenzione di permetterle di sgomitare per farsi strada nella nostra famiglia, quindi perché non fa i bagagli e non torna in città? È quello il suo posto».

June si volta per osservare la gara, con un'espressione gelida e severa.

«Oh». Sono senza parole per lo choc. Come potrei rispondere a una cosa del genere? Non le piacerò mai. Ha già deciso che sono un inutile nullità e ora crede pure che in qualche modo mi stia introducendo a forza nella sua famiglia. La cosa buffa è che non sarei nemmeno venuta a questa stupida gimkana se non fosse stato per dare una lezione a Edward.

Mi allontano incespicando, con le lacrime che mi pizzicano gli occhi. June mi disprezza. E non è la sola. Anche Matilda mi odia, e pure Odette. Persino Edward mi tollera soltanto per il lavoro che faccio. Dopotutto, ha detto che una scimmia potrebbe essere ammaestrata per fare la stessa cosa.

D'un tratto capisco che venire in campagna è stato un terribile errore. Non riesco ad ambientarmi in questo posto... non funzionerà mai. Dovrò dirlo a Claire, poi potrò tornare in città e andare in cerca di un altro lavoro. Forse potrei davvero stare da Dermot e Yvonne... non potrà essere poi così male vivere insieme al mio vecchio capo e a quella sanguisuga di sua moglie. Proprio mentre sto considerando l'eventualità di passare ogni serata ad ascoltare Yvonne che mi spiega il sistema di classificazione della sua collezione di scarpe, il telefono mi vibra in tasca.

«Ciao, Maggie!».

È Claire. Quasi non riesco a crederci.

«Avevo appena finito la lezione di *ashtanga* quando ho avuto una buffa sensazione», dice a ruota libera. «Ho sentito una voce interiore che mi diceva di contattarti, così ho chiesto lo speciale privilegio di poter chiamare casa. Come va la vita in campagna? È *fantastica*?».

Sono indecisa se dire a Claire la verità – che sono sola, triste e disprezzata da tutti – ma qualcosa mi ferma. Forse la mia voce interiore, che sembra stia urlando: "Sta' zitta!".

«Va tutto bene», rispondo. «E tu, te la stai passando splendidamente?»

«Oh, sì!».

Evito un pezzo di cacca di cavallo e tengo il telefono stretto contro l'orecchio per sentire come si deve. La linea è piuttosto disturbata. «È grandioso». La mia voce sembra affettata, persino a me.

«Maggie, ti ringrazio moltissimo di essere rimasta a Rose Cottage mentre sono via», si lascia andare alle smancerie adesso. «Ti sono davvero grata. So che avevi delle riserve a riguardo... sei una vera amica».

«Sì... a questo proposito, Claire». Mi schiarisco la voce. Ci siamo... ecco la mia occasione per tirarmi indietro dall'accordo.

«Che c'è? Qualcosa non va?». Claire entra subito in ansia.

«No, non c'è niente che non vada. È solo che la vita a Rose Cottage non è esattamente come mi aspettavo che fosse...». Cerco di selezionare con cura le parole. È di vitale importanza non dare a Claire troppe informazioni tutte in una volta. Dopotutto, e a migliaia di chilometri da qui... non voglio farla preoccupare.

«Che intendi dire?»

«Be', c'è parecchio lavoro da fare», rispondo. Questa può andare come esordio… procederò passo dopo passo fino a raccontarle che qui tutti mi odiano.

«Parli del lavoro fisico?», chiede Claire. «Non vedo l'ora di farlo! Dopo anni seduta davanti al computer, farsi una bella sudata sarà fantastico! I cavalli non sono *fenomenali*?»

«Ehm, di sicuro sono interessanti», replico. «Ma il fatto è, Claire, che non sono sicura che tutto questo faccia per me».

«Tutti i partecipanti alla corsa degli Under 8 si rechino all'arena entro cinque minuti, per favore!», strombazzano gli altoparlanti.

«Dove sei, Maggie?», domanda Claire. «Cos'è questo rumore?»

«Sono a una gimkana!», urlo, il rumore di un altro annuncio mi sta quasi assordando.

«Una che?», strilla Claire.

«Una gimkana!», grido io, ancora più forte.

«Wow! Questo sì che è entrare nello spirito delle cose!», esclama Claire. «Sono propria fiera di te, Maggie. Grazie infinite per tutto quello che fai per me, sei la migliore amica che esista al mondo. Adesso devo andare… c'è il vassoio di frutta. Se non arrivo in tempo, mi rimarranno soltanto quelle maledette banane».

Un sonoro clic mi rimbomba nell'orecchio. Claire è andata e non sono riuscita a dirle come mi sento veramente. Rimetto di nuovo il telefono in tasca e cerco di decidere il da farsi. Mi serve un caffè, e alla svelta, perché mi aiuti a concentrarmi. Fortunatamente ci sono parecchie tende dei rinfreschi intorno al campo, con un po' di fortuna avranno una miscela decente, non quella roba istantanea che sono costretta a bere al cottage.

Scegliendo la piccola tenda disastrata più vicina, scosto il lembo d'ingresso ed entro. Mentre i miei occhi si adattano all'oscurità, mi rendo conto di aver fatto un errore. Questa non è la tenda del caffè, è una specie di magazzino delle attrezzature. La mia solita fortuna... non riesco nemmeno a prendere un caffè come si deve. Questa giornata potrebbe andare peggio di così?

Mentre scosto il lembo per tornare fuori, sento l'inconfondibile rumore di un pianto soffocato. Socchiudendo gli occhi, riesco a malapena a distinguere la sagoma di una ragazza rannicchiata in un angolo, le ginocchia strette contro il petto e il viso seppellito tra le mani. «Ehi, tutto bene?», le chiedo.

La ragazza sta singhiozzando parecchio, sembra inconsolabile. «Sto bene», risponde con voce strozzata. «Lasciami in pace».

«Non mi sembra che tu stia bene», dico dolcemente. La povera ragazza sembra disperata.

«Be', invece sto bene, quindi vattene e lasciami *stare*!».

E con questo la ragazza salta su e mi passa accanto. Mentre lo fa, colgo il suo viso rigato di mascara nell'oscurità e sussulto. Non è un'estranea... è Matilda.

REGOLA NUMERO 14
Mantieni la calma nei momenti di tensione

«Se ci fermiamo dovremo dormire nella Land Rover, papà?», chiede Polly.

«Non succederà, Polly». Il volto di Edward è torvo. «Troveremo una stazione di servizio molto presto».

«Sì, ma se ci fermiamo *davvero* dovremo dormire sui sedili o nel van dei cavalli?».

Deglutisco nervosamente. Nessuna delle due opzioni mi sembra molto appetibile.

«Non riesco a credere di aver dimenticato di fare il pieno prima di partire, questa mattina», mormora Edward. «È stato davvero stupido da parte mia... mi spiace davvero, Maggie».

«È tutto a posto», dico. Mi sento male, ma cerco di non darlo a vedere.

Se dovrò dormire in questa Land Rover mi verrà una crisi isterica, ma non voglio dirlo ad alta voce perché potrei spaventare Polly.

«Di sicuro c'è una stazione di servizio dopo la prossima curva», dico invece, con poca convinzione, mentre la spia rossa della benzina lampeggia rabbiosamente sul cruscotto. Lo sta facendo da circa quaranta minuti ormai, il che significa che praticamente questo veicolo adesso è alimentato dall'aria, da quel che posso capire. Se fossimo in autostrada saremmo a posto – ci sarebbero stazioni di servizio ogni manciata di chilometri – ma questa è una strada di campagna. Dio solo sa dove potrebbe essere il prossimo benzinaio.

«Non riesco a credere che ho vinto il primo premio, e tu, Maggie?», cinguetta Polly dal sedile posteriore, dimenticando il problema della benzina. «*Sapevo* che incrociare le dita avrebbe funzionato!».

«È fantastico, Polly», le dico. «Sei stata davvero molto brava».

«Grazie! Saffy è stata fantastica, vero papà? Questo è il giorno più bello di *tutta* la mia vita!».

«Sì, è stata davvero grande», Edward le sorride, «e anche tu. Ben fatto, tesoro».

Vedo Polly che sorride al padre nello specchietto retrovisore e la cosa mi scalda il cuore... È chiaro che lo adora ed è raggiante per le sue lodi.

«Sei andata davvero bene anche tu, Matilda», dice Edward con calore alla figlia più grande. «Congratulazioni».

«Il terzo posto non va affatto bene». Matilda fissa fuori dal finestrino, la sua espressione è imperscrutabile.

«Il terzo posto è eccellente... c'era una fortissima competizione», cerca di persuaderla Edward.

«O forse ho fatto schifo e basta».

«Non ho detto questo». D'improvviso Edward si fa cauto. «Sei stata magnifica... perché non riesci a credermi quando te lo dico?»

«Non lo so, papà», risponde lei, la sua voce ora si è fatta tesa. «Forse è perché non mi dici sempre la verità».

«E *questo* cosa vorrebbe dire?», chiede Edward.

«Io trovo che tu sia stata grandiosa, Matilda», butto lì, nel tentativo di stemperare la tensione. L'ultima cosa di cui abbiamo bisogno è un'altra discussione... specie se resteremo bloccati sul ciglio della strada per tutta la notte. E poi mi sento malissimo da quando ho trovato Matilda che piangeva disperata. Non so cosa abbia che non va, ma ho deciso di fare uno sforzo in più con lei per il resto del mio soggiorno qui, per quanto breve. Anche se si comporta come se fosse più grande, è solo una bambina, e dall'aspetto del suo viso striato di mascara quando è corsa fuori da quella tenda, qualcosa oggi l'ha sconvolta sul serio.

«Grazie, significa così tanto per me», ghigna in tono sarcastico. «Soprattutto perché sei una tale *esperta*».

«Matilda!», dice Edward sbalordito. «Questo è assolutamente fuori luogo... perché devi essere così scortese?».

«Non importa», dico in tono pacato. «Ha ragione. Non so niente di cavalli».

«Be', a Saffy piaci!», Polly prende le mie difese. «Me l'ha detto lei!».

«Come fa un pony a dirti una cosa del genere, cretina?», dice Matilda sbuffando. «Cosa sei... telepatica?»

«Cosa vuol dire "tele-pa-tetica", papi?». Il visetto di Polly è increspato dall'ansia. «È una cosa brutta? Morirò?»

«No, tesoro, certo che no. Matilda, perché non riesci a essere un po' più gentile con la tua sorellina?». Il tono di Edward sembra esausto. «Non puoi provarci... almeno durante il tragitto verso casa?».

Sempre che riusciamo ad arrivarci, a casa. E siamo a secco. Chissà quanto manca prima che quest'affare renda l'anima al Creatore e si fermi una volta per tutte. «Polly, anche a me piace Saffy», dico per rassicurare la bambina. «E con lei hai fatto un ottimo lavoro». È vero, mi piace *davvero* Saffy. D'un tratto ricordo che, quando ero ubriaca, ho confidato a Edward che mi ero affezionata a tutti i pony, anche se all'inizio ero così nervosa. Gli ho detto anche che ero certa che potessero comunicare con me, a modo loro? Oddio. L'ho fatto. Gli ho detto che Saffy l'altro giorno mi ha sorriso e che Pedlar si è accigliato per ricordarmi di chiudere la porta della stalla come si deve. Penserà che sono completamente svitata.

Polly mi sorride, raggiante, completamente ignara che in realtà sono in imbarazzo per la mia stupidità da ubriaca. «Da grande voglio fare la veterinaria», dice.

«Sarebbe utile». Edward sorride. «Le parcelle di Odette mi stanno uccidendo... spero che mi farai un po' di sconto».

«Non mi piace Odette», annuncia Polly. «È cattiva».

«Polly...», le dice Edward a mo' di avvertimento.

«È vero!», protesta Polly. «Fa finta di essere gentile quando ci sei tu, ma è un'imbrogliona. Proprio come Mary Devlin».

«Chi è Mary Devlin?», domando.

«Un'amica di scuola di Polly», risponde Edward.

«*Non* è mia amica!», brontola Polly.

«Ah no?», le chiede Edward, guardandola attraverso lo specchietto retrovisore.

«Neanche per sogno!», urla la piccola. «Fa sempre finta di essere gentile prima di pranzo, se qualcuno ha dei dolci nel cestino della merenda, ma poi è cattiva per il resto del tempo. Proprio come Odette, Maggie... è gentile quando c'è papà, ma è cattiva quando lui non c'è. E neanche a Saffy piace. Non è come te, Maggie... Saffy ti *adora*!».

Non riesco a trattenere una risatina: quando a Polly non piace qualcuno o qualcosa, non ha problemi a esprimerlo. Trasformo rapidamente la mia risata in un colpo di tosse... dopotutto Edward e Odette stanno insieme. Non voglio mancare di rispetto alla sua fidanzata, anche se è una megera in cachemire. Ovviamente, Polly e Matilda non sanno nulla della loro relazione... ed è chiaro che Edward non ha intenzione di rendere note le sue intenzioni.

«E *tu* cosa vuoi fare da grande, Maggie?», dice ora Polly, spostando tutta la sua attenzione su di me.

Mi metto a ridere: questa è davvero un'ottima domanda. Se solo avessi una risposta...

«Maggie è un'artista, Polly», dice Edward, e io mi muovo a disagio sul sedile.

Tutti si sono convinti di questa idea ridicola, credono che sia una specie di artista di fama mondiale. Forse perché, in tutta onestà, non ho esattamente chiarito le cose sulla mia cosiddetta carriera.

«Vuoi dire come una pittrice?», chiede Polly.

«Proprio così... non è fantastico?», ribatte Edward.

«Io *adoro* dipingere!». Polly si agita eccitata sul sedile.

«Sono proprio felice per te». Matilda alza gli occhi al cielo.

«Che cosa ti piace di più della pittura, Polly?», le chiedo, cercando di ignorare il disprezzo nel tono di Matilda. È impossibile sviluppare un qualche tipo di rapporto con questa ragazza, per quanto ci provi. Ovviamente qualcosa la infastidisce, ma deve essere per forza così caustica? Così sprezzante? Ero anch'io così da ragazzina? Così arrabbiata con tutti?

«Tutto! Indovina un po'? Una volta mi sono fatta pitturare la faccia… come una fata. Me lo farai anche tu?»

«Certo che lo farò». Le sorrido. Non ho mai dipinto la faccia di nessuno prima d'ora… ma non può essere così difficile, giusto?

«Forte! Hai sentito, Matilda? Maggie mi dipingerà la faccia!».

«Evviva», bofonchia Matilda. «Facciamo festa».

«Be', *io* credo che sia forte!». Polly alza i pugni in aria. «A Saffy piacerà un sacco».

«Saffy è un *pony*, Polly», le dice Matilda. «Non capirà se hai la faccia dipinta o no».

«Invece sì», insiste Polly. «È molto intelligente. Lo capirà».

«Come ti pare». Matilda alza di nuovo gli occhi al cielo, poi incontra il mio sguardo nello specchietto retrovisore. Il suo è sprezzante, come se stesse decidendo se parlarmi o no. «Allora, Maggie», dice poi, il suo tono è difficile da decifrare, «ti piace Rose Cottage?».

Il fatto che parli direttamente con me mi coglie talmente alla sprovvista che deglutisco prima di rispondere. Edward sussulta al posto di guida. Nemmeno lui sa dove andrà a parare. «Sì, mi piace», rispondo sinceramente. Il cottage è delizioso… è la mia vita che fa schifo.

«Che cosa ti piace di più del cottage?», si intromette Polly, sperando che si tratti di un gioco.

«Ehm, fatemi pensare… Le rose che circondano la porta sono davvero splendide», dico infine.

«Le ha piantate mia madre», dice Matilda, con voce glaciale. «Vero, papà?»

«Sì», dice Edward, esitando per un istante, «è così».

«A dir la verità, mia madre ha fatto la maggior parte del lavoro nel giardino del cottage, dico bene?»

«È vero», conferma Edward. «Adorava il giardinaggio».

Matilda mi fissa nello specchietto con gli occhi ridotti a due fessure.

«È davvero splendido», dico, cercando di ignorare l'espressione colma di accusa e disprezzo.

«Allora, Maggie», continua Matilda, il suo sguardo mi trafigge la fronte, «hai un fidanzato, vero?».

«Matilda! Questi non sono affari tuoi!». Il tono di Edward è perentorio.

«Scusa, stavo solo chiedendo». La vedo sogghignare.

«È vero, Maggie… che hai un fidanzato?», mi chiede Polly.

«Ehm, più o meno», rispondo, sentendo le guance avvampare di nuovo.

Un secco "no" sarebbe la risposta corretta a questa domanda. Dopotutto, Robert e io siamo storia antica, ma ho già detto a Odette che ho una relazione, non voglio contraddirmi adesso. Dio, sta diventando tutto così complicato.

«Che vuol dire?», domanda Polly, con il faccino corrucciato.

«Significa che non devi fare altre domande a Maggie, signorina», si intromette Edward. «Cosa penserà di noi, che ficchiamo il naso nei suoi affari a questo modo? Scusa, Maggie». Si volta leggermente e distoglie per un istante lo sguardo dalla strada per sorridermi.

«Non fa niente», mormoro io.

Di certo Matilda ha toccato quel tasto consapevolmente, come se sapesse che si tratta del mio punto debole. Se mai dovesse scoprire della mia carriera artistica fasulla, sarebbe la sua grande vittoria, lo so per certo.

«Io non avrò mai un fidanzato», annuncia Polly con determinazione. «I ragazzi sono *disgustosi*!».

«Non la penserai così tra qualche anno». Edward ride e

io mi unisco a lui, sollevata dal fatto che la conversazione finalmente non sia più incentrata su di me.

«Invece sì! Sono degli schifosi!», esclama Polly arricciando il naso. «Vuoi sapere cosa ha fatto Johnny Doyle l'altro giorno?».

«Johnny Doyle è il compagno di classe preferito di Polly», mi spiega Edward, torcendo la bocca per non farsi sentire.

«Non è *vero*!», sbraita Polly accalorata. «Lo odio!».

«C'è una linea sottile tra odio e amore, Polly». Gli occhi di Edward brillano. «Raccontaci cos'ha fatto».

«Si è messo le dita nel naso e si è pulito il moccio nel maglione!».

«Ma è disgustoso!». Matilda torce le labbra.

«Lo *so*», dice Polly, per una volta d'accordo con la sorella maggiore, «e l'altro giorno si è messo le dita nel naso e poi ha *mangiato* le caccole! Con la *bocca*!».

«Perché di solito lo fa con le orecchie?». Edward ride.

«Che schifo!», dice Matilda.

«I ragazzi migliorano crescendo, Polly», le dico. «Fìdati».

«Be', e io un fidanzato non lo voglio lo stesso». Scuote la testa al solo pensiero. «Non come Matilda».

«Chiudi quella *bocca*, brutta scema!», ringhia Matilda. «Io *non* ho un fidanzato!».

«Sì, invece! Matilda e Daniel, seduti sotto a un pino, si tengono per mano e si scambiano un bacino», cantilena Polly per sfotterla, poi tira fuori la lingua e fa dei versi come se stesse vomitando. «Bleah!».

Daniel, ecco come si chiama il ragazzo brufoloso che ho incontrato quando sono arrivata a Rose Cottage.

«Chiudi il becco. Polly, ti avverto...». Matilda sembra minacciosa.

Osservo Edward, apparentemente incurante di questa parte della conversazione. I suoi occhi dardeggiano ansiosi tra l'indicatore della benzina e la strada. Capisco dalla sua espressione che, se non troviamo un benzinaio in fretta, siamo fregati.

«Eccoci, finalmente!», esclama lui.

Vedo delle luci davanti a noi e tiro un sospiro di sollievo. L'idea di rimanere bloccata in questo veicolo con Edward e le sue due figlie per tutta la notte è poco piacevole... soprattutto perché sul sedile posteriore sta per scoppiare la Terza Guerra Mondiale.

«Che sollievo, stavo cominciando a preoccuparmi», ammette Edward, uscendo dalla strada e facendo manovra per raggiungere la pompa di benzina. «Ci vorranno solo pochi minuti».

«Non dev'essere stato facile venire qui da sola», dice Matilda con fare innocente, non appena suo padre scende.

«È andato tutto bene».

Guardo fuori dal finestrino desiderando che Edward si spicci. Ho l'orribile sensazione che con questo commento Matilda stia insinuando qualcosa... sono alla sua mercé ora che lui è là fuori.

«Deve mancarti la città, però... tutti quei fantastici negozi...».

«Ci sono dei bei negozi», ammetto, e mi assale subito l'intenso desiderio di visitare il reparto scarpe di Brown Thomas. È uno dei miei passatempi preferiti, fare un giro lì dentro, accarezzare le Louboutin e sognare. La maggior parte delle mie scarpe decenti sono ancora stipate dentro le valigie... vivo ufficialmente con addosso le scarpe da ginnastica puzzolenti, ricoperte di qualsiasi cosa.

«E poi ci sono i tuoi amici... il tuo ragazzo... o chissà chi altro...».

D'un tratto mi chiedo se Robert stia uscendo con qualcuno. Non è una cosa impossibile... dopotutto, sono passati mesi da quando abbiamo rotto. Sarebbe bello se avesse trovato qualcun'altra con cui vivere; è un brav'uomo, dopotutto. Solo che non era il tipo giusto per me.

«Cioè, per una persona abituata alla vita in città, dev'essere strano rimanere tutta sola, in quel cottage così isolato». La voce di Matilda interrompe di nuovo i miei pensieri.

«Non è così male», dico, osservando Edward che lotta con la pompa. Sembra che sia incastrata. Prego Dio che si allenti prima che Matilda possa farmi altre domande inquisitorie.

«Davvero? Non hai paura?», continua lei.

«Paura? Perché dovrei aver paura?».

Edward finalmente riesce a estrarre la pompa e comincia a riempire il serbatoio... grazie a Dio.

«Be', sei tutta sola in quel cottage, di notte, al buio. Non te la... fai addosso dalla paura?».

Sento Polly che russa leggermente: si è addormentata. Meglio così, con questi discorsi. «Non proprio», rispondo. In realtà non ci avevo pensato... ma in effetti *sono* tutta sola di notte in quel cottage. E se succedesse qualcosa? Che farei? Non è come in città, dove ho i vicini al piano di sotto che tendono l'orecchio per sentire se sto bene. Anche se conoscevo a malapena i loro nomi, mi avrebbero aiutato in caso di emergenza. Giusto?

«Wow... che coraggio. Non credo che potrei sopportare di stare da sola laggiù». Rabbrividisce. «Specie... sai... dopo l'anno scorso».

«L'anno scorso? Che è successo l'anno scorso?»

«Oh». Sembra sorpresa. «Papà non te l'ha detto? Ci sono stati un sacco di furti a Glacken».

«No, non me ne ha parlato». Cerco di mantenere la voce calma, come se dentro di me non stessi urlando, cosa che naturalmente sto facendo. Furti? Oddio, morirei se qualcuno facesse irruzione in casa. Perché Edward non mi ha detto niente di tutto questo? Non era obbligato, certo, però avrebbe potuto farmelo sapere, probabilmente sono il bersaglio ideale per i delinquenti. Una donna single, che vive tutta sola, niente cagnaccio a fare la guardia e nessuna esperienza in autodifesa. Il profilo della vittima deve calzarmi a pennello.

«Già, è stato davvero inquietante. Nessuno sapeva chi fosse... alcune persone credevano che fosse uno del posto. Sai, un tizio rancoroso».

Un tizio rancoroso? Chi potrebbe essere stato? Tutti quelli del posto che ho conosciuto finora si sono dimostrati gentili… eccentrici, forse, ma non il tipo di persone capaci di fare irruzione in una casa nel tempo libero. Ma in fondo, che ne so io in realtà? L'apparenza inganna. L'uomo grasso con il maglione blu che ho visto alla riunione per quanto ne so potrebbe essere un criminale. Ora che ci penso, aveva uno sguardo ingannevole. Ed era piuttosto aggressivo. Prendo mentalmente nota di tenerlo d'occhio nel prossimo futuro.

«Già, c'è un *sacco* di brutte storie tra le persone qui», continua Matilda in tono sinistro. «Le cose possono mettersi piuttosto male».

«Vuoi dire come delle faide?». Ho sentito parlare di queste faide di campagna… possono passare di generazione in generazione. Le famiglie possono essere nemiche mortali per un'eternità, spesso per le cose più semplici, come per il diritto di passaggio attraverso un campo. «Non è il genere di cosa che succede per la terra?», chiedo io, d'un tratto sentendomi molto a disagio.

E se una volta la nonna di qualcuno fosse stata sfrattata da Rose Cottage e i parenti non avessero preso bene il trasferimento improvviso? E se diventassi un bersaglio? Una vittima innocente in una diatriba locale? Ovviamente da queste parti non la chiamerebbero "diatriba locale", forse una "diatriba tra zotici"… ma il risultato sarebbe sempre lo stesso: io, morta.

«Può riguardare la terra, sì», conferma Matilda. «Ovviamente, che fosse uno del villaggio è solo *una* delle teorie. Potrebbe anche essere stato il Pazzo del Bosco».

Matilda volge lo sguardo e osserva fuori dal finestrino. Seguo la direzione dei suoi occhi, sentendomi un po' turbata. Non c'è più nessuno al distributore… Edward è sparito dentro per pagare.

«Quale Pazzo del Bosco?»

«Non avrei dovuto dirlo… non voglio spaventarti».

«Dimmi». La mia voce sta tremando.
«A dir la verità, forse non c'è nulla di cui preoccuparsi».
«Dimmelo». Adesso voglio sapere chi è quest'uomo.
«Okay, se proprio insisti». Matilda fa spallucce. «C'è un uomo che si accampa nei boschi a volte... lo fa da anni. La gente dice che è pazzo».
«Che cosa intendi per "pazzo"?»
«Oh, la solita roba. Parla da solo, quel genere di cose lì».
«Parlare da soli non è illegale», dico. Matilda sta solo cercando di spaventarmi, ecco tutto. Questo tizio probabilmente è innocuo.
«Hai ragione», riflette lei. «La leggenda dice che ha commesso qualche crimine. Potrebbe essere un latitante».
«Questo sembra un po' campato in aria, non credi?». Sta gonfiando tutto, è così ovvio.
«Già, hai ragione, sembra *proprio* campato in aria», conviene lei. «Sono sicura che sono tutte sciocchezze. Ma c'erano i coltelli, ovviamente».
«Coltelli?»
«Sì, un contadino di queste parti ha trovato una scorta di coltelli nei boschi... è stato davvero strano. E poi sono iniziati tutti quei furti...».
«Lo hanno preso?», le chiedo, sinceramente sulle spine adesso. Forse c'è più verità in questa storia di quanto abbia immaginato.
«Questa è la parte davvero bizzarra. È scomparso, e i furti si sono interrotti».
«Quindi, se è stato *lui*, se n'è andato». Sospiro di sollievo. Grazie Dio per questo.
«Si potrebbe pensarla così... ma dicono che è stato visto di nuovo nei boschi di recente».
«Vuoi dire a Glacken Woods?». Il mio cuore accelera mentre faccio due più due. Non è proprio dietro al cottage?
«Sì, a quanto pare lo stesso contadino che ha trovato i coltelli giura di aver rivisto l'uomo qualche settimana fa. Ammette che potrebbe essersi nascosto per tutto questo

tempo. I boschi sono piuttosto fitti… Dio solo sa che cosa succede lì».

«Che intendi dire?». Il mio cuore comincia a sfarfallare per la paura. Non mi piace per niente questa storia, anche se Matilda sta soltanto cercando di spaventarmi. Quei boschi sono troppo vicini al cottage.

«Be', sai com'è. Le aree boschive possono essere una calamita per ogni genere di… pervertiti». Indugia sull'ultima parola, una punta sinistra nella sua voce.

Pervertiti? Scorte di coltelli? Mi sento male: questo posto è molto più pericoloso della città!

«Ma io non mi preoccuperei», continua, il suo tono ora è molto più indifferente. «Sai com'è la gente. Adora mettere in giro stupide storielle per un nonnulla».

«Tutto bene?».

Una folata di vento penetra all'interno della Land Rover mentre Edward apre la portiera e salta dentro al posto di guida, ignaro della conversazione che abbiamo appena avuto.

«Benissimo, papà!». Matilda sorride.

«Perfetto. Be', dovremmo essere a casa tra un'oretta circa. Potrei *uccidere* per una tazza di tè, e tu?».

Matilda solleva un sopracciglio nella mia direzione e io sussulto. Se quel che ha detto è vero, allora da queste parti si può essere uccisi per un nonnulla.

Chiudo gli occhi e cerco di dimenticare tutto ciò che ha appena detto Matilda. Stava soltanto cercando di suggestionarmi: molto probabilmente non c'è nessun Pazzo dei Boschi… dopotutto non viviamo mica nel Medioevo. Quest'uomo è solo una leggenda, l'invenzione di un contadino solitario con una fertile immaginazione. Naturalmente c'è il piccolo dettaglio dei coltelli. Ma del resto queste storie si gonfiano sempre a dismisura. Quel contadino probabilmente ha trovato un coltellino svizzero e poi i pettegolezzi hanno fatto il resto. Non c'è niente di cui preoccuparsi. Assolutamente niente.

REGOLA NUMERO 15
Cogli ogni occasione per divertirti

«Maggie, tu sei una pittrice, no?», mi chiede Polly, mentre accarezza il naso di Saffy.

«Sì», dico titubante. Tecnicamente non le sto mentendo… certo, non sono una professionista, come metà degli abitanti del villaggio sembra pensare, ma le ho dipinto il viso come mi aveva chiesto. Era così felice per le stelline e i fiorellini che le ho disegnato sulle guance una mattina della scorsa settimana che ora mi ritiene una specie di Van Gogh. Fortunatamente non mi ha chiesto di vedere qualcuno dei miei lavori… perché non ne ho neanche uno.

«Insegneresti anche a *me* a dipingere?», mi chiede. «Voglio imparare a disegnare bene. Mary Devlin dice che sono una merda a disegnare».

«Addirittura?». Suo padre non sarebbe contento di sentirle usare quella parola, ma non sono io che devo correggerla… non sono sua madre, dopotutto. «Be', Mary Devlin non sa granché, vero?»

«L'altro giorno ha portato a scuola un istrice morto. Tutti gli altri bambini pensavano che fosse davvero figo». Il viso di Polly è abbattuto.

«E tu no?»

«No», dice lei imbronciata. «Chi è che vuole vedere un istrice spiaccicato in una scatola di cornflakes?»

«Non molte persone, immagino», le rispondo. Ho visto un certo numero di animali morti lungo la strada, da quando sono arrivata qui, e ci vuole un po' per abituarsi a una cosa del genere, anche se gli abitanti del villaggio considerano la cosa con nonchalance. Peg mi ha detto che Betty della macelleria a volte fa lo stufato con le bestie che trova morte per strada, anche se penso che stesse solo esagerando un tantino. Credo che Peg voglia insinuare che non è del tutto certa di cosa finisca negli involtini di salsiccia di Betty, anche se ho cercato di ignorare la cosa. Ho provato in gran segreto gli involtini di Betty la scorsa settimana, quando lei me ne ha rifilati alcuni di sfuggita per strada, e non erano affatto male. Certo, non lo ammetterei mai con Peg; lei e Betty sono nemiche giurate e ho la netta impressione che a Peg non faccia piacere che io passi del tempo con lei durante il giorno.

«Allora mi insegnerai?»

«Certo, Polly». Rispondo al suo sorriso. È davvero molto carina. «Ma scommetto che sei capace di dipingere perfettamente anche senza di me».

«Preferisco che mi aiuti».

«Okay, allora, un giorno lo farò». Levo un grosso mucchio di paglia dal pavimento di una stalla, poi cerco di spazzarlo. È giorno di pulizia completa, quindi tutto deve essere spostato e lavato. È uno sporco lavoro, ma sto diventando sempre più veloce nel farlo. Mi lascia sempre un po' senza fiato, però, nonostante la pratica acquisita in qualche settimana.

«Che giorno?»

«Come?»

«In che giorno mi insegnerai a dipingere?»

«Non lo so», tergiverso. «Un giorno, presto».

«Lo so *questo* che significa». Polly sospira drammaticamente e alza gli occhi al cielo come un'attrice consumata.

Probabilmente trae ispirazione dalla sorella. Matilda è la Regina dell'Alzare gli Occhi al Cielo. «Dovresti stare attenta, Polly», le dico. «Se il vento cambia, i tuoi occhi resteranno su per sempre».

«È solo una storia che raccontano le vecchie», dice la saputella. «Lo sanno tutti».

«Davvero?». Da bambina ero sempre terrorizzata all'idea

che i miei occhi rimanessero bloccati per aria… ma Polly è molto più furba di quanto fossi io alla sua età.

«Sì. Comunque, so cosa vuoi dire quando dici "un giorno, presto"», ripete.

«Eh?»

«Quando i grandi dicono "un giorno, presto" vogliono dire "mai"».

«Non è vero». Certo che lo è. Questa bambina è sveglia. È come se riuscisse a capire quando dico delle stronzate.

Forse Theresa ha ragione: i bambini *possono* leggerti dentro. Theresa dice che entrambi i gemelli hanno un "terzo occhio": sembra che sappiano sempre cosa pensa e si accorgano persino se fuma di nascosto quando loro fanno un sonnellino. Lo capisce dallo sguardo di accusa che le lanciano a volte. Per Theresa fumarsi una Marlboro Light di tanto in tanto non è una gran cosa, ammette che è già un miracolo che non si dia a qualcosa di più forte della nicotina, con tutto quello che deve sopportare. Qualche giorno fa mi ha detto che al suo gruppo di sostegno gira la voce che una mamma un po' più avventata – una che nemmeno *crede* nella punizione dell'angolino, uno scandalo di per sé – riesce addirittura a procurarsi della cocaina. Theresa dice che l'unica cosa le impedisce di cedere alla tentazione è la preoccupazione di ciò che potrebbe accadere se lo facesse: non vuole trasformarsi in una che si prostituisce per avere del crack, e poi non può fare affidamento su Malcolm perché badi ai gemelli se dovesse finire in riabilitazione. Lui non saprebbe da dove cominciare per fare le focaccine di patate nel modo che piace ai gemelli, non riesce nemmeno a trovare il tostapane.

«Invece sì». La voce di Polly mi riporta al presente. «Papà lo dice sempre. Continuo a chiedergli quando andremo a cavalcare a Glacken Woods e lui dice sempre "un giorno, presto". So cosa significa. Significa "mai"».

«Capisco».

Non oso aggiungere altro. Glacken Woods? È dove la

madre di Polly ha avuto l'incidente. E anche il rifugio dei pervertiti, secondo quanto dice Matilda. Non mi sorprende che Edward non voglia che Polly ci vada.

«La mamma dipingeva insieme a me», annuncia Polly all'improvviso.

«Sul serio?». Non so che cosa dirle. Dovrei dirle che mi dispiace che sua madre sia morta? Si può accennare alla morte con i bambini?

«La mamma è morta». Polly mi guarda con quei brillanti occhi nocciola. Non sembra sconvolta, consapevole piuttosto.

«L'ho sentito dire».

«Sì. È caduta dal suo cavallo e poi è morta».

«È una cosa davvero triste». Sto solo seguendo il discorso, confermando quel che è ovvio senza cedere troppo all'emotività.

«Proprio così». Polly sospira. «Papà è stato triste per tanto tempo».

«Posso immaginarlo».

«Adesso è un po' più allegro». Polly sorride. «Mi sa che dipende da te!»

«Da me?». E io che c'entro?

«Gli piaci».

«No, non è vero». Gli piace che io pulisca le stalle, tutto qui.

«Sì invece. Gli piaci-piaci. Io lo so».

«E questo che vuol dire?»

«Vuole innamorarsi di te».

«Ma no, sciocchina!». Mi metto a ridere. Come le è venuta quest'idea? Edward mi tollera soltanto perché Claire ha preso in affitto Rose Cottage e io gli fornisco manodopera a basso costo. Se potesse scegliere, non mi vorrebbe tra i piedi, a meno che non fosse proprio costretto. E di sicuro non vuole innamorarsi di me. Tanto per cominciare è già innamorato della veterinaria venuta dall'inferno.

«Non sono una sciocchina», insiste Polly. «L'ho visto in

TV. L'uomo e la donna del film facevano *finta* di non volersi innamorare, ma alla fine si sono innamorati lo stesso. Avevano solo bisogno di un piccolo aiuto. E di qualcuno che si sbarazzava della strega cattiva».

«Strega cattiva?»

«Sì... è Odette». Si guarda intorno come se avesse paura di vederla sbucare da una balla di fieno. «Nel film, alla fine il drago mangiava la strega, ma non so cosa dobbiamo fare per uccidere Odette, non ho mai visto un drago in vita mia, e tu?»

«No, nemmeno io. Sembra un film interessante, però... come si intitolava?».

Polly corruga il visetto nello sforzo di ricordare. «Non me lo ricordo», dice, «ma c'erano un sacco di baci. Quella parte era disgustosa. Odio i baci. E tu?».

E a questo come dovrei rispondere? «Non vengo baciata da molto tempo», dico alla fine, cercando di sorvolare sull'argomento.

«*Davvero*?». Polly spalanca gli occhi per la sorpresa. «Il tuo fidanzato non ti bacia mai? È questo che fanno tutti i grandi».

Il mio fidanzato... giusto. Ho detto a tutti che ho un fidanzato in città. Complimenti, Maggie.

«Tu non ce l'ha il fidanzato, vero?». Polly sorride con l'aria di chi la sa lunga. «Hai detto una bugia».

«È complicato, Polly».

«Lo so *questo* che vuol dire. Significa che stai dicendo una bugia! Fammi vedere la lingua!».

«No».

«Devi farlo! Fammela vedere... se c'è sopra un punto nero allora stai dicendo una bugia!».

Se fosse vero, avrei la lingua tutta nera: ho raccontato così tante storie da quando sono arrivata qui che riesco a malapena a star dietro a tutte. «Continuiamo, d'accordo?», dico bruscamente, per cambiare argomento.

Cambiare argomento è un altro stratagemma di emergenza che Theresa usa con i gemelli. Riesce a trovare una quindicina di argomenti diversi in meno di tre minuti, una volta si è cronometrata. «Dimmi, Polly», le chiedo, mantenendo un tono di voce neutro, «qual è il tuo colore preferito?». Il colore preferito... questo sì che è un argomento di emergenza. Probabilmente l'argomento di emergenza Numero Uno.

«Non lo so». Corruga la fronte, grazie al cielo si è dimenticata della faccenda delle bugie. «Alla mamma piaceva il blu. Ti piace il blu?»

«Sì», confermo.

Mmm, forse dopotutto non è un argomento così sicuro.

«È il tuo colore preferito?».

Rifletto sulla cosa. Non voglio ferire i suoi sentimenti dicendo che il blu non è il mio colore preferito, ma del resto capirebbe immediatamente che non si tratta della verità. «Il blu ha un sacco di lati positivi», rifletto, «ma a essere sincera ho sempre preferito il giallo».

«Anche a me piace il giallo». Mi sorride e io contraccambio il sorriso. Quella fessura che ha tra gli incisivi è adorabile.

«Che ne dici della prossima settimana?», le chiedo, incapace di fermarmi. Questa bambina è così dolce... che ci sarebbe di male a dipingere con lei per un po'?

«Per dipingere?». Polly batte le mani per l'entusiasmo.

«Sì, per dipingere».

«Oh, grazie, Maggie», cinguetta lei, e si getta verso di me, cingendomi la vita con le bracciotte. «Grazie, grazie, grazie!».

La stringo anch'io, il mio cuore si riempie inaspettatamente di gioia. Chi avrebbe mai detto che un piccolo gesto potesse renderla così felice?

«Cos'è tutto questo entusiasmo?». Sollevo lo sguardo e vedo Edward in piedi davanti alla porta della stalla, che si asciuga le mani sui gambali.

«Papi!». Polly si lancia verso di lui come un razzo, procedendo di gran carriera attraverso la porta e inchiodando a qualche millimetro da lui.

«Ehi, ciao!». La tira su di peso e la stringe forte a sé.

«Papà! Mettimi giù!». Strilla la piccola. «Non sono più una bambina, lo sai!».

«Scusa, Poll», dice Edward, mettendola a terra. «Continuo a dimenticarlo».

«Be', cerca di ricordartelo! Ho sei anni adesso... non puoi prendermi in braccio tutte le volte».

«Sei praticamente un'adolescente, lo so». Edward mi fa l'occhiolino da sopra la testa di Polly e io sorrido... non posso farne a meno. Sono così teneri insieme.

«Ho una cosa da dirti», annuncia Polly. «Indovina cos'è!».

«Vai a vivere da sola?»

«Papà!».

«Scusa. Ehm, lasciami pensare... hai un nuovo fidanzato?»

«*Papà!*». Polly fa una faccia disgustata.

«Be', allora non lo so, mi arrendo».

«Maggie mi insegnerà a dipingere!», strilla lei, con le guanciotte rosse di gioia.

«Ma davvero? Quanto sei fortunata!».

«Spero non ti dispiaccia», dico io. Forse è stato inappropriato dirlo alla bambina senza consultare lui prima. D'un tratto mi sento un po' a disagio... Edward potrebbe non essere d'accordo con questo progetto. Forse avrei dovuto tenere chiusa la mia boccaccia.

«Certo che no. E Polly è chiaramente elettrizzata all'idea». Mi sorride, i suoi occhi sono così amabili e limpidi, e qualcosa di strano mi rimescola dentro. Magari è la fame, pulire le stalle è un lavoro duro.

«Papà, indovina qual è il colore preferito di Maggie!». Polly sta saltellando da un piede all'altro.

«Ehm... il viola?»

«Il viola? Ma no, papà! È il giallo. Come me!».

«Che bello!». Adesso mi sorride.

E perché mi sta guardando così? Non riesco proprio a decifrarlo.

«Sì. Il colore preferito della mamma era il blu, ma Maggie dice che il giallo è meglio e io credo che ha ragione».

«Veramente non ho detto che il giallo è migliore del blu!», la contraddico. Dio, spero che Edward non pensi che stavo sparlando della sua defunta moglie. «È che preferisco il giallo, tutto qui».

Che cosa patetica.

«Anche a me piace il giallo», dice Edward. «È così... allegro».

Fiuuu... dopotutto non si è offeso.

«Davvero, papà? Hai sentito, Maggie? Tu e papà avete lo stesso colore preferito! È proprio come nei film!». Mi fa un occhiolino saccente e io faccio una smorfia per farla stare zitta. L'ultima cosa di cui ho bisogno è che chieda a suo padre se gli "piaccio-piaccio". Le cose sono già abbastanza imbarazzanti così.

«Edward!». Una voce stridula irrompe nel cortile. «Oh... eccoti qui!».

È Odette, e non sembra troppo felice.

«Oh, ciao, Odette», dice Edward, voltandosi a salutarla.

«Che ci fai tu qui?», le chiede Polly, fissandola, incapace di contenere l'intensa antipatia che prova per lei, e io cerco di trattenere una risata. Da quello che mi ha appena detto Polly, Odette è la sua versione della strega cattiva.

«Oh, Polly, ciao», dice Odette, come se la bambina fosse una mosca che ha appena trovato nella minestra. «Passavo da queste parti e ho pensato di fare un salto a dare un'occhiata alla zampa di Saffy. Per assicurarmi che stia bene». Rivolge a Edward il suo sorriso a trentadue denti.

«È molto gentile da parte tua, Odette», ribatte lui, sembra un tantino disorientato dal fatto che sia improvvisamente comparsa dal nulla. Dalla sua espressione, nemmeno lui è troppo elettrizzato di vederla. Interessante. Molto interessante.

«Saffy sta bene adesso», dice stizzita Polly. «Non ha bisogno di vederti».

«Be', meglio prevenire che curare, giusto?», cinguetta Odette. «Perché non la porti fuori così posso vedere come sta?»

«Sul serio, Odette, sta bene», la informa Edward. «In perfetta forma».

«Tuttavia, preferirei controllarla di nuovo. Non potrei perdonarmelo se le succedesse qualcosa...».

«Che vuoi dire?». Polly si allarma immediatamente. Se dovesse succedere qualcosa alla sua adorata Saffy ne morirebbe.

«Be', le infezioni a volte *sembrano* guarite», dice Odette, «invece persistono...».

«E poi?». Il faccino di Polly è sbiancato dalla paura e io resisto all'impulso di farmi avanti per schiaffeggiare forte Odette. Sembra quasi che stia cercando deliberatamente di spaventarla. Sa cosa prova Polly per il suo pony... non c'è niente di più prezioso al mondo per questa bambina.

«Be', allora», Odette sembra maledettamente seria, «l'infezione può passare attraverso il flusso sanguigno e dirigersi al cuore. Potrebbe esserle fatale».

«Vuoi dire che Saffy potrebbe morire?». Polly comincia a piagnucolare.

«Non succederà niente del genere, tesoro», la consola Edward. «Odette, non credo che sia questo ciò che intendevi, vero?». È chiaramente molto seccato che abbia messo un'idea del genere in testa alla bambina. È un'idiota... non si rende conto che a sei anni si è molto impressionabili?

«No, certo che no», ritratta Odette, visibilmente allarmata dal tono di Edward. «Probabilmente non c'è bisogno di controllarla. Stavo solo cercando di rendermi utile. Forse farei meglio ad andare».

«No! Non andare!», urla Polly, terrorizzata. «Papà, andiamo a prendere Saffy, presto! Voglio che sta bene!».

«Okay, male non le farà, immagino». Edward guarda

Odette in modo strano, poi segue Polly che si allontana saltellando verso la stalla di Saffy.

«Allora, Maggie». Odette posa la borsa da veterinario per terra. «Devo dire che sembri proprio a tuo agio… è straordinario che tu ti sia ambientata così in fretta».

«Be', non so…». Mi pulisco le mani sporche sulla tuta. Ho rinunciato a ogni speranza di recuperarla dopo quest'esperienza… persino il logo Juicy sul sedere ormai è a malapena leggibile. I miei jeans sono ridotti alla stesso modo: per quanto li lavi, sembrano sempre sudici.

«Oh», dice Odette. «Credo che tu ti stia adattando piuttosto bene per essere una ragazza di città. C'è un'atmosfera così… intima».

«Non direi». Non c'è niente di intimo nel ripulire le stalle. Ma ho la sensazione che questo non sia esattamente ciò a cui si riferisce Odette. Non voglio proprio parlare con questa donna: mi mette molto a disagio… soprattutto perché è vestita in modo immacolato, come sempre, anche quando è sul lavoro, mentre io sono inzuppata di sudore e probabilmente faccio spavento.

«Non so proprio come tu riesca a far tutto, Maggie», continua lei, ignorando in fretta quello che ho appena detto. «Sei qui per dipingere – o almeno io ho capito così – e tuttavia trovi il tempo per fare così tante altre cose. È davvero… encomiabile».

Intuisco dal tono della sua voce che "encomiabile" non è la parola che vorrebbe usare. «Che intendi dire, Odette?»

«Be', eccoti qui, a lavorare così duramente nelle stalle…».

«Questo fa parte del contratto d'affitto». Non è che mi piaccia lavorare qui, anche se mi sono affezionata moltissimo ai pony. Hanno tutti personalità così diverse… il pensiero di non vederli ogni mattina, quando torno a casa, mi fa sentire un po' triste. La città ora mi sembra quasi un paese straniero. Con un certo choc, d'un tratto mi rendo conto che non ci penso da giorni.

«Fa parte del contratto d'affitto?». Odette sgrana gli occhi. Sembra che questa sia una sorpresa per lei.

«Be', sì... Edward non te l'ha detto?». Che strano che non le abbia detto nulla... di sicuro, se hanno una relazione, dovrebbero discutere questo genere di cose.

«Ma certo, naturalmente. Lo avevo dimenticato», si affretta a dire Odette. «Ma non è solo il lavoro nelle stalle. Ti stai facendo coinvolgere anche dalla vita del villaggio».

«Immagino tu stia parlando del supermercato», dico con un sospiro.

«Be', sì. Dove *trovi* il tempo di interessarti anche a questo con tutto ciò che hai da fare? Sei per caso Wonder Woman?». Cerca di esibirsi in una risata sbarazzina, ma sembra piuttosto un singhiozzo strozzato.

Appoggio la ramazza contro il muro... non c'è ragione di cercare di lavorare mentre Odette mi ronza nell'orecchio. «Me l'hanno chiesto Peg e Ted. Non potevo proprio rifiutare».

«Davvero cortese da parte tua. Ma cosa hanno mai fatto esattamente per te Peg e Ted?». Mi sorride in modo rigido e i suoi denti bianchi scintillano.

Di sicuro se li è fatti sbiancare, ne sono quasi certa: sono ben oltre quella che si può considerare la perfezione naturale. «Non sono certa di comprendere cosa intendi dire», ribatto.

«Be', di sicuro ti stai dando parecchio da fare per aiutarli, ma perché? È questo che mi lascia perplessa».

«Mi piacciono. Hanno solo chiesto la mia opinione».

«Sì, sembra piuttosto evidente», riflette lei, sistemandosi una ciocca di capelli lucenti dietro le orecchie inverosimilmente piccole. Se le è fatte pinzare alla testa? Per un secondo mi è sembrato di vedere una piccola cicatrice dietro uno dei lobi. «E poi... qualcosa proprio non mi quadra. Cioè, dopotutto sono dei perfetti estranei per te».

«Questo non significa che non possano piacermi».

«No, certo che no. È solo che ha così poco senso. Tu arrivi, ti stabilisci qui, poi ti getti nelle questioni del villaggio con così tanto entusiasmo. Sembra… insolito… non credi?»

«Stai dicendo che non mi è permesso farmi coinvolgere dalla comunità, Odette? È così?»

«Certo che no». Sorride di nuovo, ma c'è qualcosa di innegabilmente minaccioso in lei. «Sono solo un po' confusa, tutto qui. E poi, naturalmente, c'è Edward».

«Che c'entra Edward in tutto questo?»

«Passate così tanto tempo insieme. Sei persino andata alla gimkana con lui». I suoi occhi stanno perforando i miei.

«Stavo dando una mano».

«Dare una mano. Capisco. È così che lo chiami tu».

«Stavo *solo* dando una mano!», protesto.

«Quindi non sei stata tu a implorarlo di portartici?».

Sento un calore bruciante salire su dal collo. Edward gliel'ha detto? Che ero ubriaca e l'ho implorato di portarmici? Non avrebbe dovuto… o sì? A meno che… a meno che non stia sparlando di me con Odette, come fa con Matilda. Al solo pensiero provo un enorme imbarazzo: ovviamente si sta facendo delle belle risate alle mie spalle.

«Ho delle cose da fare, Odette». Afferro la ramazza e faccio per superarla, ma lei non si muove.

«Ti spiacerebbe riferirmi ciò di cui avete discusso?»

«Come dici?». Non posso crederci.

«Di cosa avete discusso. Siete stati insieme per ore tra il viaggio di andata e quello di ritorno. Forse non ti dispiacerebbe raccontarmi di cosa avete parlato».

Da qualche parte dentro di me una piccola scintilla si innesta. Questa donna ha passato il segno. E forse, solo forse, questa è un'opportunità per dare anche a Edward una bella lezione. Se metto un po' di zizzania tra loro, lui dovrà affrontarne le conseguenze. Odette non è una donna che si lascia contraddire… posso solo immaginare come deve essere avere una relazione con una come lei. E Edward si merita una bella lite. Magari così la smetterà di parlarmi alle spalle.

«Temo di non potertelo rivelare, Odette», dico lentamente, inarcando suggestivamente un sopracciglio nella sua direzione.

«Cosa?», sbraita lei, poi cerca di ricomporsi. «Voglio dire, perché no?»

«Be', perché la conversazione che abbiamo avuto io ed Edward era privata. Non posso proprio dirti di cosa abbiamo discusso. Vorrebbe dire… tradire una confidenza».

Mi interrompo in modo significativo per permetterle di digerire l'implicazione nelle mie parole. È decisamente furiosa: il suo viso sta diventando di un viola intenso che fa a cazzotti con la sua giacca azzurrina. Che gran soddisfazione.

«Stai dicendo che non vuoi dirmi di cosa avete parlato?».

Una piccola vena le sta pulsando sul collo e io trattengo una risatina. Tutto questo è assolutamente esilarante, ma non voglio scoppiare a ridere e scoprire le mie carte. «Non è che non voglia…», dico, cercando di controllare l'impulso di ridere a crepapelle. «È che non posso. Vorrei tanto potertelo dire, Odette, ma quando qualcuno ti chiede di mantenere un segreto, non puoi andare in giro a raccontarlo a chiunque, no?».

«Un segreto? Quale segreto?».

Ha gli occhi fuori dalle orbite e intuisco che sta cercando di riguadagnare la sua compostezza. Bene. Probabilmente ucciderà Edward per questo, e lui se lo merita, visto che si è preso gioco di me. «Non sta a me dirti quale», abbasso lo sguardo. «Se Edward vuole che qualcuno lo sappia, sono sicura che sarà lui stesso a raccontarlo».

«Io non sono semplicemente "qualcuno"», dice lei stizzita.

«Certo, questo lo so», obietto. «Tu e Edward siete intimi, quindi sono sicura che si confiderà con te molto presto. Dopotutto, lo hai detto tu che avete una relazione molto speciale».

La osservo mentre lotta per controllare la rabbia che minaccia di esplodere sul suo viso.

«Ci sono!», esclamo, come se il pensiero mi fosse appena venuto in mente. «Perché non lo chiedi a lui? Eccolo che arriva».

Edward e Polly stanno venendo verso di noi, insieme a Saffy. Il piccolo pony non sembra troppo contento di essere stato trascinato fuori dalla stalla per vedere la veterinaria. Saffy odia essere punzecchiata e infastidita. Non posso fare a meno di desiderare che dia un calcio a Odette, tanto per darle quello che si merita. Una cosa del genere non ha prezzo.

«Io... io...», balbetta Odette.

«Vi lascio al vostro chiarimento, d'accordo?», dico dolcemente. «Ho trascurato i miei quadri, ho così tanto da recuperare... Ai committenti non piace aspettare. Non posso rimanere indietro!». E con questo giro i tacchi e me ne vado, con un grosso grasso ghigno sulla faccia. Forse è stato un tantino perfido da parte mia stuzzicare Odette a quel modo, ma le sta bene, è talmente odiosa! E poi, non mi divertivo così da secoli.

REGOLA NUMERO 16
Attenta ai lupi travestiti da agnelli

«M*i piacciono i tuoi hot pants dorati», dico a Odette.*

Ha delle belle gambe, devo ammetterlo, anche se non sono sicura che perle e twin-set giovino al suo look nell'insieme. Un top corto sarebbe stato meglio.

«Grazie», risponde lei, «li ho comprati su eBay. Ora, passami quel microfono. È il mio turno al karaoke».

«Cosa canterai?», le chiedo con una certa curiosità.

*«*Secret Lovers*, naturalmente! Per Edward!». Dimena i fianchi, poi salta sul palco e la folla al pub di Matty va in delirio.*

Mi sveglio di colpo. Che sogno buffo. È proprio un peccato che non possa vedere cosa succede dopo. Sorridendo, allungo una mano per accendere la luce sul comodino. Non ho idea di cosa mi abbia svegliato né di che ore siano. Fuori è troppo buio… non c'è nemmeno uno spiraglio di luce che filtra attraverso le tende; non come in città, dove c'è sempre un lampione acceso. Le mie dita afferrano l'interruttore proprio quando lo sento. Un fruscio fuori dalla finestra. C'è qualcuno là fuori. Qualcuno sta cercando di entrare! Capisco immediatamente chi è: è il Pazzo dei Boschi di cui mi ha parlato Matilda! È tornato. Ha sentito che una ragazza di città vive da sola a Rose Cottage ed è tornato per saccheggiare la casa e farmi Dio solo sa cosa. Dev'essere rimasto nascosto a Glacken Woods per tutto questo tempo. Magari mi ha spiato da quando sono arrivata qui… potrebbe aver osservato ogni mia mossa, in attesa dell'occasione giusta per aggredirmi.

Me ne sto immobile, impietrita dalla paura, con il cuore

che mi martella nel petto. Che diavolo dovrei fare? Accendere la luce per spaventarlo e farlo fuggire, gridare aiuto, provare a chiamare la polizia?

Prima che riesca a prendere una decisione, sento un grugnito soffocato. Sta cercando di entrare dalla finestra… se non faccio qualcosa morirò nel mio letto. Imponendomi di muovermi, salto su, afferro il cellulare e giro per la stanza, con la mente che viaggia a mille. Devo uscire da qui prima che lui riesca a entrare. Senza fermarmi a pensare oltre, spalanco la porta del cottage e corro per il vialetto e lungo la strada verso casa di Edward, lui saprà cosa fare. Il mio cuore batte all'impazzata, corro come una scheggia, con le ginocchia che per poco non cedono per la paura. Alla fine vedo l'edificio principale e, con un ultimo gigantesco sforzo, scatto fino alla porta d'ingresso e busso finché non appare Edward, con il viso assonnato e sbigottito.

Ovviamente l'ho svegliato, perché ha addosso il pigiama spiegazzato… non che m'importerebbe se se ne stesse lì in piedi con i mutandoni. Voglio solo che mi aiuti.

«Il Pazzo sta cercando di uccidermi!», dico ansimando, con il respiro strozzato per lo sforzo di aver corso fin lì.

«Cosa?»

«Al cottage! Il Pazzo dei Boschi!». Sento un rivolo di sudore che mi scivola giù per il collo e sulla scollatura. Probabilmente non correvo così veloce da quando ho vinto la corsa con l'uovo nel cucchiaio a scuola.

«Un pazzo?»

«Sì», boccheggio. Dio, ma quanto è duro di comprendonio? Quale parte del discorso non capisce? «Stava cercando di fare irruzione nel cottage… ho sentito che cercava di entrare dalla finestra», riesco a bofonchiare. E puntualmente scoppio in lacrime. Questo è troppo per me.

«D'accordo». Il suo viso è serio adesso. «Vado a prendere le chiavi».

Le chiavi? Ma non sarebbe meglio un fucile? Di sicuro avrà un fucile. Magari da caccia, siamo in campagna, giusto?

«Ma che cavolo sta succedendo?». June appare dietro a Edward e vedendomi si acciglia. Indossa una lunga camicia da notte bianca e dei vecchi bigodini in testa. Evidentemente è stata svegliata da un sonno profondo ed è molto seccata.

«Maggie crede che qualcuno stia cercando di entrare nel cottage, June», la informa Edward. «Vado a dare un'occhiata».

«Un ladro? Ma è ridicolo!».

«Ho sentito dei rumori!». Cerco di parlare mentre tiro su col naso. «Qualcuno stava cercando di aprire la finestra».

«Che assurdità!», sbotta lei. «Probabilmente era il vento tra gli alberi. Dico io, tanto baccano per niente… hai svegliato l'intera casa!».

«Non era il *vento*!», protesto, strofinandomi il naso gocciolante sul braccio. D'un tratto mi rendo conto che sono a malapena vestita, Edward e June mi stanno guardando mentre tremo in una microscopica maglietta. Questa deve essere la terza volta che Edward mi vede in questo stato. Ma che posso farci? Non ho avuto il tempo di infilarmi una vestaglia prima di correre via urlando dalla scena di un crimine che stava per essere commesso.

«Bene, andiamo a controllare, d'accordo? Torno appena possibile, June».

Edward si infila un maglione, poi mi prende per il gomito e mi guida fuori verso la jeep. Riesco a vedere June che mi osserva accigliata mentre ci allontaniamo, le folte sopracciglia grigie aggrottate sugli occhi gelidi.

«Non preoccuparti, Maggie, probabilmente non è nulla», dice lui, aprendomi la portiera del passeggero e guardando altrove mentre cerco di salire a bordo senza fargli vedere il sedere. Ovviamente ho addosso le mie mutande più malconce. Probabilmente le mie gambe sono più pelose di quanto non siano mai state. Gli appuntamenti per la ceretta dall'estetista sono un lontano ricordo e non mi sono preoccupata di depilarmi per settimane… le mie gambe sembrano la Foresta Nera. Edward mi troverà repellente. Non che mi importi di ciò che pensa, naturalmente.

«Vuoi una mano o...?», si offre lui, mentre lotto per entrare, tirando giù la maglietta meglio che posso. Lo sconforto sul suo viso mi dice che non sa più dove guardare.

«Ce la faccio», sbotto, seccata per il fatto che lui e quell'orribile strega di sua suocera stiano sottovalutando le mie paure. Sono quasi stata uccisa e hanno reagito come se non fosse niente di serio. È questo il modo in cui la gente si comporta da queste parti? Sono così abituati alla violenza selvaggia che non battono ciglio quando succede qualcosa del genere? Forse stanno tutti soffrendo per una sindrome da violenza. O forse qualcuno al villaggio ha spifferato al Pazzo che mi sono trasferita qui. Per quel che ne so, metà del villaggio è in combutta con bande di criminali professionisti che vagano per la campagna in attesa di aggredire donne indifese. Probabilmente tutti sono coinvolti.

«Come ho detto, probabilmente non era nulla», dice lui, mentre il motore si avvia.

«Invece ti dico che c'era *qualcosa*». Lo fisso. «Ho sentito qualcuno che cercava di entrare. Stava... stava grugnendo. Dio solo sa cosa aveva intenzione di fare». Tremo al pensiero di ciò da cui sono riuscita a fuggire... non oso pensarci.

«Okay», dice lui. «Bene, se qualcuno stava cercando di entrare, me la vedrò io con lui».

Vedersela con lui? Che significa? Forse dopotutto ha portato una pistola. «Intendi spararargli?». Piego le gambe sotto di me cercando di scaldarmi. Non riesco a smettere di tremare, ovviamente per lo choc di quanto è successo.

«Spararargli?». Edward si volta verso di me. «Perché dovrei spararargli?»

«Be', non è quello che fate da queste parti?»

«Cosa? Come dei vigilantes vuoi dire?»

«Be', sì. Comunque è quello che ho sentito dire». Ricordo con precisione di aver letto che la gente di campagna affronta il crimine a modo suo, il che ho pensato significasse uno o due proiettili nella rotula per chiunque infrangesse la legge.

«Maggie, questo è il villaggio di Glacken, non il selvaggio West». Edward ride fra sé. «Non andiamo in giro a sparare alla gente, anche se fanno irruzione in casa nostra. Se...», si interrompe e mi guarda con la coda dell'occhio, «...questo è ciò che è successo davvero».

«Ti sto dicendo», lo dico forte e chiaro, perché non possano esserci fraintendimenti, «che qualcuno stava cercando di entrare in casa attraverso la finestra della mia camera da letto. Non sto esagerando... So quello che ho sentito».

«Okay, okay», mi rassicura. «Non sto dicendo che non ti credo... È solo che sarebbe piuttosto insolito che da queste parti succedesse una cosa del genere. Di norma è un posto piuttosto tranquillo».

«Se escludiamo ciò che è successo l'anno scorso, immagino», ribatto stizzita. Non riesco a credere che non voglia ammettere che ci sono stati tutti i furti di cui mi ha parlato Matilda. «O te ne sei convenientemente dimenticato?»

«L'anno scorso?», dice lui, piuttosto confuso.

«Sì, l'anno scorso, quando ci sono stati tutti quei furti con scasso».

«Furti con scasso?».

È difficile decifrare la sua espressione perché l'interno della Land Rover è buio, ma di sicuro si sta sforzando di sembrare sorpreso. Perché vuole negare tutto? «Sì», sbotto con impazienza. «Il Pazzo che si è accampato nei boschi? Quello che ha commesso dei crimini?».

Perché continua a far finta di non saperne nulla? Forse ha paura che lasci il cottage, così non avrà più un aiuto per le stalle finché Claire non tornerà in Irlanda. Dopotutto, questo genere di informazione potrebbe giustificare una riduzione dell'affitto. Probabilmente sta cercando di nascondere la verità perché non vuole finire nei guai. Ma quanto è disonesto? Più ci penso, più me ne convinco. Forse Edward non ha esattamente l'obbligo legale di raccontarmi dei furti, ma non aveva almeno una qualche responsabilità morale di informarmi?

Quando racconterò a Claire questa storia... ne morirà. Essere aggredita nel bel mezzo della notte non faceva parte dell'accordo quando mi sono fatta convincere a trasferirmi qui e a prendere il suo posto.

«Tu credi che ci sia un pazzo accampato nei boschi», ripete lui.

«Sì, Edward, me lo ha detto Matilda. Aveva un arsenale di coltelli, so tutto. E so anche che è stato di nuovo avvistato di recente, quindi puoi smetterla di fingere».

«Bene». Si schiarisce la voce. «Allora, non saltiamo a conclusioni. Forse dovremmo solo aspettare di vedere che succede, okay? Ecco, lascia che accenda il riscaldamento... stai battendo i denti. Devi aver avuto uno choc».

Una folata d'aria calda mi colpisce e mi strofino le braccia per riscaldarmi. Ha ragione... ho avuto uno choc. Bello grosso. Sapevo che trasferirmi qui era una pessima idea... Solo che non avevo capito fino a che punto fosse pessima. Avrei dovuto restare in città, lì è più sicuro.

Meno di un minuto dopo, Edward scende e si dirige verso il cottage e sento lo stomaco in subbuglio. Dio solo sa dov'è adesso quello schizzato o cosa sta facendo. Forse adesso sta frugando tra la mia biancheria. Potrebbe essere un predatore. Un pervertito. Non oso pensarci.

«Be', sembra tutto tranquillo», dice Edward in tono calmo.

«Non ti aspetterai che metta i manifesti per annunciare la sua presenza, vero?», sbotto. «Difficile che accenda le luci e metta uno zerbino alla porta con su scritto "Benvenuti"! È un pericoloso *criminale*». Sento le lacrime che cominciano di nuovo a pizzicarmi gli occhi. Edward non sta prendendo questa situazione sul serio. È ovvio che non mi crede. Pensa che sia la classica donna che sta avendo una reazione eccessiva, una che si lascia impressionare dalla sua stessa ombra.

«Non hai intenzione di chiamare la polizia?», domando.

«Sì». Edward riflette sulla cosa. «Sono sicuro che Jimmy verrebbe se lo chiamassi, ma non voglio svegliarlo a quest'ora della notte... va a letto alle undici. Diamo prima un'occhiata».

«Jimmy? Chi è Jimmy?»

«Il poliziotto del paese».

«Il poliziotto del paese va a letto alle undici?»

«Gli piace così, sì. Si alza presto, capisci. Porta i suoi levrieri a spasso alle sei del mattino... è come un orologio. Non lo hai conosciuto quella sera alla riunione?»

«Non ricordo di essere stata presentata a un poliziotto. In fondo ho conosciuto poche persone. C'era parecchia gente».

«Doveva esserci di sicuro. Può sembrare un po' burbero a volte, ma sotto sotto è un brav'uomo. Ha salvato quei cani del canile... stavano per essere abbattuti».

«Aspetta un secondo». Comincio a mettere insieme i pezzi. «Mi stai dicendo che tutti da queste parti sanno che Jimmy va a letto alle undici di sera?».

Edward considera la domanda. «Immagino di sì. Non ne fa un mistero».

«Quindi, se tu fossi un criminale, tutto quello che dovresti fare sarebbe aspettare le undici prima di entrare in azione e la faresti franca?»

«Be', adesso... come ho detto, di solito non succede niente del genere da queste parti. Molte persone vanno a letto piuttosto presto».

«Ma questo Jimmy... è l'unico poliziotto nel villaggio?»

«Sì, l'unico e il solo», conferma Edward.

«E a te non va di disturbarlo nel bel mezzo della notte?». Non ho mai sentito niente di più ridicolo. Non è per questo che paghiamo le tasse, per l'amor del cielo?

«Be', lo chiamerei se ci fosse qualche genere di emergenza. Ma solo se fosse strettamente necessario. Non sarebbe corretto. Come ho detto, si alza molto presto».

«E non credi che il fatto che io sia quasi stata uccisa da un intruso sia un'emergenza?». Non posso crederci… sto per esplodere.

«Credo che questo sia un tantino esagerato, Maggie», dice Edward, infilandosi il cappello cerato. «Tu no?»

«No davvero, no». Ho raggiunto il livello di ebollizione. «Se non fosse stato per la mia reazione fulminea nell'uscire dal cottage, a quest'ora saresti di fronte a un omicidio. Jimmy avrebbe avuto a che fare con un'indagine di omicidio… Sarebbe sceso dal letto per questo, che ne pensi?»

«Ecco, allora sarebbe stato il primo omicidio qui a Glacken», sentenzia Edward. «Gli abitanti del villaggio starebbero tutti parlando di te, anche più di quanto già non facciano adesso».

«Parlano di me?»

«Certo». Apre la portiera. «La bella straniera di Rose Cottage è l'argomento prediletto».

La bella straniera? Il suo viso è in ombra, ma riesco a capire dal suo tono di voce che mi sta stuzzicando di nuovo.

«Bene, tu vai pure avanti a dare un'occhiata, se vuoi», dico mentre lui scende, «ma non aspettarti che venga con te».

«Faresti meglio a chiuderti in macchina, allora», ribatte. «Sai… per ogni evenienza».

Scendo dall'auto in un nanosecondo. Se quell'energumeno sa che sono sola, cercherà sicuramente di venire a prendermi. Per quel che ne so, magari adesso ci sta osservando, nascosto nel cottage. Dio solo sa cosa accadrebbe se rimanessi da sola.

«Così hai deciso di venire anche tu, eh?», dice Edward, accendendo una torcia che ha tirato fuori di tasca.

«Sì», mormoro. «Vengo anch'io».

«Allora metti questo». Si toglie il maglione e me lo porge. «Fa piuttosto freddo e la maglietta che hai addosso è troppo corta. Forse dovresti valutare l'offerta di Polly e prendere in prestito il suo pigiama di Winnie the Pooh».

Dalla sua voce capisco che sta sorridendo, anche se è così buio che non riesco a vedergli il viso. Comunque mi sento offesa. Che faccia tosta! Avrei proprio voglia di gettargli in faccia questo suo vecchio maglione. Però ha ragione, si gela qui fuori e ora mi sono raffreddata dopo aver corso fino a casa sua, e sto tremando per il freddo e lo choc. Rifiutarlo sarebbe come staccarmi il naso per far dispetto al viso. Faccio scivolare le braccia nelle maniche e chiudo la cerniera. C'è ancora il calore del suo corpo e mi sento quasi subito meglio, non sono sicura del perché. Forse è per via di questo delizioso profumo muschiato... Ma anche la sensazione del maglione che mi avvolge è davvero piacevole...

«Adesso siamo pronti per affrontare questi terroristi».

«Stai cercando di fare lo spiritoso?». Mi scuoto dal mio sogno a occhi aperti. «C'era qualcuno, l'ho sentito».

«Ne sono certo», ripete, e non capisco se sta cercando di essere condiscendente o rassicurante; è così difficile capirlo quando non si vede niente nell'oscurità più totale. «Ascoltami, resta dietro di me... okay?».

Mi stringo nel maglione di Edward, con le mani che tremano per la tensione. Chissà cosa starà succedendo nel cottage. Portandosi le dita alle labbra per farmi segno di stare zitta, lui procede di soppiatto e io lo seguo a ruota. Entriamo in punta di piedi dalla porta d'ingresso, rimasta aperta dopo che sono schizzata fuori di casa. Prima che i miei occhi riescano ad abituarsi al buio che c'è nel cottage, sento un rumore strisciante e sono terrorizzata. È ancora qui... non lo vedo, ma riesco a sentirlo. Inciampo in avanti e mi afferro alla schiena di Edward per mantenermi in equilibrio. Che facciamo se è davvero violento? D'un tratto vorrei tanto aver preso le lezioni di arti marziali che ho sempre sostenuto di voler iniziare. Cerco di ricordare cosa si deve fare in caso di aggressione: puntare agli occhi, penso, o all'inguine? Magari entrambi, anche se potrebbe essere difficile fare tutte e due le cose contemporaneamente.

In testa mi girano le molteplici possibilità quando sento un interruttore e chiudo gli occhi per un istante per abituarmi alla luce abbagliante. Che sta facendo Edward? Adesso dovremo affrontare l'intruso faccia a faccia! Di sicuro sarebbe meglio uscire da qui e chiamare Jimmy... questa è un'emergenza legittima e non avremo alcuna possibilità contro un criminale patentato, a meno che Edward non sia cintura nera e non me l'abbia detto. Non sembra il tipo in grado di stendere qualcuno con una mossa di karate, ma non si può mai dire. La gente può nascondere delle sorprese; per esempio, chi avrebbe mai pensato che Claire, di punto in bianco, sarebbe partita per l'India? Se non si fa fare il lavaggio del cervello e decide di restare, quando tornerà a casa la ucciderò per avermi costretto a venire qui. È stato l'errore peggiore della mia vita. In tutti gli anni in cui ho vissuto in città non sono mai stata derubata. Nemmeno quando abitavo vicino a dei trafficanti di crack ai tempi del college; gli spacciatori erano persone piuttosto rispettabili se si escludeva la loro attività criminale. Mi hanno persino prestato lo zucchero una volta che l'avevo finito.

Socchiudendo gli occhi per la luce accecante, guardo freneticamente attraverso la stanza, cercando di scoprire dove possa essere il ladro. Sento ancora quel fruscio, ma non vedo nessuno. Deve averci sentiti arrivare... probabilmente si sta nascondendo da qualche parte, il furbastro, pronto a saltar fuori per ucciderci. Non è questo il modo in cui voglio morire, avvolta in un maglione odoroso nel mezzo della notte. Sono troppo giovane per ricongiungermi al Creatore... ci sono ancora così tante cose che vorrei fare. Voglio una borsa Chanel 2.55, un paio di Jimmy Choo in edizione limitata. Ma più di ogni altra cosa... voglio dipingere. Non riesco a credere che mi ci sia voluto così tanto per rendermene conto. Ma è troppo tardi: morirò stanotte prima di aver avuto l'occasione di dedicarmi alla mia vera passione. Sono *davvero* un'eroina tragica.

«Credo di sapere chi ha fatto tutto questo», dice Edward in tono grave, mentre la mia vita mi scorre davanti agli occhi.

«Sul serio?».

Gli afferro la schiena in una stretta mortale e non ho intenzione di lasciarlo andare. Buffo, anche se sono spaventata a morte, non posso fare a meno di notare che la sua schiena è davvero asciutta, e anche muscolosa. Una bella combinazione.

«Sì». Si avvicina furtivamente alla porta della camera da letto, con me che striscio dietro di lui, e la spalanca. Il fruscio diventa ancora più forte. «Mabel… sei tu?».

Mabel? Chi è Mabel? Questo non è il nome che userebbe un criminale patentato. Ma che sta succedendo?

«Vieni qui a dare un'occhiata», dice Edward, il suo volto è serio. Mi sporgo da sopra la sua spalla, ancora incerta se sia una cosa sicura da fare, e là, al centro della stanza, c'è quella che sembra una pecora, intenta a rosicchiare allegramente il mio miglior completo intimo di La Perla. Si volta a guardarci, con un'espressione di leggera sorpresa sul muso nero. Mentre lo fa, colgo un barlume del mio prezioso perizoma turchese di pizzo e seta che scompare giù per il suo gargarozzo. Il mio ladro è una pecora divoratrice di biancheria intima che si chiama Mabel.

REGOLA NUMERO 17
Mantieni la calma e procedi per la tua strada

«Mi dispiace tanto, Maggie», dice Edward, mentre Mabel ci trotterella accanto ed esce fuori, con uno sguardo di tronfia soddisfazione sul muso. «Mabel è famosa per fare cose del genere. Una volta a casa nostra è riuscita ad aprire la credenza e ha mangiato la tovaglia migliore di mia suocera... le ragazze hanno pensato che fosse esilarante, ma June era furiosa».

Un'immagine dell'incantevole June fa la sua comparsa nella mia mente. Riesco a immaginarla che va su tutte le furie mentre una pecora si mangia la sua tovaglia migliore... quella donna non farebbe sconti a nessuno. È un miracolo che Mabel sia sopravvissuta e non sia finita in tavola per il pranzo della domenica.

«Dev'essere stata Mabel che hai sentito raschiare fuori dalla finestra della camera da letto, tra i cespugli. Ovviamente è entrata dalla porta d'ingresso quando sei corsa fuori». Sta cercando di fare del suo meglio per non ridere... crede che tutto questo sia esilarante.

«Che splendido lavoro investigativo». Mi acciglio, furibonda, perché un inutile animale mi ha fatto sembrare una colossale idiota.

Anche se sono sollevata per il fatto di non avere un pazzo alle calcagna, mi sento anche stupida per tutto il trambusto che ho creato quando non c'era un vero intruso. Sono sicura che June si farà una bella risata quando sentirà cos'è successo davvero. Probabilmente racconterà a tutto il villaggio quanto sono stata stupida... Sento le guance avvampare all'idea che tutti parleranno della ragazza di città che ha scambiato un'innocua pecora per un ladro.

«È molto più di un semplice animale», continua Edward. «Le bambine l'hanno tirata su sin da quando era un agnellino. Crede di essere umana, sul serio... è per questo che cerca sempre di entrare dentro casa».

«Quella pecora crede di essere umana?». La mia voce trasuda sarcasmo, ma Edward sembra non farci caso. Oppure sta cercando di ignorarlo deliberatamente, non ne sono sicura.

«Sì. La madre l'ha rifiutata, capisci, così l'abbiamo nutrita noi. Adora i suoi biberon di latte caldo. Vedi... è quasi umana».

«Be', riesco a capire perché sua madre l'ha rifiutata», dico adesso, contemplando il caos davanti a me. Mabel ha fatto razzia del cottage, travolgendo quasi ogni cosa sul suo cammino. Ci vorrà un'eternità per pulire tutto questo casino.

«Che vuoi dire?», chiede Edward.

«Si è comportata male. Non mi meraviglia che sua madre non abbia voluto saperne di lei... è fuori controllo».

«Non è esattamente fuori controllo». Sorride.

«Tu credi?». Sollevo un sopracciglio. Ma è cieco? Quella stupida pecora ha ridotto in polpette il mio cassetto della biancheria. «Come descriveresti il suo comportamento, allora?»

«Be'», dice lui, sorridendo di nuovo, «è un tantino... esuberante. Mettiamola così».

«Puoi metterla come ti pare», tiro su col naso, seccata. «Per quel che mi riguarda potrebbe essere in vendita da qualche parte sugli scaffali di un supermercato. Preferibilmente accanto a un barattolo di salsa alla menta».

«Oh, no, non potremmo mai fare una cosa del genere! Praticamente è una di famiglia. E poi... mi piace un po' di esuberanza».

Sollevo alcuni resti di biancheria dal pavimento e lo fisso. Sembra che Mabel abbia banchettato alla grande: è quasi tutto rovinato.

«Poteva andare peggio», suggerisce lui.

«E come?»

«Be', so che Mabel ha fatto un sacco di danni, ma per lo meno non era il Pazzo dei Boschi come pensavi tu, giusto?».

Dall'espressione sul suo viso capisco e d'un tratto ogni pezzo va al suo posto. «Non c'è *mai* stato un Pazzo dei Boschi, vero?», domando.

«Non che io sappia, no...».

«Allora... la tua adorabile figlia si è inventata questa storia per spaventarmi. Mi ha detto che un pericoloso criminale era a piede libero, solo per terrorizzarmi».

«Forse la sua idea era quella di farti uno scherzo», ipotizza lui.

«Non è stato molto divertente», dico. «Ero assolutamente terrorizzata. Pensavo che mi avrebbero uccisa».

«Mi dispiace davvero, Maggie». Edward è serio adesso. «Non avrebbe dovuto farlo. Le darò una bella punizione».

«Lo spero tanto», dico furiosa. «Hai una vaga idea di quanto costi della biancheria di qualità? Ti rendi conto del reale danno provocato da quella pecora?».

Lui sembra momentaneamente in imbarazzo, ma sono troppo seccata per dispiacermi. È colpa di sua figlia se almeno qualche centinaio di euro della mia miglior biancheria ora è buono solo per il cassonetto dei rifiuti.

«Non saprei... non ne ho la più pallida idea», mormora lui, avvampando.

«Un solo completo può costare un paio di centinaia di euro», annuncio. «Cifre del genere non crescono sugli alberi, lo sai. O magari per te è così... ma di certo non lo è per me». Un'ondata di autocommiserazione mi si abbatte addosso. Sono disoccupata e praticamente senza casa. Probabilmente non sarò mai più in grado di permettermi dei completini carini. Indosserò delle sformate mutande grigie negli anni a venire, forse per il resto della mia vita.

«Sono *davvero* spiacente, Maggie». Edward abbassa la testa. «Non accadrà più».

«Mah», borbotto. Ha l'aria dispiaciuta, a essere sinceri. E suppongo che in fondo non sia colpa sua. Non ho di certo intenzione di dirglielo, però.

«Permettimi di aiutarti a pulire», dice, piegandosi per raccogliere alcune riviste della mia preziosa collezione che sono cadute a terra quando Mabel ha fatto irruzione in soggiorno. Immagino che dovrei esserle grata per non aver masticato anche quelle.

«Ti piace la moda, vedo», commenta, mentre sistema i miei vecchi numeri di «Vogue» in una pila ordinata.

«Una volta», sospiro, «quando avevo una vita».

Il mio guardaroba di città sembra lontano un milione di anni luce ora che vivo con addosso i miei più vecchi e più sformati vestiti e le mie scarpe da ginnastica puzzolenti. Ho persino rinunciato a truccarmi. Fare questo genere di sforzo sembra un tantino senza senso quando tutto finisce coperto ogni volta da un dito di sporco. E non c'è un qualche posto eccitante in cui andare, nemmeno di sera.

«Suppongo che Glacken non sia entusiasmante, eh?», dice lui. «Probabilmente è un gran bel cambiamento per te, in confronto a tutta la mondanità della città».

«Puoi dirlo forte». Rimetto il tavolino nella sua posizione originaria.

«Però è un bene per il tuo lavoro».

«Suppongo di sì», sussurro. Non voglio parlare della mia finta carriera artistica… non adesso.

«Dove le tieni?»

«Che cosa?». Faccio finta di non aver sentito.

«Le tue opere. Dove le tieni tutte quante?».

Guarda con curiosità in giro per la stanza. Non c'è neanche una delle mie cosiddette opere da nessuna parte, naturalmente.

Cerco di pensare in fretta a qualcosa da dire. Dovrei semplicemente venire allo scoperto? Dirgli che è stato tutto uno stupido malinteso? Non volevo che tutti credessero che sono un'artista... l'intera faccenda praticamente ha preso vita da sola. In fondo, potrebbe non essere il momento giusto per rivelare la mia doppia identità... dopotutto, l'ho già trascinato giù dal letto per via di una pecora che ho scambiato per un ladro. Rivelargli che ho mentito per tutto questo tempo non farebbe che peggiorare questo casino.

«Sono nel bagagliaio dell'auto», dico.

«Nel bagagliaio dell'auto? Sul serio?»

«Sì», bluffo. «Una volta completato un lavoro ho bisogno di rimuoverlo da casa, per lasciare che le essenze creative continuino a fluire». Dio, che stronzata colossale. Come mi è venuta in mente una cosa del genere?

«Capisco». Annuisce, come se ciò che ho detto avesse perfettamente senso. «Allora, quale sarà la tua prossima opera?»

«Non ne sono sicura», rispondo. «La musa non ha ancora colpito». La musa? Questa era terribile.

«Me ne mostrerai qualcuna, un giorno? Se prometto di tenere Mabel sotto chiave?».

Lo guardo e poi alzo gli occhi al cielo. Immagino che sia piuttosto divertente, anche se vorrei fare di Mabel un bel kebab.

«Magari potresti farmi un ritratto», dice una voce burbera.

Mi volto di scatto e vedo sulla soglia un uomo grasso con un maglione blu. È il tipo della riunione... quello aggressivo con gli occhi spiritati. Che ci fa qui? E perché ha un taccuino in mano?

«Jimmy, come mai sei qui?». Dal viso di Edward traspare tutto il suo sgomento.

Jimmy? Il ciccione con il maglione blu è il poliziotto del villaggio? Quello che non vuole essere disturbato dopo le undici?

«Sono qui perché ho ricevuto una telefonata in cui mi si diceva che c'era una specie di emergenza», dice Jimmy. Non sembra troppo contento. «Volete dirmi che sta succedendo?».

Guardo Edward in preda al panico. Come possiamo spiegare tutto questo casino?

«Be'», Edward si schiarisce la voce, «è stato tutto un malinteso, Jimmy. Maggie qui credeva che qualcuno stesse facendo irruzione nel cottage…».

Jimmy comincia a scrivere. «"Qualcuno stava facendo irruzione nel cottage"», ripete Jimmy, parola per parola. «Continua».

«Be', no, non è esattamente quello che è successo», lo interrompo, e lui solleva la testa.

«Stai cambiando la tua versione, eh?», mi domanda, socchiudendo gli occhi e guardandomi con sospetto, come se non potesse tollerare la mia vista un attimo di più.

«Be', no, non sto cambiando la mia versione. *Pensavo* che qualcuno stesse facendo irruzione».

«Non stai ritrattando le tue precedenti dichiarazioni?». Si interrompe, allontanando la matita dal taccuino.

«No, all'inizio *pensavo* che fosse così», ribadisco.

«Quindi ti attieni alla versione originale dei fatti? Perché se cambi versione, devo ricominciare da capo». Sventola il taccuino nella mia direzione con fare impaziente. «Perdere tempo è un delitto, lo sai».

«Jimmy», si intromette Edward, «Maggie *pensava* che un ladro stesse cercando di fare irruzione nel cottage, ma si è scoperto che non era così».

Jimmy scrive tutto, in modo dolorosamente lento. «Quindi», procede, una volta che ha finito, «puoi spiegare perché credevi che stesse per essere commesso un furto? È un'asserzione piuttosto seria da fare».

Mi sposto a disagio, cercando di tirare il maglione di Edward per coprirmi. Perché mi sta facendo sentire come se avessi fatto qualcosa di male? Sono io la vittima, qui.

Be', lo sarei stata se il ladro fosse stato umano. Ma non è questo il punto.

«C'era un fruscio in mezzo ai cespugli», dico poi. «Ho sentito dei rumori».

«Rumori». Jimmy scrive anche quello. «Ma adesso sei sicura che non si trattava di un ladro».

«No», confessa Edward. «Era Mabel. La pecora».

«La pecora». Jimmy si interrompe. «Dunque, se tutta questa agitazione si è rivelata inutile… potete dirmi perché me ne sto qui, adesso, invece di essere sotto le coperte? Domattina devo portare i cani a spasso, lo sai. A loro piace uscire alle sei, non più tardi. Come ti aspetti che riesca a farlo adesso? Sono le tre passate».

«Mi dispiace», dice Edward, facendomi l'occhiolino mentre Jimmy infila il taccuino in tasca. «June non avrebbe mai dovuto chiamarti. Non le ho chiesto di farlo».

«June? Non è stata June a chiamarmi», borbotta, guardandomi. «Quella donna sa il fatto suo. Ne sa abbastanza sui cani, e sulle abitudini della gente».

«Be', se non è stata June, allora chi è stato?», chiedo io.

«Sai perfettamente chi è stato, signorina», dice lui. «Sei stata *tu*… *tu* mi hai chiamato». Mi agita un dito contro. «E sono quasi propenso a notificarti una diffida. Questo è un pastrocchio bello e buono. Non mi piacciono i pastrocchi».

«Ma non sono *io* che l'ho chiamata», protesto. «Volevo farlo… ma Edward ha detto che ci avrebbe pensato lui».

«È vero… non ti ha chiamato lei, Jimmy», mi sostiene Edward. «Sono stato con lei per tutto il tempo».

Gli sorrido piena di gratitudine… almeno sta prendendo le mie parti. È carino da parte sua. E mi ha dato il maglione quando avevo freddo. Anche questo è stato gentile. Forse non è così cattivo.

Mi sorride anche lui e d'un tratto noto il modo in cui i suoi occhi si illuminano quando lo fa. Se non fossi così furiosa per Mabel, potrei persino pensare che è carino. Davvero carino… perché non l'ho notato prima?

«Be', *qualcuno* che diceva di essere te mi ha chiamato e mi ha supplicato di venire subito qui. Se non eri tu, allora non so chi fosse. Forse la pecora Mabel?». Jimmy si avvia fuori dalla porta, sbuffando e borbottando sullo spreco del tempo e delle risorse della polizia.

Guardo di nuovo Edward, tutti i pensieri sui suoi occhi lucenti sono spariti mentre il significato di quello che ha appena detto Jimmy chiarisce ogni cosa. Intuisco, osservando il suo viso, che Edward ha capito chi ha fatto tutto questo, così come ho capito io: è stata Matilda, ne sono sicura. Non mi stava solo facendo uno scherzo quando ha tirato fuori la storia del Pazzo dei Boschi. Voleva davvero cercare di spaventarmi. E poi deve aver sentito tutto il trambusto alla casa principale, quindi ha chiamato Jimmy per rendere le cose più difficili. Vuole sbarazzarsi di me e ho lo strano presentimento che non desisterà tanto facilmente dal proposito di sbattermi fuori.

REGOLA NUMERO 18
Sii una buona vicina di casa

«La donna del giorno!», esclama Ted, mentre entro nel Negozio del Villaggio.

«Maggie!». Peg sorride raggiante. «Siamo felicissimi di vederti!».

Tremo per l'imbarazzo; è ovvio che Peg e Ted stavano giusto parlando di me e riesco a indovinare esattamente il perché: la storia della pecora Mabel ha cominciato a girare.

«Ciao, Peg. Ted».

Mi sto pentendo di essere venuta a Glacken, ma non avevo altra scelta... a meno che non volessi fare il giro lungo di cinquanta chilometri verso il supermercato più vicino. A ben vedere, comincio a credere che sia esattamente ciò che avrei dovuto fare... almeno così non avrei dovuto affrontare gli abitanti del villaggio. Una o due persone mi hanno praticamente riso in faccia mentre parcheggiavo l'auto sulla via principale, adesso so perché.

«Su, non preoccuparti, tesoro, la gente non sta ridendo di te», dice Ted. «Be', non molto, perlomeno».

Sta cercando di mantenere un'espressione neutra. So cosa significa: significa che l'intero villaggio sta parlando di Mabel che ha fatto irruzione nel cottage. Avrei dovuto saperlo che sarebbe stato impossibile mantenere il segreto da queste parti. Non se ne dimenticheranno mai.

Mi chiedo chi l'abbia detto a loro. Deve essere stato Edward. Probabilmente l'ha raccontato a tutti e si è fatto una bella risata a mie spese. Carino da parte sua e di quei suoi stupidi occhi azzurri.

«Credevo che stessero facendo irruzione in casa», cerco di

spiegare, sentendo il rossore dell'imbarazzo strisciare su dal collo verso le guance. Penseranno che sono una ragazza di città completamente sprovveduta. Sembra tutto così sciocco adesso, alla fredda luce del giorno.

«Certo, perché non avresti dovuto?». Peg si sta dimostrando comprensiva. «Quella Mabel è un piccolo demonio che terrorizza la gente. È questo il problema quando si crescono i cuccioli in casa. Cominciano a credere di essere umani».

«È quello che ha detto Edward!», dico sussultando. Allora non mi stava prendendo in giro... forse quella parte era vera.

«E ha ragione». Peg annuisce. «Gli agnelli salvati dall'abbandono possono crescere pensando che il loro posto sia dentro casa, accanto al fuoco, e non fuori nei pascoli. Soprattutto quella Mabel... è una piccola sfacciata, senza dubbio».

«Quando l'ho sentita alla finestra, ero convinta che qualcuno stesse cercando di entrare», mi giustifico.

«E poi è così buio qui, la notte... terrificante se non ci sei abituata», aggiunge Ted.

Mi sono tolta un peso. Sanno esattamente come mi sento.

«Esatto!», confermo alzando la voce. «È così buio, i rumori sembrano... amplificati».

«Certo, è possibile... Le lunghe notti infonderebbero un timore di proporzioni bibliche in chi non fosse abituato. Anch'io a volte mi spavento, e sono nata e cresciuta a Glacken», mi confida Peg.

Ho il sospetto che Peg abbia esagerato un tantino per non farmi sentire più in imbarazzo di quanto già non sia, ma poiché entrambi sono così comprensivi e non mi stanno minimamente giudicando, tutto assume un aspetto migliore. Mi sono sentita una stupida per l'intero incidente, ma loro sono gentili. Forse non è stato un errore tanto stupido, dopotutto.

«Non pensavo di avere così tanta paura del buio, ma non ho mai visto un'oscurità come questa. È davvero spaventosa», confesso.

«Ah, sicuro, non c'è niente di cui vergognarsi. Un sacco di persone hanno paure irrazionali», dice Peg. «Ti dirò un piccolo segreto: avevo paura di volare finché non mi sono fatta curare. Non è vero, Ted?»

«Proprio così», conferma Ted, guardandola pieno d'affetto.

«Sì, ero terrorizzata. E poi mi sono fatta ipnotizzare e la cosa non mi crea più alcun problema. Dovresti provarci anche tu».

«Cosa… ipnosi?». Questa idea non mi convince. Proprio per niente.

«Sì, è una cosa assolutamente geniale. Non potevo neanche guardare un aereo prima, e adesso non ho più alcun problema. Non è vero, Ted?»

«Verissimo, ora può volare ogni volta che vuole. È una piccola temeraria adesso!». Gonfia il petto con orgoglio.

«Quindi adesso viaggi molto di più», le chiedo, «visto che non hai più paura di volare?»

«Oh, no, odio viaggiare». Peg mi sorride. «Preferisco restare a casa. Perché mai dovrei lasciare il villaggio? Tutto ciò di cui ho bisogno è qui. Non è vero, Ted?»

«Esatto», conviene Ted, scartando un altro Mars e gettandosi a pesce su di esso.

Non posso fare a meno di pensare che ha un'espressione un po' triste, forse non gli dispiacerebbe fare le valigie e partire per un'avventura, con Peg al suo fianco come compagna di viaggio.

Peg sembra ignara di questo, però.

«Ma pensavo che avessi detto che ora puoi volare, grazie all'ipnosi». Non è quello che ha detto? Forse ho capito male?

«Oh, sì, potrei se *volessi*», annuisce Peg, «ma non sono mai andata in aereo da nessuna parte».

«Non sei mai stata su un aereo, anche se ormai non hai più paura di volare?».

Questo è proprio bizzarro.

«No. Mai. Ma se *volessi*, potrei farlo tranquillamente». Mi sta guardando come se fossi quella a corto di panini durante un picnic.

«Grazie all'ipnosi», concludo.

«Esatto. Ora, un'altra cosa che potresti provare è la terapia dell'avversione».

«La terapia dell'avversione?»

«Sì. È quando ti circondi della cosa di cui hai paura, così impari a non temerla più. Dicono che è molto efficace... se non vuoi provare la via dell'ipnosi, cioè. Ha funzionato bene per una mia amica che era terrorizzata dai topi».

«Nelly Reilly», puntualizza Ted, come se dovessi sapere chi è Nelly Reilly.

«Esatto, Ted», conferma Peg. «Ted se la cava benissimo con i nomi, non è vero, Ted? Non dimentica mai un nome».

«È tutto merito dei Mars, Maggie», dichiara Ted. «Il cioccolato è pieno di antiossidanti... fanno bene alla materia grigia». Si picchietta una tempia con la carta del cioccolato ancora in mano.

«Non altrettanto al colesterolo, però», si acciglia Peg.

«Non si può avere tutto, ragazza mia», ribatte Ted dolcemente, staccando un altro enorme morso di Mars e masticando lentamente.

«E allora, Nelly Reilly?», cerco di incalzare Peg, se non lo faccio potremmo restare qui anche tutto il giorno.

«Ah, sì... Nelly Reilly». Peg raccoglie le idee. «Ha usato la terapia dell'avversione per combattere la sua fobia dei topi, e ora può prendere un topo... senza alcun problema».

«Perché mai dovrebbe aver bisogno di prendere un topo?», chiedo. Perché qualcuno dovrebbe mai voler toccare un roditore? Questo non è normale, poco ma sicuro. Prenderne uno in trappola, sì, ma toccarne uno? Neanche per sogno.

«Perché lavora in un negozio di animali, naturalmente!». Peg mi guarda in modo curioso, come se dovessi sapere anche questo. Che altro sennò?

«Sai, ho letto l'altro giorno di questa donna che ha trovato un topo morto in una latta di sugo di pomodoro», la interrompe Ted. «Ammettono che ci è caduto dentro in fabbrica prima che la latta venisse sigillata. Da non crederci, eh?».

Mastica lentamente un altro pezzo di Mars mentre riflette su questo scenario.

Impallidisco. Oddio, non comprerò mai più una latta di sugo di pomodoro.

«Oh scusa, Maggie, sono stato davvero insensibile», dice Ted. «Non so che cosa mi passa per la mente stamattina. Di certo non vorrai sentire questo genere di storie. Vuoi un Mars, magari? Sono un toccasana per lo choc... è per via dello zucchero, sai».

«No, grazie», rispondo.

«Comunque, siamo felici che tu stia bene dopo quell'orribile spavento con Mabel», dice Peg.

«Abbiamo sentito dire che Edward comunque si è preso cura di te», aggiunge Ted.

«È proprio un uomo adorabile», continua Peg. «È così solo da quando è morta la sua povera moglie. Non capisco perché qualcuno non se lo prenda al volo. Non che *certa* gente non ci abbia provato, bada bene».

Peg solleva lo sguardo su Ted e lui annuisce, ma non dice nulla. Di sicuro stanno parlando di Odette... forse la loro relazione segreta non è così segreta come le piace credere.

«È stato lui a raccontarvi tutta la storia, suppongo», dico io.

«Edward?», chiedono all'unisono rimanendo a bocca aperta.

«Dio, no», dice Peg. «Edward non ci racconta mai niente. È inutile per avere delle notizie fresche... te l'abbiamo detto, questo».

«Sì», conferma Ted tristemente. «È troppo discreto... specie sulla gente che gli piace».

La gente che gli piace? Stanno parlando di me?

«Non direbbe mai una cattiveria su di te, Maggie... è protettivo con te, ecco».

«Sul serio?»

«Oh, sì. Protegge la tua privacy, eccome».

Così non è lui che ha parlato di me. Okay. Questo a essere sincera è un colpo di scena. Pensavo che stesse ridendo di me con mezzo villaggio. Ho persino cercato di dargli una lezione seminando zizzania tra lui e Odette... forse quella non è stata una buona idea, dopotutto.

«Su, basta con questa storia. Siamo felici che tu sia qui, perché volevamo parlarti. Non è vero, Ted?»

«Verissimo. Il fatto è che ci sentiamo in colpa».

«Perché?». Sono confusa.

«Perché non ti abbiamo portato fuori, per farti divertire un po', ecco!». Ted sorride.

«Divertire?». Che genere di divertimento può esserci da queste parti?

«Sì», continua Peg. «L'altra sera ho detto a Ted: "Ehi, Maggie deve pensare che siamo i peggiori vicini che potevano capitarle". Non è vero, Ted?»

«Verissimo».

«Io non penso questo», dico.

«Be', i peggiori bifolchi, allora. Non ti abbiamo portato da nessuna parte da quando sei arrivata a Glacken».

«Mi avete portato al pub», ricordo.

«È vero», conferma Ted. «Ti abbiamo portato da Matty».

«Ah, sì, ma quello aveva a che fare con il lavoro», dice Peg, tutta gridolini. «Non ti abbiamo portato da nessun'altra parte per farti due risate, per introdurti nel bel mondo».

«Il bel mondo?»

«Sì, dobbiamo portarti fuori in qualche posto eccitante! In qualche posto divertente!».

«Allora, il piano è questo. Andremo a un ballo». Ted si strofina le mani per la contentezza.

«Un ballo?»

«Sì, un ballo in società. Sarà un tale *spasso*! Non ci andiamo da anni, ma quale scusa migliore adesso che tu sei qui? Ci divertiremo un mondo!».

Non so cosa rispondere. Da un lato, il pensiero di una serata decente passata fuori è una tentazione. Dall'altro, un ballo in società conta davvero come serata decente? Difficile che sia una cosa esaltante... probabilmente si tratta di un ricevimento d'altri tempi.

«Be', non sono sicura di farcela, in realtà», temporeggio. Ho bisogno di pensare. Non posso accettare così su due piedi senza sapere in cosa mi sto cacciando. Devo fare un po' di ricerche... informarmi su Google, almeno.

«Ma certo che ce la farai!», ride Ted. «E guiderò io, così non dovrai preoccuparti di nulla».

«Giusto».

Come faccio a trarmi d'impiccio?

«Ora, se hai bisogno di qualcosa da mettere, Maggie, non esitare a chiedere». Il viso sincero di Peg è preoccupato. «Questi eventi sono roba di gran classe...», guarda dubbiosa i miei vestiti sudici.

«Sì, Peg ha qualche vestito grazioso, se hai bisogno di chiedere in prestito qualcosa», interviene Ted.

Ma certo... Peg e Ted non mi hanno visto con nient'altro addosso se non i jeans e la tuta. Non hanno idea del mio fantastico guardaroba di città che aspetta solo di essere indossato. Non mi stupisce che Peg sia così preoccupata, probabilmente pensa che non abbia assolutamente niente da mettermi per un ballo in società. Forse crede che mi presenterò puzzolente di letame, con fili di paglia tra i capelli. Non può sapere che prima avevo tutt'altra vita, una vita in cui mi vestivo da persona di successo, mi truccavo come si deve e avevo i capelli in piega ogni giorno. Quella vita sembra così lontana.

«Ho un delizioso vestito blu che ti starebbe d'incanto», continua Peg.

«Non ti preoccupare, grazie, Peg. Ho qualche cosuccia che potrebbe andar bene», dico io.

Potrei concedere al mio vestito di D&G una serata fuori. Il solo pensiero mi elettrizza. Adoro quel vestito nero... è una perfetta armonia di sexy e classico: non troppo vistoso, non troppo formale, ma un ideale equilibrio tra le due cose.

L'ultima volta che l'ho messo, per una cena di lavoro con Dermot e Dom, Dom mi ha detto che se non mi avesse conosciuto mi avrebbe dato un dieci pieno. Un complimento equivoco, sì, ma ero soddisfattissima lo stesso.

Ripensandoci adesso, non riesco a ricordare la mia ultima serata fuori. Dom mi ha assillato per un'eternità perché andassi per locali con lui, dopo che io e Robert avevamo rotto, ma non ho mai ceduto, per quanto mi abbia implorato.

Forse una bella uscita sarebbe divertente. Okay, non sono mai stata a un ballo in società prima d'ora e non ho la più pallida idea di cosa comporti, ma quanto brutto potrebbe essere? A meno che non si aspettino che faccia delle cose strane, sarà tollerabile, di sicuro.

«Splendido! Allora sei dei nostri?», strilla Peg entusiasta.

«Okay, allora», accetto. «Perché no?».

«Grandioso!». Lei e Ted si danno il cinque.

«Ecco, prima che mi dimentichi, ho fatto questo per te... stavo per lasciartelo al cottage, ma visto che sei qui, tanto meglio!». Peg mi porge una casseruola, coperta da un foglio di alluminio.

«Cos'è?»

«Oh, solo una cosetta per cena. Ho pensato che ti avrebbe fatto piacere in caso fossi ancora un po' scossa, sai, dopo... Mabel».

«Mi hai preparato la cena?»

«Non è niente di speciale, in realtà», dice lei. «Dunque, deve essere scaldato nel forno per circa venti minuti. Aggiungi un po' di sale e pepe, se vuoi».

«Grazie, Peg, è davvero carino da parte tua». Le sorrido piena di gratitudine.

«Figurati». Mi sorride. «Non è a questo che servono gli amici?».

Quello che ha detto mi coglie alla sprovvista. Posso dire dalla sua espressione che mi considera sinceramente un'amica, anche se ci conosciamo da così poco tempo. È per questo che ha cucinato per me. Non mi verrebbe mai in mente di cucinare per qualcuno, nemmeno per i miei amici più cari in città, eppure è un gesto così semplice e amorevole.

«Be', grazie ancora», dico. «È stato davvero premuroso da parte tua».

«Non dirlo nemmeno», sorride. «Non è niente di speciale».

«È il suo pasticcio di carne e purè». Ted mi fa l'occhiolino. «Delizioso!».

«Ora, Ted, non fare il fanfarone». Peg gli dà una pacca amorevole con il dorso della mano.

«Quella ricetta ha vinto un premio alla fiera contadina dello scorso anno», aggiunge Ted. «Ha battuto quella di Betty».

«Be', lei è arrivata seconda», dice Peg garbata. «Non è male come risultato».

«Il pasticcio di carne e purè è in assoluto il mio piatto preferito!». Annuso la pirofila per apprezzamento, trasportata all'improvviso ai tempi dell'infanzia. Non la mangio da anni… a me piaceva con il ketchup e la crema di piselli.

Come se mi leggesse nel pensiero, Peg fruga sotto il bancone e tira fuori una latta dalle sue profondità. «Crema di piselli», dice, facendo l'occhiolino. «Non c'è niente di meglio».

«Peg!», esclamo, stupefatta. «Adoro la crema di piselli!».

«Be', certo che sì», ribatte lei, come se fosse la cosa più normale del mondo essere in grado di leggermi nel pensiero. «Non la adorano tutti?».

Non riesco a ricordare l'ultima volta che qualcuno, a parte mia madre, ha preparato un pasto fatto con le sue mani apposta per me. Tutte le feste a cui sono andata negli ultimi anni non erano esattamente a base di cibi fatti in casa… di solito il padrone di casa comprava qualcosa di già pronto. A volte, alle feste più eleganti, c'era un addetto al catering, persino dei camerieri. Con il senno di poi, sembra tutto così opulento ed esagerato. Peg si sta comportando come se non fosse niente di insolito, ma non avrei mai pensato di preparare qualcosa da mangiare per nessuno dei miei vicini. Anzi, conoscevo a malapena i miei vicini in città, facevo loro un cenno quando li incrociavo e via. Ted e Peg hanno fatto l'impossibile per farmi sentire parte della comunità da quando sono arrivata qui. Suppongo che sia per questo che si chiama "comunità": le persone si prendono cura le une delle altre.

«Grazie ancora, Peg» dico, sentendomi un po' sopraffatta. Sono stati così carini con me.

«Prego. Allora, ci vediamo giovedì per la nostra grande serata. Passiamo a prenderti alle sette».

«Okay». Sorrido. «Non vedo l'ora».

«Grandioso! Non ti dispiace dividere il sedile posteriore con Edward e Matilda, vero?».

Edward e Matilda? «Vengono anche loro?»

«Oh, sì! Non te l'ho detto?», mi chiede Peg. «Che testa vuota che ho, davvero».

«Pensavamo che anche loro avessero bisogno di una bella serata fuori», spiega Ted. «Alleggerire un po' la mente, rilassarsi un po'. Ci saranno un sacco di ragazzini là, quindi Matilda dovrebbe divertirsi parecchio».

«Certo, capisco», mento.

La calda, elettrizzante sensazione di un attimo fa scompare in un soffio di fumo quando mi rendo conto che ho accettato di andare a questo ballo con il mio padrone di casa e sua figlia... un'adolescente che mi odia da morire. Grandioso. Davvero grandioso.

«Mi raccomando, tira fuori i tuoi straccetti migliori!», dice allegro Ted. «Sarà una serata fantastica... me lo sento nei flussi».

Il mio cuore affonda mentre lui scarta un altro Mars e ne stacca un morso per festeggiare. Ted si sbaglia. Questa non sarà una serata fantastica, sarà un enorme disastro: lo sento nei *miei* flussi, o lo sentirei se sapessi dove si trovano esattamente.

REGOLA NUMERO 19
Balla come se nessuno ti stesse guardando

«Questo manzo non mi convince». Peg punzecchia la carne nel piatto con la forchetta. «Credo sia troppo cotto».

«Sul serio?».

Taglio un angolino della mia bistecca e mastico lentamente. È deliziosa, ma ho paura di pronunciarmi. E se fosse Betty della macelleria ad aver fornito la carne? Se faccio un complimento a qualunque cosa abbia a che fare con lei, Peg si offenderà a morte, e di sicuro non voglio che questo accada, non dopo che lei e Ted sono stati così gentili con me.

«Non è molto tenero», le concedo, e lei mi sorride con cognizione di causa.

«Hai ragione», conviene poi. «Non è stato frollato come si deve, è questo il problema».

«Dici?»

«Oh, sì. Se il manzo non viene frollato come si deve, sa di cartone».

«Le verdure sono abbastanza buone, però». Spero che questa sia la cosa giusta da dire... ho la sensazione che non dovrei mostrarmi troppo entusiasta di nulla.

«Sì», dice poco convinta. «Naturalmente, sarebbero state molto più gustose se fossero state cotte al vapore».

«Vero», aggiungo, e lei mi sorride, felice che sia d'accordo con lei.

«Allora, Maggie, che ne pensi del ballo?». Edward si protende sul tavolo per parlare con me.

Indossa uno smoking nero e ha un aspetto sensazionale,

non come il povero Ted, che sembra un cameriere ingessato e continua a tirarsi il papillon, come se lo stesse strangolando lentamente.

Finora ho passato la maggior parte della serata cercando di evitare di parlare con Edward, soprattutto perché anche se Odette non è seduta insieme a noi, sta fluttuando in giro per la stanza da qualche parte. Comunque, c'è un'altra ragione per cui sono riluttante a intavolare una conversazione, ed è perché ogni volta che lo guardo sento uno strano sfarfallio nel petto. Uno sfarfallio che mi sta mettendo molto a disagio, a dire il vero. «Mi piace», rispondo educatamente, intenta a tagliuzzare dell'altra carne in pezzettini minuscoli. Concentrarmi su questo riduce l'imbarazzo serpeggiante che provo ogni volta che lui mi guarda.

«Non è troppo noioso per te?»

«No», rispondo, tagliando anche le carote a pezzettini e spargendole nel piatto. Perché ho così caldo e sono così nervosa?

«Ma è troppo noioso per *me*!», si lamenta Matilda. «Perché non posso andare a parlare con i miei amici?». Guarda con vivo desiderio dall'altra parte della stanza, dove è seduto un gruppo di ragazzi che continuano a gettarsi tovaglioli addosso al di sopra del tavolo. Ha passato l'intero tragitto nel furgoncino bianco di Peg e Ted in un silenzio di tomba, e ha a malapena pronunciato una parola con chiunque stasera. Non avevo idea del perché avesse accettato di venire finché non ho avvistato Daniel nel gruppo dall'altro lato della stanza. Ovviamente è lui la sua motivazione. Il vestito nero, senza spalline, con una scollatura vertiginosa sulla schiena, è talmente corto da essere a malapena visibile e lei si è impiastricciata di autoabbronzante su ogni centimetro visibile di pelle. È un look di cui ogni ragazzina di città sarebbe orgogliosa, e a quanto pare è altrettanto popolare qui nel bel mezzo del nulla. Quando si è tolta lo striminzito bolerino che si era messa sulle spalle per rivelare cosa c'era sotto, ho visto Edward impallidire. Nonostante i molti, discreti tentativi da parte del padre, ha continuato a rifiutarsi di rimetterselo addosso.

«Potrai parlare con loro quando avremo finito di cenare, Matilda», dice Edward in tono pacato, cercando di alleggerire la tensione.

«Ma io *ho* finito». Matilda allontana il piatto. «Era disgustoso».

«Non ti è piaciuto proprio *niente*, Matilda?», le chiede Ted, il viso increspato di preoccupazione, come se in un certo senso fosse personalmente responsabile per questo.

«Sono vegetariana», risponde Matilda. «La carne è un insulto per me».

«Vegetariana, dici?». Ted sembra interessato. «E perché? È per ragioni di salute?»

«Non esattamente», dice Matilda in tono freddo. «Ho solo deciso che non voglio mangiare qualcosa che aveva una faccia, ecco tutto».

«Qualcosa con una faccia, eh?», ripete Ted. «Hai sentito questa, Peg?»

«Che hai detto?». Peg non sta prestando attenzione alla conversazione, è troppo impegnata a osservare attentamente qualcuno. Seguo il suo sguardo verso un altro tavolo... dove Betty della macelleria, in un abito senza maniche di satin viola, si sta gettando con gusto sulla carne. Mentre la osservo, prende la salsiera e affoga il piatto sotto un'altra generosa porzione di condimento.

«Matilda qui dice che non mangerà niente che aveva una faccia».

«Che cosa carina», dice Peg distrattamente, con gli occhi incollati sulle spalle in carne di Betty.

«Da quando, Matilda?», la schernisce leggermente Edward. «Hai mangiato un hamburger la scorsa settimana, se ricordo bene».

«Un sacco di cose sono cambiate da allora», dice lei altezzosa. «Tanto non te ne saresti accorto comunque».

«Ah, sì, una settimana è un periodo di tempo molto lungo nella vita di un'adolescente», dice Ted, tamponandosi la bocca con il tovagliolo. «Persino io lo so, questo».

Matilda lo fissa, con gli occhi socchiusi, come se non riuscisse a credere che una volta anche lui è stato ragazzino.

«Ti ho mai detto che ho visto i Beatles dal vivo, una volta?», le dice, di punto in bianco.

«Ma dai!». Matilda dimentica di fare la scorbutica per un secondo e la sua mascella collassa di sincera ammirazione.

«Sì, è così. Non erano molto bravi, però».

«I Beatles non erano molto bravi?». Matilda è stupefatta.

«No. Non mi è mai piaciuto quel Paul McCartney... troppo zuccheroso. Invece gli Stones, loro sì che avevano classe. Jagger sapeva come incantare una folla. Be', ricordo a malapena quell'esibizione... avevo fumato talmente tanta erba prima che ero completamente fatto».

«Tu fumavi *erba*?». Matilda non riesce credere alle proprie orecchie.

«Certo», risponde Ted. «Ah, iniziano le danze... grandioso!».

«Oddio, non questo strazio», borbotta Matilda, ricordandosi d'un tratto di mostrarsi di nuovo intrattabile.

Un gruppo di cinque persone si sta sistemando sul palco, sono tutti vestiti con completi e scarpe di velluto blu, i capelli impomatati con un ciuffo sulla fronte. «Chi sono?», domando.

«I più vecchi musicisti in città», borbotta Matilda. «Sono *insopportabili*».

«Non sono così male», protesta Edward.

«Hai ragione, sono anche peggio. Me ne vado da qui, papà, ci vediamo dopo».

Prima che Edward possa protestare, Matilda si allontana dal tavolo. Si sta dirigendo dritta verso Daniel. Lui non solleva nemmeno lo sguardo per salutarla mentre lei ancheggia verso di lui, barcollando un po' sui tacchi. La sta completamente ignorando: avevo dimenticato quanto fossero affascinanti gli adolescenti maschi.

«Maggie, vuoi farmi l'onore di questo primo ballo?». Ted si inchina in modo formale davanti a me mentre la band prende vita.

«Non sono molto brava nel valzer, Ted», lo avverto.

«Nemmeno io, quindi saremo una coppia perfetta».

«Coraggio, Maggie». Peg non sta più guardando Betty. «Questo mi darà la possibilità di interrogare Edward sulla sua vita amorosa!».

Edward si muove a disagio sulla sua sedia e un leggero rossore gli fluisce sulle guance.

«Sei una donna terribile, Peg», sghignazza Ted. «Stai facendo arrossire questo pover'uomo». Poi mi trascina lontano dalla tavola sulla pista da ballo, che è già affollata di persone. A quanto pare la fobia cittadina di essere i primi a scendere in pista qui non si applica: tutti sono felici di alzarsi subito per cominciare a divertirsi. È piuttosto piacevole, anche se Ted continua a pestare le mie preziose chanel di Prada. Non stava mentendo: non sa ballare.

«Allora, Maggie, ti stai godendo la vita di campagna?», mi chiede adesso, mentre volteggiamo per la pista.

«Mi piace», rispondo io. «Di sicuro non è monotona, questo è certo».

«Pensavi che lo sarebbe stata?».

Mi mordo un labbro. Accidenti. Non voglio offenderlo, non dopo che lui e Peg mi hanno invitato qui stasera.

«Non preoccuparti, non mi hai offeso. Ero terrorizzato quando mi sono trasferito a Glacken».

«Non sei di qui?». Avevo semplicemente presunto che lo fosse. Di sicuro *sembra* uno del posto.

«Oh, no». Scuote la testa. «Sono un infiltrato, come te».

«Di dove sei, allora?»

«Di Lyross».

«E dov'è?»

«A una ventina di chilometri da qui».

Dice sul serio? Crede di essere un infiltrato perché si è trasferito a Glacken da un villaggio a venti chilometri da qui? «Non è molto lontano», aggiungo.

«Geograficamente no. Ma psicologicamente possono sembrare milioni di anni luce».

«Sul serio?»

«Oh, sì. C'è voluto moltissimo perché la gente della comunità mi accettasse. Sono ancora conosciuto come "Ted di Lyross" tra gli abitanti del villaggio, anche se ormai vivo qui da trenta e passa anni».

«Wow», faccio io. «Ma è una follia».

«Sì, persino i miei figli sarebbero stati considerati degli intrusi. Ci vogliono generazioni prima che gli abitanti del villaggio accettino veramente uno straniero. Non abbiamo avuto figli, naturalmente».

Un'espressione addolorata si impossessa del suo viso mentre lo dice, ma io faccio finta di non notarlo. Non voglio metterlo in imbarazzo.

«Però sono contento di essere qui», continua lui. «Mi sono fatto i miei viaggi in gioventù».

«Davvero? Dove sei stato?»

«Dappertutto, in realtà: Australia, America, Sudafrica...».

«Hai viaggiato in tutto il mondo?». Sono esterrefatta. Non lo avrei mai immaginato.

«Proprio così». Sorride con un po' di nostalgia. «Lavoravo sulle navi prima di sistemarmi. Era una vita meravigliosa. Ma questo è stato prima di conoscere Peg, naturalmente... Lei ha messo fine al mio scalpitare».

«Ti manca mai la tua vecchia vita?», domando, incuriosita.

Ted si volta per osservare Peg, che sta chiacchierando con Edward. «Rimanga tra te e me... sì», ammette. «A volte penso che mi sarebbe piaciuto moltissimo andare in giro in cerca di avventure... sai, partire senza un piano preciso e vedere quel che succederà. Ma Peg...».

«È un tipo casalingo?»

«Sì, proprio così», dice lui. «Avevamo progettato di viaggiare, quando abbiamo scoperto che non avremmo avuto figli. Ma gli anni sembravano scorrerci davanti agli occhi. E poi Peg era nervosa al pensiero di volare...».

«Però adesso l'ha superata».

«Sì, è vero. Ma ancora non vuole partire, e adesso c'è questa cosa del supermercato. Non voglio farle pressioni...».

«Di che state parlando voi due?». Peg sbuca alle spalle di Ted. Non mi sono nemmeno accorta che si stava avvicinando.

«Di niente, dolcezza!». Ted si incolla un sorriso sulla faccia.

«Capisco. Di niente, eh?». Peg ricambia il sorriso. «Bene, Maggie, spero non ti dispiaccia se vi interrompo. Vorrei portarti via mio marito per un giro di valzer».

«Ma certo». Bacio Ted sulla guancia rugosa. «È stato splendido, Ted, grazie», sussurro. Lui mi stringe la mano e io stringo la sua in risposta; il messaggio è chiaro: questa conversazione deve restare fra di noi. Mi volto per tornare al tavolo mentre Ted prende la mano di Peg e vado a sbattere dritta contro il torso di Edward. Da dove salta fuori? È come se fosse apparso dal nulla al mio fianco.

«Ti va di ballare?», chiede a bassa voce, gli occhi fissi nei miei.

Lo guardo, il cuore all'improvviso mi pulsa nelle orecchie. Odette è qui da qualche parte... cosa farà se ci vede ballare insieme? Farà una scenata, di sicuro. Una visione di lei che si lancia attraverso la sala per strapparmi i capelli dalla testa colpisce la mia immaginazione. Però una scenata del genere in pubblico non sarebbe nel suo stile. Probabilmente opterebbe per qualcosa di più sottile... tipo far scivolare una pillola di cianuro nel mio bicchiere. Ho la sensazione che Odette vorrebbe guardarmi morire di una morte lenta e molto dolorosa.

Poi Edward mi sorride esitante e in quel momento prendo la mia decisione. Non mi importa di quello che pensa o fa Odette: so solo che voglio ballare con lui. È quasi come se desiderassi – sì, desiderassi – sentire il suo corpo vicino al mio. E questo non è bene, giusto?

Annuisco e lui mi fa scivolare un braccio attorno alla vita. Niente a che vedere con Ted. I movimenti di Edward sono fluidi, la sua mano posata leggermente sulla mia schiena mi guida. Per una volta sento davvero di ballare il valzer come si deve e non di essere trascinata alla meno peggio. Se solo potessi impedire alle mie ginocchia di tremare per il nervosismo…

«Sei bellissima stasera, Maggie», mi dice in un orecchio, mentre ci muoviamo insieme attraverso la pista.

«Grazie, anche tu», rispondo. «Non volevo dire bellissimo, naturalmente. Stai bene. È questo che intendevo. Molto bene. E pulito. Sei davvero in ordine». Sembro un'idiota. Perché non penso prima di parlare… che c'è di *sbagliato* in me?

«Grazie», dice solenne lui. «Mi c'è voluto un po' per togliermi di dosso lo sporco».

«Anche a me!», esclamo, poi mi mordo di nuovo le labbra. Perché ho detto una cosa del genere? Che cosa stupida da ammettere, anche se è vero. È da così tanto tempo che non vado a un evento sontuoso che mi ci è voluta un'eternità per sistemare trucco e capelli. Non sono nemmeno riuscita a controllare come stavo perché non c'è uno specchio ad altezza naturale nel cottage, ma credo che il mio vestito di D&G sia a posto… l'ho infilato e chiuso più facilmente del solito. Devo aver perso un paio di chili con tutto quel lavoro alle stalle, il che è un lato positivo di tutto quello sgobbare e sudare a cui non avevo pensato.

Un silenzio imbarazzato scende tra noi e cerco disperatamente di pensare a qualcosa di intelligente da dire. La mia mente è completamente vuota. Per qualche ragione non mi viene in mente una singola cosa, intelligente o meno.

Potrebbe essere perché lui è così vicino? La sua mano è ancora posata in fondo alla mia schiena e tutto ciò a cui riesco a pensare è il calore delle sue dita sulla mia pelle. Un pensiero del genere è una follia. L'unica ragione per cui mi ha chiesto di ballare è perché voleva essere gentile. Non mi viene in mente altro.

«Grazie per esserti offerta di insegnare a Polly a dipingere», dice lui alla fine, e io tiro un sospiro di sollievo per il fatto che abbia rotto il ghiaccio. Ora so per certo che ho perso peso: l'ultima volta che ho messo questo vestito ho dovuto trattenere il respiro tutta la sera, al pensiero che le cuciture potessero scoppiare.

«Nessun problema. È una bambina adorabile. Forse avrei dovuto chiederlo a te, però, prima di dirlo a lei», blatero.

«Probabilmente è stata lei a farti pressioni perché ti offrissi di farlo... dico bene?». Si lascia andare a una breve risata.

«Non importa, sul serio», dico io. «Sarà divertente».

«Be', lei non vede l'ora... non riesce a parlare d'altro».

«Spero di soddisfare le sue aspettative».

«Una lezione privata con un'artista pluri-premiata?». Fa un fischio di ammirazione. «Sono certo che adorerà ogni minuto passato con te».

Sono disorientata mentre lui dice questo. Perché, oh, perché ho detto di essere qualcosa che non sono? Mi sento una tale imbrogliona... probabilmente perché è proprio quello che sono.

Dovrei confessare qui e adesso? Voglio davvero dirgli la verità, ma qualcosa mi frena. È così bello muoversi lentamente insieme, al ritmo della musica, che non oso rovinare questo momento. E mettermi a nudo, rivelare tutto, significherebbe proprio questo, perché qualcosa mi dice che Edward non sarebbe positivamente colpito dalla mia storia.

«Polly era triste per il fatto di non poter venire stasera?», gli chiedo, per cambiare argomento.

«Non proprio. Pensa che i balli siano *grossolani*», risponde lui ridendo. «E poi June le ha promesso di farle la cioccolata calda».

«Sono molto legate, vero?», domando, avvicinandomi sempre di più a lui mentre la pista si affolla di gente. Se ci avviciniamo ancora un po' avremo bisogno di attrezzatura speciale per separarci... non è un'idea fastidiosa, non quando riesco a sentire sotto le dita la schiena tesa, asciutta di Edward. La stessa schiena a cui mi sono aggrappata quando stavamo cercando il ladro di Rose Cottage. Chi poteva immaginare che una schiena potesse essere tanto bella?

«Sì, è vero. June è fantastica con lei. È solo che riesce a essere un tantino... più fredda con le altre persone».

Quant'è vero! June è una gattina con la nipote più piccola... ma diventa una tigre feroce con chiunque altro. Dovrei riferirgli ciò che mi ha detto alla gimkana? Che secondo lei dovrei fare i bagagli e tornare in città? Sono tentata, ma che cosa ne ricaverei? June mi odia, e fare la spia non cambierebbe le cose. Decido di tenere la bocca chiusa.

«A proposito, ho parlato con Matilda riguardo ciò che ha combinato», continua lui. «Dopo questa sera resterà in punizione per due settimane».

«Ahi». Mi irrigidisco. «Immagino che non l'abbia presa troppo bene». Due settimane sono un periodo lunghissimo nella vita di un'adolescente... non c'è da meravigliarsi che fosse così silenziosa durante il tragitto fin qui.

«No, infatti», ammette lui, con aria afflitta. «Ma sa che ciò che ha fatto è sbagliato. Inventarsi quella storia su un pazzo è stato decisamente sconsiderato. E poi chiamare Jimmy...».

«Non le piaccio granché», dico, affermando un'ovvietà.

«Non sei tu, nello specifico», dice lui. «Credo che abbia sofferto parecchio da quando sua madre è morta. È stato particolarmente difficile per lei».

«Posso immaginarlo», dico. «Perdere la madre in un'età

così difficile dev'essere terribile». D'un tratto mi sento davvero in colpa per il fatto che Matilda verrà messa in punizione per quello che ha fatto.

Guardo nella sua direzione e la vedo ballare un lento con Daniel. Matilda è al settimo cielo, mentre il suo brufoloso fidanzato sembra estremamente annoiato. Dovrei dire a Edward che li ho trovati insieme al cottage? Se glielo dico, impedirà ai ragazzi di vedersi? Questo potrebbe peggiorare le cose.

«Credo sia stato più facile per Polly», aggiunge poi. «Si ricorda della mamma, ma era così piccola quando è morta... non ha avuto lo stesso impatto su di lei».

«Ha un carattere molto forte», gli dico, pensando a Polly. «È senza paura, non è vero?»

«Sì, vorrei che non fosse così, a essere sincero. Potrebbe cacciarsi in guai seri. O cacciare *me* in guai seri».

«No, io credo che sia perfetta così com'è», dico ridendo. «Non ci si annoia mai con lei nei paraggi!».

Edward sorride... intuisco che è molto orgoglioso della figlia più piccola. «Non smette mai di parlare, questo è sicuro», dichiara.

«Puoi dirlo forte!».

«Matilda era proprio come lei». Sospira. «Si è chiusa completamente in se stessa da quando la madre è morta».

«Le adolescenti possono essere un mistero il più delle volte», concludo.

«Che mi dici di te, Maggie? Sei piuttosto misteriosa anche tu».

«No, non è vero». Arrossisco.

«Sì, lo sei», mi stuzzica lui. «Dimmi una cosa, venire qui è stata una tua idea?»

«Be', volevo fuggire dalla vita in città», mormoro. «Avevo bisogno di una pausa». E non avevo un lavoro né un posto dove vivere, aggiunge la mia voce interiore.

«Ma è stata Claire a convincerti che venire qui era la scelta giusta da fare?»

«Più o meno», ammetto.

«Lo avevo capito. Hai odiato tutto questo all'inizio, vero?», mi interroga lui.

«"Odiare" è una parola grossa», rispondo. «È solo che era tutto così diverso da quello cui ero abituata».

«E cosa provi adesso?», continua. «Stai aspettando il momento opportuno per andartene?».

Qualcosa nel suo tono di voce mi fa sollevare lo sguardo. Mi sta osservando, i suoi occhi cercano il mio viso.

«No, mi piace qui», rispondo, la mia voce d'un tratto è roca. È vero. Mi piace. Mi piace moltissimo.

«Bene», sussurra lui, la sua stretta si fa più salda attorno alla mia vita. «Perché mi riesce difficile ricordare com'era prima che tu arrivassi».

Ci guardiamo negli occhi, e io deglutisco. Questo che significa? È la mia immaginazione o c'è dell'elettricità che fluisce tra noi?

«Okay, gente, adesso velocizziamo un po' le cose!», urla il cantante nel microfono, e l'incantesimo tra noi si rompe non appena la band comincia una canzone dal ritmo più sostenuto. In un istante mi sento come una ragazzina impacciata quando in discoteca finiscono i lenti. Non ho idea di cosa dire o fare. Se potessi correre fuori a fumare una sigaretta di nascosto con un'amica, a ridacchiare, probabilmente lo farei.

«Vuoi qualcosa da bere?». La mano di Edward scivola via dalla mia vita e lui si allontana di un passo da me.

«Certo», rispondo, con la testa che mi gira vorticosamente. Non sono una sciocca ragazzina, sono un'adulta, e devo cercare di comportarmi come tale. «Vado un attimo a incipriarmi il naso».

"Incipriarmi il naso"? E questa da dov'è uscita? Dove credo di essere… in una specie di dramma vittoriano? Incespico mentre mi allontano da lui; mi sento in imbarazzo per aver detto una cosa così stupida e cerco di pensare in modo razionale. Me lo sono sognato il modo in cui mi guardava oppure ho frainteso il significato delle sue parole? Deve essere così. Era solo un ballo amichevole, niente di più. Non può esserci stata elettricità fra noi. Forse la bistecca *era* cattiva, come ha detto Peg. Dev'essere per questo che il mio stomaco ora è pieno di farfalle impazzite.

«Ti è piaciuto questo piccolo rendez-vous, non è vero?». Odette è al mio fianco prima che riesca a raggiungere la toilette delle signore.

«È stato solo un ballo, Odette», le dico, tentata di voltarmi e andar via. «Una cosa del tutto innocente».

«Lo spero tanto, Maggie», dice lei in tono glaciale. «C'è voluto molto tempo perché Edward si riprendesse dalla morte della moglie e voltasse pagina. Ma ora lo ha fatto… e sta voltando pagina con me. Capito?»

«Sì, ho capito perfettamente». Guardo Odette dritto negli occhi, che dardeggiano in risposta. Il messaggio è forte e chiaro.

«Bene. Allora sappiamo tutti qual è il nostro posto». Si allontana a passo di marcia, con il vestito di chiffon che svolazza dietro di lei. Sembra sussurrare una sottile minaccia mentre lei si allontana: "stai lontana, stai lontana".

REGOLA NUMERO 20
Fingi finché puoi

«Hai visto questo?». Peg spinge un giornale verso di me.

Mi sporgo sul bancone del negozio per vedere meglio. Il titolo in prima pagina recita: «Catena di supermercati promette venti nuovi posti di lavoro!».

«Riesci a crederci?», dice Ted, il suo viso è corrugato per l'indignazione. «Non si fermeranno davanti a nulla per ottenere quello che vogliono».

Scorro rapidamente l'articolo per arrivare al nocciolo della questione. Sembra che il nuovo supermercato stia iniziando una seria campagna di promozione per raccogliere consensi nel villaggio. Qualcuno ha lasciato trapelare la notizia che il supermercato porterà almeno venti posti di lavoro in zona… forse anche di più. Il supermercato dice che non assumerà gente proveniente da fuori, nemmeno nei posti dirigenziali. Vogliono che sia gente del luogo a ricoprire gli incarichi. Il giornale dice che i pezzi grossi vogliono che il negozio sia "parte della comunità" e assumere gente del posto è la loro "priorità assoluta". È una mossa intelligente, ovviamente finalizzata a ottenere il favore degli abitanti del villaggio.

«Immagino che offrirebbe nuove opportunità di lavoro nel villaggio», dico dubbiosa, non sapendo come prenderanno quest'opinione. Ogni volta che qualcuno ha ventilato la possibilità di nuovi posti di lavoro, Peg e Ted hanno ridicolizzato l'idea.

«Bah!», sbotta Peg. «Nessuno qui accetterà un lavoro da quei… quei mostri. Preferirei morire».

«Esatto!», le dà man forte Ted.

«Ted dice che piuttosto si sdraierebbe davanti a un bulldozer, non è vero, Ted?». Peg sembra molto determinata. «Ha un cuore ribelle, anche se il suo colesterolo è alle stelle. Glacken potrebbe anche diventare famosa per questo... proprio come piazza Tienanmen!».

Ted sembra un tantino nervoso al pensiero di fare una cosa del genere... immagino che Peg pretenderà che mantenga la promessa, in caso le pressioni comincino a farsi insistenti.

«Non li definirei dei mostri, però», suggerisco cautamente. «Cioè, gli affari sono affari e via dicendo. E qui dice che vogliono entrare a far parte della comunità... questo potrebbe essere un sentimento sincero».

«Come puoi dire una cosa del genere, Maggie?». Peg sembra terribilmente offesa. «Pensavo che sapessi da dove veniamo, che cosa *difendiamo*. Se quel supermercato si trasferisce al villaggio distruggerà ogni cosa! Non si tratta di pomodori a buon mercato importati dalla Spagna... qui stiamo parlando di un intero stile di vita. Pensavo che lo avessi capito. Tu più di tutti gli altri. Non possiamo arrenderci al primo ostacolo. Questo vorrebbe dire che non abbiamo alcuna bussola morale».

Peg fa per strapparmi il giornale, mentre le lacrime le brillano negli occhi. È finito tutto in malo modo. Non era mia intenzione sconvolgere lei o Ted, volevo solo sottolineare il fatto che per alcune persone al villaggio nuove opportunità di lavoro potrebbero essere le benvenute, visto che di questi tempi sono assai rare... io ne so qualcosa. Non voglio offendere nessuno dei due, in realtà sono molto affezionata a entrambi, una cosa di cui mi sono accorta di recente.

«Scusa, Peg», torno sui miei passi. «Certo che so cosa significa per voi tutto questo. Stavo solo cercando di essere obiettiva».

«Non vogliamo che la gente rimanga senza lavoro, Maggie», dice Ted, con aria ferita. «Non siamo così indifferenti».

Poi allunga la mano per prendere un altro Mars e strappa l'involucro. Non inciderà sul suo colesterolo: se avrà un attacco di cuore qui, in questo momento, sarà solo colpa mia. Cerco disperatamente di ricordare una qualsiasi delle nozioni di primo soccorso imparate con i boy-scout, mentre lo guardo che mastica infelice, ma la mia mente è completamente vuota. Se Ted crollasse e andasse in arresto cardiaco proprio davanti a me, non sarei in grado di fare niente per impedirlo… non posso fare a meno di sentire che me lo sono meritato per essere stata così insensata.

Peg osserva Ted, poi riporta lo sguardo su di me, come se avessi tradito totalmente la sua fiducia e, per peggiorare le cose, avessi spinto il suo adorato marito verso una morte certa dovuta al blocco di un'arteria per via del cioccolato.

«Non era mia intenzione sconvolgervi, Peg», provo a dirle. «Ho detto la cosa sbagliata, mi dispiace».

Mi lancia un'altra occhiata ferita. Dio, è davvero brava in questo. Mi sento malissimo, una traditrice.

«Senti, perché non convochiamo un'altra assemblea?», dico a ruota libera. Le parole mi escono di bocca prima che me ne renda conto. Non ho idea del perché ho suggerito una cosa simile… visto che farmi incastrare dalle politiche del villaggio è l'ultima cosa che voglio. Ma vedere Peg in lacrime e sconvolta mi ha davvero colpito, e devo fare qualcosa per farla sentire meglio. Non posso sopportare quello sguardo accusatorio ancora a lungo.

«Perché faresti una cosa simile?». Mi guarda sospettosa.

Il semplice fatto di aver espresso i miei dubbi sul supermercato l'ha resa cauta nei miei confronti. Tuttavia, questo è un progresso. Almeno mi parla di nuovo. «Perché voglio dare una mano. Dico davvero. Se facciamo un'altra riunione possiamo discuterne e cercare di arrivare a una soluzione per combattere questa… questa…», cerco le parole giuste per esprimermi, «…manovra pubblicitaria».

«Che ne sai tu di pubblicità?», chiede lei cautamente. Ma ho catturato il suo interesse.

«Un sacco», dico entusiasta, ansiosa di impressionarli entrambi. «Gestivo tutta la campagna pubblicitaria in ufficio».

Questo è vero. Non abbiamo mai chiamato un'agenzia di PR alla Hanley. Dom e io ci occupavamo delle campagne per favorire la vendita delle proprietà a noi affidate ed eravamo piuttosto bravi. Iniziavamo mandando penne ai giornalisti e proseguendo con l'organizzazione di pranzi a base di champagne per dare ai media determinate informazioni quando un nuovo complesso urbano veniva messo sul mercato. Dermot non era mai troppo a suo agio durante quei pranzi... ha sempre pensato che le proprietà in vendita dovessero parlare da sole. Mi chiedo come stia e se Yvonne alla fine ha deciso di lasciarlo ora che ha scoperto la verità. Sempre che l'abbia davvero scoperta. Dal modo in cui parlava Dermot prima che me ne andassi, sembrava deciso a nasconderle la loro disastrosa situazione finanziaria il più a lungo possibile.

«Quale ufficio?». Peg mi fissa confusa e d'un tratto ricordo che pensa che io sia un'artista a tempo pieno, non un'agente immobiliare disoccupata. Non posso confessare adesso. Se lo faccio, allora non si fiderà mai più di me.

«Intendo l'ufficio della galleria», dico velocemente, pensando così su due piedi. «Quando facevo le mie esposizioni dovevamo invitare la stampa, suscitare un minimo di interesse nei media, quel genere di cose».

«Oh, giusto». Gli occhi di Peg si illuminano. «Che genere di cose facevate?»

«Be', inviavamo loro dei regali». Mi aggrappo all'ultima speranza.

«Regali?», mi fa eco Ted.

«Sì... sai, per lisciarli un po'. Per assicurarci di essere citati sui giornali».

«Gli regalavate della roba per finire sui giornali?»

«Qualche volta. Lo fanno tutti. È una pratica comune... i giornalisti si aspettano di ricevere delle borsine omaggio, fa parte degli aspetti delle pubbliche relazioni. Come una specie di gratifica».

Mi preme che capisca che non stavo facendo niente di male… non voglio peggiorare la situazione.

«Borsine omaggio?», ripete Peg. «Come quelle che danno alla notte degli Oscar? L'ho letto su «Hello!». Prendono ogni genere di cose, vero? Come i diamanti. Le celebrità adorano i loro diamanti».

«Be', sì. Non faremo niente di ricercato come agli Oscar, ovviamente… non potremmo permetterci di regalare diamanti, questo è poco ma sicuro!».

Rido per spezzare la tensione, ma Peg non si unisce a me. È troppo occupata, persa nei suoi pensieri.

«Ti ho capito». Ted è intrigato. «Tu dai loro della roba, loro scrivono degli articoli favorevoli».

«Qualcosa del genere… tu gratti la schiena a loro, e loro la grattano a te. Naturalmente non sto dicendo che dovremmo fare così in questo caso».

«Non dire altro. Capiamo *perfettamente* dove vuoi arrivare», dice Peg «Non è vero, Ted?»

«Credo di sì, amor mio, credo di sì. Lascia fare a noi, Maggie… raduneremo le truppe. Ti manderò un messaggio con i dettagli, okay?». Ted è molto soddisfatto.

«Okay», rispondo.

«Anzi, manderò un messaggio collettivo, per comunicare a tutti cosa sta succedendo. Posso farlo via posta elettronica».

«Davvero?». Com'è che sa come farlo?

«Sì, naturalmente».

«Dovresti scrivere due righe anche su Twitter, Ted», lo consiglia Peg.

«Hai ragione, amor mio, pubblicherò un aggiornamento su Twitter con tutti i dettagli… buona idea. Lo usi anche tu, Maggie?»

«Cosa? Internet?»

«No, Twitter». Mi guarda entusiasta.

«Twitter? No, non lo uso».

«Ah, dovresti!», si intromette Peg. «È un gran modo per tenersi in contatto. Non è vero, Ted?»

«È vero. Puoi far sapere a tutti cosa stai facendo».

«Ovviamente, certe persone – non faccio nomi – lo usano a scopi auto-promozionali». La bocca di Peg s'irrigidisce.

«Betty della macelleria», mi spiega Ted. «Aggiorna il suo profilo un po' troppo spesso».

«Proprio così!», conferma Peg. «Dico io, dobbiamo per forza sapere tutti quanti della gara che ha vinto con quegli stupidi involtini di salsiccia? No, assolutamente no».

«Twitter non dovrebbe essere usato per strombazzare i propri successi ai quattro venti», aggiunge Ted.

«Hai ragione, Ted. Non è quel genere di mezzo. Facebook, dovrebbe usare quello, è molto più alla sua portata. Anche a Jimmy piace Facebook, non è vero, Ted?»

«È vero. Jimmy adora Facebook», conferma Ted.

«Jimmy? Il poliziotto?»

«Sì. È così che trova quei suoi cani… quelli che salva. Uno dei suoi amici su Facebook gli fa delle soffiate».

«Capisco».

«Tipo a posto, quel Jimmy».

«Verissimo», conviene Peg. «Fior fiore di persona».

C'è una pausa. Una pausa innegabilmente significativa.

«Naturalmente devi stare molto attento a quello che gli dici, ecco».

«Sul serio?». Merda. Che ho detto quella notte a Rose Cottage?

«Oh, sì, eccome».

«A Jimmy piace prendere appunti… annotare testimonianze. È per via della promozione, capisci».

«La promozione?»

«Sì, all'ispettore piace che si prendano appunti, e Jimmy dice che se ne raccoglie abbastanza verrà promosso». Ted annuisce.

«È anche per quello che porta in giro quei levrieri alle prime luci dell'alba. Gli piace vedere che cosa fa la gente la mattina presto», spiega Peg.

«Volete dire che spia le persone?»

«Be', non è proprio spiare», dice Peg.

Ma davvero? A me invece sembra proprio di sì. Non mi meraviglia che fosse così ansioso di scrivere tutto quello che dicevo quella notte.

«No, non è spiare», afferma Ted. «È più… tenere d'occhio le cose».

«È così che Betty è stata beccata, non è vero, Ted?». Il volto di Peg si illumina a quel ricordo.

«Verissimo! Stava consegnando della carne sospetta… non stava rispettando le norme sanitarie. Jimmy ha preso nota di tutta la faccenda. Gli ispettori sanitari erano molto interessati ai suoi appunti. *Molto* interessati».

«È fortunata a essere ancora in attività». Peg sogghigna.

«Vero», conferma Ted.

Tutto questo è surreale. Decisamente surreale.

«Non c'è da meravigliarsi che non ti abbia trovato su Internet, Maggie», prosegue Ted. «Sei una specie di dinosauro tecnologico».

«Ehm, sì, immagino di sì», dico io. Mi hanno cercata in rete? Oh, no. A questo non avevo mai pensato.

«Sì, c'era soltanto un'altra Maggie Baxter… un'agente immobiliare in città», dice Ted. «Non è buffo? La tua omonima è un'agente immobiliare, pensa un po'!».

«Ma naturalmente usi uno pseudonimo per dipingere, non è vero, Maggie?», mi domanda Peg. «È per questo che non siamo riusciti a trovarti».

«Ehm, sì, è così». Sto trattenendo il respiro.

Ecco fatto: il gioco è finito. È tutto finito. Da un momento all'altro mi chiederanno qual è il mio pseudonimo. Mi irrigidisco, ma la domanda non arriva. Sono troppo distratti dall'idea di un'altra riunione, e ora stanno discutendo appassionatamente. «Meglio che vada», dico alla fine.

«Sì, naturalmente. Perché non lasci qui la tua lista, così ti consegneremo la spesa al cottage?». Peg sorride.

«Fate consegne a domicilio?»

«Ma certo!». Fa un risolino. «Questo è il ventunesimo

secolo, Maggie… non viviamo in un'epoca preistorica. La prossima volta puoi mandarci la tua lista via e-mail, se preferisci. Molta gente lo fa».

«Non ho l'accesso a Internet», rispondo, allibita. Un negozietto di campagna, pieno di lattine polverose di carne in scatola sugli scaffali, accetta ordini via e-mail?

«Non hai l'accesso a Internet?». Ted è sbalordito. «Come fai a vivere senza la posta elettronica? È davvero irragionevole… dovrai parlarne con Edward».

«Dovrai, sì», aggiunge Peg in tono solenne. «Non può aspettarsi che tu viva senza Internet… altrimenti come faresti a guardare le nuove puntate di *Desperate Housewives*?»

«Aspetteresti un'eternità per vederle in TV», afferma Ted.

«È molto più semplice guardarle in streaming, no?».

Ritorno barcollando in strada, come se stessi riemergendo da una specie di vortice spazio-temporale, con la testa che gira. Facebook? Twitter? Streaming? Ma che sta succedendo? Avrei scommesso la vita sul fatto che Peg e Ted non avessero mai nemmeno *sentito* parlare di Internet, figurarsi se mi ero aspettata che fossero così *informati* a riguardo. Vanno ben oltre le mie aspettative su così tanti livelli… la cosa sta diventando allarmante.

Sto trotterellando indietro verso la mia auto quando vedo Odette in lontananza che si avvicina, il suo twin-set pastello ondeggia sotto il sole di mezzogiorno. È l'ultima persona sulla terra che ho voglia di incontrare. Be', forse non proprio l'ultima persona: non mi farebbe esattamente piacere incrociare Robert. Ma incappare nel mio ex è assai improbabile da queste parti.

Guardando selvaggiamente a destra e sinistra, cerco in ogni modo un posto dove nascondermi. La mia macchina è troppo lontana… non ce la farò mai a raggiungerla in tempo. Dovrei fare una capriola acrobatica alla *Starsky & Hutch* sotto il Massey Ferguson abbandonato e senza una ruota? O dovrei ritornare nel Negozio del Villaggio? Fare la capriola è l'opzione più attraente: potrei rimanere uccisa, ma almeno non dovrei dare spiegazioni a Peg e Ted.

Sono pronta a lanciarmi sotto il trattore, quando scorgo il cancello di un cimitero. Ma certo! Mi nasconderò lì dentro... così non ci sarà alcuna possibilità che Odette mi veda. Oltrepasso quatta quatta il cancelletto malandato, cammino rapidamente lungo un sentiero di ghiaia e mi trovo all'interno del piccolo cimitero. Sto per nascondermi dietro a una lapide quando vedo Edward seduto accanto a una tomba, profondamente pensieroso, con la testa china. Mi fermo di colpo a quella vista inattesa e resto immobile. Ma certo: deve essere qui che è seppellita June. Sta porgendo il suo saluto alla moglie morta e io sono arrivata proprio in un momento tanto privato.

Cerco di pensare a cosa fare. Dovrei chiamarlo, fargli sapere che l'ho visto? Dovrei schizzare fuori da qui prima che mi veda?

Sono pietrificata dall'indecisione, quando lui volta appena la testa e scorgo il suo viso. Dio, sembra assolutamente distrutto... è pallido come un cencio e il dolore è inciso sui suoi lineamenti. Non voglio assolutamente che sappia che l'ho visto. Devo uscire da qui, alla svelta.

Trattenendo il respiro, comincio a indietreggiare in punta di piedi, pregando che non mi veda mentre cerco di guadagnare l'uscita centimetro dopo centimetro. Questo ovviamente è un momento di intenso dolore per lui e non voglio che pensi che lo sto spiando, o che sono irrispettosa. Scricchiolando attraverso la ghiaia, tengo ansiosamente gli occhi fissi sul suo volto, desiderando che non mi senta. Ma non devo preoccuparmi: non si accorge di nulla, è così afflitto che potrebbe benissimo essere su un altro pianeta. Mentre lo guardo, depone un bouquet di rose rosse sulla tomba. Poi dice qualcosa... non sono sicura di cosa, ma sembra un velato "ti amo".

Lontano dall'averla dimenticata, come ha detto Odette, Edward è chiaramente ancora molto innamorato della moglie. Ovvio che sia così... è comprensibile. Una persona non dimentica la propria moglie e via, specie quando si tratta della donna meravigliosa che tutti dicono June sia stata. Edward ovviamente soffre ancora per lei. È una cosa del tutto naturale che la ami e senta la sua mancanza... non puoi dimenticare qualcuno con cui hai condiviso una vita. Qualcuno con cui hai avuto due figlie. Probabilmente l'amerà e sentirà la sua mancanza per il resto della vita. Nessuno potrà mai davvero riempire il vuoto lasciato dalla sua morte... né per lui né per Matilda e Polly. Nessuno, nemmeno Odette.

Scuoto la testa per schiarirmi le idee... perché mai sto pensando a questo? Non ha niente a che fare con me. Ma vedere Edward con un'aria così smarrita e vulnerabile mi ha fatto capire l'enormità della situazione. È ancora un vedovo addolorato e non ci sarà un'altra donna nella sua vita ancora per molto tempo. Non seriamente. Comprendere questo è come essere colpiti da una secchiata d'acqua gelida e rimango senza fiato. Che c'è che non va in me? Perché mi sento così frastornata? Perché aver visto Edward in questo stato mi turba così tanto? E che cos'è questa strana sensazione che non riesco a scuotermi di dosso? Barcollando fuori dal cimitero, stordita, cerco di dare un senso a tutto questo. Perché provo un tale senso di commozione per un uomo di cui non potrebbe importarmi di meno?

REGOLA NUMERO 21
Due teste sono meglio di una

«Potrei avere un espresso, per favore?».

Sono sgusciata dentro al pub di Matty per riprendere fiato. Vedere Edward al cimitero mi ha messa in agitazione, anche se non sono ancora sicura del perché.

Matty ha davvero un ottimo menù dei caffè, è un vero peccato che non l'abbia visto la sera in cui mi sono scolata la sua scorta di raro vino rosso e tutti quei cocktail, per poi rendermi completamente ridicola da ubriaca. Ha perfino la mia marca preferita di espresso... quella che è così difficile da trovare in città.

«Certamente, Maggie». Matty mi sorride. «Perché non ti siedi così te lo porto io? Il tavolino vicino alla finestra è comodo e soleggiato».

Mormoro un grazie, piacevolmente sorpresa che Matty si ricordi il mio nome, è davvero bello quando qualcuno sa chi sei. In città tutti sono così anonimi. Ho preso il caffè nello stesso Coast Coffee per due anni e il personale ancora non mi riconosceva né ricordava mai quello che ordinavo di solito. Ho sempre desiderato di entrare in un locale e dire: "Il solito, per favore!". In città ti riderebbero dietro se dicessi una cosa del genere, ma qui non c'è niente di male nel farlo. Se vivessi qui stabilmente, questo sarebbe il mio locale. In città non ho un posto preferito, solo una serie di bar e locali pieni di sconosciuti.

Questo pub è diverso: è così pieno di personalità. Le logore assi di pino del pavimento sono di un bel color ocra invecchiato e la luce penetra meravigliosamente attraverso il vetro istoriato delle finestre per poi riflettersi sulle pareti color crema. Ci sono deliziosi acquerelli sparsi in gruppi di due o tre, che aggiungono carattere alla disposizione lineare. Sembrano ispirati da panorami locali: riconosco la chiesa del villaggio, il grazioso ponte e persino l'entrata del negozio di Peg e Ted. Mi metto a sedere e cerco di rilassarmi, chiudendo quasi involontariamente gli occhi e godendo del calore del sole sul mio viso. Matty aveva ragione: questo angolino è delizioso e soleggiato. È veramente molto riposante.

«Sembra che tu abbia bisogno di questo», dice una voce maschile, proprio mentre mi sto lasciando andare, e io mi raddrizzo di colpo. È Edward, con in mano una tazza di caffè.

Per un secondo mi sorge il dubbio di essermi addormentata. Non può essere lui… non è davvero in piedi di fronte a me. Sto solo sognando. Poi mi riprendo e capisco che non è un'allucinazione: Edward è proprio qui. «Oh», arrossisco, «non mi ero addormentata, stavo solo…».

«Riposando gli occhi?»

«Esattamente». Mi sistemo i capelli dietro le orecchie e cerco di non arrossire. Che ci fa qui? E perché all'improvviso il cuore mi martella nel petto?

«Matty mi ha chiesto di portarti il tuo espresso».

Prendo la tazza dalle sue mani e butto giù la bevanda calda, che mi ustiona la gola. Non posso credere di essermi quasi addormentata in un pub in pieno giorno. Edward deve ritenermi una perfetta idiota. E, Dio, i suoi occhi sono così azzurri, e quelle minuscole zampette di gallina che spuntano quando sorride… prendo un altro sorso di caffè. Perché faccio questi pensieri? Che c'è che non va in me oggi?

«È carino qui», balbetto, tanto per dire qualcosa.

«Sì. È un buon posto per allontanarsi dalla pazza folla», risponde Edward, infilando le mani in tasca.

Guardiamo entrambi fuori dalla finestra, dove c'è un'unica persona che vaga per la strada.

«Pazza folla non direi». Lo guardo con un sopracciglio sollevato.
«Be', dall'esasperante *desolazione*, allora». Ride. «Stavo per prendere un caffè anch'io. Ti dispiace se mi unisco a te o preferisci stare da sola?».
Esito. Per qualche ragione, mi sento stupidamente compiaciuta per la sua richiesta di unirsi a me, ma non riesco a individuare il perché. È proprio una brutta idea: a Odette non farebbe piacere che bevessimo qualcosa insieme... ha reso perfettamente chiaro che non vuole che io passi del tempo con Edward. Ma in fondo non stiamo facendo nulla di male: un padrone di casa e la sua affittuaria che bevono un caffè è un quadretto del tutto innocente.
Comunque, anche se Edward non stesse frequentando Odette – cosa che fa – il ricordo della moglie morta è ancora presente nella sua vita... molto presente stando alla scena che ho visto al cimitero. Non c'è assolutamente niente fra noi. Non che io voglia che ci sia.
Tutti questi pensieri si affollano nella mia mente mentre Edward resta in piedi davanti a me, in attesa del mio verdetto. Perché ne sto facendo un affare di stato? Se non gli rispondo in fretta, penserà che sono completamente fuori di testa. Non mi ha mica chiesto di sposarlo! Dio, cosa mi ha spinto a fare questo paragone? *Cosa* c'è che *non* va in me oggi?
«Certo». Faccio spallucce, cercando di sembrare disinvolta. Devo tentare di aggrapparmi a un qualche brandello di amor proprio... dopotutto, mi ha sorpresa a russare in pieno giorno.
«Grandioso», dice lui. «Mi ci vuole proprio una dose di caffeina... Matty ha il caffè migliore del mondo, non credi?».
Annuisco: è fantastico... mille volte meglio di qualunque cosa abbia mai bevuto in un Coast Coffee, questo è sicuro.
Dopo aver sistemato uno sgabello al tavolo, chiama Matty per ordinare un altro espresso. «Allora, ho sentito che ci sarà un'altra riunione sulla questione del supermercato».

«Dannazione, le chiacchiere viaggiano in fretta da queste parti!», dico sussultando. «Come l'hai saputo?»

«Ted mi ha mandato un messaggio. Lui e Peg sono piuttosto eccitati per la tua campagna».

«Quale campagna?», domando, mentre il mio cuore smette di martellare per affondare inesorabilmente ai miei piedi. Questo non promette bene.

«A quanto pare avvieranno una campagna pubblicitaria per portare la stampa dalla propria parte. Peg sta già pensando alle borsine omaggio. È praticamente certa che i suoi pomodori organici pluri-premiati impressioneranno i giornalisti».

Mi sento svenire. «Borsine omaggio?»

«Sì, lo sai, "come agli Oscar"», lo dice seriamente, ripetendo quello che ha detto Peg poco fa, parola per parola.

«Io non ho detto niente delle borsine omaggio», protesto. «Be', potrei aver accennato alle borse, ma solo come esempio delle cose che si fanno durante una campagna pubblicitaria. Non intendevo dire che dobbiamo fare proprio lo stesso...».

Edward penserà che sono drogata: impressionare la stampa con borsine omaggio piene di pomodori organici è un'idea folle.

«È buffo». Sembra perplesso. «Ted ha sicuramente detto qualcosa sulle borse omaggio. Stava parlando di metterci dentro anche dei cavoli».

«Cavoli?». Non può dire sul serio.

«Sì. E rape. Anche se ho cercato di farlo desistere su quelle... non a tutti piacciono le rape». I suoi occhi sprizzano vivacità e d'un tratto capisco che mi sta prendendo di nuovo in giro.

«Stai scherzando».

«Be', a me piacciono cavoli e rape, sì, ma Peg è fissata con i pomodori organici».

Oh, merda. Peg pensa davvero che dare ai giornalisti degli stupidi pomodori farà la differenza per impedire la costruzione del supermercato. Ed è tutta colpa mia. Non avrei mai dovuto parlare di quelle maledette borse omaggio, tanto per cominciare.

«Peg ha un cuore d'oro», dice Edward, evidentemente ha letto l'orrore sul mio viso, «ma a volte si lascia trascinare un po' troppo. La dissuaderemo noi, non preoccuparti».

«Che intendi dire?»

«Vedi», mescola il caffè che Matty ha posato davanti a lui sul tavolo, «le sta veramente a cuore la questione del supermercato, quindi è piuttosto comprensibile che la affronti in modo emotivo. Si sta arrampicando sugli specchi».

«Ti riferisci alle borse omaggio?»

«Esatto. Vuole fermare la costruzione, ma per lei è più che una semplice questione di avidità manageriale o di perdita della vita del villaggio. Riguarda la sua famiglia».

«La famiglia?»

«Sì. Il negozio che lei e Ted gestiscono appartiene alla famiglia di Peg da generazioni. Sente profondamente la responsabilità di mandarlo avanti».

«Ma certe attività chiudono di continuo», obietto. «Non sarebbe colpa sua se non riuscisse a fermare il supermercato. Xanta è molto potente… hanno già centinaia di supermercati sparsi per l'Europa».

«Hai ragione», conviene. «Non sarebbe colpa sua. Ma Peg non la vedrebbe in questo modo. Si sentirebbe responsabile per aver distrutto l'eredità di suo padre. È questo il modo in cui la vede lei. Tutto il suo mondo è legato a quel piccolo negozio, e se fosse costretta a chiuderlo sentirà di aver perso parte della sua stessa identità. E poiché lei e Ted non hanno figli, questo significa tutto per lei. Capisci cosa intendo?».

Sto cominciando a capire la determinazione di Peg nel voler fermare il supermercato. Non è solo per i soldi o per mantenere i profitti del suo negozietto di campagna, riguarda il suo passato.

«È per questo che ha resistito alle offerte degli agenti immobiliari per così tanto tempo», aggiunge Edward. «Non avrebbe mai venduto, per quanto alte potessero essere le offerte». Il suo tono è cambiato e gli occhi vivaci ora sono come tizzoni ardenti.

«Agenti immobiliari?», ripeto. Perché d'un tratto sembra così furioso?

«Sì, sono venuti a mettere il naso nel villaggio, dicendo che avevano un possibile compratore per il negozio. C'era Xanta dietro a tutto questo, ovviamente. Ted e Peg non sono gli unici a essere stati avvicinati».

«Il gruppo del supermercato voleva comprare delle attività nel villaggio?». Questo è uno stratagemma piuttosto comune: le società spesso cercano di comprare tra coloro che dissentono per eliminare ostacoli alla realizzazione dei loro progetti.

«Già, ma non ha funzionato». L'espressione di Edward è cambiata. «Ted e Peg non sono stati al gioco. Questa è stata l'unica cosa buona della recessione economica. Alla fine quegli imbroglioni buoni a nulla stanno ottenendo ciò che si meritano».

«Che vuoi dire?», chiedo con un filo di voce, d'un tratto molto nervosa. Perché sembra così amareggiato?

«Quei furfanti matricolati sono tutti uguali: criminali egoisti e avidi, concentrati solo sul proprio tornaconto». La sua voce è scossa dall'ira.

«Non sei un fan degli agenti immobiliari, presumo», dico, e la mano improvvisamente si mette a tremare. Metto giù la tazza di caffè per evitare che se ne accorga.

«Spero che marciscano tutti all'inferno».

«Che cos'hanno che non va?», domando inebetita. Perché mi sento così male? Odia gli agenti immobiliari, e allora? Perché dovrei prenderla sul personale o persino farne una tragedia? Non ha niente a che fare con me.

«Scusa, Maggie, starai pensando che sono pazzo», dice lui adesso, con espressione afflitta.

«No, neanche per idea», ribatto, con le budella che mi si attorcigliano.

Si guarda le mani, come se cercasse di decidere se continuare. «La mattina in cui mia moglie è rimasta uccisa avevamo avuto una discussione sulla nostra casa», dice in tono pacato. «Aveva fatto venire un agente immobiliare a valutarla e lui le aveva detto che sarebbe stata una vendita aggressiva… che avremmo fatto milioni se l'avessimo messa sul mercato… quel genere di cose».

«Capisco». Mi suona familiare. «E tu non volevi vendere?»

«No, non volevo. E nemmeno sua madre. Entrambi pensavamo che fosse importante cercare di mantenere la casa, se possibile. È l'eredità delle ragazze… dipende da noi salvaguardarla per loro».

«Ma tua moglie non era della vostra stessa idea?»

«No», dice Edward, in tono cupo. «Anche se è cresciuta qui, ha sempre desiderato fuggire. Voleva un genere di vita diverso… in cui non avrebbe dovuto lavorare sempre così duramente. Forse aveva ragione. Forse sto lasciando alle ragazze un enorme fardello».

«Di certo la vita in campagna non è facile». Non ho mai lavorato così duramente in vita mia, questo è sicuro.

«Hai ragione. Matilda probabilmente lascerà Glacken un attimo dopo aver compiuto diciott'anni. Odia già questo posto. A volte credo che dia la colpa a me per quanto è successo».

«Come potrebbe?», gli chiedo scioccata. «È stato un incidente».

«Non hai ancora sentito l'intera storia», dice lui, il viso pallido. «Dopo la visita dell'agente immobiliare, abbiamo avuto una litigata tremenda. June pensava che dovessimo prendere i soldi e andarcene. Io non ero d'accordo, così è andata a Glacken Woods con Drya e… be', sono sicuro che hai sentito cos'è successo dopo».

«Più o meno», mormoro.

«Non avremmo mai dovuto litigare, naturalmente, mi sento in colpa, ma se l'agente immobiliare non fosse venuto, allora…».

Il resto rimane sospeso nell'aria, ma il significato è chiaro: incolpa un avido agente immobiliare per la morte di sua moglie.

«Comunque», Edward scuote la testa come per chiarirsi le idee, «basta con questa storia. Cambiamo argomento. Come credi che andrà a finire la faccenda del supermercato?».

Prendo un altro sorso di caffè per cercare di calmarmi. Edward odia gli agenti immobiliari. Cosa direbbe se sapesse che sono una di loro? «Be'», comincio, «se devo essere brutalmente sincera, credo che Peg e Ted non abbiano la minima possibilità di fermare un'enorme conglomerata come Xanta. Il supermercato andrà avanti. È solo una questione di tempo». Ecco... l'ho ammesso. Questa potrebbe essere la prima cosa vera che dico da quando sono arrivata qui.

«Probabilmente hai ragione», dice Edward, annuendo. «Ma se la costruzione avverrà comunque, deve esserci un modo per usarla a nostro vantaggio... non credi?»

«E come?».

Mordo uno dei biscotti d'avena che Matty ha messo in un piatto. È delizioso. Prendo mentalmente nota di chiedergli di che marca sono. È un mix perfetto dopo di croccante e morbido, non troppo dolce, non troppo salato.

«Okay, pensiamo alla cosa in modo razionale». Edward si protende verso di me, piazzando entrambi i gomiti sul tavolo. L'odore di cavallo mi arriva alle narici. Per una volta non è così sgradevole, anzi sembra quasi... invitante. Non può essere normale.

«Se questo discount apre alla periferia del villaggio, la gente dovrà fare parecchia strada per arrivarci», dice lui.

«Senz'altro». Cerco di concentrarmi su cosa sta dicendo, non sul modo in cui le sue labbra si muovono mentre parla. «Questi supermercati sono molto popolari. La gente vuole risparmiare, specialmente in questo momento».

«Ma anche se la gente farà parecchia strada per raggiungere il supermercato, questo non significa che passeranno per il villaggio», continua lui.

«Concordo».

«Quindi il villaggio non trarrà necessariamente vantaggio dalla costruzione del supermercato».

«Esatto», confermo. «Anzi, potrebbe anche peggiorare le cose… proprio come crede Peg. Non ci sarebbe più passaggio».

«Giusto».

«Allora, cosa proponi?». Adesso sono proprio curiosa.

«Credo che ci serva un piano di rinascita, qualcosa che migliori il nostro profilo e incoraggi la gente a visitare il villaggio. Abbiamo bisogno di un'argomentazione esclusiva di vendita».

«Un'argomentazione esclusiva di vendita».

«Esatto». Mi sorride.

«E quale pensi che sia quest'argomentazione esclusiva di vendita?». Gli sorrido anch'io. È impossibile non farlo: il suo entusiasmo è contagioso, e i suoi occhi… una persona potrebbe perdersi nei suoi occhi.

«Credo che dovremmo cercare di proporre il villaggio come area di interesse culturale. Ecco la nostra argomentazione esclusiva di vendita. Che ne pensi?».

Importanza culturale? Questo posto? Ma sta scherzando? «Be', Glacken non è esattamente un centro di attrazione culturale», gli faccio notare.

«Non adesso… ma noi possiamo sviluppare l'idea. Rendere il villaggio una destinazione scelta dagli artisti in giro per il paese, magari persino nel mondo intero. Avremmo bisogno di una rilevazione dall'esterno da parte di Xanta, naturalmente, dovremmo costringerli a finanziare qualche genere di progetto di sviluppo culturale che vada di pari passo con il supermercato. Non rifiuteranno se noi concordiamo di non opporci alla costruzione».

«Noi grattiamo la schiena a loro, loro la grattano a noi?»

«Qualcosa del genere, sì».

È un'idea molto interessante... ha ragione. Se riuscissimo a costringere Xanta a finanziarci, il villaggio potrebbe avere nuove possibilità. Ci sono dei problemi, però. Ha riflettuto bene su questo? «Ma perché pensi che gli artisti sarebbero interessati a venire qui?», gli chiedo.

«Dimmelo tu».

«Eh?». Lo guardo in modo assente.

«Tu sei un'artista, giusto? Perché sei venuta qui?»

«Be'», dico punta sul vivo, «è diverso. Sono qui finché Claire non torna a casa».

«Sì, ma il villaggio ti è piaciuto finora?»

«Non è male, direi». Abbasso gli occhi. Il modo in cui mi guarda mi fa sentire molto strana.

«Hai tratto ispirazione per il tuo lavoro da quando sei arrivata qui?»

«Lavoro?»

«Sì. La tua commissione».

Sollevo la testa e vedo che mi sta guardando dritto negli occhi. Merda. «Ehm, sì».

«Il villaggio ti è servito da ispirazione?»

«Suppongo di sì».

«Allora mi sembra una buona ragione pensare che, se è successo a te, potrebbe essere così anche per altri. Se Xanta accetterà di finanziarci, potremmo organizzare un ritiro per artisti... Glacken diventerebbe la destinazione di un'intera categoria».

«Destinazione per un'intera categoria?»

«Sì!». Il suo viso si è illuminato per l'entusiasmo. «Potrebbe esserci una galleria, magari anche dei laboratori per artigiani di altro tipo. Tutto quello che ci serve è un investimento... e Xanta può fornircelo. È la vacca grassa».

«Ma, Edward, credo che ci sia qualcosa che stai dimenticando».

«Cosa?». I suoi occhi azzurri mi fissano stupefatti.

«Peg e Ted. Non saranno mai d'accordo con tutto questo. Vogliono fermare il supermercato a tutti i costi. Questo progetto li distruggerebbe».

«Hai ragione». Sul suo viso compare la delusione. «Probabilmente odieranno quest'idea».

«Magari mi sbaglio», faccio marcia indietro. «Potrebbero cambiare parere. Potresti proporlo alla riunione... vedere cosa ne pensano».

Ha un'aria così distrutta che d'un tratto vorrei disperatamente trovare un modo per far funzionare il suo progetto.

«Io?». Ride, in modo forzato.

«L'idea è davvero buona», protesto.

«Maggie, io sono un contadino. Me ne intendo di cavalli e di terra, non di arte».

«Tutti possono avere un'opinione sull'arte, sicuramente».

«Magari è anche vero», sorride malinconico, «ma chi sono io per organizzare una rinascita culturale? Che ne so io di cultura? Eccomi qui, coperto di peli di cavallo, che cerco di convertire la gente all'arte. Sembra quasi una barzelletta. Scusa se ho abusato del tuo tempo».

Finisce il suo caffè e si alza per andar via, ma qualcosa sul suo viso mi spinge a parlare. «Aspetta, Edward, non essere così severo con te stesso», gli dico.

«Che vuoi dire?». Infila di nuovo le mani in tasca come prima. Come un ragazzino imbarazzato.

«Cercare di promuovere l'arte e la cultura non è una cosa senza senso. È un'idea molto meritevole». E tu che ne sai?, sibila una vocina dentro di me, ma cerco di ignorarla.

Abbassa lo sguardo. Ora che è passato l'impeto del momento, in cui in qualche modo ha sentito di poter esprimere i suoi pensieri liberamente, sembra davvero insicuro. «Dovresti dirglielo tu», conclude, quasi timidamente. «È il *tuo* pane quotidiano... dopotutto sei *tu* l'artista».

Se solo sapesse quanto si sta sbagliando. Al momento non ho proprio pane quotidiano, figuriamoci qualcosa che abbia a che fare con l'arte. «Be', pensiamoci ancora un po'», suggerisco, cercando di sembrare misteriosa, come se sapessi di cosa sto parlando. «Non scartiamo l'ipotesi. Forse c'è un modo per presentare l'idea a Peg e Ted in modo che non risulti un attacco personale nei loro confronti».

Credo di vedere un guizzo di speranza che gli attraversa il viso.

«Forse hai ragione», sorride lentamente, «forse potrebbe esserci un modo...».

«Allora vogliamo pensarci?», gli chiedo.

«Sì, facciamolo».

Mi offre la mano per aiutarmi ad alzarmi e io la prendo, sperando che sia forte abbastanza per tirarmi su dalla mia sedia. La sola e unica volta che Robert ha cercato di sollevarmi – quando poi sono caduta e mi sono slogata una caviglia a Creta – si è fatto male alla schiena. Ha dovuto fare un'iniezione di antidolorifico e io mi sono sentita come una mucca per i mesi successivi. Sarebbe assolutamente mortificante se la stessa cosa succede con Edward. Ma, grazie al cielo, mi solleva come se fossi leggera come una piuma e io gli sorrido, d'un tratto sentendo di poter fluttuare nell'aria.

I nostri sguardi si incontrano e allora capisco. Adesso *so* perché mi sono sentita così strana quando l'ho visto al cimitero. Ogni pezzo è andato al suo posto. Per quanto inappropriato e contorto possa essere, ero gelosa. Gelosa di sua moglie. Gelosa quando ho visto quanto ancora gli mancasse.

Chissà quanto deve averla amata. Perché la verità è che Polly ha ragione: mi "piace-piace" quest'uomo. Un uomo che ha una moglie morta con la quale non potrò mai competere, una fidanzata che mi ucciderebbe se dovesse scoprire ciò che provo, una suocera che crede che sia una dipendente e una figlia che mi odia.

Riesco a malapena a crederci, ma non posso più negarlo: sono attratta da Edward come non sono mai stata attratta da nessun altro prima d'ora. Ma non potrebbe funzionare.

Cioè, a parte tutte le complicazioni della sua vita, mi ha appena detto che odia gli agenti immobiliari. Crede che io sia un'artista. Non immagina che ho tessuto una rete di menzogne da quando sono arrivata qui. E se dovesse mai scoprirlo… Be', chissà cosa potrebbe accadere?

«Allora… ci vediamo alle stalle», mormoro, prima di lasciar andare la sua mano e dirigermi verso la porta.

Devo fuggire. Devo uscire da qui. Non posso guardarlo negli occhi un'altra volta perché se lo faccio ho l'orribile presentimento che scoprirà la verità… che tutto ciò che gli ho detto non è altro che una bugia.

REGOLA NUMERO 22
Non c'è nulla di cui aver paura se non la paura stessa

«Così?».

Polly strizza un tubetto di colore sul vassoio davanti a lei e osserva con gioia il vermetto giallo che ne schizza fuori.

«È perfetto», dico. «Non troppo, non troppo poco; la quantità giusta».

Lei mi sorride e il mio cuore si solleva: è una creaturina talmente buffa.

«Non userò neanche un po' di rosa», annuncia in tono risoluto. «Il rosa è *grossolano*!».

«Okay».

Polly raramente fa quello che ci si aspetterebbe da una bambina di sei anni. Theresa la definirebbe "una bambina dai gusti insoliti". Uno dei gemelli è esattamente come lei: Max si rifiuta di guardare *Bob Aggiustatutto* come suo fratello. Invece insiste per vedere *MasterChef* mentre prende il suo biberon la sera prima di dormire. Si entusiasma molto se i *fruits de mer* sono compresi nel menù, anche se la cosa più simile ai frutti di mare che ha mangiato sono state le sardine schiacciate. Dapprincipio Theresa era molto preoccupata: sarà preso di mira dagli altri bambini? Troverà mai un'anima gemella che capisca i suoi gusti televisivi? Sarà emarginato dalla società in generale? Ma lei dice che adesso è venuta a patti con tutto questo. Anzi, ha deciso di essere concretamente ottimista riguardo alla situazione. Essere concretamente ottimista è una delle nuove regole di vita di Theresa. Dice che è un approccio molto pratico alle cose, perché può essere usato in quasi ogni tipo di situazione quotidiana. Mettiamo, per esempio, che la mattina bruci i toast: questo significa soltanto che per quel giorno mangerà meno carboidrati. Se uno dei gemelli le vomita sulla testa – cosa che fanno spesso – i suoi capelli possono assorbire valori nutritivi vitali dalla purea di carote che hanno mangiato a pranzo e diventare molto più lucenti. Ogni scenario ha un lato positivo.

Ha deciso di credere che l'insolito amore di Max per la cattiva televisione a una tale tenera età significa che diventerà un rinomato chef con una serie televisiva tutta sua, e quando questo accadrà lei intende essere un sostegno al cento percento per suo figlio. Potrebbe anche diventare un produttore esecutivo, perché è lì che si fanno tanti soldi.

Naturalmente Malcolm non è affatto contento. Lui vorrebbe che entrambi i ragazzi diventassero dei contabili e ignorassero accuratamente ogni impulso creativo, come ha fatto lui. Hanno già avuto delle tremende litigate per questo: Theresa dice che cercare di soffocare i gusti di Max mettendo di continuo una cassetta di *Bob Aggiustatutto* è un'aggressione ai diritti civili del bambino.

Non c'è pericolo che qualcuno possa soffocare Polly. Si è data molto da fare per convincermi, e ora che ci è riuscita sembra determinata a divertirsi a tutti i costi, rosa o non rosa. Siamo nella cucina della loro casa, con una selezione di colori sul tavolo davanti a noi e i cavalletti pronti. Edward ha detto che questo potrebbe essere il posto perfetto per fare la nostra sessione di pittura: i pavimenti sono piastrellati e non importa se facciamo casino, cosa peraltro sicuramente garantita. Polly indossa un grembiule lavabile di poliestere, non si sa mai. Ero davvero nervosa al pensiero di incontrare di nuovo June… ma non ho menzionato questo piccolo dettaglio con Edward quando lui ha suggerito la sistemazione: sembrava un atteggiamento infantile. Fortunatamente, non c'è traccia di lei: è stata l'incantevole Matilda ad aprirmi la porta prima, con un cipiglio imbronciato e un vago "ciao", ma da allora non ho più visto nessuna delle due. So che June deve essere in giro da qualche parte, però; sospetto che non mi lascerebbe mai da sola con Polly, se dipendesse da lei.

«Cosa dipingerò, Maggie?». Un'espressione preoccupata attraversa il visetto di Polly, facendo curvare per un istante le guanciotte e increspare la fronte liscia.

«Cosa ti senti di dipingere?».

Corruga le sopracciglia per la concentrazione. «Vorrei dipingere Saffy che mangia una carota», dice alla fine.

«Questa è una grande idea». Saffy non abbandona mai i pensieri di Polly. «Allora forza, comincia».

«Sei sicura?». Sembra ancora preoccupata. «E se faccio tutto sbagliato?»

«Non è possibile che tu possa sbagliare, Polly», le dico. «Non esiste proprio».

«Davvero?». Il suo viso si illumina immediatamente.

«Sì, davvero. L'arte è una cosa soggettiva».

«Che significa "soggettivo"?»

«Significa che la bellezza è negli occhi di chi guarda e che se una cosa ti piace allora quello è tutto ciò che importa».

Felice di questa spiegazione, intinge il pennello nel colore e comincia a lavorare, spandendo il colore sul foglio con pennellate generose. Nel giro di pochi secondi il foglio è zuppo, una meravigliosa confusione di colori dell'arcobaleno, e lei canticchia allegramente.

«E *tu* non dipingi?», si ferma all'improvviso per farmi questa domanda, piegando leggermente la testa di lato.

«Sì, certo», bluffo. «Sto solo aspettando l'ispirazione».

«Che significa?»

«Significa che, a differenza di te, che hai così tante idee grandiose», le spiego, «a me ci vuole molto tempo per trovare un'idea soddisfacente».

Grazie a Dio Edward è da qualche parte fuori nella fattoria; morirei se dovessi fare questo davanti a lui. Da quando ho capito ciò che provo per lui ho cercato di tenermi lontana dalla sua strada, mi sembra la scelta più sicura.

«Dovresti dipingere quei fiori». Polly indica un vaso di gladioli sul tavolo di pino.

Ha ragione: i colori sono meravigliosi e quel vecchio vaso scheggiato ha grande personalità. La composizione potrebbe creare un quadro meraviglioso. «Dici davvero?», le chiedo.

«Sì. Sarebbe forte!».

Intinge di nuovo il pennello nel colore e aggredisce il foglio con passione mentre io trattengo una risatina. Non voglio che pensi che sto ridendo di lei, ma il suo gioioso entusiasmo è contagioso.

Prendendo un bel respiro, cerco di rilassarmi e di scacciare dalla mente la vocina interiore che mi sta dicendo che non ce la farò mai. Invece cerco di ricordare l'improvvisa ispirazione che mi ha colpito quando pensavo che un ladro stesse per uccidermi. Mentre la vita mi scorreva davanti agli occhi, il mio unico grande rimpianto era il fatto di non poter più dipingere. Devo trarre un insegnamento da questo. Non devo fare altro che lasciarmi andare... questo è ciò che Claire – e probabilmente anche Theresa – direbbe.

Prendendo un bel respiro, osservo i fiori, assorbendone la forma e il colore, e poi lentamente comincio a dipingere. La sensazione del pennello sulla carta è meravigliosa, e nel giro di pochi minuti sono persa nella semplice azione di farlo scorrere avanti e indietro sul foglio. Il ritmo è così rilassante che ben presto mette a tacere tutti i miei critici interiori. Avevo dimenticato quanto amassi la sensazione di perdermi completamente in quel momento. Perché ho smesso di dipingere? È così tranquillizzante, così rilassante. Mi ci è voluto così tanto per tornare in questo luogo interiore, questo luogo in cui il mondo si ferma e ci siamo solo io e la pittura... è una sensazione meravigliosa.

«Wow!». Qualcuno fischia. «Ma è grandioso!».

Mi volto e vedo Edward in piedi dietro di me, che osserva assorto il mio quadro, con le braccia incrociate. Oh, no. Non volevo che qualcuno lo vedesse... soprattutto lui. E poi che ci fa qui? Dovrebbe essere fuori a fare roba da fattore... di qualunque cosa si tratti. Invece non è nemmeno a mezzo metro da me. E sembra così... bello. Impiastricciato di fango e puzzolente come al solito, ma nonostante tutto... bello. Dio, sono proprio nei guai.

«Per favore, non guardare», mormoro, fissando il pavimento per nascondere l'imbarazzo. «Non è granché».

«È splendido!». Edward mostra tutto il suo entusiasmo. «Hai catturato la scena perfettamente... il modo in cui la luce del sole mette in risalto i petali. È fantastico!».

«No, è solo uno scarabocchio, davvero», protesto. «Ti prego, non guardarlo nemmeno. Non è niente».

«Ma Maggie», dice lui con gli occhi spalancati «è *davvero* bello. Hai molto talento. Creare un quadro così bello da una scena così semplice... è una cosa fantastica».

«Be'... grazie», dico timidamente, indecisa se sentirmi completamente mortificata o un tantino orgogliosa. Credo ancora che non sia granché... ma per lui è bello, il che è molto gratificante.

«E il *mio* è bello, papi?». Polly sta saltellando eccitata davanti a lui, il visetto illuminato di gioia.

«Fammi dare un'occhiata», dice lui in tono serio, fingendo di dover considerare il suo lavoro come si deve. «Devo guardarlo bene. Mmm...».

Polly osserva con ansia mentre il padre studia il suo selvaggio *mélange* di colori a una certa distanza, in impaziente attesa del suo verdetto.

«Devo dire...».

«Sì? Sì?». La bambina riesce a stento a contenere l'eccitazione.

«Devo dire...».

«E sbrigati, papà!».

«Devo dire... che è il quadro più bello che abbia mai visto».

«Davvero?». La bambina danza estasiata davanti a lui.

«Sì, davvero. Tu che ne pensi, Maggie?». Mi chiede serio.

Credo che tu sia il papà più carino sulla faccia della terra, vorrei dire, ma mi trattengo. «Sono d'accordo con te, Edward». Faccio un cenno di assenso. «Polly è molto avanti per la sua età».

«È piuttosto evidente».

«E questo che vuol dire?», chiede Polly.

«Significa che sei estremamente dotata, Polly», le dico. «Dovresti essere molto orgogliosa di te stessa».

«Dunque, dove appenderemo questo capolavoro?», le domanda Edward.

«Che ne dici del frigo?», cinguetta Polly.

«Oh, no, ci vuole un posto d'onore per questo. Solo un secondo, mi è venuta un'idea». Procede a lunghi passi fuori dalla porta in missione segreta.

«Che sta succedendo qui dentro?», dice una voce secca, mentre lui scompare dalla vista.

È June... e, dalla sua espressione glaciale, non è esattamente contenta di vedermi.

«Stiamo dipingendo, nonna!», ride Polly, saltellando verso di lei e cingendole la vita con le bracciotte paffute. «Vieni a vedere cosa ho fatto!».

Depongo il pennello nella brocca d'acqua davanti a me. Riesco a sentire lo sguardo di June che mi perfora la testa, e quando alzo gli occhi scopro che ho ragione: mi sta guardando con evidente disprezzo.

«È molto bello, Polly». Sorride in modo rigido mentre Polly volteggia davanti alla sua creazione, descrivendola in un monologo senza mai riprendere fiato.

«...e Maggie ha detto che potevo dipingere qualunque cosa volevo, così ho detto che volevo dipingere Saffy con una carota, e lei ha detto che dovevo cominciare e che non c'era un modo giusto o sbagliato di farlo...». La sua dolce vocetta borbotta e borbotta, spiegando nei minimi dettagli com'è arrivata a dipingere quella particolare scena. Nel frattempo, io sono occupata a cercare di ignorare il modo in cui June mi sta guardando.

«Polly», June si accuccia davanti alla nipote per guardarla dritto negli occhi, interrompendo il suo fiume di parole, «andresti in cortile a vedere se riesci a trovare Henry? Non lo vedo da stamattina».

«È proprio un gattaccio cattivo, vero, nonna?». Polly sospira in modo melodrammatico, asciugandosi le mani impiastricciate sul grembiule. «Dovrò scambiare qualche parolina con lui».

«Sì, digliene quattro», dice June sorridendole. «Ti ascolterà».

«Proprio così». Schizza allegramente fuori dalla porta. «Lo farà!».

June e io adesso siamo sole in cucina e l'aria d'un tratto sembra più gelida di prima. «Allora, e *lei* cosa stava dipingendo?», mi chiede June, attraversando lentamente la stanza per guardare il mio quadro.

«Oh, stavo solo cincischiando un po'», mormoro. «In realtà non è niente».

«Ma Edward mi dice che lei è un'artista di talento», ribatte. «Di sicuro gli artisti di talento non cincischiano».

«Non ho poi così tanto talento». Tiro il cavalletto più vicino a me, non voglio farle vedere il quadro. Se vedesse i risultati capirebbe sicuramente che non sono una vera artista.

«Non sarà timida, vero, Maggie?». Mi osserva con un sopracciglio alzato.

«Non permetto mai a nessuno di vedere un lavoro incompiuto», le rispondo, bluffando. «Porta sfortuna».

«È questo che Edward è per lei?». Il viso di June si contrae.

«Come dice?». Cosa sta insinuando adesso?

«È lui il suo prossimo lavoro incompiuto? Se lo lavorerà finché non sarà pronto?»

«Non capisco cosa intende dire», le rispondo, seccata dal suo tono e dal suo sguardo glaciale. Ha capito che mi piace Edward? In qualche modo ha capito che sono attratta da lui?

«Io credo di sì, Maggie», dice lei, i suoi occhi si sono incupiti. «Credo che capisca esattamente cosa intendo dire. Offrirsi di aiutare Polly a dipingere è stata una mossa scaltra, ma lei e io conosciamo entrambe la ragione di questa lezione a tu per tu».

«Ah sì?».

June è così vicina che quasi sento il suo respiro sul viso.

«Ma certo», dice in tono minaccioso. «Lei crede che Edward sia un'ottima preda. Non sarebbe la prima a pensarlo. Ma può smetterla di fare questi stupidi giochetti e cercare di farsi strada usando le sue figlie, perché non funzionerà».

«Non sto cercando di fare niente del genere!», dico senza fiato. Non lo sto facendo, o sì? È per questo che mi sono offerta di aiutare Polly? No, non può essere. Polly mi piace… mi piace davvero, sul serio, indipendentemente da ciò che provo per suo padre. Non userei mai una bambina in questo modo. E poi Edward è già impegnato, con più di una persona a ben vedere.

«Sì, invece». La sua espressione è glaciale. «Ma c'è solo un problema… lui è ancora innamorato di mia figlia e lo sarà sempre. Il suo piano non funzionerà mai. Mai».

Be', questo è vero… l'ho visto con i miei occhi. Edward ama ancora sua moglie, anche se è morta.

Prima che riesca a dire qualcos'altro, Polly ritorna saltellando in cucina, con un gatto rosso tra le braccia. «Nonna», dice eccitata, «ho trovato Henry! Non indovinerai mai dov'era». Il gatto miagola rumorosamente e si dimena per fuggire dalle braccia di Polly.

«Dov'era, tesoro?». La voce di June perde quella punta di amarezza e diventa istantaneamente calda e solare.

«Si nascondeva sotto il cespuglio della ginestra». Gli occhi di Polly brillano per l'eccitazione. «Ha appena preso un topo… guarda!».

E con questo Polly mette giù il gatto, infila la mano in tasca e tira fuori un topo maciullato. Lo tiene in alto per la coda, la piccola testa è quasi staccata dal collo. Da principio credo che stia scherzando… non può essere davvero un topo quello che ha in mano: deve essere uno di quegli scherzi di plastica che si comprano in giro. Ne avevo uno anch'io da piccola. È incredibile quanto li facciano verosimili adesso… questo sembra proprio vero.

«Polly!». June sussulta. «Mettilo subito giù. Ti ho detto un milione di volte che non devi portare in casa roditori morti per nessuna ragione».

«Ma nonna», protesta Polly, «questo è proprio grosso!».

Con un sobbalzo, mi rendo conto che la creatura che Polly tiene in mano non è finta. C'è un topo con la testa quasi mozzata in cucina. A neanche mezzo metro da me. Qualche settimana fa mi sarei sentita male. Ora sono in grado di stare nella stessa stanza con lui senza correre via urlando. Sarà per tutti gli animali morti che ho visto lungo la strada mentre venivo qui, ma non ho paura, neanche un po'.

«Polly», le dice June, «sono sicura che stai spaventando Maggie. Lei viene dalla città… non è abituata a vedere roditori morti come questo. Si sente bene, Maggie? Sembra un po' pallida… ha bisogno di sedersi, forse? Mettere la testa fra le ginocchia?».

La nota di sarcasmo nella sua voce è chiarissima. Quasi desidera che io svenga, così Polly penserà che sono una debole tizia di città. «Sto bene, grazie, June», rispondo tranquillamente. «Ma credo che dovresti buttarlo via, Polly, non credi? È ora di tornare al lavoro».

«Okay, Maggie, se lo dici tu». Polly esce di nuovo dalla porta e getta via il topo tenendolo per la coda.

Guardo June e, potrei sbagliarmi, ma credo di scorgere del rispetto sui suoi lineamenti pietrificati.

«Signore!», dice Edward, tornando alla svelta in cucina. «Ho trovato ciò che stavo cercando. Polly, dammi il tuo dipinto. Ho qualcosa con cui starà benissimo».

«Che cos'è?», urla Polly. «Che cos'è?»

«È una cornice, naturalmente... una cornice molto speciale per un quadro molto speciale».

«Hai intenzione di incorniciarlo?». Polly solleva il suo quadro.

«Proprio così!». Edward sorride. «Così potrò guardarlo ogni giorno. Non credi che sia una buona idea?».

«Che ne pensi, Maggie?», mi chiede Polly.

Non è sicura che sia una buona idea, magari è completamente grossolana.

«Credo che sia una splendida idea, Polly», le assicuro. «Tutti i quadri più belli hanno una cornice... significa che questo quadro è davvero molto speciale».

«Grazie, papà!». Polly è elettrizzata, il suo visetto paffuto si illumina di gioia.

Edward è riuscito a rendere questo momento davvero speciale per lei... una cosa che ricorderà per sempre. Mentre Polly si getta verso il padre e lui si china per abbracciarla, guardo dall'altro lato della stanza June che contempla la scena. Ha un'espressione molto particolare sul viso, delle lacrime le brillano negli occhi. Si volta verso di me per un istante, la sua espressione si è addolcita rispetto a prima, poi scivola via in silenzio fuori dalla porta, lasciandola scricchiolare lievemente dietro di sé.

«Ti è arrivato il messaggio?», mi chiede Edward, apparentemente ignaro dell'uscita di scena di June.

«Che messaggio?», domando.

«Quello di Ted. C'è un'altra riunione per il supermercato giovedì».

«Oh, giusto». Distolgo lo sguardo dal suo, d'un tratto sono troppo imbarazzata persino per guardarlo. Sembro un'adolescente sdolcinata... è ridicolo.

«Potrebbe essere la nostra occasione», continua lui.

«La nostra occasione?». Cosa intende dire? Sollevo di nuovo la testa. Sta parlando di noi? Prova le stesse cose che sento io?

«La nostra occasione di presentare a tutti l'idea di un centro artistico, naturalmente», dice lui. «Tu che pensavi?».

«Ma certo!». Dico con un certo impeto. Dio, se solo sapesse a cosa sto pensando davvero.

«Allora, sei pronta? Sfideremo il villaggio?»

«Non ne sono sicura... dopotutto sono un'estranea. Gli abitanti potrebbero non approvare il mio coinvolgimento».

«Non sei un'estranea, Maggie, sei una di noi adesso. Non è vero, Polly?»

«Sì, Maggie, è vero». La bambina sorride.

Poi mi sorride anche Edward e il mio cuore si scioglie. Come posso dirgli di no? Se mi chiedesse di pulire cento stalle proprio in questo momento lo farei e basta. «Okay», rispondo. «Perché no? Non abbiamo nulla da perdere, vero?»

«Grandioso!», dice lui, arruffando i capelli di Polly. «Speriamo che non ci mangino vivi!».

REGOLA NUMERO 23
Le regole sono fatte per essere infrante

«Sono così contenta che tu sia d'accordo, Edward», cantilena compiaciuta Odette dal palco. «Questo supermercato è una splendida opportunità per il villaggio... un'opportunità che *dobbiamo* sfruttare se non vogliamo restare più indietro di quanto già siamo». Guarda in modo significativo Peg e Ted, che sono seduti in prima fila nella sala affollata, con le braccia incrociate, e hanno un'aria sediziosa.

«Be', non sono esattamente d'accordo su *tutto* quello che proponi, Odette», sottolinea Edward freddamente.

«Ah no?». Odette spalanca gli occhi, come se non riuscisse a immaginare che una qualunque persona potrebbe non essere d'accordo su tutto ciò che ha da dire. È davvero un'attrice. Un'attrice in perle e twin-set di cachemire, che ho scoperto può rivelarsi il tipo più pericoloso.

«Mi spiego meglio», aggiunge lui. «Credo che il supermercato *possa* aiutare Glacken, sì. Innanzitutto potrebbe portarci i tanto sospirati posti di lavoro».

Odette annuisce energicamente e c'è un mormorio di approvazione nella sala.

«Ma», continua Edward, «d'altro canto non vogliamo distruggere la qualità speciale del villaggio. È questa qualità che rende Glacken speciale. E io credo che siamo tutti d'accordo sul fatto che questo villaggio è molto speciale per tutti noi».

Uno scroscio di applausi segue quest'affermazione, capitanato da Peg e Ted che battono le mani e sorridono con entusiasmo. Ted muore dalla voglia di fare una standing ovation per Edward, lo vedo.

«Dove vuoi arrivare, Edward?», chiede Odette furibonda, dimenticando per un istante di essere tutta dolcezza e allegria per il suo amato.

Notando la sorpresa di Edward per il suo tono impaziente, ricorda di sorridergli di nuovo. Questa donna è come il dottor Jekyll e Mr Hyde… che cosa ci troverà Edward in lei? Proprio non riesco a capirlo.

«Ecco», Edward mi guarda, «Maggie e io ne abbiamo parlato e pensiamo di essere giunti a un progetto che crediamo possa funzionare».

Il mio viso avvampa. Dev'essere perché tutti mi stanno guardando… non può essere perché gli occhi blu fiordaliso di Edward sono puntati sui miei. O sì?

Metà della folla si è voltata per vedere dove sono. Cerco di non cedere all'impulso di sprofondare sulla sedia per nascondermi. Invece mi costringono a sorridere coraggiosamente, come se fossi il tipo di persona che potrebbe avere un progetto da presentare. E cerco con tutte le forze di dimenticare il modo in cui Edward mi ha appena guardato. Mi sta guardando così perché sono qui per sostenere la sua idea artistica, nulla di più. Dopotutto, lui e Odette stanno insieme. Questa fantasia su una specie di connessione tra noi due è solo nella mia mente.

«Tu e *Maggie*?». La voce di Odette si incrina e lei mescola i fogli che ha davanti per ricomporsi e guadagnare tempo. Posso dire che è sconvolta perché sta stritolando i suoi preziosi documenti: le unghie di un rosa perlaceo fresche di manicure stanno quasi lacerando i fogli per la rabbia.

«Sì. Maggie», conferma Edward, sorridendomi. «Come tutti voi sapete, Maggie è una nota artista che è qui per completare un'importante commissione».

Sussulto quando Edward dice questo. Che cosa mi ha spinto a mentire così stupidamente? Se solo gli avessi detto la verità, che sono un'agente immobiliare senza lavoro... forse non gli sarebbe importato. Del resto, dal modo in cui ha reagito quando mi parlava degli agenti immobiliari, li odia tutti. Comunque, è troppo tardi per confessare: ora tutti pensano che io sia un'artista. Mi travolge un'enorme ondata di senso di colpa. Mi sento uno schifo per aver lasciato che tutti mi credessero qualcosa che non sono. Cerco di scacciare questo pensiero, però, perché altrimenti non sarò mai in grado di parlare o dire qualcosa di remotamente utile e so che Edward si aspetta che io contribuisca. Guardarlo parlare con tale fervore del luogo che ama è commovente. Faccio il tifo perché la gente sostenga la sua idea e voglio essere coinvolta, anche se so che forse farei meglio ad andarmene via prima di ritrovarmi in altri guai. Qualcosa mi spinge a restare, però, e so che quel qualcosa è Edward. La vocina nella mia testa non può negarlo: sono qui perché non voglio andarmene. Voglio restare per via di Edward e per ciò che provo per lui.

«...e anche Maggie crede che Glacken abbia qualcosa di speciale da offrire». Edward sta ancora parlando. «Così abbiamo unito le forze», Odette trema visibilmente, «ed entrambi pensiamo che Glacken possa essere proposta come un ritiro per artisti».

«Un ritiro per artisti?». La voce di Odette è raggelante. «Questo è il vostro grande piano?»

«Sì», conferma Edward. «Potremmo invitare pittori di tutto il mondo a venire qui a lavorare. Potremmo aprire una galleria d'arte... potremmo persino organizzare un festival».

Un festival? Di questo non avevamo parlato... ovviamente Edward deve aver pensato ancora alla proposta. Un festival è un'idea geniale. Niente di troppo sgangherato o come Glastonbury, naturalmente, qualcosa di buon gusto. Potrebbero esserci delle rappresentazioni, dimostrazioni, cose del genere. Gli abitanti del villaggio potrebbero affittare le stanze per gli ospiti, Matty farebbe una fortuna con il suo pub, Peg e Ted sarebbero sistemati. Più ci penso e più mi suona bene.

«Ma Edward», lo interrompe Ted, «questo come potrebbe esserci utile?».

«A me non piacciono quei festival, Edward». Peg è poco convinta. «È tutto sesso e droga».

«Già», urla qualcuno, «non vogliamo quel genere di cose da queste parti».

«Sì che vogliamo!», strilla qualcun altro, e c'è uno scoppio di risate nella sala.

«Potrebbero esserci delle lottatrici nude nel fango o delle orge. L'ho visto in TV!». Betty della macelleria salta su eccitata accanto a me, con un cesto fumante di involtini di salsiccia ai suoi piedi. Ha già cercato di allettarmi offrendomene uno, ma ho resistito. Non posso permettere che Peg mi veda fraternizzare con lei. Potrei prenderne uno di nascosto dopo, però, quando lei sarà occupata a fare altro.

«Continua a sognare, Betty», dice Jimmy il poliziotto, con il suo maglione blu.

Si sviluppa un acceso dibattito sulla possibilità che un'orgia avvenga in un campo fangoso.

«No, no, ascoltate», grida Edward. «Non ho in mente niente di simile a Glastonbury... ovviamente non funzionerebbe qui. Sto parlando di qualcosa di molto più raffinato. Sapete, come quel festival letterario che fanno a Hay-on-Wye».

«Ne ho sentito parlare», dice Ted. «Una volta hanno ospitato Dan Brown».

«Davvero?». Peg si rianima. «Credi che Dan Brown verrà anche qui da noi?», chiede poi, con gli occhi spalancati.

«Non essere ridicola», dice Betty della macelleria. «Dan Brown non verrà mai a Glacken».

«Be', e perché non dovrebbe?», domanda Peg imbronciata. «Che c'è che non va in Glacken? Siamo un posto bello tanto quanto Hay-on-Wye».

«Io direi che siamo anche meglio», aggiunge Ted. «Molto meglio. Dan Brown sarebbe un pazzo a non venire qui».

«Ma lui non è un'artista, Ted», ribatte Betty. «È uno *scrittore*».

«Be', potremmo chiamare quella ragazza, allora», dice Ted. «Sai, quella che mette tutta la sua spazzatura puzzolente sul letto».

«Tracey Emin?». Jimmy il poliziotto impallidisce.

«Sì, proprio lei. Potrebbe venire. O quell'altro».

«Lasciami indovinare, quello che fa fluttuare mucche morte nella formaldeide?». Jimmy si prende la testa fra le mani.

«Sì!». Peg ha l'aria estatica. «Ora, non è il mio genere, ma porterebbe al villaggio grande pubblicità. Sta sempre sui giornali».

«Ascoltate! ASCOLTATE!», urla Edward. Tutti fanno di nuovo silenzio. «Se – e dico *se* – questo progetto decollasse e si rivelasse in qualche modo un successo, potrebbe attirare turisti. Il *giusto* tipo di turisti». Sorride. «Porterebbe affari per tutti noi».

Peg e Ted cominciano a sembrare un pochino speranzosi. «Allora credi che il nostro negozio si potrebbe salvare, Edward?», gli chiede Peg.

«Nessuno può saperlo per certo», risponde in tutta sincerità Edward, «ma vale la pena tentare».

Un rumoroso brusio percorre la sala mentre tutti si sporgono verso il loro vicino per discutere del progetto.

«Ordine», Odette batte il martelletto sul tavolo davanti a lei. «Ordine!».

Tutti fanno di nuovo silenzio.

«Edward». Gli sorride in modo falso. «Questa è una splendida idea. Ma c'è un problema».

«E quale sarebbe?», mi intrometto. Non mi sembra giusto lasciare a Edward tutte le chiacchiere. Devo aiutarlo.

«Stavo parlando con Edward», sibila Odette nella mia direzione. «Non con te».

«È tutto a posto, Odette», la interrompe Edward.

«Maggie dovrebbe avere qualche input. Dopotutto è lei l'esperta».

Arrossisco mentre lui dice così... Dio, mi sento una persona terribile per avergli mentito. Perché cavolo ho fatto una cosa del genere?

«Okay», Odette non sembra troppo felice, «se insisti». Posa lo sguardo su di me. «Allora. Maggie. Nota artista». Solleva un sopracciglio. «Chi pagherà per tutto questo progetto? A meno che tu non abbia intenzione di finanziare l'opera tu stessa, magari. Però, da quello che ho sentito dire, gli artisti non guadagnano molti soldi... almeno non prima di essere morti, cioè».

Peg sussulta. Sa esattamente cosa sta insinuando Odette... che potrebbe uccidermi qui e subito a mani nude, se solo ne avesse l'opportunità.

«Questa è un'ottima domanda, Odette», replico, alzandomi in piedi, «e sono felice di risponderti». Bugia. Non sono affatto felice di rispondere. Sono terrorizzata. Assolutamente terrorizzata.

«Grandioso». Odette si appoggia allo schienale della sedia e sorride. «Ma prego, continua».

«Bene», prendo un profondo respiro e cerco di mantenere la calma, «potremmo cercare dei finanziamenti. Ci sono delle sovvenzioni che potremmo richiedere. Il governo...».

«Il governo non dà più soldi a nessuno, Maggie», mi interrompe Odette, «o forse non hai notato che tutti i soldi pubblici si sono completamente prosciugati?».

Mi schiarisco la voce. Non ha intenzione di rendermi le cose facili. «Potremmo ottenere un investimento da parte di privati», continuo.

«Gli investimenti di un privato?». Odette ride. «Ma per favore. Non ci sono *più* investitori privati».

«Ci sono ancora persone là fuori che vorrebbero investire nelle arti», la contraddico, «specie se hanno qualcosa da guadagnarci anche loro». Mi sto preparando per menzionare Xanta. Non posso semplicemente prendere e lanciare la patata bollente: sarebbe uno choc troppo grande per tutti. Devo scegliere attentamente il momento giusto.

«Stiamo perdendo tempo». Odette mi liquida con un gesto della mano. «Non funzionerà mai».

«Aspetta, Odette», dice Edward, con voce tagliente. «Ascoltiamo quello che Maggie ha da dire».

«Edward, dobbiamo creare un'opinione comune su come è meglio procedere. Il tempo è essenziale, e non possiamo permetterci di sprecarne altro».

«Alcuni di noi *hanno* un'opinione», dice Ted. «Alcuni di noi hanno un'opinione ben precisa».

«Già, chi ha fatto di te la regina del mondo?», borbotta Peg, forte abbastanza da farsi sentire chiaramente da quelli che sono seduti lì vicino.

Odette continua come se non li avesse sentiti… come se fossero una macchia di fango sul suo altrimenti perfetto panorama… anzi, li ignora del tutto. Se solo potesse sbarazzarsi di loro due in qualche modo, lo farebbe in un baleno.

«Pensavo, a questo punto, che sarebbe utile se avessimo qualche input dall'esterno. Per aiutarci a focalizzare…», Odette si interrompe significativamente e un eccitato mormorio corre attraverso la sala mentre le persone si chiedono chi avrà intenzione di chiamare, «…ecco perché ho invitato il presidente di Xanta Irlanda qui, stasera, per discutere del progetto con noi».

«Cosa?», ruggisce Ted, con la faccia livida di rabbia.

Il caos irrompe nella sala e c'è un ronzio assordante mentre le persone metabolizzano questa informazione.

«Calmati, Ted», urla Odette per sovrastare il chiasso. «Sai perfettamente che Laurence non ha avuto la giusta occasione di dire la sua l'altra volta. È giusto ascoltare ciò che ha da dire».

«Il presidente è già stato qui?», chiedo a Betty della macelleria.

«Sì, è venuto a parlarci qualche mese fa. È andata piuttosto male».

«Sul serio?»

«Laurence aveva la scorta con sé e quegli energumeni hanno cercato di buttare Ted fuori dalla sala».

Betty non sembra troppo dispiaciuta al ricordo di quanto è successo… probabilmente perché lei e Peg sono acerrime nemiche, anche se questo non è mai stato apertamente dichiarato.

Wow. Non riesco a immaginare Ted che viene cacciato fuori dalla sala… ha un animo talmente gentile. Però, in effetti, può diventare piuttosto collerico quando si sfiora questo argomento.

«Non riesco a credere che hai organizzato tutto questo alle nostre spalle, Odette», irrompe Peg. «Ci hai teso un'imboscata!».

«Peg, sii ragionevole». Odette mescola i suoi fogli ed evita lo sguardo di Peg. «Se vi avessi detto che Laurence sarebbe venuto qui stasera, avreste rifiutato di partecipare. Questo era l'unico modo per vederci tutti insieme… è perfettamente comprensibile».

«Già! Voglio sentire che ha da dire», dice qualcuno nelle ultime file.

«Anch'io», si aggiunge qualcun altro.

«Non è un mostro, Peg», dice una terza persona, «e noi abbiamo bisogno di posti di lavoro».

«Vedi?». Odette sogghigna compiaciuta.

Peg si siede scompostamente sulla propria sedia… è molto amareggiata per questi sviluppi, davvero molto amareggiata.

D'un tratto inizia un'attività frenetica in fondo alla sala e un uomo corpulento in un abito gessato si fa strada verso il palco con una valigetta di pelle sotto braccio.

«Laurence», tuba Odette, baciandolo su entrambe le guance, «che bello rivederti».

«Odette». La bacia anche lui. «Hai un aspetto fantastico, come sempre».

«Oh, grazie», si lascia andare a qualche risatina, arrossendo. «Sono davvero contenta che tu sia potuto venire».

«Per me è un piacere, mia cara, un assoluto piacere. Ehilàààà, gente!». Laurence si volta per affrontare la platea, la sua voce rimbomba nella sala. «Grazie per essere venuti qui stasera».

Sembra proprio Mister Allegria, quasi quasi mi aspetto che si metta a fare un breve numero di tip tap o che tiri fuori un coniglio dalla valigetta per cercare di impressionarci tutti.

«Non saremmo venuti se avessimo saputo della sua presenza», dice Ted ad alta voce, con un'espressione feroce sul viso. «Siamo stati invitati con l'inganno».

«Peg, Ted… che piacere rivedervi». Laurence sorride a entrambi, ignorando il fatto di essere stato appena insultato.

«Vorrei poter dire lo stesso», replica Peg. «Ma non posso».

«Suvvia, Peg, non mi faccia sentire in colpa. Non sono qui per arruffarvi le penne. Sono qui per parlare… per discutere con voi. Non c'è niente di male in questo, no?»

«Le serpi sanno parlare, allora?», aggiunge Peg.

«Ha portato i suoi gorilla anche questa volta, vero?», domanda Ted. «Oppure mi stanno aspettando fuori?»

«Ah ah, voi due siete proprio uno spasso, davvero!».

Il tono di Laurence è leggero, ma c'è una nota stridula nella sua voce. Sembra che Peg e Ted siano la sua spina nel fianco, non importa quanto si sforzi di disarmarli con il suo fascino aggressivo, che ovviamente funziona alla grande su Odette.

«Ve l'ho già detto, quello è stato un semplice fraintendimento», continua lui. «I ragazzi non avevano intenzione di farle del male, Ted, questo lo sa».

«Non so proprio niente del genere!», sbotta Ted, il suo volto è minaccioso. «Quelli… quelli mi hanno malmenato!».

«Avrebbero potuto ucciderlo!», urla Peg. «Ha il colesterolo alto, sa... potrebbe essere a un solo Mars da un attacco cardiaco».

Tra la folla scoppia di nuovo una discussione animata e Laurence sposta nervosamente il peso da un piede all'altro, insicuro su come procedere. «Via, via, sono cose che ci siamo lasciati alle spalle», dice poi. «È ora di procedere, di guardare al futuro».

«Avremmo potuto denunciarla e non le avremmo lasciato nemmeno le mutande!». Peg agita un dito contro di lui. «Potremmo ancora farlo!».

«Peg, diamo a Laurence la possibilità di parlare. È un semplice gesto di correttezza», si intromette Odette, palesemente ansiosa di allentare la tensione.

«La correttezza qui non c'entra niente!», urla qualcuno.

«Udite, udite!», strilla Peg.

«Laurence, potresti raccontarci dei più recenti sviluppi riguardo al supermercato?», continua Odette, ignorando le interruzioni.

«Sì, Odette, certo». Laurence si schiarisce la voce, abbandona la sua espressione gioviale e assume immediatamente un aspetto più serio e professionale. «Bene, come probabilmente tutti sapete, il supermercato ha ricevuto il via libera preliminare dal consiglio».

«Bah!», sbotta Peg. «Proprio quello che ci voleva...».

«Quindi, salvo eventuali obiezioni», Laurence guarda nervoso verso Peg e Ted, «intendiamo procedere entro le prossime sei settimane. Stimiamo che ci vorranno approssimativamente dodici settimane per costruire l'edificio e altre dodici prima che sia tutto in regola e pronto per iniziare. Sarà operativo una volta finiti i lavori. Operativo!».

«Che cosa eccitante!», sospira Odette.

«Sono felice che la pensi così». Laurence si volta verso di lei.

È la mia immaginazione o le sta guardando le tette?

«Quindi ci vorranno solo sei mesi prima che le porte siano aperte al pubblico?», continua lei, sorridendo scioccamente.

«Sì, sei mesi prima che tutti i sistemi siano in funzione!». Laurence mostra i pollici sollevati, cercando di conquistare la folla.

D'un tratto mi rendo conto che è proprio come essere a un concorso di bellezza: Odette è il viscido commentatore e Laurence una speranzosa concorrente che cerca di impressionare il pubblico... non che abbia qualche possibilità di vincere un premio, con il giro vita del suo abito luccicante che gli tira attorno al pancione.

«Sei mesi prima che il villaggio vada in rovina, vuol dire!», urla qualcuno. Peg e Ted applaudono furiosamente.

«Sei mesi. Esatto, Odette, esatto». Laurence cerca coraggiosamente di ignorare le proteste. «Sta procedendo tutto come si deve». Lancia un'altra occhiata ansiosa alla prima fila.

«E leggo che siete ansiosi di dare lavoro agli abitanti del posto, Laurence».

A me sembra che Odette e Laurence abbiano preparato prima questa tiritera... va tutto troppo liscio, come se stessero leggendo un comunicato stampa.

«È verissimo, Odette». Laurence sorride. «L'integrazione nella comunità è di primaria importanza per Xanta. Teniamo molto a Glacken e faremo assolutamente del nostro meglio per assumere gente dei dintorni».

«Ma questa non è una garanzia», si intromette una voce familiare. È Edward. È appoggiato al muro, ha un'espressione penetrante mentre pone la domanda. Dio, com'è sexy quando è così serio. Ma cerco di non pensarci: è assolutamente inappropriato... specie quando la sua fidanzata è solo a pochi passi da noi. Odette mi strangolerebbe se intuisse anche solo vagamente quali sono i miei sentimenti per il suo fidanzato. Però, non posso fare a meno di chiedermi, ancora una volta, che cosa ci trovi Edward in lei... sono così diversi. Hanno persino punti di vista opposti sulla questione del supermercato. Edward è realista: sa che il supermercato con tutta probabilità verrà costruito, ma vuole assicurarsi che almeno la zona ne tragga vantaggio. Vuole sinceramente ciò che è meglio per il villaggio. A Odette non sembra importare di un eventuale impatto negativo e di sicuro non sta prendendo in considerazione modi per aiutare la comunità. Vedo i suoi occhi socchiusi, è seccata per la domanda di Edward... non ritiene che sia gentile da parte sua mettere pubblicamente Laurence sotto pressione a questo modo.

«Faremo davvero del nostro meglio», ripete Laurence in tono gioviale. «Ma non ci sono garanzie nella vita, certo che no. Potremmo essere tutti morti domani, lo dico sempre!».

«Io spero che lei lo sia, questo è poco ma sicuro», dice Peg, sovrastando il brusio della sala, la gente non è per niente contenta della dichiarazione di Laurence.

«Edward, non c'è ragione di spaccare il capello in quattro». La voce di Odette è dolce, ma c'è una nota di avvertimento. «La *maggior parte* delle assunzioni per il supermercato verrà fatta tra gli abitanti del posto. Non è così, Laurence?»

«Il piano è quello, Odette!», risponde Laurence con voce tonante, sorridendo allegramente al pubblico. «Il piano è quello!».

Dietro a tutta la sua cordialità si nasconde un gran manipolatore. Sa esattamente cosa sta facendo. Offre qualche vaga promessa senza mettere nulla nero su bianco... uno stratagemma ingegnoso. Incontro lo sguardo di Edward e lui scuote leggermente la testa. Ho recepito il messaggio: non è il momento giusto per rivelare altro sulla nostra idea per un centro artistico, non ora che Laurence è qui... la tensione è troppo alta.

Gli faccio un cenno di risposta per comunicargli che ho capito, e lui sorride. Che cosa c'è in quel sorriso che mi fa tremare le ginocchia in questo modo?

«E tu pensi che il supermercato attirerà molti clienti, Laurence?». Odette sta ancora parlando. È come se stesse leggendo tutto da un foglietto nascosto che si è preparata in anticipo... devono aver provato tutto prima.

«Certo che lo pensiamo, Odette», le risponde Laurence. «Anzi, ho qui le proiezioni dei grafici... permettimi di mostrarti i dati sul monitor, così tutti possono vederli».

Un tizio corpulento spinge sul palco un carrello con un proiettore e vedo Ted impallidire: questo deve essere uno degli uomini della scorta di Laurence, uno dei gorilla che lo ha cacciato dalla sala l'ultima volta.

Nel giro di pochi secondi, le luci vengono spente e parte il proiettore.

«Sembra molto promettente, molto promettente davvero!», mormora Odette, mentre tutti osservano il diagramma a torta e il grafico che sono saltati fuori accanto a lei. C'è un guazzabuglio di cifre che partono dal basso, è tutto così complicato, e sospetto che questa sia esattamente l'intenzione di Laurence. Vuole confondere gli abitanti del villaggio con fatti e cifre – accecarli con aspetti tecnici – così non solleveranno obiezioni.

«Chi ci dice che qualcuno di questi cosiddetti clienti verrà al villaggio, però?», chiede Ted. «Potrebbe accadere l'esatto contrario! Verranno al supermercato per fare la spesa e poi se ne torneranno di nuovo a casa. Glacken diventerà una città fantasma».

«Be', suvvia», Laurence mostra un'espressione comprensiva, «metterò le vostre preoccupazioni sul piatto, certo che lo farò. Ma ci sono stati studi che hanno dimostrato l'esatto contrario. Ecco, lasciate che ve li mostri». Fruga nella semioscurità e tira fuori un altro foglio di carta dalla sua valigetta. Odette lo fa scivolare sotto il proiettore. «Vedete qui?», indica un sommario di conclusioni. «Abbiamo aperto un supermercato in un piccolo villaggio sulla costa occidentale due anni fa. Come Glacken, il villaggio era vicino al complesso e, come qui, alcuni abitanti del posto avevano le loro preoccupazioni. Che abbiamo preso seriamente, ovvio. Comunque, se leggete le conclusioni, potete vedere che il villaggio ha tratto molti benefici dal supermercato. Gli affari locali hanno registrato un incremento del trenta percento, e lo stesso vale per i profitti. È una situazione vantaggiosa per tutti… questo studio lo prova».

«Che cosa affascinante!», cantilena Odette. «Non vi pare, gente?».

«Per caso, questo era uno studio indipendente?». Sento Edward fare questa domanda.

Vedo Odette che si acciglia nella luce del proiettore. «Edward, uno studio è uno studio», dice lei rapidamente. «I risultati parlano da soli».

«Non esattamente, Odette». La voce di Edward è tagliente. «Uno studio può essere manipolato per dimostrare quasi qualsiasi conclusione. Questo è risaputo».

«Che cosa straordinaria da dire!», abbaia Laurence, la sua espressione gioviale si è un tantino irrigidita.

«Edward, ti prego!», sbotta Odette. «Difficile che questo atteggiamento conduca a delle buone relazioni».

«Okay, presumiamo che lo studio *fosse* valido», dice Edward. L'intera sala si è voltata a guardarlo. «Può dirmi in che posizione era il vostro supermercato in relazione al villaggio?»

«Non so che cosa intende dire!», controbatte Laurence in tono aggressivo.

«Ah no?», continua Edward. «Scommetto che il sito del supermercato era in una posizione tale da costringere i clienti ad *attraversare* questo villaggio per raggiungerlo… dico bene? Se è così, allora è evidente perché una certa percentuale della clientela si fermava al villaggio, e di conseguenza è ovvio anche l'incremento degli affari».

«Io… io…», Laurence guarda il proiettore come se sperasse di riceverne delle risposte.

«È difficilmente paragonabile a Glacken, non è vero?», lo incalza Edward. «Nessun cliente attraverserebbe il villaggio *qui* per raggiungere il supermercato, non è vero, Laurence? Il sito è troppo lontano per assicurare una cosa del genere».

C'è un mormorio nella sala mentre tutti metabolizzano queste informazioni. Ha ragione, naturalmente. Le due situazioni sono completamente diverse.

«Ora, Laurence, credo che tu abbia altre informazioni per noi». Odette cerca disperatamente di mandare avanti la conversazione, per cambiare argomento. Sembra quasi che voglia la costruzione del supermercato a tutti i costi, nient'altro ha importanza. Perché mai?

«Sì, certo». Laurence riacquista un'espressione sorridente e si rivolge di nuovo alla sala buia. «So che alcuni di voi erano leggermente preoccupati per il fatto che la struttura non era in armonia con il paesaggio».

«Era un orrendo pugno in un occhio nel bel mezzo della campagna, vorrà dire!», urla Peg.

«Sì, be'», continua Laurence, «in segno di buona volontà, abbiamo deciso di ridisegnare porzioni del complesso per renderlo più... esteticamente gradevole. Più piacevole alla vista, ecco».

«Perché mai, Laurence?», chiede Odette, mantenendo il ritmo.

«Vedi, Odette, pensiamo che la struttura debba riflettere la natura della comunità... vogliamo che si inserisca senza difficoltà tra voi».

«Questo è davvero premuroso, devo dire», aggiunge Odette.

«Grazie», dice Laurence benevolo, come se pensasse di essere una specie di eroe. «Quindi, alla fine, abbiamo affrontato enormi spese per ridisegnare l'aspetto esteriore dell'edificio».

«Avete riprogettato solo una porzione dello schema generale?», gli chiede Ted. «Ma che bravi».

«Penso che riconoscerete che adesso c'è una notevole differenza», prosegue Laurence. «Anzi, anche solo riconfigurare quest'unica sezione ha alleggerito l'impatto dell'intero edificio. C'è voluto un sacco di duro lavoro e denaro per ottenere questo risultato».

«Pare proprio di sì!», dice Odette, zelante.

«Sì, ma volevamo farlo come si deve», conferma Laurence. «Abbiamo una squadra di prim'ordine a lavorare su questo progetto... il nostro architetto è un genio».

«Gli ci è voluto molto per modificare i progetti, Laurence?», chiede Odette.

«Be', Odette, puoi chiederlo direttamente a lui perché è qui stasera per rispondere a tutte le vostre domande».

Quasi quasi mi aspetto che dica: "Ok, il prezzo è giusto!". Tutta questa farsa è completamente preparata, adesso ne sono certa.

Tutti allungano il collo per vedere dov'è nascosto questo architetto.

«Coraggio, Robert, vieni avanti... non fare il timido!».

Robert? Un architetto che si chiama Robert? Che coincidenza inquietante. Del resto, probabilmente ci sono centinaia di architetti che si chiamano Robert... non è un nome così insolito, no?

È così difficile vedere nell'oscurità, ma una figura indistinta si sta facendo strada dal fondo della sala. Bizzarro: se non sapessi che non può essere, potrebbe *quasi* sembrare lui: la somiglianza, persino al buio, è inquietante. Ma non può essere. È assolutamente impossibile. È solo la mia mente che mi gioca brutti scherzi, tutto qui.

«Mmm... niente male». Betty fischia accanto a me. «Non lo butterei fuori dal letto per mangiare patatine, non so se mi spiego».

Non può essere. Non può essere. Non c'è la minima possibilità al mondo...

Mentre si avvicina riesco a vedere più chiaramente i suoi lineamenti e il mio stomaco si contorce. Non posso crederci. È *lui*. È Robert. Il mio Robert. Il mio ex, Robert. È l'architetto di Laurence... ed è qui a Glacken.

REGOLA NUMERO 24
Ricordati di respirare

«Salve a tutti, mi chiamo Robert Kilbride. Come ha detto Laurence, sono il capo architetto per l'ultimo progetto di Xanta qui a Glacken».

Robert è in piedi sul palco accanto a Laurence, che gli tiene un braccio sulle spalle e sorride pieno d'orgoglio.

Com'è possibile che sia proprio qui, a qualche passo da me? Quale orrendo scherzo del destino lo ha portato nell'unico villaggio di campagna in cui vivo io?

A meno che... Ha saputo in qualche modo che ero qui? Chi potrebbe averglielo detto? Claire? Dom? Non avrebbero potuto... o sì? No, Claire è ancora in missione alla ricerca di se stessa in India e Dom è impegnato nel tentativo di portarsi a letto più donne australiane possibili. Non avrebbero avuto il tempo per organizzare tutto questo. Non possono essere stati mamma e papà: anche se pensano a Robert come al figlio che non hanno mai avuto, sanno che non torneremo mai più insieme.

E Theresa? Pensava che avessi fatto un enorme sbaglio a rompere con lui: ha passato un sacco di tempo a ripetermelo. Avrebbe potuto spedirlo qui per una qualche specie di subdolo complotto volto a farci tornare insieme? No, non avrebbe potuto. Anche se pensa che sia stata una stupida a lasciare Robert, non arriverebbe a tanto, questo è certo. A meno che i bambini non l'abbiano fatta uscire di testa una volta per tutte, certo. Questa è un'eventualità non trascurabile.

Chiudo gli occhi per un istante, cercando di capire come è potuto succedere. È tutto così surreale. Avrei mai potuto immaginare una cosa del genere? Magari questo è un incubo e quando riaprirò gli occhi sarà tutto finito. Li apro lentamente e il mio cuore sprofonda. Non è un incubo. Eccolo lì, in piedi sul palco, che sorride ai presenti. È semplicemente piombato nella mia nuova vita, come un alieno da una pianeta sconosciuto.

D'un tratto mi vengono in mente le possibili conseguenze. Se Robert mi vede, sono fregata: le mie bugie verranno scoperte e tutti sapranno la verità su di me. *Edward* scoprirà la verità su di me. Che non sono chi ho detto di essere. Che ho finto per tutto questo tempo. Peggio, che tutto ciò che gli ho detto è una bugia. Che farò? La mia mente si affolla di possibilità mentre guardo il mio ex fidanzato che sorride, quasi a un passo di distanza. Grazie a Dio la sala è al buio... se non fosse così, mi avrebbe vista quasi immediatamente.

«Che *esemplare*», mi sospira in un orecchio Betty della macelleria. «Da vicino è anche meglio!».

La luce del proiettore illumina gli inconfondibili lineamenti di Robert. Ha un gran bell'aspetto, persino io riesco a vederlo. Abbronzato e più sano di come lo vedevo da anni.

Cerco di concentrarmi sul mio respiro per non perdere i sensi. Betty non sembra essersi accorta di niente, anche se sto iperventilando in silenzio, non riesce a capire che la mia testa è sul punto di esplodere.

«Robert, che piacere conoscerti». Odette gli stringe calorosamente la mano. «E grazie di essere venuto fin qui per parlare con noi questa sera... so che sei un uomo molto occupato».

«Nessun problema, per me è un piacere». Robert sorride indulgente. «Sono sempre felice di rendermi utile».

«Robert è un *genio*», annuncia Laurence alla sala, e sento Peg sbuffare rumorosamente, come se non credesse a una parola di tutto questo.

«Non direi, Laurence», Robert respinge timidamente il complimento.

«Via, Robert, diamo a Cesare quel che è di Cesare. Mi hai

reso fiero di questo progetto, eccome». Stringe la spalla di Robert. «È come un figlio per me», dice a Odette.

«Grazie, Laurence», dice Robert, «e – cosa più importante – grazie a voi tutti per avermi dato l'opportunità di venire qui a parlarvi questa sera».

«Se lo avessi saputo prima, avrei fatto in modo di sedermi in prima fila». Betty si lascia sfuggire una risatina e mi dà un'altra gomitata.

«Sono consapevole che alcuni di voi hanno delle riserve per quanto riguarda il supermercato...», esordisce Robert.

«Questo vuol dire metterla giù leggera», urla qualcuno dalla sala.

«...ma fortunatamente sarò in grado di dissipare qualsiasi paura possiate avere. È per questo motivo che sono qui stasera... sono qui per aiutarvi». Robert mostra i palmi delle mani aperte ai presenti e con gli occhi scruta in mezzo al pubblico.

Sembra sincero... ma del resto è bravo in questo genere di cose, quindi non saprei dire. Persino io non riesco a capire se è veramente sincero oppure no, e so praticamente tutto di lui: da che lato del letto preferisce dormire, come gli piacciono le uova, per che squadra tifa. Quanto gli piacciono gli orsetti gommosi...

Scaccio quest'ultimo particolare dalla mente. Non c'è ragione di rivangare il passato. Il fatto è che sono a conoscenza di quasi ogni dettaglio della sua vita... ma non so dire con certezza perché si trovi qui.

«Può aiutarmi ogni giorno della settimana». Betty mi colpisce forte tra le costole e io rantolo rumorosamente. Vedo Robert accigliarsi e scorrere la folla per trovare la fonte del rumore e abbasso il mento sul petto per assicurarmi che non mi riconosca. Ma non sarebbe comunque possibile: non ho un filo di trucco, ho i capelli legati in modo trasandato e il maglione che ho addosso probabilmente è perfetto per finire nel bidone dell'immondizia.

«Non vedo una cosuccia così carina da molto tempo». Betty sta quasi sbavando per l'evidente desiderio. «Be', se escludiamo Edward Kirwan... darei anche a lui una ripassatina, se ne avessi l'occasione!». Mi dà un'altra gomitata, ma questa volta mi mordo un labbro per non emettere alcun suono. «Non vedo un anello al dito, e tu?», sussurra lei.

«No». Scuoto la testa in silenzio.

«Allora è su piazza». Si strofina le mani con gioia. «Era ora che arrivasse della carne fresca da queste parti... credi che verrà a bere qualcosa dopo?»

«Non lo so», mormoro. Mi gira la testa. Ho bisogno di uscire da qui.

«Allora, Robert», Odette sorride scioccamente dal palco, «puoi parlarci del nuovo aspetto della costruzione?»

«Volentieri». Robert le sorride e io scivolo sempre più giù sulla sedia.

Come faccio a fuggire senza attirare l'attenzione su di me? Robert adesso non può vedermi, perché le luci sono spente, ma quando verranno accese mi vedrà sicuramente.

«Eravamo consapevoli del fatto che l'edificio dovesse armonizzarsi con il paesaggio e crediamo veramente di essere riusciti nel nostro intento con questo nuovo progetto», dice Robert.

Un'immagine del supermercato riconfigurato appare sullo schermo.

«Potete vedere», Robert indica il disegno, «che abbiamo ridotto in modo significativo le dimensioni di quest'aerea, per bilanciare meglio l'intero progetto».

«Sembra grandioso», conferma Odette.

«Sembra orrendo!», urla qualcuno. «Brutto proprio com'era prima».

Vedo il viso di Robert contorcersi debolmente per questa critica al suo lavoro.

«Non è così male», grida qualcuno.

«E tu che ne capisci?», ribatte un altro.

«Ordine, gente, ordine!». Odette batte il martelletto sul tavolo. «Ci sono domande da parte dell'assemblea? Domande *concrete*?»

«Il contratto di costruzione è già stato appaltato?», sento chiedere da Edward, e sprofondo ancor di più sulla mia sedia. Grandioso! L'uomo che amo sta parlando a quello che ho lasciato. Mentre il pensiero prende vita nella mia mente, mi rendo conto che è vero. Non sono semplicemente attratta da Edward, lo amo. Lo amo sul serio. Comincio a sudare quando la verità si fa strada dentro di me.

«Non ancora», risponde Robert in modo pacato. «Mi occuperò presto della gara d'appalto».

«Sono state prese in considerazione delle ditte locali?»

«Come ho detto, mi occuperò della gara d'appalto», dice Robert. «Poi ridurremo le candidature e partiremo da lì. Ci aspettiamo che sia un processo altamente competitivo».

Laurence fa allegramente l'occhiolino a Odette mentre Robert parla... ho la sensazione che si prenderà grande soddisfazione per aver speso bene i suoi soldi.

«Vorrei riuscire a pensare a qualcosa da chiedergli», sibila Betty. «È un tale bocconcino!».

«E cosa ci dice della congestione del traffico?», chiede Odette, con la testa inclinata di lato, come se avesse passato notti intere a preoccuparsi di questo dettaglio.

«Questa è davvero un'ottima domanda, Odette», risponde Robert. «Verrà fornito di un parcheggio sotterraneo e uno in superficie».

«Un sacco di spazio per tutti, allora?». Fa un risolino.

«Oh, sì», conferma Robert. «E il parcheggio sarà gratuito, naturalmente».

«Tutte quelle macchine in più non faranno che inquinare il nostro splendido paesaggio!». Peg si alza in piedi all'estremità della sala. «Voialtri state cercando di fregarci!».

Robert lancia un'occhiata preoccupata a Laurence. Non è del tutto sicuro di sapere come gestire Peg ora che ha lasciato il suo posto a sedere... crede che sia una mina vagante, potrei giurarci.

«Non stiamo cercando di fregare nessuno, Peg», dice Laurence rapidamente, in tono conciliante. «Stiamo cercando di migliorare le strutture per il villaggio. Non vorrebbe essere in grado di trovare del coriandolo fresco se vuole?»

«Io odio il coriandolo». Peg si mette a sbuffare.

«Io lo adoro!», urla qualcuno.

«Anch'io!», strilla un'altra voce.

«Vede? Non può fermare il progresso, Peg», dice Laurence, gli occhi ridotti a due fessure, «non importa quel che fa per evitarlo».

«Cos'è, una minaccia?». Adesso anche Ted si alza. «Sta minacciando mia moglie?»

«Certo che no», risponde Laurence affabile. «Ma si sta scaldando parecchio. Forse dovrebbe portarla a casa per darle una bella tazza di tè. Per calmarla un pochino».

«Brutto bastardo condiscendente...». In un batter d'occhio, Ted scatta rapidamente per raggiungere il palco. «Te la farò pagare!», ruggisce poi.

«Gesù, Giuseppe e Maria!». Laurence fila a nascondersi dietro a Odette. «Ragazzi! Ragazzi! Portate questo pazzo fuori da qui».

Due energumeni saltano fuori da un lato del palco e si scagliano contro Ted, mentre si sta avventando contro l'ombra di un tremante Laurence. Odette scaccia Ted con un gesto della mano, come se volesse liberarsi di una mosca fastidiosa, e Robert osserva la scena con un'espressione di assoluto sconcerto.

«Lasciatelo stare, animali che non siete altro!», squittisce Peg, lanciandosi lei stessa contro uno dei due buzzurri, che ora ha preso Ted per il colletto e sta cercando di trascinarlo via.

Tutti si sono alzati in piedi adesso e si crea il pandemonio quando gli abitanti del villaggio sciamano verso il palco per unirsi alla mischia: volano pugni e vengono assestati colpi a destra e a manca. D'improvviso è diventato un gioco al massacro.

So che questa è la mia occasione. Se agisco adesso, me ne sarò andata prima che si accendano le luci e Robert non saprà mai che ero qui. Mi muovo rapidamente, oltrepassando a spintoni Betty che sta gridando: «Prendetelo, prendetelo!».

Non so bene a chi si riferisca, e non ho intenzione di aspettare per scoprirlo. Raggiungo la porta, pronta a tuffarmi nella notte, quando sento Peg urlare sovrastando il pandemonio. «Aiuto! Qualcuno mi aiuti!», singhiozza, guardandosi attorno inerme. Mi volto a guardare e vedo Ted accasciato sul palco, mortalmente pallido. Laurence sembra sia uscito in fretta e furia dalla sala.

Oh, no. È successo qualcosa a Ted e la gente è troppo occupata ad azzuffarsi per accorgersene. Se torno indietro adesso, sono fritta: Robert mi vedrà e la verità verrà a galla. Ma Ted ha bisogno di aiuto e Peg è terrorizzata. Non ho altra scelta. Mettendo da parte tutti i pensieri su ciò che succederà, torno indietro e mi faccio strada tra la folla fino al palco.

«Maggie!», singhiozza Peg, quando mi vede. «Maggie, aiutalo, sta avendo un attacco di cuore!».

«Non sto avendo un attacco di cuore, Peg, non ti agitare», dice Ted debolmente.

«Come ti senti?». Mi inginocchio per esaminarlo.

«Non mi sento troppo bene, Maggie». Mi rivolge un sorriso fiacco. «Non è niente… starò bene tra un minuto».

«Non preoccuparti, Ted, starai di nuovo bene», cerco di rassicurarlo. «Ti porteremo fuori da qui».

Nel mio intimo, sono nel panico. Per una volta, sembra che Peg non stia esagerando: Ted non ha un bell'aspetto. Ha bisogno di un dottore… alla svelta.

«Sta' con lui, Peg», dico con voce più ferma di quanto non mi senta in realtà. «Esco a chiamare un'ambulanza».

«Un'ambulanza?». La sua voce trema.

«Solo per precauzione». La stringo per un istante. «Sono sicura che si riprenderà, ma meglio non correre rischi, no?»

«No, no», dice lei piangendo. «Oh, Maggie, se gli succede qualcosa, ne morirò. È l'amore della mia vita».

«Lo so, Peg». La abbraccio forte. «Ora sta seduta qui e tienigli la mano… mi ci vorrà solo un secondo».

Cerco un angolino tranquillo… c'è ancora una gran confusione nella sala e ho bisogno di assicurarmi che gli operatori del servizio di emergenza riescano a sentire quello che dico.

«Maggie?». Edward mi raggiunge mentre apro il cellulare.

«È Ted», dico, componendo velocemente il 999. «Credo che stia avendo un attacco cardiaco. Sta' con loro, ti spiace? Peg è in un tale stato…».

«Ma certo. Non preoccuparti, andrà tutto bene». Mi stringe per un attimo il braccio, poi scompare di nuovo tra la folla.

Ho dato al pronto intervento tutti i dettagli e sto infilando il cellulare di nuovo in borsa quando sento una voce dietro di me. «Maggie?».

Non ho bisogno nemmeno di voltarmi: intuisco immediatamente di chi si tratti. Il gioco è finito.

«Ciao, Robert».

«Che… che ci fai tu qui?».

La confusione gli si legge sul viso. Non sapeva che ero a Glacken, questo è ovvio. Nessuno gli ha detto dov'ero e lui non mi ha seguito. È tutta solo un'enorme coincidenza cosmica… se Dio esiste, è una donna con un senso dell'umorismo davvero bizzarro.

«È una lunga storia». Sospiro. «Adesso vivo qui».

«Ti sei trasferita? *Qui*?». La sua voce è incredula mentre supera la sorpresa di avermi vista.

«Sì, proprio così».

So perché è così sorpreso. Al di là del fatto che non avrebbe mai immaginato di incrociarmi in questo posto, l'ultima volta che mi ha visto ero elegante e in tiro. Ora me ne sto qui nella sala di un villaggio sperduto, in una tenuta con cui non mi sarei sognata di uscire di casa solo pochi mesi fa. Sembro come… come Claire quando è iniziato il suo viaggio verso il suo io interiore. E Robert è esattamente come me quando l'ho incontrata con quella felpa masticata dal cane: traumatizzato. Devo quasi trattenere una risata davanti alla sua espressione. Sarebbe comica se la situazione non fosse così tragica.

«Ma tu odi la campagna!», dice lui, stupefatto.

«Non la *odio*», ribatto.

«*Sì*, invece… una volta hai detto che…».

«Che se mai avessi dovuto vivere oltre l'autostrada sarei uscita di testa?». Questo è ciò che ha detto Dom quando gli ho comunicato che stavo per trasferirmi a Glacken. Devo aver detto a Robert la stessa cosa.

«Precisamente!». Scuote la testa, come se non potesse credere alle sue orecchie.

«Be', suppongo di essermi sbagliata». Sorrido timidamente. «Mi piace questo posto. Anzi, lo adoro».

Mentre lo dico, so che è vero. Amo *davvero* Glacken. Ho cominciato a sentirmi a casa qui. Queste persone hanno iniziato a essere come una seconda famiglia per me. C'è anche qualche componente folle nell'insieme, naturalmente… Peg e Ted non sono del tutto sani di mente, ma nonostante tutto li amo.

«Ma che stai facendo per vivere?», mi chiede Robert. «C'è almeno un'agenzia immobiliare da queste parti?»

«Non esattamente…», cerco di tergiversare. «Mi tengo occupata, sai, con altra roba».

«Robert!». La voce di Odette interrompe la nostra conversazione mentre lei si precipita accanto a lui. «Grazie a Dio sono riuscita a far uscire Laurence sano e salvo da qui. Sono così dispiaciuta per questo disastro. È la gente di campagna… alcuni di loro sono dei barbari. Prima me ne vado da qui, meglio è! Oh, Maggie!». Smette di blaterare quando si accorge di me.

«Ciao, Odette», le dico.

«Voi due vi conoscete?», domanda Robert.

«Tutti conoscono tutti in un piccolo villaggio, Robert», replico io.

Odette guarda da me a Robert, con occhi socchiusi, come

se non riuscisse a capire cosa sta succedendo. «Voi due… Voi *due* vi conoscete?»

«Sì, esatto», rispondo. Non c'è ragione di negarlo.

«Maggie e io stavamo insieme…», dice Robert, non aggiungendo altro. Ma i sottintesi sono chiari.

«Cosa? Vuoi dire che *Robert* è il tuo fidanzato segreto?». Gli occhi di Odette sono spalancati per la sorpresa.

«Hai un fidanzato segreto?», chiede Robert, prendendo fischi per fiaschi. «Wow… sei stata *davvero* indaffarata, Maggie. Prima lasci l'agenzia immobiliare, poi ti trasferisci qui, ti trovi un fidanzato segreto… che altro stai combinando?».

«Agenzia immobiliare?». Odette rimane a bocca aperta. Si è fatta decisamente sbiancare i denti… adesso ne ho la certezza. Buffo cosa si nota nel bel mezzo di una crisi.

«Be', sì», dice Robert, con aria sempre più confusa.

«Non sei un'artista, vero?», sbotta Odette in tono accusatorio. «Non lo sei mai stata! Non dipingi affatto sotto pseudonimo! È tutta una menzogna! Lo *sapevo*!».

«Di che sta parlando, Maggie?», mi domanda Robert.

Cerco disperatamente di pensare a qualcosa da dire. L'unico modo possibile per uscire da questo casino è un'invasione aliena. Quante sono le probabilità che accada una cosa del genere? Pressappoco nulle, direi, ed è un vero peccato, perché essere rapita da malvagie forme di vita extraterrestri che vogliono usare il mio cervello per esperimenti sinistri è una prospettiva di gran lunga più allettante che dover dire la verità.

«Maggie ha detto a tutti al villaggio che è un'artista di fama mondiale!», gracchia Odette.

Ora che ha superato lo choc della rivelazione, è chiaro che sta gongolando per le novità.

«Be', non ho detto esattamente che avevo vinto dei premi…», comincio a dire.

Questo perlomeno è vero: tecnicamente sono stati Peg e Ted a spargere la voce, non io. Io non mi sono preoccupata di smentirla, ovvio. Sono io quella da biasimare per questo casino.

«Un'artista?». Robert ride sguaiatamente, dandomi una pacca sulla spalla un po' troppo vigorosa. «Questa è esilarante!».

«Per quale motivo sarebbe esilarante?». Sento i peli sulla nuca che mi si rizzano. Okay, posso anche aver mentito, ma perché pensa che l'idea di me che dipingo sia così strampalata?

«Be', non sei esattamente Van Gogh, vero, Mags?», ridacchia Robert.

«Questo non è ciò che ha detto a tutti», si intromette di nuovo Odette. «Ha raccontato delle fesserie sulla sua carriera quando in realtà stava vivendo una menzogna! Ci ha persino detto che dipingeva sotto pseudonimo… così non l'avremmo scoperta!».

«Odette, questo è stato un equivoco finito fuori controllo», dico io. «Non ho mai pensato di raggirare nessuno».

«E noi dovremmo crederci, giusto?», sogghigna lei. «Quando hai detto a tutti che eri un'artista mentre in realtà eri un'*agente immobiliare*? Sei una barzelletta!».

All'improvviso è come se sulla sala fosse calato un silenzio mortale, in cui rimbomba la voce di Odette.

Guardo dietro di lei dove si trova Edward, che ha un'espressione carica di orrore sul viso. Non posso dire cosa abbiano capito gli altri, ma lui di sicuro ha sentito ogni parola… sa la verità su di me, sa che sono ciò che lui disprezza di più al mondo.

Lo osservo mentre Robert e Odette seguono il mio sguardo. C'è un'innegabile guizzo di consapevolezza sui loro volti: hanno capito cosa provo per Edward, adesso sanno tutta la verità.

È successo… proprio come sapevo che sarebbe stato alla fine. La mia piramide di bugie e falsità alla fine mi è crollata addosso.

REGOLA NUMERO 25
La tua salute è la tua ricchezza

Tre ore dopo sono seduta al capezzale di Ted in ospedale e stringo forte la mano di Peg mentre i dottori ci comunicano la notizia.

«Indigestione?», dice Peg senza fiato. «Ma è sicuro?»

«Sì», conferma il dottore. «Abbiamo fatto tutti gli accertamenti. Suo marito non ha avuto un attacco cardiaco. Ha mangiato qualcosa che gli ha fatto male… non è una cosa insolita. Potete andare».

«Oh, grazie a Dio, grazie a Dio», esclama Peg piangendo. Mi getta le braccia al collo e mi stringe forte, poi si lancia su Ted, che ha chiuso gli occhi per il sollievo.

«E il suo colesterolo, dottore?», chiede poi, tra le lacrime.

«Be', quello *è* troppo alto. Dovrà rivedere la sua dieta». Porge a Peg un foglio con una dieta sana, che lei afferra con entrambe le mani, come se fosse l'ultimo giubbetto di salvataggio su una nave che affonda.

«Te l'avevo detto, Ted!», lo ammonisce lei. «Niente più cioccolato!».

«Cioccolato?». Il dottore inorridisce visibilmente.

«Ho una dipendenza». Ted abbassa la testa per la vergogna.

«Dovrà superarla piuttosto in fretta». Il dottore ha un tono ostile.

«Gli ho detto di darci un taglio», lo informa Peg. «Non mi dà mai retta».

«Be', se non comincerà quanto prima a darle ascolto, finirà definitivamente in cura per il resto della sua vita». Lo sguardo del dottore è implacabile.

«Sul serio?». Ted impallidisce.

«Sì, sul serio. Pensi a questo piccolo avvertimento come alla sua ultima occasione per cambiare le sue abitudini». Si allontana a lunghi passi, con un'infermiera alle calcagna. Non c'è tempo per altre chiacchiere inutili, ha dei pazienti *davvero* in punto di morte di cui occuparsi.

«A quanto pare hai avuto un bel colpo di fortuna». Sorrido a Ted mentre Peg si siede accarezzandogli la mano.

«Già, sembra proprio che sia così». Ted annuisce. «Credevo di essere spacciato, lo credevo davvero».

«Cosa puoi aver mangiato che ti ha fatto così male?», gli chiede Peg, perplessa.

«Qualche Mars?», butta lì Ted in un tiepido tentativo.

«Sì, ma tu mangi mezza dozzina di Mars al giorno. Come è possibile che all'improvviso ti abbiano causato tutto questo? Che altro hai mangiato oggi? Qualcosa di diverso dal solito? Cosa potrebbe essere?». Peg non riesce proprio a capirlo.

«Non mi ricordo». Ted sembra ansioso di non indagare oltre. «Dài, usciamo da qui, Peg… il dottore ha detto che posso andare».

«Deve tornare l'infermiera con i fogli di dimissione», dice Peg. «Abbiamo tutto il tempo per capire cos'è successo. Hai sentito il dottore… questo potrebbe essere un avvertimento. Dobbiamo prenderlo seriamente».

«Forse dovrei andare», suggerisco io. C'è qualcosa nell'espressione colpevole di Ted che non mi piace… non voglio essere presente quando confesserà a Peg cosa lo ha portato al suo "attacco di cuore".

«No, Maggie, resta». Peg mi afferra il braccio con una stretta mortale. «Pensiamoci bene. È importante. Credevo che tu stessi morendo, Ted. Non possiamo permettere che questo accada di nuovo».

«Okay». Ted ha l'aria estremamente colpevole adesso.

«Allora. A colazione hai mangiato uova strapazzate, come sempre».

«Esatto», concorda lui. «Poi ho mangiato due Mars alle undici».

«Per pranzo, la zuppa».

«Di lenticchie. Esatto. E poi un Mars per dessert».

«All'ora del tè, insalata di pasta e pollo».

«E poi due Mars».

«Dunque, proprio come ogni altro giorno. Nient'altro? Pensa, Ted, pensa!».

«Peg, c'è stato qualcos'altro...».

«Davvero?». Peg è tutta orecchie. «Non hai mangiato una barretta Moro, vero? Sai che non posso tollerare quelle barrette Moro».

«No, non ho mangiato una barretta Moro». Il naso di Ted si arriccia per il disgusto. «Non le toccherei nemmeno, quelle... sono disgustose».

«Allora cosa? Un Lion? Una Toffee Crisp?»

«No. È stato...». Ted deglutisce. «È stato un involtino di salsiccia».

Il silenzio cala sulla stanza mentre tutti assimiliamo quest'informazione.

«Un cosa?». La voce di Peg è a malapena udibile.

«Un involtino di salsiccia».

«Dove lo hai preso un involtino di salsiccia?», gli chiede Peg, con voce glaciale.

Vorrei essere in qualunque altro luogo, perché so esattamente cosa sta per accadere.

«Mi dispiace, Peg, scusami». Ted crolla. «Ho dimenticato di portare il mio Mars di emergenza alla riunione, poi Betty è passata con il suo cesto e non sono riuscito a resistere...». Mi guarda implorante, come se mi stesse chiedendo di intervenire in sua difesa. Guardo il pavimento. Avrebbe fatto meglio a farsi venire un attacco di cuore fatale ed essere morto sul colpo.

«Tu... tu hai mangiato uno degli involtini di salsiccia di Betty?». Il viso di Peg è incredulo.

«Sì», ammette Ted, i suoi baffi a manubrio tremano per il rimorso.

«Tu… miserabile traditore!», sibila Peg, il suo viso è trasfigurato dalla furia. «Come hai *potuto*?»

«Sono un debole, Peg», geme Ted. «Un uomo debole. Perdonami, devi perdonarmi». Ora ha un'aria davvero sofferente. Peggio di quando si è sentito male al villaggio.

Retrocedo sino ad appoggiarmi contro il muro, sperando che Peg dimentichi che sono qui. Che succederà se mi chiede se ho mai assaggiato un involtino? Non sarò in grado di mentire. Dovrò dirle la verità. Che cosa mi farà?

«Non ti perdonerò mai per questo, Ted. *Mai!*». Peg piange, si tampona gli occhi. «Non avresti potuto farmi niente di peggio, lo sai! Quella Betty si farà delle grasse risate adesso. Tradita… dal mio stesso marito. Proprio non riesco a crederci!».

«Non volevo!», la implora Ted.

«Cosa? Stai cercando di dirmi che non ti è piaciuto, Ted, è così?». Il viso di Peg è rosso per la rabbia.

«Non ha significato niente per me… niente!».

«Mi risulta molto difficile crederci», sibila lei. «Probabilmente te la sei goduta dopo quegli involtini di salciccia, non è vero?»

«No, non è così, te lo giuro!».

«Pensavi a loro mentre mangiavi i miei sandwich all'uovo, Ted, non è vero?»

«Mai!». Ted è atterrito. «Lo giuro!».

«E allora perché non ti credo? Me ne vado». Peg raduna velocemente le sue cose.

«Ti prego, non farlo», la supplica Ted.

«Tornatene a casa da solo», dichiara uscendo dalla porta senza neanche voltarsi. «Anzi, bussa alla porta di quella sgualdrina, chissà che non ti faccia entrare. Spero che vi strozziate entrambi con i vostri involtini di salsiccia».

«Ah, Ted», gli dico quando se n'è andata. «Che ti ha preso?»

«Stavo *morendo* di fame, Maggie», risponde lui, con gli occhi pieni di lacrime. «Quella Betty ha cercato di tentarmi per anni, sventolandomi i suoi involtini di salsiccia sotto il naso, e io ho ceduto. Non so cosa mi ha preso. Non potresti andarle dietro? Parlarle a nome mio? Ti prego».

«Perché non le diamo un'oretta o due, poi ci proverò, eh?». So che a Peg servirà del tempo per calmarsi. Non servirebbe a nulla cercare di parlare con lei adesso.

«Probabilmente hai ragione». Sospira. «Speriamo che cambi idea. Che casino».

«Sì», concordo.

Se solo sapesse la metà di tutto quello che è successo. "Casino" non si avvicina neanche lontanamente a descrivere la mia vita. C'è un lungo silenzio mentre contempliamo i nostri destini.

«Non posso credere di aver cercato di aggredire Laurence a quel modo», dice Ted alla fine. «Ci ho visto rosso quando ha insultato Peg».

«Sei stato piuttosto fulmineo, bisogna ammetterlo». Mi lascio sfuggire una risatina, cogliendo in qualche modo il lato divertente della cosa.

«Hai visto quando si è nascosto dietro ai suoi gorilla?». Ted sogghigna. «Che codardo».

«Se non avessi avuto un attacco di cuore lo avresti steso sicuramente».

«Non è stato terribile da parte di Odette farlo sbucare alla riunione a quel modo, però? Lui e il suo prestigioso architetto».

«Sì». Smetto di ridere. La cosa non mi sembra più tanto divertente.

«Che c'è, Maggie?», mi chiede Ted. «Ho detto qualcosa che non va?».

D'un tratto mi rendo conto che devo raccontargli la verità. Tanto presto la scoprirà comunque... mi sembra corretto che la senta prima dalla sottoscritta. Lui e Peg sono stati così buoni con me, e lui merita di sapere.

«Ted, c'è una cosa che devo dirti», esordisco. «Non sono chi credete che io sia. Non sono un'artista».

«Ah no?»
«No».
«Non sei dell'agenzia delle entrate, vero?», sussurra pieno di terrore. «Avevo intenzione di sistemare i conti… lo giuro».
«No. Non sono un ispettore delle tasse. Sono un'agente immobiliare».
«Un'*agente immobiliare*?»
«Sì. Non so perché ho mentito sul mio lavoro. Ho detto una fandonia e poi tutto si è trasformato in una valanga».
«Sì», dice lui tristemente. «Può succedere. Una bugia tira l'altra».
«Così adesso lo sai». Aspetto che Ted mi dica che non vuole più vedermi né parlare mai più con me. Un'immagine di Edward fa capolino nella mia mente. Cosa penserà di me adesso?
«Be', tutti hanno dei segreti, Maggie», conclude. «Io non ti giudicherò, questo è certo. Peg nemmeno, questo lo sai ».
«Dici?»
«No, certo che no. Non ora che hai ammesso la verità. Tutti meritano una seconda possibilità. Spero solo che Peg ne dia una anche a me. E poi sei una buona amica… guarda cos'hai fatto per noi questa sera. Peg ti voleva accanto nel momento del bisogno… e tu eri qui».
«Grazie, Ted». Mi chino su di lui per abbracciarlo forte. Mentre lo faccio, sento il bip di un messaggio in arrivo sul cellulare che ho in tasca.
Apro il cellulare e scopro che è da parte di Edward, e il mio cuore ricomincia a sperare. Forse vuole incontrarmi… forse non è tutto perduto. Leggo avidamente, con il cuore che mi martella nel petto. Ma non è il messaggio che speravo di leggere.
Si tratta di Drya. Lo sciagurato animale non si trova. E nemmeno Matilda.

REGOLA NUMERO 26
Cogli l'attimo

«Grazie dell'aiuto, Robert», gli dico. «Non eri tenuto a farlo».

«Stai scherzando?», ribatte lui. «Questa è un'avventura! Ed è un'ottima opportunità per provare la trazione integrale!». Batte sul volante e mi sorride. Avevo dimenticato quanto Robert amasse la sua jeep. Le ha pure dato il nome del suo giocatore di calcio preferito. Questa era un'altra cosa che mi dava sui nervi: la sua vecchia ossessione per Fernando Torres. In tutta onestà, però, non posso proprio dirglielo, non quando mi sta accompagnando in giro per la campagna nel bel mezzo della notte, alla ricerca di un'adolescente irascibile che non ha mai nemmeno incontrato.

Nell'attimo in cui ha sentito cos'era successo – Matilda è sparita, presumibilmente dopo essere fuggita da sola al galoppo di quel cavallo fuori di testa – si è offerto di dare una mano. Questo me lo ha fatto apparire sotto una luce diversa. Non che abbia cambiato idea su di noi, ma ha guadagnato un po' di punti stasera: non era obbligato a farlo e lo ammiro davvero per questo.

«Be', è pur sempre molto carino da parte tua», ribadisco. «Visto che non conosci Matilda o Edward».

«Ah sì, il tenebroso Edward», dice Robert. «È lui l'eroe della storia?»

«Che vuoi dire?». Mi sposto sul sedile un tantino a disagio. So che Robert ha notato come guardavo Edward poco fa... deve aver capito cosa provo segretamente per lui.

«Be', ovviamente tu sei l'eroina, e io sono il cattivo della situazione. Quindi questo rende Edward l'eroe, giusto?»

«Tu non sei il cattivo», dico a voce bassa. «Se c'è una cattiva, quella probabilmente sono io».

«E perché?»

«Non ho detto esattamente la verità su me stessa». Questa è la dichiarazione del secolo.

«È quello che ho intuito… cos'è tutta questa storia sull'essere un'artista?». Robert si volta per guardarmi, con espressione dolce. Non sta ridendo di me, carino da parte sua.

«È una lunga storia», rispondo, «ma tutti qui pensano che sia un'artista. Un'artista di fama mondiale». Faccio una smorfia mentre pronuncio queste parole… quanto sono stupida? Una stupida da competizione, ecco cosa sono.

«A-ha». Robert annuisce. «Questo spiega la reazione di Odette».

«Sì, a Odette non piaccio particolarmente». Sospiro.

«Me ne sono accorto». Sorride. «Non è una che sa fingere, vero? Qual è il suo ruolo in questo piccolo dramma? La strega cattiva?»

«Alcune persone la pensano così», rispondo, ricordando quel che mi ha detto Polly.

Sembra così tanto tempo fa adesso. Sento una fitta al pensiero di quella bambina con un atteggiamento da grande. Come le spiegherò che devo andarmene? Perché è questo che devo fare. Non ho altra scelta: non posso restare qui… non ora che tutti sanno la verità su di me. E la scopriranno una volta entrato in azione il passaparola del villaggio. Domattina tutti parleranno di me. Una volta esaurito il triangolo Ted-Peg-Betty, naturalmente… quello avrà la precedenza. Probabilmente a Glacken non si verifica uno scandalo simile da anni.

«È pericolosa, questo è certo».

C'è una nota di avvertimento nella voce di Robert che non posso ignorare. «Che vuoi dire?»

«Be', sta promuovendo il supermercato di Laurence per motivi finanziari, mettiamola così…».

«Intendi dire che lui la sta *pagando*?». Non posso crederci.

«O le sta promettendo una nuova clinica veterinaria proprio accanto al supermercato ad affitto bassissimo…».

«Wow». Quindi Odette *ha* un interesse personale in tutto questo: non c'è da meravigliarsi che fosse così entusiasta che il progetto andasse avanti, nonostante l'opposizione locale.

«Ti piace davvero questo posto, vero?», mi domanda Robert.

«Sì, è così. È folle, lo so». Guardo fuori dal finestrino, in cerca di un qualsiasi segno di Matilda o di Drya. È mezzanotte passata e sta diventando freddo… se non la troviamo presto, chissà cosa potrebbe accadere. Potrebbe essere in pericolo.

«Non è folle. La gente cambia… io so che sono cambiato».

«Davvero?»

«Sì». Ride. «Una ragazza mi ha spezzato il cuore… quello è un discreto cambiamento, tanto per cominciare.»

«Mi dispiace, Robert», gli dico. Un'ondata di senso di colpa mi travolge. Robert è davvero una brava persona… non avrebbe mai meritato di avere il cuore spezzato.

«Non importa. Avevi ragione… era la scelta migliore. Da allora ho imparato un sacco di cose su me stesso che prima non sapevo».

«Tipo cosa?»

«Be', è venuto fuori che sono molto più avventuroso di quanto avessi mai pensato».

«Sul serio?». Ne dubito. Il passatempo preferito di Robert è seguire il declino finanziario del Paese dalla comodità del suo divano. Ordinare del salame piccante extra sulla sua pizza, *quello* per lui è avventuroso.

«So che lo troverai difficile da credere, ma ho messo un freno alla mia visione pessimistica della vita. Mi sono persino iscritto a un club di corsa di orientamento qualche mese fa».

«Corsa di orientamento? Wow!». Fischio sarcasticamente, e lui ride.

«Lo so, lo so, la corsa di orientamento non sembra molto sexy, ma credimi, è abbastanza elettrizzante per me».

«Sto scherzando». Gli sorrido con calore. «Sono felice per te».

«Grazie». Mi sorride anche lui. «La adoro... è lì che ho conosciuto Maria».

A-ha. C'è una nuova donna... non mi sorprende che abbia quello scintillio negli occhi. Sono gelosa? Cerco dentro di me per cercare di decidere. No, niente. *Nada*. Neanche l'ombra del mostro dagli occhi verdi. «Chi è Maria?», gli chiedo. Muore dalla voglia di dirmelo. Devo farlo uscire dal suo mistero.

«La mia nuova fidanzata», dice con orgoglio. «È australiana».

«Australiana, eh?». Mi salta alla mente l'immagine di Dom. Mi chiedo se si sia già fatto quella cosa a tre. Ne dubito... altrimenti mi avrebbe chiamato di sicuro per vantarsi. Se conosco Dom, mi avrebbe anche mandato qualche foto con il cellulare.

«Sì, viene da Sydney. È molto sportiva. La prossima settimana mi porta a fare bungee jumping».

Cerco di cancellare l'immagine di Dom a letto con due sventole e mi concentro su Robert. Ha appena detto bungee jumping? Non può essere. Robert odia le sfide fisiche. Si è rifiutato di entrare nella piscina dell'hotel l'ultima volta che siamo andati in vacanza insieme. Adesso farà bungee jumping? Questo non ha proprio alcun senso.

«Lo so!». Ride di nuovo, vedendo la mia espressione confusa. «Non è una follia? Ma Maria riesce a tirare fuori il lato selvaggio che è in me. Vuoi sapere qual è il suo motto?».

In realtà no – come minimo è qualcosa di banale – ma non voglio ferire i suoi sentimenti. «Certo», rispondo poi.

«È "cogli l'attimo", non è fantastico?».

Riesco a capire dallo sguardo commosso sul suo viso che crede sinceramente che Maria sia arrivata a questa perla di saggezza filosofica tutta da sola. «Straordinario», confermo.

«Sì, mi ha insegnato moltissimo. Per esempio, che senso ha preoccuparsi della crisi finanziaria e della recessione? Ci stiamo passando tutti... dobbiamo vivere la vita al massimo e seguire i nostri sogni, afferrare la nostra felicità quando è possibile».

«Hai ragione». Non gli sto più dando ragione tanto per fare. Ha ragione... sul serio. D'un tratto ho una visione di me in piedi davanti al cavalletto, con il pennello in mano. Dipingere è davvero la mia passione. Sembra assurdo a pensarci, ma adesso so che – qualunque cosa succeda – ho intenzione di dedicarmi alla pittura in un modo o nell'altro. Robert ha ragione: la vita è troppo breve per non seguire il nostro sogno, e il mio sogno è dipingere. Probabilmente non guadagnerò un centesimo, quindi dovrò trovare un altro lavoro per pagare l'affitto, ma ciò non significa che non possa dipingere nel tempo libero, anche se non sono molto brava. Ho trascurato il mio desiderio di farlo per troppo tempo. Non ho intenzione di farlo ancora.

«Naturalmente, l'altro grande pregio di Maria è che odia gli orsetti gommosi!», scherza Robert. Entrambi scoppiamo a ridere e poi lui frena bruscamente. «Guarda, Maggie», dice poi, indicando un punto in mezzo all'oscurità «Laggiù!».

«Dove?». Non vedo niente.

«Giù, lungo il terrapieno... è lei? È quella la figlia di Edward?».

Guardo il punto che sta indicando e scorgo Matilda, a malapena visibile, seduta contro un albero al buio. È ferita? Impossibile dirlo... devo raggiungerla in fretta.

«Presto, fammi scendere!»

«Aspetta, vengo con te», aggiunge lui. «Non puoi andare laggiù da sola».

«Robert, andrà tutto bene», lo tranquillizzo, ora più determinata. «Ho la mia torcia, ora lasciami uscire. Non vorrà molta gente attorno, a fare tante storie. Tu chiama Edward e digli che l'abbiamo trovata... sarà preoccupato da morire».

«Okay, allora», conviene Robert, mentre io schizzo fuori. «Sta' attenta».

«Lo farò». Mi volto per sorridergli da sopra la spalla. Senza il suo aiuto, non l'avrei mai trovata.

«Ben fatto, Maggie», dice lui.

«Ben fatto?»

«Sì, hai davvero cominciato a mostrare un'inclinazione per la campagna. Non pensavo che l'avessi».

«Nemmeno io! Ma immagino che le persone possano davvero cambiare». Chiudo la portiera dietro di me e mi dirigo lungo il terrapieno, cercando di non scivolare mentre procedo. Matilda non ha mosso un muscolo… mi ha sentito? È come se fosse in un mondo tutto suo. Non c'è traccia di Drya… dev'essere scappata.

«Matilda», la chiamo dolcemente mentre mi avvicino, «stai bene?»

«Vattene», dice lei, con voce cupa. «Lasciami in pace».

«Sei ferita?»

«No, sto bene».

I miei occhi si adattano all'oscurità e vedo il suo viso, striato di lacrime. «Be', è tardi e ovviamente sei sconvolta… lascia che ti porti a casa».

«No, vattene e basta».

«Ti prego, Matilda. Eravamo tutti così preoccupati per te. Ti prego, andiamo a casa».

«A te che cosa importa?», dice lei piangendo.

Vorrei risponderle che voglio che lei sia al sicuro, ma qualcosa mi dice che potrebbe non credermi. Dopotutto, non abbiamo la più amichevole delle relazioni. Sono sicura che mi biasima per essermi stabilita qui… deve essere per questo che è fuggita via. «Hai ragione». Faccio spallucce. «Non significa niente per me, davvero. Lascio Glacken domani».

Cambiare tattica così è una scommessa azzardata, ma forse se mi mostro indifferente lei cambierà idea e verrà con me. Gli adolescenti possono essere imprevedibili, e io spero che un pizzico di psicologia inversa funzioni.

«Te ne vai?». Matilda tira su col naso.
«Sì». Mi si stringe il cuore a confermare una cosa del genere. Devo andarmene… non ho altra scelta.
Resta a lungo in silenzio mentre assimila questa informazione. «Capisco».
«Sì, così tu e il tuo ragazzo avrete di nuovo il cottage tutto per voi», dico io, cercando di apparire allegra.
Forse un po' di umorismo funzionerà, qualunque cosa per strapparla al terrapieno e farla salire sulla jeep di Robert. Ma non funziona. Non sta ridendo, piange ancora più forte. Anzi, adesso sta gemendo in modo incontrollabile. Ma che ho detto? Come ho fatto a peggiorare ulteriormente le cose? Sembra che abbia un'inspiegabile abilità in questo.
«Non è, non è…». Si scioglie in una moltitudine di singhiozzi e non riesce ad andare avanti.
«Che cosa, Matilda?».
La povera ragazza è a pezzi e d'un tratto il mio cuore è tutto per lei: sembra così giovane e vulnerabile, non sembra affatto la teppistella imbronciata che ho conosciuto quando sono arrivata qui.
«Daniel e io abbiamo rotto», dice con voce strozzata.
«Capisco». Mi accovaccio al suo livello. Ecco cosa c'è che non va, allora. Per la prima volta Matilda ha il cuore spezzato. «È dura». Allungo la mano per prendere la sua. Lei sussulta ma non si ritrae. «Ricordo quando mi ha lasciato il mio primo ragazzo».
Lei alza la testa e mi guarda con curiosità, come se fosse difficile per lei immaginare che io abbia mai avuto un primo ragazzo. Ovviamente sembro così sfatta, adesso, che non riesce a concepire che io sia mai stata giovane e senza rughe.
«Già. Avevo più o meno la tua età quando è successo», continuo.
«Non dirmelo», dice lei. «Non è stata questa gran cosa e poi l'hai superata, giusto?»
«No. Ero distrutta, in realtà».

«Davvero?». Si ferma per singhiozzare.

«Sì. L'ho beccato a pomiciare con la mia migliore amica. Be', *pensavo* che fosse la mia migliore amica... si è rivelata una vacca doppiogiochista ma, ehi, sbagliando si impara».

«Ma è orribile!», esclama Matilda.

«Sì. L'ho superata, però. Alla fine».

«Non l'hai mai perdonata? La tua amica?»

«Certo», rispondo. «Mi ci sono voluti solo due decenni per farlo».

Matilda ride e si asciuga il naso gocciolante sulla manica.

«Ti va di raccontarmi cos'è successo?», le chiedo. «Non sei obbligata, se non te la senti».

Matilda mi guarda cauta, come se stesse cercando di decidere se fidarsi di me o no. «Lui voleva...», si schiarisce la voce, «lui voleva fare sesso».

«Capisco». Cerco di mantenere un tono neutro, ma dentro di me sono in preda al panico. Cosa dirò dopo questa rivelazione? «E tu cos'hai provato a riguardo?», azzardo.

«Io...», tira di nuovo su col naso, ma ora sembra decisamente meno isterica. «Io non ho voluto farlo».

«Okay». Grazie a Dio... è troppo giovane anche solo per *pensare* di fare sesso.

«Lui ha detto che sono una stronza frigida». Scoppia di nuovo in lacrime.

La rabbia ribolle dentro di me. Come osa quel ragazzetto incivile chiamare Matilda in questo modo orribile solo perché non ha voluto cedere alle sue pressioni? Avrei proprio voglia di marciare al villaggio e dire ai suoi genitori quanto è incantevole il loro figlio. Ma poi vedo il viso di Matilda e capisco che questa sarebbe esattamente la cosa sbagliata da fare: la umilierebbe del tutto. «Ascoltami, Matilda», le dico. «Hai fatto la cosa giusta».

Delle lacrime le scorrono sulle guance. Sembra così piccola che non riesco a credere che stiamo avendo questa conversazione. «Tu credi?»

«Sì, certo. Fare sesso per la prima volta è una cosa davvero speciale. Non è una cosa da farsi tanto per fare. E non è una cosa per cui si possono ricevere delle pressioni».

«Mi chiedeva sempre di incontrarci al cottage», tira su col naso.

«Rose Cottage?»

«Sì. Diceva che era il posto perfetto per stare soli. È per quello che eravamo là quel giorno... sai, quando ci hai sorpresi».

«Capisco». Wow, quello stronzetto aveva pensato a ogni cosa.

«Dirà a tutti che sono frigida. Rideranno tutti di me».

«Matilda, so che è difficile non cedere alle pressioni», continuo, stringendole sempre più forte la mano, «ma tu devi lottare per ciò in cui credi. Aspetta finché non sarai pronta per fare sesso. Non c'è niente di sbagliato in questo. E scommetto che se dici alle tue amiche cosa provi, ti accorgerai che loro staranno provando esattamente la stessa cosa».

«Sì». Si mette a considerare la cosa. «Chloë ha detto che anche lei era molto nervosa al pensiero».

«Forse prova le stesse cose che provi tu, allora». Dentro di me inorridisco. Chloë? Quello scricciolino di ragazza con le lentiggini sta pensando di fare sesso con il suo ragazzo? Ma è una follia! Cerco di controllare l'espressione sulla mia faccia e spero dica "puoi parlarmene" invece di "adesso corro a chiamare i genitori di tutti questi ragazzini".

«Forse». Il viso di Matilda si illumina.

«Allora parlane con lei. Ma anche se lei non prova le stesse cose, tu devi fidarti dei tuoi istinti. Quando sarai pronta lo capirai. E sai una cosa? Dovresti cercare di parlarne anche con tuo padre: lui è un ottimo ascoltatore». Mi si stringe il cuore quando nomino Edward.

«Figurati!», borbotta Matilda.

«Perché non ci provi?», le dico dolcemente. «Potrebbe sorprenderti».

«Non mi ascolta mai. Mi odia!». Matilda ricomincia di nuovo a piangere.

«Questo non è vero, Matilda», le assicuro. «Come puoi anche solo pensare una cosa simile?»

«Non lo penso… lo so», dice lei tra i singhiozzi. «È colpa mia se la mamma è morta. È per questo che mi odia!». Seppellisce il viso tra le braccia.

«Matilda, non è colpa tua se tua madre è morta… è stato un tragico incidente».

«Se non fosse stato per me, non sarebbe uscita quel giorno… era arrabbiata con me perché non avevo pulito la mia stanza». Il viso di Matilda è affranto.

«Non è per questo che tua madre è andata a cavalcare quel giorno», le sussurro, «e anche se fosse così, non sarebbe comunque colpa tua. Devi parlare con tuo padre di questo».

Mi piange il cuore per lei: ha portato questo peso dal giorno dell'incidente. Ha incolpato se stessa per ciò che è accaduto… proprio come fa Edward. Lui pensa che June sia morta per la lite che hanno avuto sull'agente immobiliare. Non mi meraviglia che Matilda sia così furiosa e confusa. Tutto il suo atteggiamento studiato era dovuto a questo. La verità è che l'incidente non è stata colpa di nessuno; è stato ciò che è stato: un incidente.

«Non volevo scaricargli addosso anche i miei problemi, capisci? Quando la mamma è morta era distrutto dal dolore. Non volevo dargli altre preoccupazioni».

«È tuo padre, Matilda», le dico. «Ti vuole bene e so che muore dalla voglia di parlare con te. Dagli solo una possibilità e fidati di lui».

«Lo pensi davvero?». Sembra dubbiosa.

«Sì, lo credo davvero». Sorrido per incoraggiarla.

«Grazie, Maggie». Mi rivolge un sorriso incerto.

«Ti senti meglio?»

«Sì», risponde. «Un pochino. Perché te ne vai?».

Mi fermo a pensare prima di rispondere. Non posso dirle esattamente "fuggo via da Rose Cottage perché ho mentito a tutti e ora tutti mi odiano, specie tuo padre". Matilda penserebbe che sono matta, e se lo pensasse, potrebbe essere meno incline ad ascoltare i miei consigli sulla questione del sesso. «Devo tornare in città», rispondo. Non è una bugia, non tecnicamente. Devo davvero andarmene, ma non perché voglia farlo.

«Oh, giusto». Si strofina al viso striato di lacrime. «E quando torni?»

«Ehm, potrei non tornare più». Evito di incontrare il suo sguardo. «È saltata fuori una cosa di cui mi devo occupare. È... complicato».

«E il cottage? E i pony?». È confusa. «Chi aiuterà papà?»

«Non lo so proprio». Continuo a evitare il suo sguardo. «Se la caverà anche senza di me».

«A lui non lo hai detto, vero?».

Il suo tono è accusatorio. Com'è che al giorno d'oggi questi ragazzini sono così svegli? Non riesco mai a farla franca! «Come ho detto, Matilda, è complicato».

«Non era così complicato un minuto fa quando mi dicevi di non fare sesso con il mio ragazzo».

Merda. Perché mi sta facendo questo terzo grado? Riesco a immaginare Polly esattamente uguale a lei tra qualche anno.

D'un tratto prendo una decisione. Devo dirle la verità. Se non lo faccio non si fiderà di me, e se non si fida di me potrebbe cedere a quel viscido di Daniel. Il pensiero di lei messa sotto pressione per fare sesso mi spinge così brutalmente a proteggerla che potrei mettermi a urlare. «Matilda», la guardo dritto negli occhi, «ho detto una bugia. Un sacco di bugie, anzi. Non sono un'artista. Sono un'agente immobiliare. Tuo padre non mi avrebbe nemmeno mai fatto restare se avesse saputo la verità»

«A lui non piacciono gli agenti immobiliari», dice Matilda in tono solenne.

«Lo so. Avrei dovuto dirgli la verità. E non avrei mai dovuto farmi coinvolgere nel dibattito sul supermercato. Avrei dovuto tenermene fuori».

«Ma Maggie, tu hai cercato soltanto di dare una mano! Papà ha detto che sei stata di enorme sostegno».

«Sul serio?». Il mio stomaco si contorce.

«Assolutamente. E ha detto che sei super in gamba».

«In gamba?»

«Sì. Me la sono inventata, tutta quella roba che ho raccontato. Scusami. La verità è che a papà piaci molto. Per questo la nonna non ti sopporta». Matilda si lascia sfuggire una risatina.

«Non so di cosa stai parlando». Grazie al cielo è buio... altrimenti Matilda vedrebbe quanto sta avvampando il mio viso.

«Sì che lo sai. Papà ha una cotta per te... tutti se ne sono accorti. La nonna non ti sopporta perché non vuole che qualcuno rimpiazzi la mamma. È stata odiosa con te per cacciarti via».

«Lo pensi davvero?»

«Oh, sì, è da manuale. Ho visto roba del genere da *Oprah*».

Non posso fare a meno di ridere per questa sua uscita.

«Sì, si sente minacciata da te, è un classico».

«Be', non ha motivo di sentirsi minacciata da me», le dico. «A Edward non piaccio in quel senso».

«Oh, sì, invece», mi contraddice Matilda. «Ho visto il modo in cui ti guarda, Maggie».

«Come mi guarda?». Ho quasi paura di chiederlo.

«Come se foste in un film sdolcinato».

Deglutisco, ma non dico nulla. Allora non mi ero sbagliata, dopotutto...

«Daniel non mi ha mai guardata in quel modo», dice lei tristemente. «Voleva solo usarmi. Comunque, non so perché la nonna è stata così cattiva... alla mamma saresti piaciuta».

Sento le lacrime che mi pizzicano agli occhi. Non riesco a credere che Matilda mi stia dicendo tutto questo. Non posso sopportarlo... se c'è della verità in ciò che dice, allora il suo tempismo è terribile. D'un tratto comprendo la stupidità di quello che ho fatto e mi sento frastornata… ho trasformato tutto in un casino totale. «Ma *devo* andarmene», gemo. «Non ho altra scelta. Ho deluso tuo padre, ho deluso tutti. Sono così *stupida*!».

«Non piangere, Maggie». Matilda mi posa un braccio ossuto sulle spalle. Attraverso le lacrime vedo un piccolo codice a barre tatuato all'interno del polso. Scommetto che Edward nemmeno lo sa. Ma del resto pare che ci siano un sacco di cose che lui non sa sulla sua problematica figlia maggiore. Se solo potessi aiutarli. Vorrei che potessero comunicare meglio… Matilda è così affettuosa e divertente una volta infranta la sua corazza superficiale. Ed è davvero un'ottima ascoltatrice.

«Scusa». Tiro su col naso. «Non servo a granché, vero?»

«Fai silenzio». Il tono di Matilda d'un tratto si irrigidisce.

«No, sul serio, non servo a niente. Sono senza speranza… eccomi qui, a cercare di aiutarti, e finisco per singhiozzare sulla tua spalla…».

«Maggie. Sta' zitta».

«Eh?». Ma questo è proprio scortese. Sto solo cercando di spiegarmi.

Sollevo la testa per guardare Matilda negli occhi e vedo che fissa un punto sopra la mia spalla, con un'espressione terrorizzata sul viso.

«È Drya», dice con un filo di voce.

«Drya?». Drya è tornata?

Volto la testa e vedo il cavallo che galoppa come una furia verso di noi, con gli occhi abbacinati. Se non ci allontaniamo da qui ci travolgerà.

«Muoviti, Matilda!», urlo, cercando di spingerla via. Ma lei si è bloccata, paralizzata dalla paura.

«Muoviti!», le urlo di nuovo, e con un enorme sforzo la trascino via. E d'un tratto mi trovo sbalzata in aria.

REGOLA NUMERO 27
Credi nel lieto fine

«Morirà?», chiede una vocina.
«No, certo che no», risponde qualcuno.
«Ma può morire?», ripete la vocina.
«No, non morirà… te lo prometto». L'altra voce si addolcisce un po'.
«Sta bene», interrompe una terza voce. «Si riprenderà… la ragazza ha grinta».
«Spero tu abbia ragione, June», dice una quarta voce. Sembra preoccupata.
June. Perché questo nome mi suona familiare? June… di sicuro mi dice qualcosa, non riesco a capire cosa… ma non ho intenzione di pensarci adesso, perché tutto ciò che voglio fare è lasciarmi andare di nuovo alla deriva nell'oscurità e dormire.
«Il dottor Martin sta arrivando», aggiunge una quinta voce. «Sarà qui tra pochi minuti».
«Ho un Mars», aggiunge qualcuno. «Potrebbe servire?»
«A chi potrebbe servire un Mars?», dice una donna. «Ha perso conoscenza… cos'hai intenzione di fare? Improvvisare una flebo e iniettarle cioccolato direttamente in vena?»
«Scusa», dice l'uomo. «Non ci avevo pensato».
«No, non ci avevi pensato, brutto traditore, divoratore di involtini di salsiccia!», sbotta la donna.
Anche loro sembrano familiari. Come mai?
«Adesso basta. Fuori, tutti quanti. Ha bisogno di pace e tranquillità».
È un uomo che parla adesso. Un uomo con una voce piacevole, profonda. Riesco a sentirlo, vicino, che mi sussurra

nell'orecchio. «Maggie», dice dolcemente. «Maggie, riesce a sentirmi?».

Apro un occhio e cerco di concentrarmi. Ma chi è? Non riesco a vedere molto bene. Forse se potessi aprire l'altro occhio... ma per qualche ragione non ci riesco. È come se le ciglia fossero saldamente incollate. Ho dimenticato di nuovo di togliermi il mascara ieri sera? Vorrei che qualcuno inventasse un mascara che scompare miracolosamente mentre dormi, o che magari in qualche modo si dissolve nella tua pelle. È una tale rottura svegliarsi con gli occhi da panda. Adesso quella schifezza appiccicosa si indurirà e ci vorrà il doppio del tempo per rendermi presentabile per il lavoro. Spero di non aver finito lo struccante. La bottiglietta era quasi vuota l'ultima volta che l'ho usato.

«Maggie», dice di nuovo la voce. «Maggie, riesci a sentirmi?».

Dio, mi fa male la testa... cos'ho fatto ieri sera? Cerco di ricordare. Prima di tutto ho dimenticato di struccarmi... ora la testa mi pulsa come se avessi il peggior doposbronza della storia. Sono uscita? La mia mente è confusa e – santo cielo – proprio non riesco a ricordare. Ero insieme a Dom? È riuscito finalmente a portarmi in giro per locali? Lo ucciderò quando metterò le mani su di lui... ma che cavolo mi ha fatto bere? Non ho mai avuto un doposbronza come questo. Mai.

Volto la testa a sinistra, è da lì che viene la voce, e con un ultimo sforzo riesco ad aprire dolorosamente entrambi gli occhi.

C'è un uomo inginocchiato accanto a me... uno sconosciuto. Uno sconosciuto che sembra stranamente familiare. Oh, mio Dio. Ho avuto una cosa da una botta e via. Ho fatto sesso con un perfetto estraneo. È qualcuno che ho conosciuto al locale? Mi scervello, in preda al panico. Devo essere stata davvero, davvero ubriaca... è per questo che sono ridotta in questo stato, a letto con un perfetto estraneo. Non riesco a credere di averlo fatto. Non è proprio da me agganciare qualcuno che non conosco nemmeno. Anche se è... bellissimo. Dio, è bellissimo... riesco a vederlo anche nel mio stato. Ha due occhi fantastici, ridenti, vivaci e adorabili.

«Stai bene?», mi chiede.

Anche la sua voce è adorabile, davvero premurosa. A quanto pare sono finita a letto con un tizio davvero gentile. Non che questo mi assolva dalla mia colpa... sono una persona cattiva, una persona molto, molto cattiva. Dovrei vergognarmi di me stessa. Mi *vergogno* di me stessa. Se solo potessi alzarmi e andar via da qui...

«Ti senti un po' stordita? Hai battuto la testa piuttosto forte. Il dottore sta arrivando».

Dottore? Quale dottore? Ho battuto la testa? Ma di che sta parlando? Non riesco a concentrarmi, perché il mio cranio sta pulsando molto forte.

«Hai mal di testa?», mi domanda ora lo sconosciuto, sorridendomi gentilmente. Mmm... quant'è carino.

Cerco di annuire, ma anche quello è doloroso. Ma sembra che lo sconosciuto sappia cosa sto dicendo. «Ecco, prendi questo».

Mi porta un bicchiere d'acqua alle labbra e io bevo assetata. Sarà il doposbronza... così la prossima volta imparerò a non bere così tanto. Devo essere in uno stato pietoso... che diavolo ho combinato ieri sera? Non ho un doposbronza devastante come questo da *anni*.

«Presto starai meglio», dice lo sconosciuto. «Stai comoda?»

«Sì», mi sento dire, anche se la mia testa sembra sul punto di esplodere.

Chi diavolo è questo tizio e perché mi sembra così familiare? E dove sono esattamente? Non sono in un letto... mi sembra di essere sdraiata su un divano. Oddio, a quanto pare non siamo nemmeno riusciti ad arrivare in camera. Devo aver fatto sesso selvaggio con questo tizio nel soggiorno... proprio su questo Chesterfield con i cuscini rivestiti. Ripensandoci, i cuscini sembrano familiari... sono sicura di averli già visti da qualche parte prima d'ora. E questo odore... sembra muschiato, mi fa pensare ad attività all'aperto. Sembra quasi odore di... letame di cavallo.

E poi mi torna tutto in mente, come un lampo di luce accecante. Questo non è un tizio carino con cui ho avuto una notte di sesso dopo una serata passata fuori a bere. Questo è Edward... il mio padrone di casa temporaneo. Sono in campagna, non nell'appartamento di qualche sconosciuto dopo aver fatto sesso da ubriaca.

Mi ritorna tutto in mente: Robert che si presenta alla riunione, l'attacco di cuore di Ted, la scomparsa di Matilda. Edward. Sa la verità su di me. Oddio.

«Sono... sono svenuta?», domando con voce roca.

«No. Drya ti è venuta addosso e ti ha scaraventato in aria. Sei caduta e hai battuto la testa piuttosto forte», dice Edward.

Drya? È vero. Matilda ha preso Drya... ed è scappata via.

«Matilda?», chiedo poi agitata. «Sta bene? È ferita?»

«Sta bene». Edward sorride. «Un po' scossa, ma sta bene. Grazie a te. Mi ha detto tutto di... di Daniel. Abbiamo fatto una lunga chiacchierata».

«Bene... questo è un bene. È una brava ragazza... è solo un'adolescente molto confusa».

«Hai ragione. E io non sono stato un granché come ascoltatore. Ma le cose cambieranno».

Sono così fiera di Matilda che potrei esplodere: ha seguito il mio consiglio e si è riconciliata con suo padre. Starà bene adesso, anche se avrà il cuore spezzato per un po'.

«Come sta Drya?»

«Non troppo bene... anche lei è caduta».

«Oh, no, mi dispiace così tanto».

«Non preoccuparti per questo», dice lui dolcemente. «Tu e Matilda siete sane e salve, è questo ciò che conta. Sarebbe potuta andare molto peggio».

«Sì, suppongo che tu abbia ragione». Cerco di dare un senso a tutto quello che è successo.

«Dobbiamo farti visitare, però... potresti avere una commozione cerebrale. Il dottore sarà qui in un minuto».

«Come sono arrivata qui?», gli domando.

«Robert ti ha portata qui in macchina», risponde lui. «È stato di grande aiuto questa notte».

Robert. Ma certo. «Posso avere un altro po' d'acqua?». La mia gola sembra di carta vetrata.

«Certo».

Mi porta di nuovo il bicchiere alle labbra e io bevo un sorso... il liquido freddo mi provoca una sensazione meravigliosa mentre scivola giù.

«Polly sta bene?», chiedo. «Spero non si sia spaventata».

«Sta bene», mi dice Edward. «Aveva il terrore che tu potessi morire, ma una volta che l'abbiamo rassicurata si è ripresa piuttosto in fretta».

«Morire? Perché ha pensato che stessi per morire?»

«Be', immagino che dopo la morte di sua madre si sia molto amplificata la sua paura che possa succedere lo stesso alle altre persone a cui vuole bene. Lo psicologo dice che è perfettamente naturale... una specie di transfert, credo».

«Polly mi vuole bene?»

«Oh, sì», conferma lui. «Ti vuole molto bene. Dice che sei diversa dalle altre persone. A quanto pare non sei grossolana».

Mi gingillo a disagio con la coperta che mi hanno messo addosso, mentre cerco di pensare a qualcosa da dire. È tutto talmente incasinato... ma non c'è modo di evitarlo.

«Non sono un'artista», confesso. «Ma credo che questo tu lo sappia già». Posso benissimo affrontare l'argomento... non conta nient'altro se non il presente.

«Sì, lo so».

La voce di Edward non è furiosa. Come mai?

«Sono un'agente immobiliare».

Ecco. L'ho detto. Se nella sua mente era rimasto un dubbio su ciò che credeva di aver sentito alla riunione del villaggio, ora ho chiarito tutto. Non possono più esserci fraintendimenti.

«Un'agente immobiliare disoccupata, da quanto ho capito», mi corregge lui.

Ancora non sembra arrabbiato. Perché? Lui odia gli agenti immobiliari... dà a loro la colpa della morte di sua moglie. Crede che dovrebbero marcire tutti all'inferno.

«È vero», ammetto. «È sono anche senza una casa». Visto che ho fatto trenta, tanto vale fare trentuno.

«È per questo che ti sei fatta convincere a venire a Rose Cottage? Non avevi un posto dove vivere in città?»

«Proprio così. Non era mia intenzione mentire, è solo che tutto è sfuggito al mio controllo...». Lotto per mettermi seduta e spiegarmi come si deve.

«Sta' giù, devi riposare».

«*Maggie!*».

Prima che lui possa continuare, Polly irrompe nella stanza e si fionda verso il divano. Edward mi lascia andare la mano. E solo adesso mi rendo conto che la stava tenendo stretta mentre parlavamo.

«Ciao, Polly!». Le sorrido.

«Stai bene?». Il suo visetto paffuto è corrucciato per la preoccupazione.

«Sto bene».

«Giura».

«Lo giuro».

«Giurin giurello?». Tende il mignolo e lo intreccia al mio.

«Giurin giurello», ripeto.

«Ero tanto spaventata».

«Mi dispiace, Polly. Non volevo farti spaventare».

«Polly, adesso devi andare», dice Edward gentilmente. «Maggie ha bisogno di riposo».

«Non posso almeno stare seduta qui, papà? Non parlerò».

Faccio cenno di sì a Edward.

«Okay, allora», arruffa i capelli di Polly, «ma non una parola, d'accordo?»

«Okay. Promesso».

Polly si lascia cadere sul pavimento accanto a me e mi

prende la mano. «Posso dire a Maggie solo una cosa?», chiede lei, dopo appena due secondi di silenzio.

«Polly!».

«Va tutto bene», dico io. «Continua, Polly».

«Sappiamo tutti che non sei una pittrice», annuncia lei in tono solenne.

«Davvero?». Certo che lo sanno. Niente resta segreto a lungo a Glacken, questo lo so.

«Sì. Odette ce lo ha detto. E poi Ted e Peg le hanno detto che dovrebbe farsi gli affari suoi!».

«Sul serio?»

«Sì... Peg ha detto che tutti hanno dei segreti e che dovremmo perdonarli e dimenticare. Poi lei e Ted sono diventati tutti romantici e si sono baciati... è stato così grossolano! Faranno una seconda luna di miele per vedere il Taj Mahal. So che cos'è... l'abbiamo fatto scuola».

Non posso crederci... non solo Peg ha perdonato Ted per la trasgressione con gli involtini di salsiccia, ma ha accettato di andare in vacanza! Ted sarà al settimo cielo: questa è l'avventura che ha sempre desiderato. «È poi cos'è successo?», le chiedo.

«Be', poi la nonna ha detto a Odette che non era più la benvenuta qui. Le ha detto di andarsene».

«Davvero?»

«Sì! E poi Odette ha detto che la nonna era una vecchia megera avvizzita!».

«Ma pensa!», sussulto.

«E poi la nonna ha detto a Odette che tutti sanno che lei non è davvero la fidanzata di papà e che non lo sarà mai. Adesso alla nonna piaci... dice che hai grinta».

«Non sapevo che Odette andasse in giro a dire alla gente certe cose». Edward sembra mortificato. «Non riuscivo a crederci».

«Ma allora non avevi una relazione con lei?», chiedo sbalordita. Si è inventata tutta questa storia? Era tutta una sua fantasia?

«No!». Edward scuote freneticamente la testa. «Mai! Cercavo solo di essere amichevole... ma non immaginavo pensasse che questo avrebbe portato a qualcosa di più».

«*Vedi*, Maggie?». Polly è trionfante. «Te l'avevo *detto* che era una strega cattiva, no?»

«Sì, me lo ricordo». Come potrei dimenticarlo?

«Indovina cos'altro ha fatto!». Polly adesso è in piedi e saltella per l'eccitazione.

«Cosa?»

«Voleva abbattere Drya».

«Oh, no!». Questo è terribile, a Edward si spezzerà il cuore.

«Sì, ma papà non glielo ha lasciato fare... non è vero, papà?»

«No». Edward scuote la testa. «Drya ha bisogno di amore e attenzione, adesso... ed è ora di darglieli. Non ci arrenderemo».

«Sono così felice». Gli sorrido. Ho sempre pensato che fosse un cavallo triste... forse dopotutto può essere aiutata. «È successo qualcos'altro di eccitante?», domando a Polly.

«Be', Robert è dovuto tornare in città, ma ha detto di darti questo».

Polly si protende verso di me e mi bacia sulla fronte. Robert mi ha mandato il suo affetto... è davvero un brav'uomo. Speriamo che anche l'avventurosa Maria se ne renda conto.

«Così», continua Polly, «tutto è proprio come deve essere».

«Che vuoi dire?»

«È proprio come nel film, ricordi?»

«Ah, il film, sì».

La povera Polly vive ancora a Fantasilandia, dove un ragazzo incontra una ragazza e tutto si sistema per il meglio.

«Allora, non devi fare altro che baciare papà e poi sarete per sempre felici e contenti».

«Polly, non credo che...».

Mi blocco in cerca di parole. Sono l'ultima persona che Edward vorrà baciare… soprattutto ora, dopo tutto quello che è successo.

«Che ne dici, Maggie?», mi chiede dolcemente Edward.

«Di cosa?». Lo guardo. Sta scherzando?

«Polly sta aspettando un "per sempre felici e contenti". Sarebbe terribile deluderla… non credi?»

«Ma, che mi dici di…?»

«Maggie, non mi importa cosa fai per vivere. Voglio solo che tu faccia parte della mia vita».

Mi gira di nuovo la testa, ma non per il colpo che ho preso… per via del modo in cui Edward mi sta guardando.

«Sì, è così. E poi io credo che in fondo tu sia *davvero* un'artista. Ed è per questo che sarai la perfetta curatrice per il nuovo centro d'arte di Glacken».

«Il nuovo centro d'arte?»

«Sì, ne ho parlato con Robert… crede che sia un'idea geniale. La raccomanderà a Laurence. Se Xanta acconsentirà a darci i fondi, otterremo il via libera».

«E Peg e Ted?»

«Gliel'ho spiegato come si deve e sono entusiasti. Riconoscono il beneficio che ne trarrà il villaggio. E poi sembra che stiano progettando di viaggiare parecchio nei prossimi mesi. Ted sta già cercando le destinazioni sul suo iPhone».

Lo guardo, e l'amore mi riempie il cuore. C'è riuscito… è straordinario.

Ma poi mi ricordo: e sua moglie? Non l'ha dimenticata… l'ho visto al cimitero solo qualche giorno fa ed era prostrato dal dolore. Come farà ad andare avanti?

«Ha persino parlato di te alla mamma… non è vero, papà?», dice Polly, come se riuscisse a leggermi nel pensiero. Forse ha davvero un terzo occhio, proprio i come gemelli di Theresa.

«È così», conferma Edward. «Le ho portato i suoi fiori preferiti al cimitero e le ho detto tutto di te. So che le saresti piaciuta moltissimo».

Fiori preferiti? Dovevano essere le rose che ha sistemato sulla lapide. Le stava chiedendo la sua benedizione.

«C'è solo un problema», dice lui, accigliandosi per un istante.

«Quale?», chiedo io.

«Be', quando Claire tornerà dall'India tu non avrai un posto dove vivere».

«Questo è vero...», dico, d'un tratto sentendomi molto, molto meglio. «Cosa credi che dovrei fare?»

«Be', suppongo che potresti andare a stare da Peg e Ted», dice lui seriamente.

«In quel nido d'amore? Non ne sono del tutto sicura».

«Capisco cosa intendi», replica lui. «Be'... suppongo tu possa restare con noi. Ci farebbe comodo un aiuto alle stalle».

«Davvero?»

«Sì. Ci servirebbe qualcuno con dell'esperienza, però... non possiamo mettere uno qualsiasi a pulire le stalle».

«Si dà il caso che sia piuttosto brava a usare il forcone».

«Davvero? Bene, allora. Potrebbe andare». Si china su di me, i suoi occhi sono accesi di desiderio. «Forse dovrei redigere un nuovo contratto legalmente vincolante», conclude.

«E io dovrò farlo leggere ai miei avvocati prima di firmarlo sulla linea tratteggiata», ribatto.

«Mi sembra un accordo soddisfacente», mormora lui. Poi si china su di me e le sue labbra incontrano le mie.

Sento Polly che grida di gioia in sottofondo mentre chiudo gli occhi e mi lascio andare tra le braccia di Edward. Ha ragione lei, è proprio come nei film, esattamente come ho sempre immaginato che sarebbe stato: assolutamente perfetto.

SEI MESI DOPO

«Allora, cosa dovrebbe fare questa terapia olistica esattamente per me?», chiede Jimmy il poliziotto a Claire.

«Ti farebbe rilassare, Jimmy», gli spiega Claire, sorridendo disinvolta. «Un massaggio aromaterapico potrebbe dissolvere tutti i tuoi problemi».

«Sono stato un po' stressato di recente», conferma Jimmy.

«Ma davvero?»

«Sì, ci sono state delle questioni legate al lavoro…».

Provo un'ondata di imbarazzo quando lo sento dire questo… il povero Jimmy non ha mai avuto la promozione, nonostante la sua smania di prendere appunti. È stata la chiacchiera del villaggio per settimane. Quello e l'improvvisa partenza di Odette. Da quando se n'è andata in tutta fretta per aprire una struttura per piccoli animali in città, la gente ha parlato di ben poco altro.

«Bene, allora, un massaggio potrebbe fare al caso tuo», dice Claire. «Non sono ancora pienamente qualificata, naturalmente, ma posso comunque fartene uno, se vuoi. Ho bisogno di fare pratica».

«Non farà male, vero?». Jimmy è un tantino allarmato al pensiero.

«Ma certo che no». Claire si offende per quell'insinuazione.

«A meno che non sia tu a volerlo, Jimmy». Ted fa un risolino.

«Ted!», lo rimprovera Peg. «Scusa, Claire», dice poi. «Credo che stia ancora soffrendo per il jet lag».

«Non è il jet lag, sono le vertigini… le vertigini di chi si gode la vita!». Ted ride.

Ted è abbronzato e scoppia di salute... aver perso peso gli ha fatto un gran bene, e tagliarsi i baffi a manubrio ha trasformato il suo viso sorridente.

«Ora, Ted, la gente non vuole sapere di te e delle tue vertigini». Peg gli dà una bonaria pacca sul braccio. Anche lei è abbronzata e felice. Da quando hanno cominciato a girare il mondo, sono davvero sbocciati... sono proprio ringiovaniti.

«Non preoccuparti, Peg». Claire sorride. «Se fossi appena tornata dal Brasile credo che anch'io sarei ancora in preda alle vertigini».

«Il prossimo viaggio lo faremo nei fiordi norvegesi», dice Ted, con un luccichio negli occhi. «Non è vero, Peg?»

«Se ti comporti bene», replica Peg.

«Adorate viaggiare, vero?», domanda Claire.

«Sì, Claire, proprio così!», risponde Ted entusiasta. «Quel che è certo è che si vive una volta sola, e devi cercare di trarne il meglio».

«Devo ammetterlo», la voce di Peg è un sussurro e io devo protendermi per sentirla, «non sono mai stata una fan dei viaggi all'estero, ma mi sono convertita. Viaggiare apre davvero la mente».

«Sono assolutamente d'accordo», conferma Claire. «Andare in India mi ha cambiato la vita».

«Ah, l'India!». Peg sospira sognante.

«È lì che siamo stati per la nostra seconda luna di miele», le spiega Ted.

«Ci sono gli indiani in India?», si intromette Polly.

«Be', sì», le risponde Claire.

«E i cowboy?»

«Niente cowboy, mi dispiace».

Polly sembra delusa. «Hai sentito, nonna?», strilla. «Non ci sono cowboy in India».

«Mi sembra giusto». June sorride mentre Matilda le porge un bicchiere di vino. «Ce ne sono già abbastanza qui».

«Via, June», dice Laurence esprimendo il suo disappunto, «quando riuscirò a convincerla che non sono un cowboy?»

«Forse quando la smetterà di comportarsi come tale». Lo guarda con un sopracciglio sollevato.
«Ma guardi che cosa ho fatto per il villaggio... questa iniziativa artistica è stata praticamente una mia idea, lo sa».
«Nient'affatto, Laurence». Il tono di June è raggelante. «Niente di tutto questo sarebbe accaduto se non fosse stato per Maggie. A lei e a Edward va tutto il merito».
June mi sorride, un calore sincero emana dal suo sguardo, e io contraccambio il sorriso.
«Matilda, potresti per favore dire a tua nonna che non sono il lupo cattivo?», la supplica Laurence.
«Tanto non mi ascolterebbe». Matilda ride. «La nonna è una donna fatta a modo suo. Ma lei può continuare a provarci».
Sento il cuore traboccante d'orgoglio: Matilda è diventata una ragazza molto più felice negli ultimi mesi. Aiutare Drya nel suo recupero l'ha davvero fatta maturare: il cambiamento è stato sorprendente.
«Che altro posso fare?». Laurence si lamenta con Polly. «Ho provato di tutto per convincere tua nonna a uscire con me... non ha funzionato».
«Le piace la cioccolata calda», lo informa Polly. «Ha provato con quella?»
«Chi ha parlato di cioccolata calda?», dice Edward, sbucando dalla porta.
«Papi!», cinguetta Polly, lanciandosi verso di lui.
«Guarda chi ho trovato qui fuori», dice Edward, guidando dentro un gruppo di persone. Ci sono Dermot e Yvonne, Robert e Maria, mamma e papà, Theresa, Malcolm e anche i gemelli. Non posso credere che siano tutti qui... tutte le persone che amo sono in questa stanza. Le bugie che ho raccontato sono state dimenticate.
«Ce lo siamo perso?», chiede Dermot con ansia.
«No, non hanno ancora tagliato il nastro», risponde Yvonne affettuosa, prendendolo a braccetto.

Da quello che vedo, posso dire che indossa delle scarpe assolutamente anonime: mi ha detto che ha venduto tutta la sua collezione firmata di Louboutin e Jimmy Choo su eBay per contribuire a pagare i conti. L'avevo seriamente sottovalutata: non è una sanguisuga come pensavo. La verità è che è rimasta accanto a Dermot nel bene e nel male, nonostante i problemi.

«Bene!». Dermot Sorride. «Devo chiamare Dom al telefono... non vuole perdersi lo spettacolo di Maggie che diventata una vera e propria zotica campagnola».

«Allora, Maggie», Edward mi guarda, i suoi meravigliosi occhi azzurri sorridono maliziosi, «sei pronta per diventare una vera e propria zotica campagnola, allora?»

«Prontissima», gli sorrido, il mio cuore trabocca d'amore.

«Allora cosa stiamo aspettando? Tagliamo il nastro e diamo inizio alla festa».

Insieme prendiamo le forbici e tagliamo il nastro rosso mentre tutti applaudono e scattano i flash delle macchine fotografiche.

«L'Istituto d'Arte di Glacken è ufficialmente aperto!», esclama Edward. Poi si protende per baciarmi, e io ricambio il bacio mentre rido tra lacrime di gioia.

RINGRAZIAMENTI

Grazie a: la mia devota editor Patricia Deevy e il meraviglioso team di Penguin Ireland: Michael McLoughlin, Cliona Lewis, Brian Walker e Patricia McVeigh; Tom Weldon, Naomi Fidler, Jonathan Parker, Tom Chicken, Keith Taylor e i superbi team di vendita, marketing, pubblicità e la redazione di Penguin UK, senza il loro duro lavoro i miei libri non sarebbero mai finiti sugli scaffali delle librerie; Alison Walsh per le sue sagge parole e la sua imperturbabilità, Hazel Orme per la sua esperta cura redazionale; gli adorabili Simon Trewin, Ariella Feiner e il team della United Agents per le telefonate gentili e il sostegno; tutti i librai d'Irlanda e del Regno Unito che sostengono ogni anno i miei libri… vi sono davvero grata.

I miei grandi amici: non siete nemmeno in questo, lo giuro! I miei adorati genitori: grazie di tutto, vi amo più di quanto le parole possano esprimere. Adorati Martina, Jean Cristophe, Eoghan e Jessie, il miglior gruppo di sostegno del mondo! Grazie infinite, vi adoro tutti. Carissimi Caoimhe, Rory e Oliver: voi tre illuminate la mia vita. Non potrei fare niente di tutto questo senza di voi… vi voglio bene, ragazzi.

I miei lettori: grazie per aver fatto avverare i miei sogni. Spero che questa lettura sia stata piacevole, ovunque vi troviate.

INDICE

Paperbacks
sezione Gli Insuperabili
Pubblicazione settimanale, 12 novembre 2015
Direttore responsabile: Raffaello Avanzini
Registrazione del Tribunale di Roma n. 16024 del 27 agosto 1975
Stampato per conto della Newton Compton editori s.r.l., Roma
presso Puntoweb s.r.l., Ariccia (Roma)

Gli Insuperabili

Ultimi volumi pubblicati

Milly Johnson, *Un indimenticabile Natale d'amore*
Thomas Harding, *Il comandante di Auschwitz*
Eva Schloss, *Sopravvissuta ad Auschwitz*
Sara Tessa, *L'uragano di un batter d'ali*
Chase Emma, *Non cercarmi mai più*
Cassandra Rocca, *Tutta colpa di New York*
Jessica Sorensen, *Tienimi con te*
Brian McGilloway, *Non parlare*
Rosa Ventrella, *Il giardino degli oleandri*
Daniela Sacerdoti, *Ho bisogno di te*
Franco Matteucci, *La mossa del cartomante*
Laura Schiavini, *A qualcuno piace dolce*
Paolo Cammilli, *Maledetta primavera*
Solomon Northup, *12 anni schiavo*
Marcello Simoni, *Il labirinto ai confini del mondo*
Monica Murphy, *Non dirmi un'altra bugia*
David Gibbins, *Il faraone*
Stuart MacBride, *Vicino al cadavere*
Jessica Sorensen, *Con te sarà diverso*
Anna Premoli, *Finché amore non ci separi*
Letizia Triches, *Il giallo di Ponte Vecchio*
Simon Scarrow, *La profezia dell'aquila*
Andrea Frediani, *La battaglia della vendetta. La saga degli invincibili*
Amy Harmon, *I cento colori del blu*
Jonathan Holt, *Profanato*
M. Leighton, *Solo per te*
Ali McNamara, *Da New York a Notting Hill per innamorarsi ancora*
C.L. Parker, *La trasgressione*
Marc Raabe, *Prima di uccidere*
Cassandra Rocca, *Una notte d'amore a New York*
Martin Rua, *La cattedrale dei nove specchi*
Jessica Sorensen, *Non cambiare mai*

Emma Chase, *Cercami ancora*
Catharina Ingelman-Sundberg, *La banda degli insoliti ottantenni*
M.R.C. Kasasian, *I delitti di Mangle Street*
Valeria Luzi, *Ti odio con tutto il cuore*
Mario Mazzanti, *Un giorno perfetto per uccidere*
Gail McHugh, *Stringimi più che puoi*
Monica Murphy, *Dammi un'altra possibilità*
Simon Scarrow, *L'aquila dell'impero*
Leandro Sperduti, *I 7 arcani del Vaticano*
Sara Tessa, *Il silenzio di un batter d'ali*
John Searles, *Non rispondere*
Felix Weinberg, *Bambino n. 30529*
M. Lugli; F. Bertuzzi; D. Lama, P. Roversi; G. Morozzi; P. Di Cara; D. Nelli, *Delitti di Ferragosto*
Cassandra Rocca, *Mi sposo a New York*
Andrea Frediani, *300 La saga*
Miranda Dickinson, *Favola d'amore a New York*
Jessica Sorensen, *Per sempre insieme*
Andrea Frediani, *I 300 di Roma*
Emma Chase, *Io ti cercherò*
Karen Swan, *Quell'estate senza te*
Massimo Lugli, *La strada dei delitti*
Michelle Gable, *Un favoloso appartamento a Parigi*
Penelope Douglas, *Mai per amore*
Jen McLaughlin, *Fuori controllo*
Joel C. Rosenberg, *Fuga da Auschwitz*
Antonia Hodgson, *Il misterioso caso di Samuel Fleet*
Giulio Castelli, *L'imperatore guerriero*
G.L. Barone, *Il sigillo dei tredici massoni*
Andrea H. Japp, *I delitti della cattedrale*
Andrea Frediani, *Guerra sui mari*
Foster Melissa, *Un bacio sotto la neve*
Swan Karen, *Natale a Londra con amore*
M. Lugli, F. Delizzos, L. Ghinelli, F. Bertuzzi, M. Simoni, D. Lama, E. Carta, L. Triches, F. Caringella, *Delitti di Capodanno*
Carole Matthews, *Appuntamento sotto l'albero*